比较文学与世界文学 研究丛书

主编 曹顺庆

三编 第 **4** 册

英美学界的极简主义音乐研究（上）

周 姝 著

花木兰文化事业有限公司

国家图书馆出版品预行编目资料

英美学界的极简主义音乐研究（上）／周姝 著 -- 初版 -- 新
北市：花木兰文化事业有限公司，2024〔民 113〕
目 4+216 面；19×26 公分
（比较文学与世界文学研究丛书 三编 第 4 册）
ISBN 978-626-344-803-2（精装）
1.CST：极简主义音乐 2.CST：比较研究
810.8   113009365

ISBN-978-626-344-803-2

9 786263 448032

比较文学与世界文学研究丛书
三编 第四册   ISBN：978-626-344-803-2

英美学界的极简主义音乐研究（上）

作　　者 周　姝
主　　编 曹顺庆
企　　划 四川大学双一流学科暨比较文学研究基地
总 编 辑 杜洁祥
副总编辑 杨嘉乐
编辑主任 许郁翎
编　　辑 潘玟静、蔡正宣　美术编辑 陈逸婷
出　　版 花木兰文化事业有限公司
发 行 人 高小娟
联络地址 台湾 235 新北市中和区中安街七二号十三楼
　　　　 电话：02-2923-1455 ／传真：02-2923-1452
网　　址 http://www.huamulan.tw 信箱 service@huamulans.com
印　　刷 普罗文化出版广告事业
初　　版 2024 年 9 月
定　　价 三编 26 册（精装）新台币 70,000 元　　　版权所有 请勿翻印

英美学界的极简主义音乐研究(上)

周姝 著

作者简介

周姝，博士，四川音乐学院作曲系教师，主要研究领域为音乐艺术与作曲与作曲技术理论。其论文曾发表于《中外文化与文论》《东岳论丛》《黄钟》《天津音乐学院学报》《音乐探索》以及 Comparative Literature & World Literature 等国内外核心学术期刊。创作方面，曾获中国·成都阳光杯学生新音乐作品比赛三等奖、首届中国（成都）单簧管中国风格作品比赛一等奖。主持科研课题两项，曾参与国家社科基金重大项目"东方古代文艺理论重要范畴、话语体系研究与资料整理"（19ZDA289）并撰写论文。

提　　要

　　极简主义音乐是20世纪60年代在美国兴起的音乐流派，也是极简主义艺术思潮的分支。作为当代艺术理论中的一个重要问题，极简主义艺术思潮以少、空、无为主要创作理念，并在视觉艺术、音乐、舞蹈、电影、文学、建筑等艺术门类及设计、生活等不同领域中得到了不同程度的体现与发展。极简主义音乐是极简主义艺术思潮最成功的实践形式之一。该音乐流派的基本概念就是精简，将作曲家使用的音乐要素削减到最低限度。本书以"英美学界的极简主义音乐研究"为对象，试图勾勒英美学界对极简主义音乐的接受、分析、争议话语，展现英美学界对该音乐流派的整体研究趋势，并为国内该领域的研究打开新的视野和思路。专著共分为五章。第一章"极简主义艺术思潮的兴起与流变"致力于将极简主义音乐放在20世纪的极简主义艺术思潮中进行审视和论述；第二章至第四章分别探讨了英美学界极简主义音乐的创作理念、创作技法及创作个案研究；第五章则从消费现象学、新媒介、行动者网络理论与变异学等视角出发研究了极简主义音乐在多元理论与方法下的阐释维度。通过梳理英美学界极简主义音乐研究的特色之处，本书将提出英美研究之于中国学界极简主义音乐研究的启示。

比较文学的中国路径

曹顺庆

自德国作家歌德提出"世界文学"观念以来，比较文学已经走过近二百年。比较文学研究也历经欧洲阶段、美洲阶段而至亚洲阶段，并在每一阶段都形成了独具特色学科理论体系、研究方法、研究范围及研究对象。中国比较文学研究面对东西文明之间不断加深的交流和碰撞现况，立足中国之本，辩证吸纳四方之学，而有了如今欣欣向荣之景象，这套丛书可以说是应运而生。本丛书尝试以开放性、包容性分批出版中国比较文学学者研究成果，以观中国比较文学学术脉络、学术理念、学术话语、学术目标之概貌。

一、百年比较文学争讼之端——比较文学的定义

什么是比较文学？常识告诉我们：比较文学就是文学比较。然而当今中国比较文学教学实际情况却并非完全如此。长期以来，中国学术界对"什么是比较文学？"却一直说不清，道不明。这一最基本的问题，几乎成为学术界纠缠不清、莫衷一是的陷阱，存在着各种不同的看法。其中一些看法严重误导了广大学生！如果不辨析这些严重误导了广大学生的观点，是不负责任、问心有愧的。恰如《文心雕龙·序志》说"岂好辩哉，不得已也"，因此我不得不辩。

其中一个极为容易误导学生的说法，就是"比较文学不是文学比较"。目前，一些教科书郑重其事地指出：比较文学不是文学比较。认为把"比较"与"文学"联系在一起，很容易被人们理解为用比较的方法进行文学研究的意思。并进一步强调，比较文学并不等于文学比较，并非任何运用比较方法来进行的比较研究都是比较文学。这种误导学生的说法几乎成为一个定论，

一个基本常识，其实，这个看法是不完全准确的。

让我们来看看一些具体例证，请注意，我列举的例证，对事不对人，因而不提及具体的人名与书名，请大家理解。在 Y 教授主编的教材中，专门设有一节以"比较文学不是文学比较"为题的内容，其中指出"比较文学界面临的最大的困惑就是把'比较文学'误读为'文学比较'"，在高等院校进行比较文学课程教学时需要重点强调"比较文学不是文学比较"。W 教授主编的教材也称"比较文学不是文学的比较"，因为"不是所有用比较的方法来研究文学现象的都是比较文学"。L 教授在其所著教材专门谈到"比较文学不等于文学比较"，因为，"比较"已经远远超出了一般方法论的意义，而具有了跨国家与民族、跨学科的学科性质，认为将比较文学等同于文学比较是以偏概全的。"J 教授在其主编的教材中指出，"比较文学并不等于文学比较"，并以美国学派雷马克的比较文学定义为根据，论证比较文学的"比较"是有前提的，只有在地域观念上跨越打通国家的界限，在学科领域上跨越打通文学与其他学科的界限，进行的比较研究才是比较文学。在 W 教授主编的教材中，作者认为，"若把比较文学精神看作比较精神的话，就是犯了望文生义的错误，一百余年来，比较文学这个名称是名不副实的。"

从列举的以上教材我们可以看出，首先，它们在当下都仍然坚持"比较文学不是文学比较"这一并不完全符合整个比较文学学科发展事实的观点。如果认为一百余年来，比较文学这个名称是名不副实的，所有的比较文学都不是文学比较，那是大错特错！其次，值得注意的是，这些教材在相关叙述中各自的侧重点还并不相同，存在着不同程度、不同方面的分歧。这样一来，错误的观点下多样的谬误解释，加剧了学习者对比较文学学科性质的错误把握，使得学习者对比较文学的理解愈发困惑，十分不利于比较文学方法论的学习、也不利于比较文学学科的传承和发展。当今中国比较文学教材之所以普遍出现以上强作解释，不完全准确的教科书观点，根本原因还是没有仔细研究比较文学学科不同阶段之史实，甚至是根本不清楚比较文学不同阶段的学科史实的体现。

实际上，早期的比较文学"名"与"实"的确不相符合，这主要是指法国学派的学科理论，但是并不包括以后的美国学派及中国学派的学科理论，如果把所有阶段的学科理论一锅煮，是不妥当的。下面，我们就从比较文学学科发展的史实来论证这个问题。"比较文学不是文学比较""comparative literature is not literary comparison"，只是法国学派提出的比较文学口号，只是法国学派一派的主张，而不是整个比较文学学科的基本特征。我们不能够把这个阶段性的比较文学口号扩大化，甚至让其突破时空，用于描述比较文学所有的阶段和学派，更不能够使其"放之四海而皆准"。

法国学派提出"比较文学不是文学比较"，这个"比较"（comparison）是他们坚决反对的！为什么呢，因为他们要的不是文学"比较"（literary comparison），而是文学"关系"（literary relationship），具体而言，他们主张比较文学是实证的国际文学关系，是不同国家文学的影响关系，influences of different literatures，而不是文学比较。

法国学派为什么要反对"比较"（comparison），这与比较文学第一次危机密切相关。比较文学刚刚在欧洲兴起时，难免泥沙俱下，乱比的情形不断出现，暴露了多种隐患和弊端，于是，其合法性遭到了学者们的质疑：究竟比较文学的科学性何在？意大利著名美学大师克罗齐认为，"比较"（comparison）是各个学科都可以应用的方法，所以，"比较"不能成为独立学科的基石。学术界对于比较文学公然的质疑与挑战，引起了欧洲比较文学学者的震撼，到底比较文学如何"比较"才能够避免"乱比"？如何才是科学的比较？

难能可贵的是，法国学者对于比较文学学科的科学性进行了深刻的的反思和探索，并提出了具体的应对的方法：法国学派采取壮士断臂的方式，砍掉"比较"（comparison），提出比较文学不是文学比较（comparative literature is not literary comparison），或者说砍掉了没有影响关系的平行比较，总结出了只注重文学关系（literary relationship）的影响（influences）研究方法论。法国学派的创建者之一基亚指出，比较文学并不是比较。比较不过是一门名字没取好的学科所运用的一种方法……企图对它的性质下一个严格的定义可能是徒劳的。基亚认为：比较文学不是平行比较，而仅仅是文学关系史。以"文学关系"为比较文学研究的正宗。为什么法国学派要反对比较？或者说为什么法国学派要提出"比较文学不是文学比较"，因为法国学派认为"比较"（comparison）实际上是乱比的根源，或者说"比较"是没有可比性的。正如巴登斯佩哲指出："仅仅对两个不同的对象同时看上一眼就作比较，仅仅靠记忆和印象的拼凑，靠一些主观臆想把可能游移不定的东西扯在一起来找点类似点，这样的比较决不可能产生论证的明晰性"。所以必须抛弃"比较"。只承认基于科学的历史实证主义之上的文学影响关系研究（based on scientificity and positivism and literary influences.)。法国学派的代表学者卡雷指出：比较文学是实证性的关系研究："比较文学是文学史的一个分支：它研究拜伦与普希金、歌德与卡莱尔、瓦尔特·司各特与维尼之间，在属于一种以上文学背景的不同作品、不同构思以及不同作家的生平之间所曾存在过的跨国度的精神交往与实际联系。"正因为法国学者善于独辟蹊径，敢于提出"比较文学不是文学比较"，甚至完全抛弃比较（comparison），以防止"乱比"，才形成了一套建立在"科学"实证性为基础的、以影响关系为特征的"不比较"的比较文学学科理论体系，这终于挡住了克罗齐等人对比较文学"乱比"的批判，形成了以"科学"实证为特征的文学影响关系研究，确立了法国学派的学科理论和一整套方法论体系。当然，法国学派悍然砍掉比较研究，又不放弃"比较文学"这个名称，于是不可避免地出现了比较文学名不副实的尴尬现象，出现了打着比较文学名号，而又不比较的法国学派学科理论，这才是问题的关键。

当然，法国学派提出"比较文学不是文学比较"，只注重实证关系而不注重文学比较和文学审美，必然会引起比较文学的危机。这一危机终于由美国著名比较文学家韦勒克（René Wellek）在 1958 年国际比较文学协会第二次大会上明确揭示出来了。在这届年会上，韦勒克作了题为《比较文学的危机》的挑战性发言，对"不比较"的法国学派进行了猛烈批判，宣告了倡导平行比较和注重文学审美的比较文学美国学派的诞生。韦勒克作了题为《比较文学的危机》的挑战性发言，对当时一统天下的法国学派进行了猛烈批判，宣告了比较文学美国学派的诞生。韦勒克说："我认为，内容和方法之间的人为界线，渊源和影响的机械主义概念，以及尽管是十分慷慨的但仍属文化民族主义的动机，是比较文学研究中持久危机的症状。"韦勒克指出："比较也不能仅仅局限在历史上的事实联系中，正如最近语言学家的经验向文学研究者表明的那样，比较的价值既存在于事实联系的影响研究中，也存在于毫无历史关系的语言现象或类型的平等对比中。"很明显，韦勒克提出了比较文学就是要比较（comparison），就是要恢复巴登斯佩哲所讽刺和抛弃的"找点类似点"的平行比较研究。美国著名比较文学家雷马克（Henry Remak）在他的著名论文《比较文学的定义与功用》中深刻地分析了法国学派为什么放弃"比较"（comparison）的原因和本质。他分析说："法国比较文学否定'纯粹'的比较（comparison），它忠实于十九世纪实证主义学术研究的传统，即实证主义所坚持并热切期望的文学研究的'科学性'。按照这种观点，纯粹的类比不会得出任何结论，尤其是不能得出有更大意义的、系统的、概括性的结论。……既然值得尊重的科学必须致力于因果关系的探索，而比较文学必须具有科学性，因此，比较文学应该研究因果关系，即影响、交流、变更等。"雷马克进一步尖锐地指出，"比较文学"不是"影响文学"。只讲影响不要比较的"比较文学"，当然是名不副实的。显然，法国学派抛弃了"比较"（comparison），但是仍然带着一顶"比较文学"的帽子，才造成了比较文学"名"与"实"不相符合，造成比较文学不比较的尴尬，这才是问题的关键。

美国学派最大的贡献，是恢复了被法国学派所抛弃的比较文学应有的本义——"比较"（The American school went back to the original sense of comparative literature ——"comparison"），美国学派提出了标志其学派学科理论体系的平行比较和跨学科比较："比较文学是一国文学与另一国或多国文学的比较，是文学与人类其他表现领域的比较。"显然，自从美国学派倡导比较文学应当比较（comparison）以后，比较文学就不再有名与实不相符合的问题了，我们就不应当再继续笼统地说"比较文学不是文学比较"了，不应当再以"比较文学不是文学比较"来误导学生！更不可以说"一百余年来，比较文学这个名称是名不副实的。"不能够将雷马克的观点也强行解释为"比较文学不是比较"。因为在美国学派看来，比较文学就是要比较（comparison）。比较文学就是要恢复被巴登斯佩哲所讽刺和抛弃的"找点类似点"的平行比较研究。因为平行研究的可比性，正是类同性。正如韦勒克所说，"比较的价值既存在于事实联系的影响研究中，也存在于毫无历史关系的语言现象或类型的平等对比中。"恢复平行比较研究、跨学科研究，形成了以"找点类似点"的平行研究和跨学科研究为特征的比较文学美国学派学科理论和方法论体系。美国学派的学科理论以"类型学"、"比较诗学"、"跨学科比较"为主，并拓展原属于影响研究的"主题学"、"文类学"等领域，大大扩展比较文学研究领域。

二、比较文学的三个阶段

下面，我们从比较文学的三个学科理论阶段，进一步剖析比较文学不同阶段的学科理论特征。现代意义上的比较文学学科发展以"跨越"与"沟通"为目标，形成了类似"层叠"式、"涟漪"式的发展模式，经历了三个重要的学科理论阶段，即：

一、欧洲阶段，比较文学的成形期；二、美洲阶段，比较文学的转型期；三、亚洲阶段，比较文学的拓展期。我们将比较文学三个阶段的发展称之为"涟漪式"结构，实际上是揭示了比较文学学科理论的继承与创新的辩证关系：比较文学学科理论的发展，不是以新的理论否定和取代先前的理论，而是层叠式、累进式地形成"涟漪"式的包容性发展模式，逐步积累推进。比较文学学科理论发展呈现为层叠式、"涟漪"式、包容式的发展模式。我们把这个模式描绘如下：

法国学派主张比较文学是国际文学关系，是不同国家文学的影响关系。形成学科理论第一圈层：比较文学——影响研究；美国学派主张恢复平行比较，形成学科理论第二圈层：比较文学——影响研究＋平行研究＋跨学科研究；中国学派提出跨文明研究和变异研究，形成学科理论第三圈层：比较文学——影响研究＋平行研究＋跨学科研究＋跨文明研究＋变异研究。这三个圈层并不互相排斥和否定，而是继承和包容。我们将比较文学三个阶段的发展称之为层叠式、"涟漪"式、包容式结构，实际上是揭示了比较文学学科理论的继承与创新的辩证关系。

法国学派提出，可比性的第一个立足点是同源性，由关系构成的同源性。同源性主要是针对影响关系研究而言的。法国学派将同源性视作可比性的核心，认为影响研究的可比性是同源性。所谓同源性，指的是通过对不同国家、不同民族和不同语言的文学的文学关系研究，寻求一种有事实联系的同源关系，这种影响的同源关系可以通过直接、具体的材料得以证实。同源性往往建立在一条可追溯关系的三点一线的"影响路线"之上，这条路线由发送者、接受者和传递者三部分构成。如果没有相同的源流，也就不可能有影响关系，也就谈不上可比性，这就是"同源性"。以渊源学、流传学和媒介学作为研究的中心，依靠具体的事实材料在国别文学之间寻求主题、题材、文体、原型、思想渊源等方面的同源影响关系。注重事实性的关联和渊源性的影响，并采用严谨的实证方法，重视对史料的搜集和求证，具有重要的学术价值与学术意义，仍然具有广阔的研究前景。渊源学的例子：杨宪益，《西方十四行诗的渊源》。

比较文学学科理论的第二阶段在美洲，第二阶段是比较文学学科理论的转型期。从 20 世纪 60 年代以来，比较文学研究的主要阵地逐渐从法国转向美国，平行研究的可比性是什么？是类同性。类同性是指是没有文学影响关系的不同国家文学所表现出的相似和契合之处。以类同性为基本立足点的平行研究与影响研究一样都是超出国界的文学研究，但它不涉及影响关系研究的放送、流传、媒介等问题。平行研究强调不同国家的作家、作品、文学现象的类同比较，比较结果是总结出于文学作品的美学价值及文学发展具有规律性的东西。其比较必须具有可比性，这个可比性就是类同性。研究文学中类同的：风格、结构、内容、形式、流派、情节、技巧、手法、情调、形象、主题、文类、文学思潮、文学理论、文学规律。例如钱钟书《通感》认为，中国诗文有一种描写手法，古代批评家和修辞学家似乎都没有拈出。宋祁《玉楼春》词有句名句："红杏枝头春意闹。"这与西方的通感描写手法可以比较。

比较文学的又一次危机：比较文学的死亡

九十年代，欧美学者提出，比较文学作为一门学科已经死亡！最早是英国学者苏珊·巴斯奈特1993年她在《比较文学》一书中提出了比较文学的死亡论，认为比较文学作为一门学科，在某种意义上已经死亡。尔后，美国学者斯皮瓦克写了一部比较文学专著，书名就叫《一个学科的死亡》。为什么比较文学会死亡，斯皮瓦克的书中并没有明确回答！为什么西方学者会提出比较文学死亡论？全世界比较文学界都十分困惑。我们认为，20世纪90年代以来，欧美比较文学继"理论热"之后，又出现了大规模的"文化转向"。脱离了比较文学的基本立场。首先是不比较，即不讲比较文学的可比性问题。西方比较文学研究充斥大量的 Culture Studies（文化研究），已经不考虑比较的合理性，不考虑比较文学的可比性问题。第二是不文学，即不关心文学问题。西方学者热衷于文化研究，关注的已经不是文学性，而是精神分析、政治、性别、阶级、结构等等。最根本的原因，是比较文学学科长期囿于西方中心论，有意无意地回避东西方不同文明文学的比较问题，基本上忽略了学科理论的新生长点，比较文学学科理论缺乏创新，严重忽略了比较文学的差异性和变异性。

要克服比较文学的又一次危机，就必须打破西方中心论，克服比较文学学科理论一味求同的比较文学学科理论模式，提出适应当今全球化比较文学研究的新话语。中国学派，正是在此次危机中，提出了比较文学变异学研究，总结出了新的学科理论话语和一套新的方法论。

中国大陆第一部比较文学概论性著作是卢康华、孙景尧所著《比较文学导论》，该书指出："什么是比较文学？现在我们可以借用我国学者季羡林先生的解释来回答了：'顾名思义，比较文学就是把不同国家的文学拿出来比较，这可以说是狭义的比较文学。广义的比较文学是把文学同其他学科来比较，包括人文科学和社会科学'。"[1]这个定义可以说是美国雷马克定义的翻版。不过，该书又接着指出："我们认为最精炼易记的还是我国学者钱钟书先生的说法：'比较文学作为一门专门学科，则专指跨越国界和语言界限的文学比较'。更具体地说，就是把不同国家不同语言的文学现象放在一起进行比较，研究他们在文艺理论、文学思潮，具体作家、作品之间的互相影响。"[2]这个定义似乎更接近法国学派的定义，没有强调平行比较与跨学科比较。紧接该书之后的教材是陈挺的《比较文学简编》，该书仍旧以"广义"与"狭义"来解释比较文学的定义，指出："我们认为，通常说的比较文学是狭义的，即指超越国家、民族和语言界限的文学研究……广义的比较文学还可以包括文学与其他艺术（音乐、绘画等）与其他意识形态（历史、哲学、政治、宗教等）之间的相互关系的研究。"[3]中国比较文学早期对于比较文学的定义中凸显了很强的不确定性。

由乐黛云主编，高等教育出版社 1988 年的《中西比较文学教程》，则对比较文学定义有了较为深入的认识，该书在详细考查了中外不同的定义之后，该书指出："比较文学不应受到语言、民族、国家、学科等限制，而要走向一种开放性，力图寻求世界文学发展的共同规律。"[4]"世界文学"概念的纳入极大拓宽了比较文学的内涵，为"跨文化"定义特征的提出做好了铺垫。

随着时间的推移，学界的认识逐步深化。1997 年，陈惇、孙景尧、谢天振主编的《比较文学》提出了自己的定义："把比较文学看作跨民族、跨语言、跨文化、跨学科的文学研究，更符合比较文学的实质，更能反映现阶段人们对于比较文学的认识。"[5]2000 年北京师范大学出版社出版了《比较文学概论》修订本，提出："什么是比较文学呢？比较文学是一种开放式的文学研究，它具有宏观的视野和国际的角度，以跨民族、跨语言、跨文化、跨学科界限的各种文学关系为研究对象，在理论和方法上，具有比较的自觉意识和兼容并包的特色。"[6]这是我们目前所看到的国内较有特色的一个定义。

1 卢康华、孙景尧著《比较文学导论》，黑龙江人民出版社 1984，第 15 页。
2 卢康华、孙景尧著《比较文学导论》，黑龙江人民出版社 1984 年版。
3 陈挺《比较文学简编》，华东师范大学出版社 1986 年版。
4 乐黛云主编《中西比较文学教程》，高等教育出版社 1988 年版。
5 陈惇、孙景尧、谢天振主编《比较文学》，高等教育出版社 1997 年版。
6 陈惇、刘象愚《比较文学概论》，北京师范大学出版社 2000 年版。

具有代表性的比较文学定义是 2002 年出版的杨乃乔主编的《比较文学概论》一书，该书的定义如下："比较文学是以跨民族、跨语言、跨文化与跨学科为比较视域而展开的研究，在学科的成立上以研究主体的比较视域为安身立命的本体，因此强调研究主体的定位，同时比较文学把学科的研究客体定位于民族文学之间与文学及其他学科之间的三种关系：材料事实关系、美学价值关系与学科交叉关系，并在开放与多元的文学研究中追寻体系化的汇通。"[7]方汉文则认为："比较文学作为文学研究的一个分支学科，它以理解不同文化体系和不同学科间的同一性和差异性的辩证思维为主导，对那些跨越了民族、语言、文化体系和学科界限的文学现象进行比较研究，以寻求人类文学发生和发展的相似性和规律性。"[8]由此而引申出的"跨文化"成为中国比较文学学者对于比较文学定义所做出的历史性贡献。

我在《比较文学教程》中对比较文学定义表述如下："比较文学是以世界性眼光和胸怀来从事不同国家、不同文明和不同学科之间的跨越式文学比较研究。它主要研究各种跨越中文学的同源性、变异性、类同性、异质性和互补性，以影响研究、变异研究、平行研究、跨学科研究、总体文学研究为基本方法论，其目的在于以世界性眼光来总结文学规律和文学特性，加强世界文学的相互了解与整合，推动世界文学的发展。"[9]在这一定义中，我再次重申"跨国""跨学科""跨文明"三大特征，以"变异性""异质性"突破东西文明之间的"第三堵墙"。

"首在审己，亦必知人"。中国比较文学学者在前人定义的不断论争中反观自身，立足中国经验、学术传统，以中国学者之言为比较文学的危机处境贡献学科转机之道。

三、两岸共建比较文学话语——比较文学中国学派

中国学者对于比较文学定义的不断明确也促成了"比较文学中国学派"的生发。得益于两岸几代学者的垦拓耕耘，这一议题成为近五十年来中国比较文学发展中竖起的最鲜明、最具争议性的一杆大旗，同时也是中国比较文学学科理论研究最有创新性，最亮丽的一道风景线。

---

7 杨乃乔主编《比较文学概论》，北京大学出版社 2002 年版。
8 方汉文《比较文学基本原理》，苏州大学出版社 2002 年版。
9 曹顺庆《比较文学教程》，高等教育出版社 2006 年版。

　　比较文学"中国学派"这一概念所蕴含的理论的自觉意识最早出现的时间大约是 20 世纪 70 年代。当时的台湾由于派出学生留洋学习，接触到大量的比较文学学术动态，率先掀起了中外文学比较的热潮。1971 年 7 月在台湾淡江大学召开的第一届"国际比较文学会议"上，朱立元、颜元叔、叶维廉、胡辉恒等学者在会议期间提出了比较文学的"中国学派"这一学术构想。同时，李达三、陈鹏翔（陈慧桦）、古添洪等致力于比较文学中国学派早期的理论催生。如 1976 年，古添洪、陈慧桦出版了台湾比较文学论文集《比较文学的垦拓在台湾》。编者在该书的序言中明确提出："我们不妨大胆宣言说，这援用西方文学理论与方法并加以考验、调整以用之于中国文学的研究，是比较文学中的中国派"[10]。这是关于比较文学中国学派较早的说明性文字，尽管其中提到的研究方法过于强调西方理论的普世性，而遭到美国和中国大陆比较文学学者的批评和否定；但这毕竟是第一次从定义和研究方法上对中国学派的本质进行了系统论述，具有开拓和启明的作用。后来，陈鹏翔又在台湾《中外文学》杂志上连续发表相关文章，对自己提出的观点作了进一步的阐释和补充。

　　在"中国学派"刚刚起步之际，美国学者李达三起到了启蒙、催生的作用。李达三于 60 年代来华在台湾任教，为中国比较文学培养了一批朝气蓬勃的生力军。1977 年 10 月，李达三在《中外文学》6 卷 5 期上发表了一篇宣言式的文章《比较文学中国学派》，宣告了比较文学的中国学派的建立，并认为比较文学中国学派旨在"与比较文学中早已定于一尊的西方思想模式分庭抗礼。由于这些观念是源自对中国文学及比较文学有兴趣的学者，我们就将含有这些观念的学者统称为比较文学的'中国'学派。"并指出中国学派的三个目标：1、在自己本国的文学中，无论是理论方面或实践方面，找出特具"民族性"的东西，加以发扬光大，以充实世界文学；2、推展非西方国家"地区性"的文学运动，同时认为西方文学仅是众多文学表达方式之一而已；3、做一个非西方国家的发言人，同时并不自诩能代表所有其他非西方的国家。李达三后来又撰文对比较文学研究状况进行了分析研究，积极推动中国学派的理论建设。[11]

　　继中国台湾学者垦拓之功，在 20 世纪 70 年代末复苏的大陆比较文学研

---

10 古添洪、陈慧桦《比较文学的垦拓在台湾》，台湾东大图书公司 1976 年版。
11 李达三《比较文学研究之新方向》，台湾联经事业出版公司 1978 年版。

究亦积极参与了"比较文学中国学派"的理论建设和学科建设。

季羡林先生 1982 年在《比较文学译文集》的序言中指出:"以我们东方文学基础之雄厚,历史之悠久,我们中国文学在其中更占有独特的地位,只要我们肯努力学习,认真钻研,比较文学中国学派必然能建立起来,而且日益发扬光大"[12]。1983 年 6 月,在天津召开的新中国第一次比较文学学术会议上,朱维之先生作了题为《比较文学中国学派的回顾与展望》的报告,在报告中他旗帜鲜明地说:"比较文学中国学派的形成(不是建立)已经有了长远的源流,前人已经做出了很多成绩,颇具特色,而且兼有法、美、苏学派的特点。因此,中国学派绝不是欧美学派的尾巴或补充"[13]。1984 年,卢康华、孙景尧在《比较文学导论》中对如何建立比较文学中国学派提出了自己的看法,认为应当以马克思主义作为自己的理论基础,以我国的优秀传统与民族特色为立足点与出发点,汲取古今中外一切有用的营养,去努力发展中国的比较文学研究。同年在《中国比较文学》创刊号上,朱维之、方重、唐弢、杨周翰等人认为中国的比较文学研究应该保持不同于西方的民族特点和独立风貌。1985 年,黄宝生发表《建立比较文学的中国学派:读〈中国比较文学〉创刊号》,认为《中国比较文学》创刊号上多篇讨论比较文学中国学派的论文标志着大陆对比较文学中国学派的探讨进入了实际操作阶段。[14]1988 年,远浩一提出"比较文学是跨文化的文学研究"(载《中国比较文学》1988 年第 3 期)。这是对比较文学中国学派在理论特征和方法论体系上的一次前瞻。同年,杨周翰先生发表题为"比较文学:界定'中国学派',危机与前提"(载《中国比较文学通讯》1988 年第 2 期),认为东方文学之间的比较研究应当成为"中国学派"的特色。这不仅打破比较文学中的欧洲中心论,而且也是东方比较学者责无旁贷的任务。此外,国内少数民族文学的比较研究,也应该成为"中国学派"的一个组成部分。所以,杨先生认为比较文学中的大量问题和学派问题并不矛盾,相反有助于理论的讨论。1990 年,远浩一发表"关于'中国学派'"(载《中国比较文学》1990 年第 1 期),进一步推进了"中国学派"的研究。此后直到 20 世纪 90 年代末,中国学者就比较文学中国学派的建立、理论与方法以及相应的学科理论等诸多问题进行了积极而富有成效的探讨。

---

12 张隆溪《比较文学译文集》,北京大学出版社 1984 年版。

13 朱维之《比较文学论文集》,南开大学出版社 1984 年版。

14 参见《世界文学》1985 年第 5 期。

刘介民、远浩一、孙景尧、谢天振、陈淳、刘象愚、杜卫等人都对这些问题付出过不少努力。《暨南学报》1991 年第 3 期发表了一组笔谈，大家就这个问题提出了意见，认为必须打破比较文学研究中长期存在的法美研究模式，建立比较文学中国学派的任务已经迫在眉睫。王富仁在《学术月刊》1991 年第 4 期上发表"论比较文学的中国学派问题"，论述中国学派兴起的必然性。而后，以谢天振等学者为代表的比较文学研究界展开了对"X+Y"模式的批判。比较文学在大陆复兴之后，一些研究者采取了"X+Y"式的比附研究的模式，在发现了"惊人的相似"之后便万事大吉，而不注意中西巨大的文化差异性，成为了浅度的比附性研究。这种情况的出现，不仅是中国学者对比较文学的理解上出了问题，也是由于法美学派研究理论中长期存在的研究模式的影响，一些学者并没有深思中国与西方文学背后巨大的文明差异性，因而形成"X+Y"的研究模式，这更促使一些学者思考比较文学中国学派的问题。

经过学者们的共同努力，比较文学中国学派一些初步的特征和方法论体系逐渐凸显出来。1995 年，我在《中国比较文学》第 1 期上发表《比较文学中国学派基本理论特征及其方法论体系初探》一文，对比较文学在中国复兴十余年来的发展成果作了总结，并在此基础上总结出中国学派的理论特征和方法论体系，对比较文学中国学派作了全方位的阐述。继该文之后，我又发表了《跨越第三堵'墙'创建比较文学中国学派理论体系》等系列论文，论述了以跨文化研究为核心的"中国学派"的基本理论特征及其方法论体系。这些学术论文发表之后在国内外比较文学界引起了较大的反响。台湾著名比较文学学者古添洪认为该文"体大思精，可谓已综合了台湾与大陆两地比较文学中国学派的策略与指归，实可作为'中国学派'在大陆再出发与实践的蓝图"[15]。

在我撰文提出比较文学中国学派的基本特征及方法论体系之后，关于中国学派的论争热潮日益高涨。反对者如前国际比较文学学会会长佛克马（Douwe Fokkema）1987 年在中国比较文学学会第二届学术讨论会上就从所谓的国际观点出发对比较文学中国学派的合法性提出了质疑，并坚定地反对建立比较文学中国学派。来自国际的观点并没有让中国学者失去建立比较文学中国学派的热忱。很快中国学者智量先生就在《文艺理论研究》1988 年第

---

15 古添洪《中国学派与台湾比较文学界的当前走向》，参见黄维梁编《中国比较文学理论的垦拓》167 页，北京大学出版社 1998 年版。

1 期上发表题为《比较文学在中国》一文，文中援引中国比较文学研究取得的成就，为中国学派辩护，认为中国比较文学研究成绩和特色显著，尤其在研究方法上足以与比较文学研究历史上的其他学派相提并论，建立中国学派只会是一个有益的举动。1991 年，孙景尧先生在《文学评论》第 2 期上发表《为"中国学派"一辩》，孙先生认为佛克马所谓的国际主义观点实质上是"欧洲中心主义"的观点，而"中国学派"的提出，正是为了清除东西方文学与比较文学学科史中形成的"欧洲中心主义"。在 1993 年美国印第安纳大学举行的全美比较文学会议上，李达三仍然坚定地认为建立中国学派是有益的。二十年之后，佛克马教授修正了自己的看法，在 2007 年 4 月的"跨文明对话——国际学术研讨会（成都）"上，佛克马教授公开表示欣赏建立比较文学中国学派的想法[16]。即使学派争议一派繁荣景象，但最终仍旧需要落点于学术创见与成果之上。

比较文学变异学便是中国学派的一个重要理论创获。2005 年，我正式在《比较文学学》[17]中提出比较文学变异学，提出比较文学研究应该从"求同"思维中走出来，从"变异"的角度出发，拓宽比较文学的研究。通过前述的法、美学派学科理论的梳理，我们也可以发现前期比较文学学科是缺乏"变异性"研究的。我便从建构中国比较文学学科理论话语体系入手，立足《周易》的"变异"思想，建构起"比较文学变异学"新话语，力图以中国学者的视角为全世界比较文学学科理论提供一个新视角、新方法和新理论。

比较文学变异学的提出根植于中国哲学的深层内涵，如《周易》之"易之三名"所构建的"变易、简易、不易"三位一体的思辨意蕴与意义生成系统。具体而言，"变易"乃四时更替、五行运转、气象畅通、生生不息；"不易"乃天上地下、君南臣北、纲举目张、尊卑有位；"简易"则是乾以易知、坤以简能、易则易知、简则易从。显然，在这个意义结构系统中，变易强调"变"，不易强调"不变"，简易强调变与不变之间的基本关联。万物有所变，有所不变，且变与不变之间存在简单易从之规律，这是一种思辨式的变异模式，这种变异思维的理论特征就是：天人合一、物我不分、对立转化、整体关联。这是中国古代哲学最重要的认识论，也是与西方哲学所不同的"变异"思想。

---

16 见《比较文学报》2007 年 5 月 30 日，总第 43 期。
17 曹顺庆《比较文学学》，四川大学出版社 2005 年版。

由哲学思想衍生于学科理论，比较文学变异学是"指对不同国家、不同文明的文学现象在影响交流中呈现出的变异状态的研究，以及对不同国家、不同文明的文学相互阐发中出现的变异状态的研究。通过研究文学现象在影响交流以及相互阐发中呈现的变异，探究比较文学变异的规律。"[18]变异学理论的重点在求"异"的可比性，研究范围包含跨国变异研究、跨语际变异研究、跨文化变异研究、跨文明变异研究、文学的他国化研究等方面。比较文学变异学所发现的文化创新规律、文学创新路径是基于中国所特有的术语、概念和言说体系之上探索出的"中国话语"，作为比较文学第三阶段中国学派的代表性理论已经受到了国际学界的广泛关注与高度评价，中国学术话语产生了世界性影响。

四、国际视野中的中国比较文学

文明之墙让中国比较文学学者所提出的标识性概念获得国际视野的接纳、理解、认同以及运用，经历了跨语言、跨文化、跨文明的多重关卡，国际视野下的中国比较文学书写亦经历了一个从"遍寻无迹""只言片语"而"专篇专论"，从最初的"话语乌托邦"至"阶段性贡献"的过程。

二十世纪六十年代以来港台学者致力于从课程教学、学术平台、人才培养，国内外学术合作等方面巩固比较文学这一新兴学科的建立基石，如淡江文理学院英文系开设的"比较文学"（1966），香港大学开设的"中西文学关系"（1966）等课程；台湾大学外文系主编出版之《中外文学》月刊、淡江大学出版之《淡江评论》季刊等比较文学研究专刊；后又有台湾比较文学学会（1973 年）、香港比较文学学会（1978）的成立。在这一系列的学术环境构建下，学者前贤以"中国学派"为中国比较文学话语核心在国际比较文学学科理论、方法论中持续探讨，率先启声。例如李达三在 1980 年香港举办的东西方比较文学学术研讨会成果中选取了七篇代表性文章，以 *Chinese-Western Comparative Literature: Theory and Strategy* 为题集结出版，[19]并在其结语中附上那篇"中国学派"宣言文章以申明中国比较文学建立之必要。

学科开山之际，艰难险阻之巨难以想象，但从国际学者相关言论中可见西方对于中国比较文学学科的发展抱有的希望渺小。厄尔·迈纳（Earl Miner）

---

18 曹顺庆主编《比较文学概论》，高等教育出版社 2015 年版。

19 *Chinese-Western Comparative Literature：Theory & Strategy*，Chinese Univ Pr.1980-
6

在 1987 年发表的 *Some Theoretical and Methodological Topics for Comparative Literature* 一文中谈到当时西方的比较文学鲜有学者试图将非西方材料纳入西方的比较文学研究中。（until recently there has been little effort to incorporate non-Western evidence into Western com- parative study.）1992 年，斯坦福大学教授 David Palumbo-Liu 直接以《话语的乌托邦：论中国比较文学的不可能性》为题（*The Utopias of Discourse: On the Impossibility of Chinese Comparative Literature*）直言中国比较文学本质上是一项"乌托邦"工程。（My main goal will be to show how and why the task of Chinese comparative literature, particularly of pre-modern literature, is essentially a *utopian* project.）这些对于中国比较文学的诘难与质疑，今美国加州大学圣地亚哥分校文学系主任张英进教授在其 1998 编著的 *China in a polycentric world: essays in Chinese comparative literature* 前言中也不得不承认中国比较文学研究在国际学术界中仍然处于边缘地位（The fact is, however, that Chinese comparative literature remained marginal in academia, even though it has developed closely with the rest of literary studies in the United Stated and even though China has gained increasing importance in the geopolitical world order over the past decades.）。[20]但张英进教授也展望了下一个千年中国比较文学研究的蓝景。

新的千年新的气象，"世界文学""全球化"等概念的冲击下，让西方学者开始注意到东方，注意到中国。如普渡大学教授斯蒂文·托托西（Tötösy de Zepetnek, Steven）1999 年发长文 *From Comparative Literature Today Toward Comparative Cultural Studies* 阐明比较文学研究更应该注重文化的全球性、多元性、平等性而杜绝等级划分的参与。托托西教授注意到了在法德美所谓传统的比较文学研究重镇之外，例如中国、日本、巴西、阿根廷、墨西哥、西班牙、葡萄牙、意大利、希腊等地区，比较文学学科得到了出乎意料的发展（emerging and developing strongly）。在这篇文章中，托托西教授列举了世界各地比较文学研究成果的著作，其中中国地区便是北京大学乐黛云先生出版的代表作品。托托西教授精通多国语言，研究视野也常具跨越性，新世纪以来也致力于以跨越性的视野关注世界各地比较文学研究的动向。[21]

---

20 Moran T . Yingjin Zhang, Ed. China in a Polycentric World: Essays in Chinese Comparative Literature[J].现代中文文学学报,2000,4(1):161-165.

21 Tötösy de Zepetnek, Steven. "From Comparative Literature Today Toward Comparative Cultural Studies." CLCWeb: Comparative Literature and Culture 1.3 (1999):

以上这些国际上不同学者的声音一则质疑中国比较文学建设的可能性，一则观望着这一学科在非西方国家的复兴样态。争议的声音不仅在国际学界，国内学界对于这一新兴学科的全局框架中涉及的理论、方法以及学科本身的立足点，例如前文所说的比较文学的定义，中国学派等等都处于持久论辩的漩涡。我们也通晓如果一直处于争议的漩涡中，便会被漩涡所吞噬，只有将论辩化为成果，才能转漩涡为涟漪，一圈一圈向外辐射，国际学人也在等待中国学者自己的声音。

上海交通大学王宁教授作为中国比较文学学者的国际发声者自 20 世纪末至今已撰文百余篇，他直言，全球化给西方学者带来了学科死亡论，但是中国比较文学必将在这全球化语境中更为兴盛，中国的比较文学学者一定会对国际文学研究做出更大的贡献。新世纪以来中国学者也不断地将自身的学科思考成果呈现在世界之前。2000 年，北京大学周小仪教授发文（*Comparative Literature in China*）[22]率先从学科史角度构建了中国比较文学在两个时期（20 世纪 20 年代至 50 年代，70 年代至 90 年代）的发展概貌，此文关于中国比较文学的复兴崛起是源自中国文学现代性的产生这一观点对美国芝加哥大学教授苏源熙（Haun Saussy）影响较深。苏源熙在 2006 年的专著 *Comparative Literature in an Age of Globalization* 中对于中国比较文学的讨论篇幅极少，其中心便是重申比较文学与中国文学现代性的联系。这篇文章也被哈佛大学教授大卫·达姆罗什（David Damrosch）收录于《普林斯顿比较文学资料手册》（*The Princeton Sourcebook in Comparative Literature*，2009[23]）。类似的学科史介绍在英语世界与法语世界都接续出现，以上大致反映了中国学者对于中国比较文学研究的大概描述在西学界的接受情况。学科史的构架对于国际学术对中国比较文学发展脉络的把握很有必要，但是在此基础上的学科理论实践才是关系于中国比较文学学科国际性发展的根本方向。

我在 20 世纪 80 年代以来 40 余年间便一直思考比较文学研究的理论构建问题，从以西方理论阐释中国文学而造成的中国文艺理论"失语症"思考

---

22 Zhou, Xiaoyi and Q.S. Tong, "Comparative Literature in China", Comparative Literature and Comparative Cultural Studies, ed., Totosy de Zepetnek, West Lafayette, Indiana: Purdue University Press, 2003, 268-283.

23 Damrosch, David (EDT)*The Princeton Sourcebook in Comparative Literature*: Princeton University Press

属于中国比较文学自身的学科方法论，从跨异质文化中产生的"文学误读""文化过滤""文学他国化"提出"比较文学变异学"理论。历经 10 年的不断思考，2013 年，我的英文著作：*The Variation Theory of Comparative Literature*（《比较文学变异学》），由全球著名的出版社之一斯普林格（Springer）出版社出版，并在美国纽约、英国伦敦、德国海德堡出版同时发行。*The Variation Theory of Comparative Literature*（《比较文学变异学》）系统地梳理了比较文学法国学派与美国学派研究范式的特点及局限，首次以全球通用的英语语言提出了中国比较文学学科理论新话语："比较文学变异学"。这一新概念、新范畴和新表述，引导国际学术界展开了对变异学的专刊研究（如普渡大学创办刊物《比较文学与文化》2017 年 19 期）和讨论。

欧洲科学院院士、西班牙圣地亚哥联合大学让·莫内讲席教授、比较文学系教授塞萨尔·多明戈斯教授（Cesar Dominguez），及美国科学院院士、芝加哥大学比较文学教授苏源熙（Haun Saussy）等学者合著的比较文学专著（Introducing Comparative literature: New Trends and Applications[24]）高度评价了比较文学变异学。苏源熙引用了《比较文学变异学》（英文版）中的部分内容，阐明比较文学变异学是十分重要的成果。与比较文学法国学派和美国学派形成对比，曹顺庆教授倡导第三阶段理论，即，新奇的、科学的中国学派的模式，以及具有中国学派本身的研究方法的理论创新与中国学派"（《比较文学变异学》（英文版）第 43 页）。通过对"中西文化异质性的"跨文明研究"，曹顺庆教授的看法会更进一步的发展与进步（《比较文学变异学》（英文版）第 43 页），这对于中国文学理论的转化和西方文学理论的意义具有十分重要的价值。（"Another important contribution in the direction of an imparative comparative literature-at least as procedure-is Cao Shunqing's 2013 *The Variation Theory of Comparative Literature*. In contrast to the "French School" and "American School" of comparative Literature, Cao advocates a "third-phrase theory", namely, "a novel and scientific mode of the Chinese school," a "theoretical innovation and systematization of the Chinese school by relying on our *own* methods" (*Variation Theory* 43; emphasis added). From this etic beginning, his proposal moves forward emically by developing a "cross-civilizaional study on the heterogeneity between

---

24 Cesar Dominguez,Haun Saussy,Dario Villanueva Introducing Comparative literature: New Trends and Applications，Routledge,2015

Chinese and Western culture" (43), which results in both the foreignization of Chinese literary theories and the Signification of Western literary theories.)

法国索邦大学（Sorbonne University）比较文学系主任伯纳德·弗朗科（Bernard Franco）教授在他出版的专著（《比较文学：历史、范畴与方法》）*La littératurecomparée: Histoire, domaines, méthodes* 中以专节引述变异学理论，他认为曹顺庆教授提出了区别于影响研究与平行研究的"第三条路"，即"变异理论"，这对应于观点的转变，从"跨文化研究"到"跨文明研究"。变异理论基于不同文明的文学体系相互碰撞为形式的交流过程中以产生新的文学元素，曹顺庆将其定义为"研究不同国家的文学现象所经历的变化"。因此曹顺庆教授提出的变异学理论概述了一个新的方向，并展示了比较文学在不同语言和文化领域之间建立多种可能的桥梁。(Il évoque l'hypothèse d'une troisième voie, la « théorie de la variation », qui correspond à un déplacement du point de vue, de celui des « études interculturelles » vers celui des « études transcivilisationnelles . » Cao Shunqing la définit comme « l'étude des variations subies par des phénomènes littéraires issus de différents pays, avec ou sans contact factuel, en même temps que l'étude comparative de l'hétérogénéité et de la variabilité de différentes expressions littéraires dans le même domaine ».Cette hypothèse esquisse une nouvelle orientation et montre la multiplicité des passerelles possibles que la littérature comparée établit entre domaines linguistiques et culturels différents.) [25]。

美国哈佛大学（Harvard University）厄内斯特·伯恩鲍姆讲席教授、比较文学教授大卫·达姆罗什（David Damrosch）对该专著尤为关注。他认为《比较文学变异学》（英文版）以中国视角呈现了比较文学学科话语的全球传播的有益尝试。曹顺庆教授对变异的关注提供了较为适用的视角，一方面超越了亨廷顿式简单的文化冲突模式，另一方面也跨越了同质性的普遍化。[26]国际学界对于变异学理论的关注已经逐渐从其创新性价值探讨延伸至文学研究，例如斯蒂文·托托西近日在 *Cultura* 发表的（Peripheralities: "Minor" Literatures, Women's Literature, and Adrienne Orosz de Csicser's Novels）一文中便成功地将变异学理论运用于阿德里安·奥罗兹的小说研究中。

---

25 Bernard Franco La littératurecomparée: Histoire, domaines, méthodes，Armand Colin 2016.

26 David Damrosch Comparing the Literatures,Literary Studies in a Global Age,Princeton University Press,2020.

国际学界对于比较文学变异学的认可也证实了变异学作为一种普遍性理论提出的初衷，其合法性与适用性将在不同文化的学者实践中巩固、拓展与深化。它不仅仅是跨文明研究的方法，而是一种具有超越影响研究和平行研究，超越西方视角或东方视角的宏大视野、一种建立在文化异质性和变异性基础之上的融汇创生、一种追求世界文学和总体问题最终理想的哲学关怀。

以如此篇幅展现中国比较文学之况，是因为中国比较文学研究本就是在各种危机论、唱衰论的压力下，各种质疑论、概念论中艰难前行，不探源溯流难以体察今日中国比较文学研究成果之不易。文明的多样性发展离不开文明之间的交流互鉴。最具"跨文明"特征的比较文学学科更需要文明之间成果的共享、共识、共析与共赏，这是我们致力于比较文学研究领域的学术理想。

千里之行，不积跬步无以至，江海之阔，不积细流无以成！如此宏大的一套比较文学研究丛书得承花木兰总编辑杜洁祥先生之宏志，以及该公司同仁之辛劳，中国比较文学学者之鼎力相助，才可顺利集结出版，在此我要衷心向诸君表达感谢！中国比较文学研究仍有一条长远之途需跋涉，期以系列丛书一展全貌，愿读者诸君敬赐高见！

曹顺庆

二零二一年十月二十三日于成都锦丽园

目

次

绪　论

　　极简主义音乐[1]是 20 世纪 60 年代在美国兴起的当代古典音乐流派。该流派是极简主义艺术思潮的一个分支，并与该思潮下的视觉艺术、舞蹈、文学、电影、建筑等各门类艺术相互融通、影响。作为当代艺术学理论中的一种重要艺术现象与思潮，极简主义以简约、抽象、客观作为各门艺术的共性特征与创作理念，深刻并持续影响着当下的艺术创作、实践与研究。极简主义音乐是极简主义艺术思潮最成功的实践形式之一，并被该流派的鼻祖作曲家拉·蒙特·扬简洁而优雅地描述为"用最精炼的手段进行创作"[2]。由此可见，极简主义音乐的基本概念就是精简，将作曲家使用的音乐要素削减到最低限度[3]。同时，重复的动机、持续的长音、调性化的和声等也构成了该流派音乐的创作特征。在美学上，极简主义音乐被描述为非叙述性、非目的性和非具象性，通过关注音乐的内部过程来唤起人们对倾听活动的注意。

　　该流派起源于上世纪 60 年代的纽约闹市区。最初，这场运动有几十位作曲家参与，但只有拉·蒙特·扬、特里·莱利、史蒂夫·里奇、菲利普·格拉斯和后来的约翰·亚当斯五位作曲家对极简主义音乐作出了卓越的贡献。因此，他们五人也成为了极简主义音乐的代表人物；其他不太知名的极简主义者包括美国作曲家波林·奥利弗斯、菲尔·尼布洛克、理查德·马克斯菲尔德、

1　Minimalism 这个单词在视觉艺术领域通常被译作"极简主义"，但在音乐界常被译作"简约主义"。在这里，笔者采用前一种译法"极简主义"，以突出该流派音乐与极简视觉艺术之间的渊源和联系。

2　[美]K·罗伯特·施瓦茨：《简约主义音乐家》，毕祎译，上海：上海音乐学院出版社，2020 年版，第 9 页。

3　[美]K·罗伯特·施瓦茨：《简约主义音乐家》，前引书，第 9 页。

约翰·凯尔、托尼·康拉德、菲利普·科纳、乔恩·吉布森、特里·詹宁斯，丹尼斯·约翰逊，汤姆·约翰逊，梅雷迪思·蒙克等，他们中的许多人都建立了密切的联系并参与彼此作品的演出活动。在欧洲，英国的加文·布里尔斯、迈克·尼曼、克里斯托弗·霍布斯、霍华德·斯坎普顿，法国的埃莉安·拉迪格，荷兰的路易斯·安德里森，波兰的亨利克·戈雷茨基，以及爱沙尼亚的阿沃·帕特等作曲家的音乐也表现出了极简主义的特征。

20世纪60年代初期的极简主义音乐通常具有非传统的调音、模块化的动机，以及将音乐的持续时间延伸到足以挑战人们耐力的长度。作曲家扬和莱利可以算作是该阶段的先驱人物。20世纪60年代中后期，里奇和格拉斯开始登上极简主义音乐的舞台，到20世纪70年代中期，二人已经是这一运动的代表人物，并逐渐开始远离极简主义音乐早期作品的原始化且极端精简的风格[4]，进而探索更广阔的音乐世界。1976年，当格拉斯的《海滩上的爱因斯坦》和里奇的《为十八位音乐家而作的音乐》首演时，极简主义音乐展示出向歌剧领域及更丰富化和声语言的迈进。20世纪70年代后期，约翰·亚当斯凭借《振动环》《弗里吉亚门》作为"第五位极简主义者"进入了公众的视线。在今天看来，他可能是除了里奇和格拉斯以外，最广为人知且作品被最广泛演奏的美国作曲家之一。

简而言之，极简主义音乐成为了20世纪后期我们仍然称之为"古典音乐"的最知名且商业上最成功的新风格，并赢得了各类听众——摇滚乐迷、爵士乐迷和古典乐爱好者的喜爱。格拉斯、里奇、莱利和亚当斯等都是极简主义作曲家中广受欢迎的当代音乐国际明星。

一、研究目的与选题意义

基于极简主义音乐的历史地位和持续影响力，英美学界自上世纪70年代起便对其进行了全方位、多角度的研究。这些研究以思辨的观点、创新的方法、多元的阐释和求同存异的对比展现出英美学界对极简主义音乐的研究实力，也构成了本书选题的材料基础与理论视野。基于此，笔者认为该选题具有以下意义。

首先，本文是第一部以"英美学界的极简主义音乐研究"为研究对象的专著。相较于国内，英美学界对极简主义音乐的研究具有量的优势和质的差

---

4 [美]K·罗伯特·施瓦茨：《简约主义音乐家》，前引书，第12页。

别，具有文献和方法上的价值。极简主义音乐根植于美国土壤，因此，英美学者在地理距离和心理距离上更加接近极简主义音乐的文化及思想。自上世纪 70 年代中期至今，英美学界在跨越近半个世纪的研究中积累了极简主义音乐的丰硕研究成果。国内学界的极简主义音乐研究起步于上世纪 90 年代，由于地域限制和文化隔阂，国内的研究多侧重于技术层面，且对极简主义音乐的历史背景、文化根源、美学倾向，以及作曲家与社会各界人士之间的交流互动等问题显得相对陌生。通过广泛地搜集、梳理英美学界对极简主义音乐的研究成果，可以为国内学界提供更新的研究材料与更广的研究视阈。

第二，极简主义音乐之于 20 世纪音乐具有重要影响。一方面，作为二战后的音乐流派，极简主义音乐对当代音乐的进程与发展作出了重要贡献。该流派根植于后工业时代的消费社会，践行了后现代思潮中的"无深度"理念，以简约化、复制化、循环化音型为主要创作材料，呈现出借鉴非西方音乐元素、塑造当代城市生活图景、营造幻象化音乐效果的美学特征。同时，极简主义音乐具有欣欣向荣、生生不息的当代音乐精神，其以极强的可听性、动力性获得了社会各领域听众的喜爱。尽管 20 世纪的极简主义音乐不像古典、浪漫主义音乐那样博大厚重，但却站在时代的前列对西方当代音乐的革新起到了推波助澜的作用。然而，从另一方面讲，极简主义音乐又是一个极具争议的流派。其在很长一段时间内几乎无法察觉出变化，那如同永动机般的机械复制音型很容易让听众感到无聊甚至抓狂，并由此引发了评论界中的许多不同的看法与声音。正是基于极简主义音乐的历史地位及其争议，对英美学界现有研究成果的总结、译介与述评便具有重要价值。

第三，结合英美学界的观点与方法看待极简主义音乐流派，对于中国学界的理论研究、中国当代音乐的创作与演奏也具有一定程度的启发意义。自上世纪 60 年代在美国兴起后，极简主义音乐深刻地影响了同时代及后代作曲家，如美国的约翰·亚当斯、尼克·穆利，欧洲的乔治·利盖蒂、阿沃·帕特、亨里克·格雷茨基、路易斯·安德里森，以及中国诸多作曲家的创作。因此，引进、译介国外学者的最新研究成果可以为理论研究者提供新的观点与方法，为音乐创作者提供新的技术与理念支持，为音乐演奏家提供新的作品解读方式，达到对理论研究、创作、演奏三方的思想启迪与思路拓展。

第四，作为后现代艺术的代表范式之一，极简主义音乐体现出后现代思潮中的解构主义、挑战高雅艺术和通俗艺术之间的界限、与现代主义的断裂、多元论和折中主义等美学倾向。首先，极简主义音乐在作品形式和建构思维上体现出解构性。诸如《C调》等极简主义音乐作品在乐器数量、乐器类型、重复次数、曲式结构、音域、终止等方面体现出开放性特征，达到了对音乐形式要素的解构。同时，极简主义作曲家通过采用连续性重复解构了音乐的叙事，并进而转向一系列诗意形象塑造，破坏了以往记忆中对作品结构的感知。其二，极简主义音乐通过回归调性化的音高语言显示出对日益艰深的现代主义序列技法的拒绝，由此展现后现代音乐向传统音乐的形式和语法的回溯；其三，极简主义作曲家在其音乐中注入了爵士、摇滚等流行音乐元素和声音，使极简主义音乐成为了古典与流行的跨界交叉点，以此体现高、低艺术的交融及发展潜力。这些特征都使得极简主义音乐成为了反映后现代美学的一面透镜。

第五，极简主义音乐可以作为一个绝佳的跨文化音乐案例。极简主义作曲家通过对印度音乐、西非音乐以及印尼佳美兰音乐等世界民族音乐元素的吸收，从而展现出他们对古老的、非西方音乐文化的追溯。作曲家拉·蒙特·扬将印度乐器坦布拉所发出的持续嗡鸣声及其所代表的"永恒的东方精神"引入了极简主义音乐中；菲利普·格拉斯从印度音乐的"塔拉"节奏中获得灵感并创作出他音乐中无止境变换的拍子与节奏型；史蒂夫·里奇发现了西非埃维音乐的多节奏结构特征，并按照埃维音乐的结构原则对他本人的音乐结构进行建模，使来自另一块大陆上的、具有厚重文化传统的声音在美国极简主义作曲家的作品中得到新生。异域的音乐文化元素对当代西方音乐具有再生作用，并有助于建立西方作曲家独特的创作声音。因此，极简主义音乐的跨文化创作理念能够为我们看待当下全球多元文化融合的总体趋势提供新的观点与路径。

第六，极简主义音乐为我们解读艺术史中繁与简艺术现象的流变规律提供了启示。纵观西方艺术史，通常在繁复艺术的兴盛之后，会出现一种在技法、形式上大幅缩减的简化风潮，其突破、革新了繁复艺术的华美，并取而代之以相对简洁的艺术形式和审美倾向。这种物极必反、由繁入简的变革发生在如巴洛克音乐向古典音乐的过渡、由抽象表现主义艺术向极简主义艺术的过渡、由序列音乐向极简主义音乐的过渡中。繁与简艺术风格的更迭趋势印证了"绚烂之极，归于平淡"的思想内涵，展现出艺术发展的内在规律与方向，并为我们在历史的语境中看待一种简化的艺术思潮的产生及其缘由提供了思路与参考。

二、中西研究现状与对比

（一）国内的极简主义音乐研究现状

国内对简约主义[5]音乐的研究主要集中在一般的综合性研究、作品及创作技法、文化及创作理念，以及影响研究等角度。通过检索，笔者共找到国内学界 90 余篇（部）研究简约主义音乐的文献，其中期刊论文近 70 篇，博士学位论文 4 部，硕士学位论文 17 部，以及译本两部。

国内的简约主义音乐研究起步于上世纪 90 年代，其大致可划分为 1993 年-2002 年、2003 年-2012 年以及 2012 年至今三个研究阶段。第一阶段（1993 年-2002 年）的研究主要以期刊论文为主。其中，张洪模于 1993 年发表的文章《美国简约乐派的开山祖师菲利普·格拉斯》[6]可以作为国内简约主义音乐研究的学术史开端。文章主要以作曲家菲利普·格拉斯的传记研究为特征，同时对简约音乐的美学倾向、格拉斯的社会交往、以及格拉斯的"传记三部曲"歌剧创作进行了介绍与论述。王今的《简约派音乐》[7]从简约主义音乐的名称与概念、主要作曲家及作品、灵感来源与影响、创作观念与追求四个方面来进行阐述，是针对简约主义音乐进行总体性研究的较早文献。

第二阶段（2003 年-2012 年）的简约主义音乐研究体现出文献类型的多样化趋势，并出现了除期刊论文外的硕博士学位论文及研究专著。就期刊论文而言，徐昌俊、蔡妮辰、赵媛媛的《史蒂夫·里奇和他的〈钢琴相位〉（Piano Phase，1967）》[8]，是较早对具体的简约主义音乐作品进行研究的文献。文章从材料、调性、节奏、音高组织以及结构等方面对里奇的《钢琴相位》（1967）进行了音乐分析。朴英的《菲利普·格拉斯简约音乐作品的和声特色》[9]从和弦材料、和声连接、调式调性三个方面对格拉斯作品的和声特征进行了阐述与分析。杨婷的《繁简相映　继往开来——赖克〈为十八位演奏家而作的音

---

5 国内音乐界一般将 minimalism 译作简约主义，minimal music 译作简约音乐。因此，在这部分论述中笔者将采用国内学界的通行译法进行论述。

6 张洪模：《美国简约乐派的开山祖师菲利普·格拉斯》，《人民音乐》，1993 年第 10期。

7 王今：《简约派音乐》，《中央音乐学院学报》，1994 年第 4 期。

8 徐昌俊，蔡妮辰，赵媛媛：《史蒂夫·里奇和他的〈钢琴相位〉（Piano Phase,1967）》，《黄钟》（中国·武汉音乐学院学报），2006 年第 1 期。

9 朴英：《菲利普·格拉斯简约音乐作品的和声特色》，《乐府新声》（沈阳音乐学院学报），2008 年第 4 期。

乐〉分析研究》[10]从作品结构、节奏节拍、音乐材料的发展手法、和声运用、配器手法等五个方面，对赖克[11]的作品《为十八位演奏家而作的音乐》进行了分析。

这一阶段的研究学者还陆续发表了关于简约主义音乐的系列研究论文。唐小波针对简约主义音乐的附加过程、相位移动技法、约翰·亚当斯的"后简约主义"创作技法、约翰·亚当斯创作中的象征手法及其结构功能等问题展开研究，并先后发表了四篇论文，在该领域的研究中具有代表性。邓军是国内较早关注作曲家拉·蒙特·扬及其音乐的学者，他先后发表了两篇论文，分别探讨了作曲家拉·蒙特·扬音乐创作的阶段化特征和创作理念的演变。

对文化内涵与美学倾向的研究也是这一阶段国内简约主义音乐研究的一个重要方向。王明华在《简约音乐的文化寓意》[12]中分别从简约音乐的时代特性、文化多元性及简约艺术与简约音乐的联系等视角进行了研究。王斯在《过度阐释后的美感／可以被理解的美感——史蒂夫·赖克简约主义音乐中的背弃与沉湎》[13]中，认为以史蒂夫·赖克为代表的简约主义音乐创作是对极端复杂派写作方法、新浪漫主义音乐，以及音乐意义与功能性的背叛，具有回归到纯粹化音乐创作的倾向。

此外，牛俊峰的《西方音乐中的简约主义》、王莹的《以简驭繁：简约主义音乐的历史渊源》、王则灵的《简约音乐作曲技法特征的分析与研究》以及朱宁宁的《声音材料的惯性运动在简约音乐中的表现路径》等论文提供了关于简约主义音乐的综合性研究和通识性阅读。

学位论文方面，该阶段有两部研究简约主义音乐的博士论文以及 4 部硕士论文。顾之勉在博士论文《微变奏——简约主义作曲技术之纲》[14]中提出了"微变奏"作曲技法，并分析了其在简约主义音乐中的运用；唐小波在博士论文《约翰·亚当斯管弦乐作品创作研究》中阐述了作曲家亚当斯对简约主义创作技法的继承、折中和升华。其余的硕士论文主要从创作技法的角度展开对简

10 杨婷：《繁简相映 继往开来——赖克〈为十八位演奏家而作的音乐〉分析研究》，《中央音乐学院学报》，2010 年第 3 期。

11 作曲家史蒂夫·里奇（Steve Reich）又可译作莱赫、赖克、莱奇、赖希等。

12 王明华：《简约音乐的文化寓意》，《齐鲁艺苑》，2008 年第 6 期。

13 王斯：《过度阐释后的美感／可以被理解的美感——史蒂夫·赖克简约主义音乐中的背弃与沉湎》，《星海音乐学院学报》，2010 年第 1 期。

14 顾之勉：《微变奏——简约主义作曲技术之纲》，上海音乐学院 2008 年博士学位论文。

约主义音乐作品的分析与研究。

总体来讲，这一时期的简约主义音乐研究开始呈现出逐渐发展的趋势。从文献类型上看，期刊论文是这一时期的主要成果，同时也涌现出一定数量的学位论文。其中的两部博士论文具有代表性，它们以创作研究的视角切入，反映了国内学界针对简约主义音乐的系统化、深度化学术研究成果。

第三阶段（2012 年至今）的国内简约主义音乐研究呈现出一些新的视阈和方向。一部分学者开始关注电影音乐语境中的简约主义音乐。在《格拉斯在影片〈此时·此刻〉中的冷音乐》[15]中，陈大炜解析了格拉斯的音乐与电影叙事之间的互动与张力。韩江雪、张晓梅的《影片〈时时刻刻〉中的简约主义配乐解析》[16]从音乐与电影的串联作用、音乐对人物心理的描绘等角度对作曲家菲利普·格拉斯为电影《时时刻刻》所作的简约主义配乐进行了分析。李芸在《简约主义和日本传统风格的结合——宫崎骏动画电影的音乐解析》中认为，宫崎骏动画电影的音乐缔造者久石让通过采用简约主义的创作手法使音乐充满想象力和梦幻意境，进而恰到好处地衬托了电影的细腻笔触、深邃隐喻与情感内涵[17]。

另一部分学者从影响研究的角度探索了简约主义音乐技法在欧洲、中国当代音乐中的影响与流变。陈鸿铎在《复杂的简约——利盖蒂对简约音乐的另类发展》中指出，匈牙利作曲家乔治·利盖蒂于 20 世纪 70 年代以后创作的《三首双钢琴曲》《钢琴协奏曲》《钢琴练习曲》以及《汉堡协奏曲》中都展现出一种"复杂的简约"，并认为作曲家利盖蒂的转化型创作大大提升了人们对简约音乐的认识[18]。白志文在《相位手法影响控制下的民族器乐室内乐创作——以秦文琛〈群雁——向远方〉为例》中解析了简约音乐的相位技法在作品《群雁》中的表现形式，并探讨了蒙古传统音响与相位手法之间的关系[19]。在

---

15 陈大炜：《格拉斯在影片〈此时·此刻〉中的冷音乐》，《电影文学》，2013 年第 10 期。

16 韩江雪、张晓梅：《影片〈时时刻刻〉中的简约主义配乐解析》，《人民音乐》，2016 年第 1 期。

17 李芸：《简约主义和日本传统风格的结合——宫崎骏动画电影的音乐解析》，《电影新作》，2014 年第 3 期。

18 陈鸿铎：《复杂的简约——利盖蒂对简约音乐的另类发展》，《音乐艺术》（上海音乐学院学报），2021 年第 1 期。

19 白志文：《相位手法影响控制下的民族器乐室内乐创作——以秦文琛〈群雁——向远方〉为例》，《音乐创作》，2016 年第 3 期。

《秦文琛〈向远方〉（上）持续型织体化乐思及简约主义倾向》[20]中，周强探讨了秦文琛《向远方》中的14首室内乐作品与简约音乐在技术、观念、审美和思想上的融汇。

在文化及创作理念层面上，韩江雪分别针对简约音乐的美学理念、重复特征及其在后现代语境中所体现出的解构性、多元化和感官刺激进行了分析，并先后发表了《简约主义音乐的美学理念与文化实践》《简约主义音乐"重复"特征的文化释义》《后现代语境下的简约主义音乐》以及《从"附加模式"到"折中主义"：菲利普·格拉斯的室内乐创作》等学术论文。通过运用伦纳德·迈尔的音乐期待理论，徐鹤绾在《简约音乐中的听幻艺术》中分析了简约音乐何以带给听众"致幻"的聆听感受[21]。

译著方面，龚天鹏翻译了作曲家菲利普·格拉斯的自传《无乐之词》[22]。在这本自传中，格拉斯以冷静幽默的目光回顾了自己如何打破东西方音乐、古典主义和现代主义音乐的界限；如何一边开出租、做水管工，一边在众人的倒彩声中坚持音乐之路；以及如何游走于交响乐、歌剧和电影配乐等不同领域并大放异彩的音乐生涯。2020年，上海音乐学院出版社出版了美国学者 K·罗伯特·施瓦茨撰写、毕祎翻译的《简约主义音乐家》。该书是第一本写给普通大众的关于简约主义音乐的书[23]，它阐述了简约主义作曲家们的生平，讨论了他们杰出的作品，并考察了他们成长的艺术氛围。这些自传、专著译本的出现表明国内学界开始重视对英美语境中的原始文献和研究材料的引进与译介，并为国内的简约主义音乐研究提供了最新的文本和更加权威的解读。

由此可见，近十年国内学界的简约主义音乐研究已开始出现一些新颖的视角和倾向。首先，国内学界从简约主义音乐在传播过程中的流变及其对他国音乐（尤其是中国当代音乐）的影响进行了研究，体现出国内学界的学术创新之处。第二，国内学者开始关注简约主义技术在电影配乐中的使用，并致力于分析简约化的音乐风格与电影情感表达之间的关联。第三，该时期出现了对作

---

20 周强：《秦文琛〈向远方〉（上）持续型织体化乐思及简约主义倾向》，《中国音乐》，2017年第4期。

21 徐鹤绾：《简约音乐中的听幻艺术》，《南京艺术学院学报》（音乐与表演），2017第1期。

22 [美]菲利普·格拉斯：《无乐之词》，龚天鹏译，郑州：河南大学出版社，2018年版。

23 该书的英文原版出版于1996年。见 K. Robert Schwarz. *Minimalists*. New York: Phaidon Press, 1996.

曲家自传及由英美学者所撰写的研究简约主义音乐的专著译本，表明了国内学界对英美研究文献的关注与引介。

综上所述，国内学界目前并无系统针对英美学界的简约主义音乐的研究文献，且国内学者对简约主义音乐的研究主要集中在宏观的综合性研究，对作品形态、作曲技法的分析，以及从文化、美学、影响等视角着眼的研究。同时，国内学界的简约主义音乐研究也存在以下问题。第一，有待拓展深度化的研究成果。其中，研究专著、博士论文等可深入展开的研究文献较少。因此，笔者期待在未来的研究中见到更多研究简约主义音乐的专著及博士论文，进而达到对研究对象的深度探索和系统挖掘。第二，有待开辟多元化的研究视角。针对简约主义音乐的作品、理念和技法的分析依然是大多数国内研究文献的主流方向。望在今后的研究中，国内学界能从不同学科、不同领域和视角着手研究，构建多元化的研究模式与路径。例如，可以增加更多的阐释分析，如结合历史、社会思潮的大背景对简约主义音乐的文化内涵进行阐释；同时也可增加更多的比较研究，如将欧洲、中国当代音乐中运用简约技术创作的作品与美国的简约主义音乐进行比较，从而达到学术创新。

（二）国外的极简主义音乐研究现状

在文献搜集方面，通过利用 ProQuest, Jstor, Oxford Online, Library Genesis, 以及谷歌学术、谷歌图书、哈佛大学图书馆、牛津大学图书馆等平台，笔者检索到大量英美学界关于极简主义音乐的研究文献，包括约 17 部专著、104 部博士论文、200 余篇期刊论文，以及多篇新闻报道、乐评等。

在英美学界，英国学者、作曲家迈克·尼曼在其 1974 年的专著《凯奇及其后的实验音乐》中，首次以"极简主义"命名该流派音乐并对其进行了研究。在尼曼之后近半个世纪的时间跨度中，英美学界又涌现出针对极简主义音乐的各类研究专著、学位论文和期刊论文。因此，我们不妨以十年为界将英美学界极简主义音乐研究的学术史进行分期，以此总结各阶段的研究特征和总体趋势。

第一阶段（1974 年-1983 年）

英美学界极简主义音乐研究的起步期。1974 年，英国学者迈克·尼曼在《凯奇及其后的实验音乐》的第七章"极简主义音乐，确定性和新的调性"中，对美国极简主义音乐和欧洲极简主义音乐分别进行了论述，该专著可作为英美极简主义音乐研究的学术史发端。在笔者看来，尼曼的研究具有以下特色。首先，定位准确。作为一名来自欧洲大陆的作曲家与理论家，尼曼对于大西洋彼岸的当代极简主义音乐作出了非常准确的定位和描述。他将极简主义音乐放在实验音乐的框架下进行讨论，突出了其作为实验音乐之延伸的重要属性。第二，概括准确。尼曼对极简主义音乐早期的四位代表作曲家及其创作特征都进行了非常精炼的概括。他以持续的长音和延长的时间来概括拉·蒙特·扬的音乐，以即兴和稳定的脉冲频率概括特里·莱利的作品。菲利普·格拉斯的音乐体现出重复和附加的特征，而史蒂夫·里奇的创作特征则体现为通过采用相位等技法以营造渐进的音乐过程。第三，世界眼光。在第七章第二部分对英国的极简主义音乐进行介绍和评论时，尼曼将其与美国的极简主义音乐作了简要的对比分析。例如，在将英国作曲家约翰·怀特与美国作曲家史蒂夫·里奇的音乐进行比较时，尼曼认为"怀特的机器过程体现出连续的、严格的，但却无情和冷漠的特征，其缺乏美国音乐各种超乎寻常的能量"[24]。总体而言，尼曼的研究反映出一位来自欧洲的英国作曲家对当代美国音乐及其文化的独到阐释。

维姆·梅尔滕斯于1983年出版的专著《美国极简音乐：拉·蒙特·扬、特里·莱利、史蒂夫·里奇与菲利普·格拉斯》以其独创性和深刻性成为研究极简主义音乐所不可或缺的重要文献。梅尔滕斯认为，以作曲家扬、莱利、里奇和格拉斯为代表的极简主义音乐可以被视为自勋伯格以来前卫音乐反辩证法运动的最新阶段[25]。梅尔滕斯分别将极简主义音乐与传统音乐、序列音乐、偶然音乐进行比较论述，同时又将其置于阿多诺的否定辩证法、利奥塔和德勒兹的力比多哲学以及弗洛伊德的无意识力比多过程等哲学话语中，全方位展现出多元且精彩纷呈的音乐现象背后的社会及精神之根源。

上述的两部论著可作为英美学界研究极简主义音乐的早期重要成果。其中，尼曼的研究以其实验音乐的框架和世界主义的眼光为特色，梅尔滕斯则侧重于对极简主义音乐美学倾向的研究，并从哲学角度解析了其诞生的思想渊源。

第二阶段（1984年-1993年）

英美学界极简主义音乐研究的探索期。这一阶段有两部重要的学术专著，

24　Michael Nyman. *Experimental Music: Cage and Beyond*. New York: Cambridge University Press, 1974, p.166.

25　Wim Mertens. *American Minimal Music: La Monte Young, Terry Riley, Steve Reich, Philip Glass*. London: Kahn and Averill, 1983, p.87.

分别以部分章节中的极简主义音乐研究为特色。乔纳森·克莱默在《音乐的时间》的第十二章"时间与永恒"中以垂直时间来描述对极简主义音乐的时间感知，是最早从时间角度关注极简主义音乐的文献[26]。爱德华·斯特里克兰的《极简主义：起源》[27]从绘画、声音、空间三个方面对整个极简主义艺术运动进行了全面概括和勾勒。其中，对声音的论述占据了该书的最长篇幅。斯特里克兰以生动的语言将极简主义音乐的发端及其创作的思想渊源、技法与理念完整呈现，描绘出四位极简主义作曲家与同时期音乐家、艺术家之间的交往图景，从而烘托出整个极简主义艺术思潮的时代语境。

学位论文方面，这一时期有两部重要的博士学位论文值得关注。迪恩·保罗·铃木在《极简主义音乐：从菲利普·格拉斯、史蒂夫·里奇、特里·莱利和拉·蒙特·扬的作品中看其演变》[28]中从定义、美学、哲学特征等角度对极简主义音乐进行了概括，并追溯了极简主义音乐诞生的时代背景。蒂莫西·约翰逊在《约翰·亚当斯音乐中的和声：从〈弗里吉亚门〉到〈尼克松在中国〉》中开发出和声分层的分析方法，并将其运用在对亚当斯音乐作品的和声语言分析中。

期刊论文方面，一部分英美学者围绕极简主义音乐的定义问题展开了讨论和研究。丹·沃伯顿在《极简主义音乐的实用术语》中分别辨析了以"恍惚音乐""系统音乐""过程音乐""固态音乐""重复音乐"和"结构主义音乐"命名该流派音乐的学术史及其优劣，并认为术语"极简主义音乐"在某种程度上表明了上世纪 60-70 年代纽约市的极简主义音乐家与艺术家之间的直接接触和灵感启发[29]。罗伯特·卡尔在文章《新音乐中的定义政治》中通过描述极简主义音乐的特征和其局限性来对该音乐流派进行定义。卡尔认为，重复和简单构成了这类音乐的源泉。该音乐流派重现了当代音乐舞台上早已被废除的节奏脉搏、和声等传统原则，以其连续性和整体性打开了回归调性音乐的大门。另一方面，卡尔也观察到了极简主义音乐的局限性。极简主义音乐的每个时间单位并不包含大量的音乐信息。同时，音乐通过光滑、明亮的表面

---

26 Jonathan D. Kramer. *The Time of Music*. New York: Schirmer Books, 1988.

27 Edward Strickland. Minimalism: Origins. Bloomington: Indiana University Press, 1993.

28 Dean Paul Suzuki. *Minimal Music: Its Evolution as Seen in the Works of Philip Glass, Steve Reich, Terry Riley, and La Monte Young*. Ph.D. University of Southern California, 1991.

29 Dan Warburton. A Working Terminology for Minimal Music. *Intégral*, 1988, Vol. 2 (1988), pp.135-159.

并故意否认其"意义"而表达出一种疏离感[30]。

另一部分学者则从极简主义音乐的技法、理念、创作个案等方面进行了深入研究。K·罗伯特·施瓦茨在《史蒂夫·里奇和约翰·亚当斯近期作品中的过程与直觉》中认为，在里奇创作于1983年-1985年的作品中，尽管直觉的作用越来越大，但基本音乐过程的完整性得以保留。而作为第二代极简主义作曲家的约翰·亚当斯，只在其早期作品中保留了对音乐过程的定义，而他的中后期音乐创作则显示出了更自由的底层结构[31]。理查德·科恩在论文《史蒂夫·里奇相位音乐中节拍集合的移位组合》[32]中，将分析无调性音乐音高体系的音级集合理论转移到节奏领域，开创了分析极简主义音乐节奏的节拍集合理论，并将其应用于对作曲家里奇的《相位模式》《小提琴相位》等作品的节奏分析中。乔纳森·W·伯纳德在论文《造型艺术和音乐中的极简主义美学》中探索了极简造型艺术与极简主义音乐之间的联系。凯尔·江恩在论文《拉·蒙特·扬的〈调准的钢琴〉》中，从钢琴定弦、作品起源、和声语言、结构、织体和主题等层面对作曲家扬的《调准的钢琴》进行了详细分析。

综上所述，在笔者看来，这一时期英美学界的极简主义音乐研究体现出学者们的强大研究潜力，并呈现出一些新的特点。相较第一阶段，这一阶段涌现出越来越多的学位论文和期刊论文，且整体研究类型可分为对极简主义音乐的综合性研究和专题性研究两大类。综合性研究包括斯特里克兰、铃木、沃伯顿、卡尔等学者的研究，其延续了第一阶段的视角和特色，致力于对极简主义音乐进行定义、特征概括和整体发展趋势的陈述，并提供关于该流派音乐的通识性解读。专题性研究则突出了研究学者的专业化优势和擅长的领域，分别从作品、理念、技法等层面展开，致力于从不同角度对极简主义音乐进行深层次研究与挖掘。

第三阶段（1994年-2003年）

英美学界极简主义音乐研究的发展期。学术专著方面，理查德·科斯特拉内茨在其编辑的《关于格拉斯的文字：散文、访谈、批评》中，收录了采

---

30 Robert Carl. The Politics of Definition in New Music. *College Music Symposium*, Vol. 29 (1989): pp.101-114.

31 K. Robert Schwarz. Process vs. Intuition in the Recent Works of Steve Reich and John Adams. *American Music* 8.3 (Autumn, 1990): pp.245-273.

32 Richard Cohn. Transpositional Combination of Beat-Class Sets in Steve Reich's Phase-Shifting Music Author (s): Richard Cohn. *Perspectives of New Music* 30.2 (Summer, 1992): pp.146-177.

访、研究作曲家格拉斯的 29 篇文章。在科斯特拉内茨看来，该书的一个突出特点在于其首次出版了关于格拉斯的最完整访谈文章[33]。余下的文章主要由对格拉斯器乐作品、歌剧作品和电影音乐的分析与解读构成。整本书的文章贡献者来自音乐、艺术等多个领域，包括新音乐评论家琼·拉·芭芭拉、戏剧家理查德·福尔曼、艺术理论家爱德华·斯特里克兰、音乐理论家凯尔·江恩以及极简主义艺术家理查德·塞拉等。约翰·理查森在《歌唱考古学：菲利普·格拉斯的〈阿赫纳顿〉》[34]中，对作曲家格拉斯的歌剧作品《阿赫纳顿》进行了考古学视阈下的详细解读，是迄今为止英美学界研究该歌剧的最权威文献。2000 年，基斯·波特的《四位极简主义音乐家：拉·蒙特·扬、特里·莱利、史蒂夫·里奇、菲利普·格拉斯》[35]出版。该书展示了波特二十多年来对极简主义音乐流派的详细研究，并成为极简主义音乐研究领域中的权威教科书。

对极简主义音乐跨文化创作理念的解读成为这一阶段研究的亮点之处。艾利森·韦尔奇在博士论文《印度音乐对菲利普·格拉斯、特里·莱利和拉·蒙特·扬作品的影响》[36]中探讨了印度和美国在宗教、教育和艺术等领域的历史往来，并对扬的《调准的钢琴》，莱利的《吟诵远见之光》以及格拉斯的《非暴力不合作》等作品中的印度音乐元素进行了分析。大卫·克拉曼在博士论文《西方作曲家和印度音乐：概念、历史和近期创作》[37]中以极简主义作曲家拉·蒙特·扬为例说明了当代西方作曲家与印度音乐的互动。在期刊论文《白噪声：文化先锋派中的种族与擦除》中，劳埃德·怀特塞尔从"音乐可以在不同肤色的身体或声音之间建立联系"[38]这个角度对极简主义音乐进行了解读。

这一阶段的研究也从文化、技术、聆听主体、后期制作等视角研究了多部

33　Richard Kostelanetz ed. *Writings on Glass: Essays, Interviews, Criticism.* op. cit., p.vii.

34　John Richardson. *Singing Archaeology: Philip Glass's Akhnaten.* Hanover: Wesleyan University Press, 1999.

35　Keith Potter. *Four Musical Minimalists: La Monte Young, Terry Riley, Steve Reich, Philip Glass.* Cambridge: Cambridge University Press, 2000.

36　Allison Clare Welch. *The Influence of Hindustani Music on Selected Works of Philip Glass, Terry Riley and La Monte Young.* Ph.D. The University of Texas at Austin, 1997.

37　David Neumann Claman. *Western Composers and India's Music: Concepts, History, and Recent music.* Ph.D. Princeton University, 2002, p.iii.

38　Lloyd Whitesell. White Noise: Race and Erasure in the Cultural Avant-Garde. *American Music* 19.2 (Summer, 2001): pp.168-189.

极简主义音乐作品。凯尔·江恩在《和谐的外缘：拉·蒙特·扬调音装置演变的快照》[39]中以系统化的思维和逻辑探索了作曲家扬的调音理论及其在《前乌龟梦想音乐》《中国四大梦》《调准的钢琴》等作品中的具体体现。内奥米·卡明在《身份认同的恐怖：里奇的〈不同的火车〉》中基于"聆听主体立场"对里奇的《不同的火车》进行了分析。杰里米·格里姆肖在《高、"低"和造型艺术：菲利普·格拉斯和后期制作时代的交响乐》中从格拉斯交响乐中的新自我与跨界文化、高艺术与低艺术之间的融合、音乐制作人对交响乐作品的再生产等角度对格拉斯的《低交响曲》[40]进行了详尽解读。

另外，此阶段中的部分文献致力于从创作技法的角度对极简主义音乐进行研究。保罗·巴森在博士论文《1977-1987年约翰·亚当斯管弦乐作品中的大型调性结构》[41]中总结了亚当斯在1977-1987年十年中音乐作品大型结构的演进和发展特点。凯瑟琳·佩莱格里诺在《约翰·亚当斯音乐中的终止方面》[42]中从调性组织、曲式和修辞三个方面讨论了亚当斯的《弗里吉亚门》和《主席之舞》两部作品中的终止问题。约翰·罗德的论文《史蒂夫·里奇音乐中的节拍集合转调》[43]将理查德·科恩的节拍集合节奏模型扩大到包含"主音"和"调式"的节拍集合概念，并对里奇的《六台钢琴》《纽约对位》和《四个部分》等作品进行了研究。

综上所述，这一阶段的极简主义音乐研究呈现出纵横均衡发展的倾向。首先，该阶段不乏由某一研究视角进行纵深分析的研究文献，如理查森的《歌唱考古学》，巴森对亚当斯音乐中的大型调性结构的分析，以及江恩对拉·蒙特·扬调音装置的分析等。第二，对跨文化元素的分析在这一阶段中占有一定的比例和分量，如韦尔奇、克拉曼和怀特塞尔的研究。该研究倾向表明，英美学界已逐渐意识到并致力于对极简主义音乐中的多元文化因素的分析。第三，这一阶段仍可见到对极简主义音乐的综合性研究，如蒂莫西·约翰逊在《极简主

39 Kyle Gann. The Outer Edge of Consonance: Snapshots from the Evolution of La Monte Young's Tuning Installations. *The Bucknell Review*, Jan 1, 1996.

40 Jeremy Grimshaw. High, "Low," and Plastic Arts: Philip Glass and the Symphony in the Age of Postproduction. *The Musical Quarterly* 86.3 (Autumn, 2002): pp.472-507.

41 Paul Barsom. Large-Scale Tonal Structure in Selected Orchestral Works of John Adams, 1977-1987. Ph.D. University of Rochester, 1998.

42 Catherine Pellegrino. Aspects of Closure in the Music of John Adams. *Perspectives of New Music* 40.1 (Winter, 2002): pp.147-175.

43 John Roeder. Beat-Class Modulation in Steve Reich's Music. *Music Theory Spectrum* 25.2 (Fall 2003): pp.275-304.

义：美学、风格还是技术》[44]中探索了关于极简主义音乐的定义问题，并提出了基于美学、风格或技术的三种定义方式。但总体上讲，综合性研究相对于第一、二阶段来说有减少的趋势，取而代之的是学者们开始开辟研究该流派音乐的新路径，并从横向上扩展了研究的思路。这一特点尤其体现在期刊论文中，从中可见，英美学者分别从身份认同、种族诠释、终止、后期制作、节拍集合等视阈对极简主义音乐进行了解读。

第四阶段（2004 年-2013 年）

英美学界极简主义音乐研究的蓬勃期。进入新世纪以来，英美学界的极简主义音乐研究涌现出许多具有代表性的文献和新的研究方法。专著方面，本阶段出现了五部讨论极简主义音乐的语境、作品、作曲家及其创作的专著。罗伯特·芬克的《重复我们自己：作为文化实践的极简主义音乐》是迄今为止研究极简主义音乐的重要专著之一。该书提出，极简主义音乐可以被解释为大众媒体消费社会中一种典型的自我重复体验[45]，并考察了极简主义音乐是如何与它身后的文化语境相交织与互动的。罗伯特·卡尔在《特里·莱利的〈C调〉》[46]中围绕作品《C调》的时代背景与美学理念、对音乐语言的内生和外生分析、作品的接受情况及不同的演出版本等方面展开了多维度的研究。杰里米·格里姆肖的专著《画一条直线并跟随它：拉·蒙特·扬的音乐和神秘主义》[47]以历时性的研究为思路，充分勾勒出作曲家扬的创作生涯和他的摩门宇宙论美学倾向。蒂莫西·约翰逊的《约翰·亚当斯的尼克松在中国：音乐分析、历史和政治视角》[48]则从场景设置、人物角色，以及民族主义与文化差异三个角度详细解读了亚当斯的歌剧《尼克松在中国》。由基斯·波特、凯尔·江恩和浦伊尔·阿普·锡安三位学者编撰的论文集《极简主义和后极简主义音乐的阿什盖特研究指南》[49]从历史与区域、极简主义与剧场、极简主义与其他

44　Timothy A. Johnson. Minimalism: Aesthetic, Style, or Technique? *The Musical Quarterly* 78.4 (Winter, 1994): pp.742-773.

45　Robert Fink. *Repeating Ourselves: American Minimal Music as Cultural Practice.* California: University of California Press, 2005, p.4.

46　Robert Carl. *Terry Riley's In C.* New York: Oxford University Press, 2009.

47　Jeremy Grimshaw. *Draw a Straight Line and Follow It: The Music And Mysticism of La Monte Young.* New York: Oxford University Press, 2011.

48　Timothy A. Johnson. *John Adam's Nixon in China: Musical Analysis, Historical and Political Perspectives.* UK: Ashgate, 2011.

49　Keith Potter, Kyle Gann, and Pwyll ap Siôn, ed. *The Ashgate Research Companion to Minimalist and Postminimalist Music.* London: Ashgate Publishing Limited, 2013.

媒介、哲学分析、极简主义音乐的演奏等五个视角整合了近年来研究极简主义音乐的多篇文章。

博士论文方面，这一阶段出现了更多研究极简主义音乐与新媒介互动的文献。克里斯汀·艾丽西亚·福斯的论文《从〈机械生活〉（1982）到〈暗流〉（2004）：菲利普·格拉斯电影配乐的系统音乐学检验》借鉴了经验音乐学的分析方法，通过设计八项听力实验以衡量听众对格拉斯电影配乐的反应，为研究格拉斯电影音乐的接受开辟了新天地[50]。丽贝卡·玛丽·多兰·伊顿在《闻所未闻的极简主义：极简主义技术在电影配乐中的作用》中分析了《机械生活》《终结者》《A.I.人工智能》等十部采用极简主义作曲技术的电影配乐[51]。肖恩·阿特金森在《多媒体作曲研究的分析模型——以极简主义音乐为例》[52]中旨在建立一种新的模型来分析包括里奇的《三个故事》及格拉斯的《战争生活》等多媒体极简主义音乐作品。这种新的综合性分析模型使用了符号学和隐喻的概念，将音乐、视觉和叙事元素纳入一个包罗万象的混合意义模型中。

对极简主义创作技术的研究依然是这一阶段博士论文的关注点。琳达·安·嘉顿在《调性和史蒂夫·里奇的音乐》[53]中分析了里奇的《钢琴相位》《为十八位演奏家而作的音乐》以及《特希利姆》等三部代表作品中的非常规化、创新化调性设计，并将聆听主体对作品调性的直观判断进行了数据统计。亚历山大·桑切斯·贝哈尔在《约翰·亚当斯近期器乐作品中的对位与复调》[54]中考察了亚当斯从《黄金国》（1990）到《我父亲认识查尔斯·艾夫斯》（2003）等器乐作品中的对位技术特征。

还有一些博士论文从录音版本、政治学、行动者网络等视阈展开了针对极简主义音乐的研究。塞西莉娅·孙在论文《音乐表演实验：史学、政治和

50 Kristin Alicia Force. *From Koyaanisqatsi (1982) to Undertow (2004): A Systematic Musicological Examination of Philip Glass's Film Score.* Ph.D. York University, 2008, p.v.

51 Rebecca Marie Doran Eaton. *Unheard Minimalisms: The Functions of the Minimalist Technique in Film Scores.* Ph.D. The University of Texas at Austin, 2008, p.vi.

52 Sean Atkinson. *An Analytical Model for the Study of Multimedia Compositions: A Case Study in Minimalist Music.* Ph.D. Florida State University, 2009.

53 Linda Ann Garton. *Tonality and the Music of Steve Reich.* Ph.D. Northwestern University, 2004.

54 Alexander Sanchez-behar. *Counterpoint and Polyphony in Recent Instrumental Works of John Adams.* Ph.D. Florida State University, 2008.

后凯奇先锋派》[55]中详细探讨了莱利《C 调》的各个不同的录音版本。苏曼思·戈皮纳特在《违禁儿童：史蒂夫·里奇 1965 年-1966 年音乐中的种族与解放政治》中认为，作曲家里奇创作的《要下雨了》《出来》等磁带作品将新兴的极简主义音乐流派与 20 世纪 60 年代的民权运动、黑人解放运动、反核和平运动和反主流文化结合起来[56]，展现出对历史现状的有力回应。大卫·艾伦·查普曼的论文《合作、存在和社区：纽约市中心的菲利普·格拉斯乐团，1966 年-1976 年》[57]以与格拉斯合奏团相关联的几个故事为框架，讲述了合奏团成员在此期间是如何创作、表演和聆听极简主义音乐的。此外，丹尼尔·托尼斯的博士论文《史蒂夫·里奇音乐中的埃维音乐元素》[58]延续了上一阶段的跨文化研究思路，并探讨了埃维音乐与史蒂夫·里奇音乐的结构相似性与差异。

　　在这一阶段发表的期刊论文中可见到从系统发生学、统计学等自然科学领域下的极简主义音乐研究。贾斯汀·科兰尼诺等学者的论文《史蒂夫·里奇的〈拍手音乐〉和约鲁巴钟时间线中的新兴节拍集合分析》[59]运用系统发生学理论证明了作曲家史蒂夫·里奇《拍手音乐》中起始节奏的优越性。S·亚历山大·里德在《就〈C 调〉本身的术语而言：统计和历史观点》[60]中采用统计学的方法将《C 调》的音高等级通过图表方式进行罗列，研究了每个模块和其他模块在重叠时产生的音高与和声集合。

　　此外，英美学者还从见证美学、他者领域等角度对极简主义音乐进行了研究。艾米·林恩·沃达斯基在《〈不同的火车〉的见证美学》中提出，里奇的作品《不同的火车》的文本受到证词的美学和不准确性的影响：归根结底，它

55　Cecilia Jian-Xuan Sun. *Experiments in Musical Performance: Historiography, Politics, and the Post-Cagian Avant-Garde*. Ph.D. University of California Los Angeles, 2004.

56　Sumanth S. Gopinath. *Contraband Children: The Politics of Race and Liberation in the Music of Steve Reich, 1965-1966*. Ph.D. Yale University, 2005, p.iii.

57　David Allen Chapman. *Collaboration, Presence, and Community: The Philip Glass Ensemble in Downtown New York, 1966-1976*. Ph.D. Washington University in St. Louis, 2013.

58　Daniel Mark Tones. *Elements of Ewe Music in the Music of Steve Reich*. D.M.A. The University of British Columbia, 2007.

59　Justin Colannino, Francisco Gómez, and Godfried T. Toussaint. Analysis of Emergent Beat-Class Sets in Steve Reich's "Clapping Music" and the Yoruba Bell Timeline. *Perspectives of New Music* 47.1 (Winter 2009): pp.111-134.

60　S. Alexander Reed. In C on Its Own Terms: A Statistical and Historical View. *Perspectives of New Music* 49.1 (Winter 2011): pp.47-78.

是里奇自己的大屠杀证词，由除里奇以外的目击者声音制作而成[61]。西亚雷·比亚雷希克在《〈出来〉展示的分裂主题：史蒂夫·里奇、白人和前卫》[62]中认为里奇的磁带作品《出来》从清晰的语音开始，在 12 分 54 秒的跨度内，通过循环和相位技法恶化为完全的噪音，形成了被许多音乐理论家所认定的"他者"领域。

综上所述，在这一阶段中，英美学界的极简主义音乐研究在文献数量上相较于上一阶段呈现出爆发式的增长。尤其突出的是，这一时期涌现出更多高质量的博士论文，反映出英美学界极简主义音乐研究的学术化和系统化。同时，进入新世纪以来，新兴的科学技术为极简主义音乐的研究提供了新的视角、方法和条件支持，如福斯、伊顿和阿特金森的论文均建立在对多媒体极简主义音乐的分析上；科兰尼诺等则采用了 Splits Tree 软件构建的系统发育图来对极简主义音乐进行研究，充分体现出研究者对新兴软件程序的熟练运用。最后，可以看到该阶段学者的研究视阈如同网状一般铺开，展现出了包括政治学、多媒介、系统发生学等多元化视阈，并运用统计学、经验音乐学、比较和阐释等方法进行了理性、严谨而详细的研究。

第五阶段（2014 年-现在）

英美学界极简主义音乐研究的深入期。第五阶段的研究着重于对近年来极简主义音乐的新特点及新创作品进行研究。其中，后极简主义音乐成为这一阶段的主要研究对象和内容。专著方面，本阶段主要有一部关于极简主义音乐的专著，以及两本论文合集。特里斯蒂安·埃文斯在专著《菲利普·格拉斯电影音乐中的共同意义——音乐、多媒体和后极简主义》[63]中详细论述了作曲家菲利普·格拉斯的多媒体音乐、电影音乐创作特征。整本专著旨在通过以格拉斯的多媒体音乐折射出后极简主义音乐的多元特征及文化理念。约翰·理查森和伊莲娜·诺瓦克编辑的论文集《海滩上的爱因斯坦：超越戏剧的歌剧》[64]收录了 15 篇研究格拉斯的歌剧《海滩上的爱因斯坦》的学术、新闻及访谈文章，

61 Amy Lynn Wlodarski. The Testimonial Aesthetics of Different Trains. *Journal of the American Musicological Society* 63.1 (Spring 2010): pp.99-141.

62 Siarhei Biareishyk. Come Out to Show the Split Subject: Steve Reich, Whiteness, and the Avant-Garde. *Current Musicology* (New York), Iss. 93 (Spring 2012): pp.73-93.

63 Tristian Evans. *Shard Meanings in the Film Music of Philip Glass: Music, Multimedia and Postminimalism*. Wales: Bangor University, 2015.

64 Jelena Novak, and John Richardson, ed. *Einstein on the Beach: Opera Beyond Drama*. New York: The Routledge Press, 2019.

其分别从社会语境、音乐分析、视觉效果、实验剧场、歌剧意象及聆听主体的情感等角度对歌剧《海滩上的爱因斯坦》进行解读，并由罗伯特·芬克、凯尔·江恩、浦伊尔·阿普·锡安等长期从事极简主义音乐研究的专家学者撰写，可以说是一部研究《海滩上的爱因斯坦》的权威文献。由苏曼斯·戈皮纳特和浦伊尔·阿普·锡安编辑的论文集《重新思考里奇》则收集了研究作曲家里奇的14篇文章。这些文章分别从政治、美学、重复、身份以及对档案文献的研究等角度对里奇的音乐作品进行了分析。此外，在专著《重构当代歌剧中的神话和叙事：奥斯瓦尔多·戈利约夫、卡佳·萨利亚霍、约翰·亚当斯和谭盾》[65]的第三章《约翰·亚当斯的〈原子博士〉：现代浮士德寓言？》中，宇野·弥生·埃弗雷特对亚当斯的歌剧《原子博士》进行了全面的分析。从类型上看，总结、汇编类研究成果在该阶段的研究专著中占有一定比例。

学位论文方面，该阶段的博士论文从极简主义音乐作品的后现代文化与宗教特征、对传统音乐体裁的超越与革新等视角展开研究。内森·保罗·伯格拉夫在《后现代文化中的音乐与宗教：格拉斯、戈廖夫和里奇作品中的概念整合》[66]中对格拉斯《第五交响曲》的循环时间和多元宗教融合、里奇歌剧《洞穴》中的终止使用情况及其象征意义进行了分析。利亚·温伯格的论文《神话背后的歌剧：〈海滩上的爱因斯坦〉的档案检查》[67]围绕歌剧《爱因斯坦》的作者身份、创作背景及其对传统歌剧的超越与革新等问题展开了档案调查和研究。

其次，这一阶段的博士论文也可见到从接受、修订史等新视阈下的深度研究。萨沙M·梅特卡夫在《美国歌剧的机构和赞助人：菲利普·格拉斯1976年-1992年作品的接受研究》[68]中认为，作曲家格拉斯通过借鉴美国前卫音乐剧的活力，从而拯救了美国新歌剧的匮乏和由欧洲标准歌剧剧目所带来的停滞困境。爱丽丝·米勒·科特在《悲伤的草图：约翰·亚当斯歌剧的起源、作

65　Yayoi Uno Everett. *Reconfiguring Myth and Narrative in Contemporary Opera: Osvaldo Golijov, Kaija Saariaho, John Adams, and Tan Dun*. Bloomington: Indiana University Press, 2015.

66　Nathan Paul Burggraff. *Music and Religion in a Postmodern Culture: Conceptual Integration in Compositions by Glass, Golijov, and Reich*. Ph. D. The University of Rochester, 2015.

67　Leah G. Weinberg. *Opera Behind the Myth: An Archival Examination of Einstein on the Beach*. Ph.D. The University of Michigan, 2016.

68　Sasha M. Metcalf. *Institutions and Patrons in American Opera: The Reception of Philip Glass, 1976-1992*. Ph.D. University of California Santa Barbara, 2015.

曲实践和修订》[69]中依托约翰·亚当斯的私人档案资料,探讨了《尼克松在中国》《克林霍夫之死》以及《原子博士》等三部作品的创作和修订史。

期刊论文方面,亚历山大·桑切斯·贝哈尔在《约翰·亚当斯音乐中的对称结构》[70]中开创性地采用了沙漏状的几何图式对亚当斯音乐中的对称结构进行了研究。尼梅西奥·加西亚·卡里尔·佩伊在《极简主义音乐与时间的形而上学》中用静态的时间观来概括极简主义音乐的时间意识,并指出静态时间的音乐作品具有"没有客观的方向、没有客观的流动、没有独特的现在"[71]等特征。

综上所述,以上五个阶段基本展现出英美学界极简主义音乐研究的整体轮廓。在书中,笔者将结合以上研究成果中的部分重要文献展开详细论述和研究。此外,由于各种条件的限制,本文的研究难免存在疏漏之处。这其中所无法穷尽和博览的资料、观点和方法只能期待后续研究的进一步补充和更新。

(三)中西研究现状的对比

通过对比国内外的极简主义音乐研究现状,可以发现二者存在如下差异:

首先,从研究的时限来看,英美学界的极简主义音乐研究起步于上世纪70年代中期,而国内学界的研究则起步于上世纪90年代中期。前者比后者整整提前了20年。由此可见,二者在研究的时限上便拉开了距离。

第二,从研究成果的数量上看,笔者共找到国内学界研究极简主义音乐的90余篇(部)文献,其中期刊论文近70篇,博士学位论文4部,硕士学位论文17部,以及译本两部。从文献类型上看,期刊论文占据了文献的绝大部份,而能够展开系统化、深度化研究的博士论文仅有4部。相对于国内的研究成果,笔者已检索并下载的英美学界的极简主义音乐研究文献则更为丰富,包括约17部专著、104部博士论文以及200余篇期刊论文。英美学界在能够进行深入研究的文献类型上具有量的优势和质的差异,其庞大的专著和博士论文有助于进一步丰富国内文献的研究深度和广度。

第三,从研究作品上看,国内的研究范围具有局限性,仅集中于几部特定

69 Alice Miller Cotter. *Sketches of Grief: Genesis, Compositional Practice, and Revision in the Operas of John Adams*. Ph.D. Princeton University, 2016.

70 Alexander Sanchez-Behar. Symmetry in the Music of John Adams. *Tempo* 68.268 (April 2014): pp.46-60.

71 Nemesio García-carril Puy. Musical Minimalism and the Metaphysics of Time. *Revista Portuguesa de Filosofia* (Philosophy of Music) 74.4 (2018).

的极简主义音乐作品，如《海滩上的爱因斯坦》《小提琴相位》《钢琴相位》《为十八位演奏家而作的音乐》《C调》《尼克松在中国》和《不同的火车》等，并未展现出对更加广泛的极简主义音乐作品的解读。相对而言，英美学界的研究则涉及了更为广泛的曲目量，除去以上国内学界所涉及的曲目外，还研究了包括史蒂夫·里奇的《特希利姆》《钟摆音乐》《木槌四重奏》《无线电重写》《双六重奏》《洞穴》和《城市生活》，菲利普·格拉斯的《十二部音乐》《萨克斯管与管弦乐队协奏曲》《阿赫纳顿》和《网格》，拉·蒙特·扬的《调准的钢琴》《三重奏》，以及约翰·亚当斯的《原子博士》《和声学》《弗里吉亚门》和《主席之舞》等国内学者鲜有研究的作品。

第四，从研究视角上看，国内的极简主义音乐研究主要集中在对极简主义音乐及其代表作曲家的介绍，对文化、理念、技术等层面的研究。同时，中国学者对极简主义音乐在中国当代音乐创作中的影响研究是英美学者未曾涉足的领域。在笔者看来，这种跨越中西方异质文化的碰撞、浸透、对话和沟通以及创作观念的汇通、整合和重建正是国内学界研究的特色所在。

相对于国内仅从相位、微变奏、声音材料的惯性运动、持续音与静态和声、附加节奏、模块重复等技法角度的研究，英美学界的研究视角则具有多元性。学者们分别从音高与调性、节奏与节拍、结构与过程、多声与对位等角度对极简主义音乐的长持续音、循环结构、调性模糊、附加/缩减节奏、音级/节奏集合、过程程序，以及用节拍替代休止符等技法进行了研究；同时，国内对极简主义音乐创作理念的研究也缺乏一定的系统性和深度，而英美学界则对极简主义音乐的跨文化理念、时空理念、非辩证化音乐发展逻辑等理念作出了深入详实的概括与研究。此外，英美学界还针对国内学者未曾涉足的研究领域，如极简主义音乐与20世纪后期的消费社会语境、20世纪60-70年代的视觉艺术、音乐艺术、戏剧艺术等语境以及极简主义作曲家与大众文化的互动等角度，全方位展现极简主义音乐的宏观创作背景，并从政治学、新媒介、系统发生学、行动者网络理论等多元视角和创新方法着手，为极简主义音乐的研究注入了动力与活力。

三、主要内容、研究方法与创新点

（一）主要内容

本专著以"英美学界的极简主义音乐研究"为对象，通过采用比较法、阐释法以及音乐形态分析法，试图勾勒英美学界对极简主义音乐的接受、分析、争议等话语，展现英美学界极简主义音乐研究的整体趋势与发展轨迹，并为国内该领域的研究打开新的视野和思路。

极简主义音乐是极简主义艺术思潮的一个分支。作为当代西方艺术理论中的一个重要现象与问题，极简主义思潮在 20 世纪 60 年代蓬勃兴起的极简主义视觉艺术和极简主义音乐中得到了淋漓尽致的体现和发展，也在舞蹈、文学、电影、建筑、景观等艺术门类及设计、生活领域中得以延伸和流变，并深刻而持续地影响着当下的艺术创作、理论与研究。极简主义视觉艺术呈现出简单、抽象、重复、几何等特征，并强调艺术品与观众及画廊环境所构成的新型剧场。该艺术在蓬勃发展的同时也引发了诸如格林伯格、弗雷德等艺术评论家所提出的关于极简主义艺术的新奇性、剧场性及非艺术等问题的争议。极简主义音乐也是极简主义艺术思潮最成功的实践形式之一，其吸收了极简主义艺术思潮的精简、抽象、客观化等特征，对当代西方音乐的革新起到了推波助澜的作用。与此同时，论文还致力于勾勒极简主义艺术思潮在其他艺术门类和设计、生活领域中的流变趋势和发展轨迹，进而建立对术语"极简主义"的系统化认知。对极简主义艺术思潮的解读与梳理有助于我们在艺术学理论的大背景下看待极简主义音乐这一艺术现象，遵循由宏观到微观、从整体到部分的认知顺序与逻辑思路进而对该音乐流派展开深入研究与探讨。

就创作理念而言，跨文化、新时间、新空间、非辩证、观念化，以及对 20 世纪多元音乐风格的借鉴与吸收成为极简主义音乐思想内涵的关键坐标点。首先，英美学者从世界音乐的大背景下审视极简主义音乐与非西方音乐、文化的交流与互动，打破了长久以来以西方音乐为中心的固化研究模式，也为我们看待当今全球多元文化融合的总体趋势提供新的观点与路径。第二，在时间上，极简主义音乐呈现出静态的、循环的时间观，并形成了不同于西方传统音乐线性时间的垂直时间观，强调音乐整体性与连续性；在空间上，极简主义音乐通过表演者、聆听者移动的声音方位、灯光等视觉元素以及层次丰富的泛音结构建构起新的空间理念。第三，极简主义音乐被解读为现代音乐反辩证法运动的最新阶段，其具有非目的性、非具象性和非叙述性等特征；第四，对观念的强调是部分极简主义作曲家创作的要旨。极简主义作曲家通过与观念艺术家的互动与合作从而发展了创作中的观念化思维。最后，作曲家通过对 20 世纪古典音乐中的序列音乐及流行音乐中的摇滚乐、爵士乐等风格的继承从而丰富并拓展了极简主义音乐的创作语言。

就创作技法而言，本文将从音高与调性、节奏与节拍、结构与过程及多声与复调四个方面对极简主义音乐的创作技法进行总结。就音高而言，整体和谐的调性和声音响是极简主义音乐给人留下的为突出的印象；节奏上，极简主义音乐以持续、流动、循环的节奏动机和多节奏织体为特征；结构上，极简主义音乐构建起大型、渐进的过程模式，同时也注重将理性的结构设计与感性的直觉体验相结合；此外，对位织体、卡农程序及多节奏同音置换等复调化思维也在极简主义音乐创作中占有重要地位。新方法是英美学界对极简主义音乐创作技法分析的亮点所在。约翰逊的和声分层分析法，科兰尼诺的系统发育图、科恩的节拍集合理论、贝哈尔基于对称结构的沙漏状图示以及阿特金森的多媒体分析模型都提供了分析极简主义音乐创作技术的多元方法论谱系。

在具体的创作实践中，极简主义作曲家谱写出包括《C调》《海滩上的爱因斯坦》《阿赫纳顿》《原子博士》以及《尼克松在中国》等多部深受当代大众喜爱的音乐作品。英美学者分别从创作背景、影响溯源、音乐语言、情节人物设置以及其他不同的维度阐释、解读了这些具有代表性的经典极简主义音乐作品，并从考古学、商业媒介现象学、解构主义肖像学、新超现实主义、后现代诗学叙事、他者身份建构、先锋派艺术与戏剧理论、乌托邦理论、视听符号的象征意义以及接受话语等角度更新了国内学界在研究这些作品时的单一视角，展示出英美学界广阔的研究视阈与深层次的阐释维度。

英美学者还广泛采用了消费现象学、多媒体分析模型、行动者网络理论等当代跨学科领域中的多元视角，开拓出研究极简主义音乐的新方法与新视阈。基于这些新兴的研究方法，本文试图说明极简主义音乐在一定程度上成为了20世纪消费社会中重复现象的拟像、新兴艺术媒介融合与互动的范例、艺术及文化等各领域中社会关系网络联结的透镜。此外，论文还通过运用变异学理论对极简主义音乐技法在中国当代音乐中的流变问题进行了探讨，以独特的视野关注极简主义音乐对当今全球音乐文化的持续影响。

（二）研究方法

1. 文本细读与语义分析：由于选题的限定，本书所涉及的大部分阅读材料都是英文原文，这要求应以文本为中心，翻译和阅读大量英文文献，既要消化吸收、整理评判英美学者的见解和观点，更要关注珍视、归纳梳理自己的独特感悟和发现。

2. 比较法：比较的研究方法在中西理论界十分盛行。英美学者通过把不同的音乐现象放在一起进行比较从而研究它们在文艺理论、思潮、文化、具体作曲家、作品之间的相互关系和影响。同时，笔者在文中也致力于将不同学者对同一作品、或在同一视阈下的不同研究观点或方法进行比较，从而达到对研究成果的全方位、多维度思辨与总结。

3. 变异学的方法：通过研究极简主义音乐技法在他国语境中的变异现象，进而探究音乐技法的变异与衍化，并探索接受者是否存在对来自不同文化背景、文化传统的交流信息的选择、改造、移植和渗透等文化过滤现象。

4. 哲学、美学的研究方法：通过运用哲学、美学的方法来对极简主义作曲家的文化观、创作观、美学观进行系统的总结和归纳。

在上述研究方法的基础上，本书还拟采用阐释学的方法以对极简主义音乐作品的意义及英美学者的研究进行感发与联想，从而评价其思想艺术价值；采用音乐形态分析法以探索极简主义音乐在思维方式、创作技法和风格特征等方面的建构逻辑。此外，论文还将运用时空压缩理论、后现代主义理论、行动者网络理论、文明互鉴理论等形成多元的研究方法与评价思路。

（三）创新点

1. 研究视角新

首先，本文是第一部以"英美学界的极简主义音乐研究"为研究对象的专著。正因为音乐是世界的语言，因此，以世界性的眼光来看待20世纪中的这一重要音乐流派，并站在英美学界的立场上审视国外最新、最权威的研究成果是本文的首要创新之处。第二，本文致力于将极简主义音乐放在艺术学理论的大背景中进行讨论，通过对众多权威研究文献的解读进而详实梳理了极简主义艺术思潮从兴起到流变的整体面貌，针对极简主义艺术思潮中最具代表性的视觉艺术和音乐这两个门类进行重点论述，并尝试勾勒出该思潮在舞蹈、文学、电影、建筑、景观等艺术门类及设计、生活领域中的流变与延伸，从而建立对术语"极简主义"的谱系化认知。第三，本文首次从创作理念、创作技术和创作个案三方面全方位概括英美学界对极简主义音乐的现有研究成果，在呈现英美研究的同时也致力于从不同的角度、运用不同的理论解读、阐释、分析极简主义音乐，从而更加全面、系统地呈现本文的研究对象。

2. 研究材料新

英美学界存在大量研究极简主义音乐的专著、博士论文、期刊论文等文献，但这些研究材料长期以来被国内学者所忽视且无人问津。因此，通过以英美学界的极简主义音乐研究为视阈，能够将国外学者的研究材料、视角、观点和方法引入中国学者的视线，让国内学界了解英美学界的极简主义音乐研究情况，并以平等和多元对话的方式更新国内的研究视阈和方法，实现对当下研究的反思和对未来研究的借鉴。首先，论文中的绝大部分材料采用了 21 世纪以来英美针对极简主义音乐的研究文献，搜集了具有代表性的重要研究成果。诸如詹姆斯·迈耶的《六十年代的极简主义艺术与论战》（2001）、罗伯特·芬克的《重复我们自己：作为文化实践的极简主义音乐》（2005）、罗伯特·卡尔的《特里·莱利的〈C 调〉：音乐起源与结构研究》（2009）、杰里米·格里姆肖的《画一条直线并沿着它走：拉·蒙特·扬的音乐与神秘主义》（2011）、特里斯蒂安·埃文斯的《菲利普·格拉斯电影音乐中的共同意义——音乐、多媒体和后极简主义》（2015）等专著都是本世纪以来针对极简主义音乐的重要研究文献。因此，笔者在本文中致力于对这些重要的专著及博士、期刊论文展开详细论述。第二，这些近年来较新的研究材料主要针对国内学界未曾涉足或关注度较低的话题展开讨论，例如对极简主义音乐的术语由来和定义方式的思考；对极简主义音乐中的印度、西非、印尼佳美兰等跨文化创作元素的讨论；对极简主义音乐音高语言中的恰空循环模式的解读；将极简主义音乐放在诸如爵士、摇滚等流行音乐背景中的论述，以及对极简主义音乐的终止等结构元素的思考、为极简主义音乐节奏所绘制的系统发育图、对极简主义作曲技术在电影配乐中的分析等，都显示出英美研究所涉及的多元视阈与创新话题。第三，在尽可能全面地解读英美学界对极简主义音乐之研究的同时，笔者还力图做到在浩如烟海的研究材料中筛选出重要的、有价值的研究文献，本着去粗取精、公正客观的态度来看待极简主义音乐及其背后的艺术思潮。

3. 研究方法新

除了拟采用最基本的文本细读与语义分析外，还拟采用观点比较的方法以达到对音乐现象的多元化认知；哲学、美学的研究方法以将音乐现象置于当代思潮和话语中进行解读；社会学的研究方法以充分感悟作曲家及其音乐作品在社会中的文化认同与理解接受；阐释学的研究方法以充分发散作品及研究中的意义层次。最后，通过跨学科研究方法的渗透，包括引入消费现象学、变异学、系统发生学、东方学、身体观等理论扩展课题的研究思路。例如，在探讨极简主义音乐与序列音乐之间的联系时，通过运用比较的方法将爱德华·

斯特里克兰、基思·波特和杰里米·格里姆肖三位学者所探讨的序列音乐对作曲家拉·蒙特·扬创作的影响进行思考，并充分关注三位学者观点的差异性；在探讨菲利普·格拉斯的歌剧《阿赫纳顿》的创作时，通过站在东西方文明交流与互鉴的立场以说明作为后现代主义思潮中的极简主义音乐通过引入东方的音乐与文化元素从而为西方观众提供了一个理想化的想象空间。这种对东方音乐的引用成为了以格拉斯为代表的极简主义作曲家的创作策略，并在他们的创作中探索了多元文明的共生与东方文明的强大潜力；在探讨极简主义音乐在中国当代音乐语境中的流变时运用变异学的方法进行讨论，从音高、节奏、结构、音色和相位技法等五个层面说明变异的具体衍化方式，进而分析跨文化的异质音乐现象之间的内在联系与异同。与此同时，英美学者的多元研究方法更加丰富了本文在研究方法上的思路，并由此开拓出更为广阔的研究视野。

第一章 极简主义艺术思潮的兴起与流变

极简主义音乐起源于极简主义艺术思潮的大背景中。作为当代西方艺术理论中的一个重要现象与问题，极简主义艺术思潮在 20 世纪 60 年代蓬勃兴起的极简主义视觉艺术和极简主义音乐中得到了淋漓尽致的体现和发展，也在舞蹈、文学、电影、建筑、景观等艺术门类及设计、生活领域中得以延伸和流变，并持续而深刻地影响着当下的艺术创作、实践与研究。尽管极简主义作为一个艺术运动主要指发端于 20 世纪 60 年代的视觉艺术和音乐，但这种在内容和形式上致力于简化的风潮早在 20 世纪上半叶的艺术中就已有显现，只是当时并未形成系统化、规模化的艺术运动。在 20 世纪 60 年代的纽约，一种简化、几何化、抽象化的艺术在弗兰克·斯特拉、肯尼思·诺兰德、埃尔斯沃思·凯利、罗伯特·瑞曼等艺术家的绘画作品以及托尼·史密斯、唐纳德·贾德、罗伯特·莫里斯、索尔·勒·维特、卡尔·安德烈、丹·弗拉文等艺术家的雕塑作品中显现出来，并由此引发了视觉艺术领域中的极简主义运动。几乎在同一时期，音乐中的极简主义运动也逐步发展起来。极简主义音乐通常具有简单材料、重复手法及渐进过程等特点，并主要体现在美国的拉·蒙特·扬、特里·莱利、史蒂夫·里奇、菲利普·格拉斯及 20 世纪 70 年代登上历史舞台的约翰·亚当斯等作曲家的作品中。除了在视觉艺术和音乐领域中大放光彩之外，极简主义艺术思潮还在其他艺术门类及设计各领域中具有一定程度的发展，并逐渐成为当代大众所乐于接受的生活理念。本章将试图勾勒极简主义艺术思潮在以视觉艺术和音乐为代表的各门类艺术中的发展情况，旨在艺术学理论的大背景下审视极简主义音乐这一艺术现象，遵循由宏观到微观、从整体到部分的认知顺序与逻辑思路进而对本书的研究对象展开深入探讨。

第一节　极简主义视觉艺术

尽管极简主义艺术思潮的涉及面广泛并涵括了多种艺术门类，但其集中体现在视觉艺术和音乐这两个领域中。极简主义视觉艺术和极简主义音乐均强调形式与内容的简单性与客观性，其产生与发展均呼应了极简主义艺术思潮的大背景。在本节中，笔者将对极简主义视觉艺术的基本概况和理论、争议等话语进行梳理与论述，以期呈现自 20 世纪 60 年代起自成一派而又逢勃发展的极简主义视觉艺术运动。

一、基本概况

尽管极简主义是一场始于二战后的西方艺术运动，但极简主义艺术思潮早在 20 世纪初的艺术作品中便已初露端倪，只是当时这种以简约、几何、抽象为特征的艺术形式被冠以了其他艺术流派的名称而已。正如理查德·沃尔海姆在《极简主义艺术》一文中所提到的："新一代的艺术家正在探索马列维奇和杜尚的激进影响"，"假如我们考察一下近代的艺术形式，就会发现这种艺术在最近 50 年中已经形成，我们能够看到人们已日益接受了这种艺术形式，尽管这些艺术在外观、目的、道德以及影响等方面存在差异，但却有一个很明显的特点，就是都具有一种极低的艺术内容。"[1]

首先，我们可以在至上主义、构成主义等流派的作品中见到以简化的艺术内容为特征的艺术作品。至上主义是由俄国画家卡西米尔·马列维奇所创建的前卫艺术流派。1913 年，马列维奇在他的著名绘画《黑色方块》中展示了白色画面上的一个黑色方块。从这个基本的几何形状中，马列维奇寻找到了把艺术从再现的世界里解放出来的突破口。在《黑色方块》之后，马列维奇开始将黑色、白色、红色、绿色和蓝色等简单的几何形状加以组合并创作出造型更加复杂的绘画作品。构成主义是 20 世纪 20 年代在俄国的兴起的以立体主义为基础的艺术流派。这种艺术也采用抽象、几何的艺术创作语言，并致力于对各种各样的工业材料进行组合。奥尔加·洛扎诺娃在她的《无题（绿条）》（1917

1　陈高朋编著：《现代艺术的思潮与运动》，天津：天津大学出版社，2021 年版，第 190 页。

年）中体现出"只讲纯粹造型经验"[2]的绘画原则。该作品的构图是一个简单却细腻涂刷出来的绿色宽条，其从上到下贯穿画面的中央，与画布的肌理形成鲜明对比，具有一种朴素的、原始的极简主义风格。

这种具有简洁内容的艺术形式在风格派的艺术作品中达到中兴。风格派是 20 世纪 20 年代较为重要的艺术运动之一。该流派的艺术家强调"抽象和简化的必要性"[3]，他们创作具有"明晰、确定与秩序"特征的艺术作品，运用直线、长方形或立方体来作画，并将色彩简化至红、黄、蓝等主色和黑、白、灰等中性色。皮埃特·蒙德里安是风格派的代表人物。他的绘画作品致力于呈现垂直、水平线条结构与简洁、基础色彩之间的动态平衡，并通过"对立的均等"表现视觉的统一与更高宇宙的神秘统一。蒙德里安的画作《有红、蓝、黄和灰色的构图》由黑色的线条将画面分隔成大大小小的长方形，不同色块之间形成鲜明对照和整体上明确有力的结构特征。至上主义、构成主义和风格派的几何、抽象且简洁的艺术创作语言为后来的极简主义艺术奠定了理论和形式的基础。

第二，现代主义艺术对现成品的引入也在相当大程度上影响了后来的极简主义艺术创作。在艺术作品中引入现成品的传统从立体主义、达达主义艺术开始，并在波谱艺术、装置艺术中得到了进一步发展。著名的达达主义艺术家马赛尔·杜尚将钉子、铁丝、玻璃、自行车零件、日用品以及其他一切能够随手得到的现成品运用于艺术作品的创作，由此改变了人们对艺术作品与生活物品的认知。波谱艺术大师安迪·沃霍尔的《坎贝尔汤罐》将日常生活物品、明星肖像等流行文化元素作为艺术作品的组成元素或艺术作品本身。极简主义艺术对金属、木材、荧光管、耐火砖和泡沫塑料等工业材料的使用、其工厂制造化的外观，及艺术作品与生活物品的相似性均显示出现成品艺术的思维模式。

第三，20 世纪 40-50 年代盛行于美国的色域绘画体现出对色块形状的精致化和简约化发展模式，这种简化思潮在一定程度上对 20 世纪 60 年代的极简主义艺术产生了影响。马克·罗斯科、巴内特·纽曼和阿道夫·戈特利布在1943 年写给《纽约时报》的一封信中提到他们"偏爱简单地去表达复杂的思

2　[美]H·H·阿纳森、伊丽莎白·C·曼斯菲尔德：《现代艺术史》，钱志坚译，长沙：湖南美术出版社，2020 年版，第 250 页。

3　[美]H·H·阿纳森、伊丽莎白·C·曼斯菲尔德：《现代艺术史》，前引书，第 305页。

想"[4]，其说明了无论抽象艺术怎样递减也依然可以传递深刻的题材。在《无题（编号 5068.49）》中，罗斯科将早期作品中受超现实主义启发所绘制的漂浮生物形态逐渐规整化，并形成了边缘模糊的长方形色块；巴内特·纽曼的"拉链"系列作品通过一个窄条状的对比色空间营造出画面上的垂直开口；阿德·莱因哈特在他 20 世纪 50 年代的创作中将调色板简化为单一的红、蓝或黑色以凸显色彩的纯粹性。这些艺术家的作品以冷漠、安静的艺术风格开启了一种简化的风格，并致力于在作品的形式、内容和色彩等因素中形成削减趋势。

综上所述，在笔者看来，尽管以上的艺术作品并未被冠以"极简主义"的名称，但倡导简化的艺术思想早已出现在 20 世纪初以来的艺术创作中，其在历经了 20 世纪艺术多元、百花齐放但又迷茫、艰苦的探索历程后，终于在 20 世纪 60 年代的极简主义艺术中形成体系并蓬勃发展起来。这些历史先驱预示了极简主义艺术的出现，并为其诞生提供了思想、理念及创作技术方面的积淀，进而预示了极简主义艺术在 20 世纪 60 年代的出场。

极简主义也被称为 ABC 艺术、酷艺术、还原艺术、无形象波谱艺术、迷你艺术以及初级结构艺术等。从这些称呼上，我们能够了解极简主义艺术的某些特征：

1. 极简主义通常喜欢重复使用一个简单、完整的元素。雕塑的每一个组成部分都是独立的单元或整体，而艺术作品的构成就是这个基本构成单元的叠加[5]。

2. 极简主义者希望探索这样一种雕塑形式：通过运用一些抽象的基本几何形状进而探索其在三维雕塑空间中的表现。唐纳德·贾德使用了"特殊物品"这个词来描绘一种既非绘画又非雕塑的艺术作品。这种艺术的每个组成部分都是独立的元素，且每个元素都可以单独拆分开来[6]。

3. 极简主义雕塑是当代观念艺术大趋势的一支。对极简主义的批评，常常集中在其抛弃了雕塑的复杂性和细微差别，否认了材料自身所能够提供的知觉[7]。极简主义者通过从他们的艺术中删除传记的暗示，或实际上任何形式

4　[美]H·H·阿纳森、伊丽莎白·C·曼斯菲尔德：《现代艺术史》，前引书，第 445 页。

5　[英]斯蒂芬·利特尔：《流派》艺术卷，祝帅译，北京：生活·读书·新知三联书店，2008 年版，第 138-139 页。

6　[英]斯蒂芬·利特尔：《流派》艺术卷，前引书，第 138-139 页。

7　[英]斯蒂芬·利特尔：《流派》艺术卷，前引书，第 138-139 页。

的隐喻，从而与抽象表现主义者保持距离。这种对表达的否认，加上对制作避免美术外观的物品的兴趣，导致了避开传统审美吸引力的时尚几何作品的创作。

4. 对预制工业材料、几何形式的使用，以及对艺术品所占据的物理空间的强调，使得观众面临了作品形式的排列和规模。观众被邀请体验重量、高度、重力、敏捷性甚至光作为物质存在的外观品质。他们经常面临需要物理和视觉反应的艺术品。

极简主义艺术由该流派中的群体艺术家组成，其代表人物包括弗兰克·斯特拉、唐纳德·贾德、罗伯特·莫里斯、卡尔·安德烈、丹·弗拉文以及索尔·勒·维特等。

弗兰克·斯特拉在其绘画作品中倡导了以克制和秩序为中心的新视觉语言。他认为："一直以来都有一个简单化绘画的趋势，它必然会以这样或那样的方式发生。我的画作与更多的几何图形、或更简单的绘画有关。"[8]斯特拉于1959年创作的"黑色绘画"系列之一《标准旗帜》是现代艺术的重要里程碑，也是对抽象表现主义画家的大胆反击。这是一个沉重底盘上的单色矩形绘画，画面上的条纹实际上是宽阔的黑色颜料之间露出的原始画布，整个画面几乎没有可见的笔触。学者们将标题《标准旗帜》作为极简主义者美学的一个例子：拒绝制作具有视觉吸引力的作品，从而迫使观众在物理层面上面对作品。

斯特拉喜欢采用异形画布作画，通过这种方式，他将绘画带到了成为物体的边缘。艺术评论家迈克尔·弗雷德认为，斯特拉的画作探索了形状本身的生命力。在斯特拉的条纹画中，条纹看起来是由画布边缘生成的，"就好像整幅画不仅不言自明地由基底形状所产生，而且还由基底事实上的物理边界所产生。"[9]斯特拉在60年代初的绘画放弃了早期条纹画中严格的单色形式，转而采用了变化的色调，增强了绘画作品的光学特性和幻觉感。斯特拉的绘画也充分体现出60年代纽约艺术界抽象绘画最突出的矛盾，即他本人所宣扬的"所见即所得"的现代主义唯物主义典范以及格林伯格对现代主义绘画的光学描述之间的矛盾。随着时间的发展，斯特拉越来越成为了一位光学性的画

8　James Meyer. *Minimalism: Art and Polemics in the Sixties*. New Haven and London: Yale University Press. 2004, p.87.

9　[美]迈克尔·弗雷德：《艺术与物性：论文与评论集》，张晓剑、沈语冰译，江苏：江苏美术出版社，2013年版，第95页。

家。1966 年春天，斯特拉展出了他的多色画作《不规则多边形》，充分体现出对绘画幻觉的回归。

贾德是极简主义的重要艺术家、理论家，也是通过以非传统方式放置雕塑来活跃画廊空间的主要实践者之一。在系列作品《无题》中，他将一串镀锌的铁盒子以同等间距安装在墙上[10]，呈现出如同从墙上延伸出来的雕塑。在理念方面，贾德曾在他的《特殊物品》中表示他希望自己的作品存在于真实的三维空间中：

> 三维空间是真正的空间。它可以摆脱两个问题：幻觉感和文字化空间。文字化空间就是用符号和颜色来表达的空间，这是欧洲艺术最突出也是最遭人诟病的遗产之一……真实空间在本质上比平面作品更有力量，更为具体[11]。

在笔者看来，贾德宣称三维空间是"真实的空间"，并认为真实的空间"比平面上的颜料更有力量，更具体"，这意味着二维的绘画艺术将变得过时和失败。相反，只有将一个整体或重复的模块形状放置在墙上或地上时，才意味着没有幻觉或超越其物理存在的意义。贾德摒弃了传统雕塑中的底座、人物等元素而创造了一些看似冷酷、日常和工业化的物体。同时，他强调减少艺术家可见的手，以释放任何情感或参考性。

贾德的同事罗伯特·莫里斯则看重极简主义艺术的经验性、整体性和其作为一个场景的概念：

> 形状的简单并不一定等同于经验的简单。单一的形式并不削弱它们之间的关系，相反，使这些关系更有秩序[12]。

该想法来自莫里斯在《艺术论坛》上发表的一系列关于雕塑的论文。这些论文引起了艺术界的广泛争论。从莫里斯的言辞中可见，极简主义艺术倾向于使用"单一的形式"来表达"秩序感"。在他的作品《无题（镜面立方体）》（1965）中，莫里斯设置了四个规则的、缺乏表现力的镜面立方体。这些立方体约是桌子或台面的高度，其镜面式的表面使得观众在观看的行为中面对自己，从而提供了一种超越传统艺术观赏模式的动觉体验，并导致艺术理论家迈克尔·弗雷

---

10 [英]爱德华·露西·史密斯：《1945 年以来的艺术运动》，陆汉臻、景晨、刘芳元译，浙江摄影出版社，2016 年版，第 164 页。

11 Donald Judd. Specific Objects, in *Contemporary Sculptors* (New York), *The Art Digest* (Arts Yearbook 8): 1965, p.79.

12 Robert Morris. Notes on Sculpture, in *Artforum* (New York), February 1966, p.79.

德以"戏剧性"来描绘极简主义运动。

由建筑师转为雕塑师的托尼·史密斯曾师从弗兰克·劳埃德·赖特，是极具影响力的美国极简主义人物之一。他的雕塑被描述为"单元格式塔"的范例，具有典型的极简主义风格。雕塑《死亡》（1962）是极简主义艺术的代表作之一。该作品是一个由热轧钢制成的六英尺长的立方体，带有对角线的内部支撑，其尺寸是由人体比例决定的。史密斯解释说，较大的规模将赋予《死亡》以"纪念碑"的地位，而较小的规模将把它缩小为仅仅是一个"物体"。这座重约 500 磅的雕塑被放置在博物馆的地板上，邀请观众绕着它走一圈并体验它。史密斯将建筑、工业材料和制造模式融合进创作中，从根本上改变了雕塑的外观、制作及其最终的理解方式。

卡尔·安德烈对模块单元的重复是他处理雕塑材料的手段。他的《杠杆》是 1966 年"初级结构"展览中最大胆的作品：137 块耐火砖整齐排列并从墙上伸出，笔直穿过地板，安德烈将其比作"倒下的柱子"。《杠杆》表明，艺术作品不再需要被谨慎地挂在墙上或放置在角落的基座上作为纯粹的视觉享受，它需要与观众进行更复杂、周到的互动。这件作品由非传统材料制成，让人想起非艺术家手工操作的工业或建筑材料。安德烈在 60 年代后期的雕塑作品体现出从垂直化雕塑向水平化雕塑过渡的倾向。他的《等价物 I-VIII》将 8 块砖头铺在地板上，然后根据一个简单的数字方案进行排列。这类基于水平平面的雕塑作品寻求一种触觉化观感：观众甚至可以在雕塑上行走，可以在关灯后的黑暗中体验。在他为古根海姆博物馆创作的《37 件作品》（1970）中，安德烈展示了由 6 种不同金属（铝、铜、钢、镁、铅和锌）布置的地板平面。该作品引导观众穿过一个巨大的开放空间，并邀请他们比较不同金属的触觉和视觉质量。

在极简主义者理查德·塞拉看来，艺术作品会以向观众传达风险感的方式突破界限。塞拉创作于 1969 年的《纸牌屋：一吨的支撑》为观众提供了一个被解构的立方体。立方体四边相互支撑，仅靠自身的重量和阻力维持在一起。考虑到四个面的每一个金属板都重 500 磅，标题中的"纸牌屋"颇具讽刺意味，其暗示了四个面很容易像纸牌一样具有倒塌的可能性。因此，作品的大小及其看似的不稳定性被视为是对观众的潜在威胁。该作品由赤裸裸的工业材料制成，显示出典型的极简主义时尚。塞拉还是重要的过程艺术家。他的作品《浇铸》和《泼洒》（1966-1979 年）把熔化的铅水泼在画廊的墙根处，并将凝固后的铅水作为装置材料。他带着防毒面具泼洒铅水的过程也被摄录下来，作为行为艺术记录在案[13]。

索尔·勒·维特是极简主义团体的关键知识分子，以他的露天模块化立方体结构而闻名。他曾写道："立方体最有趣的特点是它相对无趣"，说明了极简主义艺术家并不是将艺术对象作为符号和个人情感的表达。勒·维特以类似网格的方式组合这些立方体，强调了他对可以无限重复并扩展的单元模块的兴趣。勒·维特用白色对立方体进行着色。他认为，白色是"最没有表现力的颜色"[14]，是在联想潜力上被净化了的颜色。从形式上讲，白色能够增强对精致的几何形状的阅读。勒·维特创作了许多壁画和公共雕塑，能根据不同空间的需要设计作品。其作品的模块化、无色和鲜明几何性都符合极简主义美学。另一方面，勒·维特在他的创作中坚持了"观念艺术"的想法，并认为想法或观念是作品最重要的方面[15]："想法可以被称为艺术作品。它们处于一个发展的链条中，最终可能会找到一些形式。"[16]勒·维特在他的实践中朝着"艺术的非物质化"理想而创作，但即便如此，他也并没有将艺术作品呈现为理念本身。

罗纳德·布莱登比其他极简主义者年长，有时被认为是该运动的父亲形象。布莱登创作于1965年的代表作品《The X》呈现为X形状的大型雕塑。作品的表面处理得很光滑，保留了工厂制造的质量。"X"本质上是一个否定符号，用于表示消除或移除事物，结合雕塑的单纯黑色暗示出对传统艺术的否定。

有些极简主义艺术的形式要素并不那么单纯，比如，丹·弗拉文将光线和空间作为他的创作材料。弗拉文说："我知道，在一个房间的关键部位植入光线（电灯光）的错觉可以将这个房间的真实空间打破"[17]。弗拉文的《图标》（1964）是一系列带有荧光灯的浮雕作品，展现出灯光与雕塑引人注目的融合。在创作中，弗拉文发现可以将各种色彩的荧光灯管作为单元系统的一部分进行自由、无限地组合。例如，弗拉文1968年的作品《无题》将粉红色、金色和日光色荧光灯管被放置成一个网格，形成了具有严格数学精度的传统

---

13 王洪义编著：《西方当代美术：不是艺术的艺术史》，前引书，第102页。

14 James Meyer. Minimalism. *op. cit.*, p.200.

15 James Meyer. Minimalism. *op. cit.*, p.208.

16 James Meyer. Minimalism. *op. cit.*, p.208.

17 Dan Flavin. …In Daylight or Cool White, in *Artforum*, December 1965, p.24.

极简主义形状。整个空间被染上了不同的色调，改变了参观者对其所处空间的认知[18]。

　　20 世纪 60 年代的极简主义艺术运动由一系列大大小小的展览串联起来。这些展览展示了新艺术的独特造型，宣扬了艺术家个性化的创作宣言，并引发了评论家的批评和争议。下表列举了一些相对重要的极简主义视觉艺术作品展，勾勒出这一时期极简主义艺术运动的整体发展进程。

表 1-1：20 世纪 60 年代极简主义艺术的重要展览

展览名称	时　间	地　点	内　容
"新作品：第一部分"	1963 年 1 月（系列展览）	格林画廊	该展览标志着唐纳德·贾德、罗伯特·莫里斯和丹·弗拉文作为极简主义者的崛起。同时，该展览还展出了拉里·波恩斯、艾利斯沃斯·凯利、米勒·安德烈耶维奇、草间弥生等艺术家的作品。展览的代表性作品包括贾德的"面巾纸盒"、莫里斯的《石碑》《站立的盒子》等。
"黑、白、灰"	1964 年 1 月	沃兹沃思博物馆	该展览被描述为第一个极简主义主题的展览，展出了巴内特·纽曼、安·特鲁特、罗伯特·劳森伯格、弗拉文、莫里斯、托尼·史密斯、弗兰克·斯特拉等艺术家的作品；代表性作品包括莫里斯的《无题（门户）》《无题（板块）》《无题（框架）》，以及乔治·布莱希特的《桌椅事件》等。
"11 位艺术家"	1964 年 3 月	凯玛画廊	由弗拉文策展，展出了斯特拉、波恩斯、贾德、弗拉文、索尔·勒·维特、沃尔特·达比、班纳德、罗伯特·雷曼乔·贝尔、欧文·弗莱明格、沃德·杰克逊和利奥·瓦莱多等艺术家的作品。
"8 位年轻艺术家"	1964 年 10 月	哈德逊河博物馆	致力于展出不知名但探索抽象精简风格的艺术家，包括六位画家及雕塑家安东·米科夫斯基和卡尔·安德烈的作品。该展览试图以某种严格的方式确定新抽象主义的形式品质。

―――――――――――

18 [英]爱德华·露西·史密斯：《1945 年以来的艺术运动》，前引书，第 168 页。

"形状与结构"	1965 年 1 月	蒂博尔·德·纳吉画廊	该展览将绘画与雕塑并置，力图展现各种视觉的可能性，提供了对最新的硬边抽象的选择。展览展出了斯特拉的异形画布作品、莫里斯的《无题（墙／地板)》、贾德的红色金属"游泳池"，以及安德烈的《凸角堡》等作品。
贾德个人作品展	1966 年 2 月	卡斯泰利画廊	贾德的七件重复化、序列化的作品。
勒·维特个人作品展	1966 年 4 月	德万画廊	勒·维特的一系列白色、模块化的开放立方体作品。
"初级结构"	1966 年 4 月	纽约的犹太博物馆	被视为"极简主义艺术分水岭"的展览，展出了安东尼·卡罗、史密斯、罗伯特·史密森、朱迪·格罗维茨、勒·维特、莫里斯、贾德、弗拉文、安德烈、特鲁特、罗纳德·布莱登等艺术家的作品。
"常人的无限艺术"	1966 年 12 月	珀塞尔画廊	主要目的在于对新艺术进行讽刺，展出了安德烈的《杠杆》等极简主义作品。
"过程中的艺术：结构的视觉发展"	1967 年 5 月	芬奇学院艺术博物馆	考察了关于艺术过程的问题，致力于展示已完成的作品以及作品在制作过程中所使用的模型和图示。该展览展出了贾德、弗拉文、勒·维特、莫里斯、博克纳和史密森及其他艺术家的作品。
真实的艺术：美国 1948-1968 巡回展	1968 年 11 月开始	巴黎大皇宫苏黎世美术馆伦敦泰特美术馆	该巡回展发展了主张"艺术中的诚实、直接、无杂质"的"蒸馏"理论，展出了当代美国的大型、抽象作品，包括色域绘画和极简主义艺术。
贾德个人作品展	1968 年 2 月	惠特尼博物馆	贾德自 1962 年以来的雕塑作品，包括早期的金属檐浮雕、"看台"、"唱片柜"，以及后来更精致的"游泳池"、镀锌铁盒等。
"极简主义艺术"展览	1968 年 3 月	荷兰海牙	展现了以雕塑为主要形式的美国新艺术的最新发展趋势，包括贾德、安德烈、勒·维特、莫里斯、弗拉文、史密森、斯坦纳等 10 位艺术家的作品。

在以上所罗列的展览中，1966 年的"初级结构"是极简主义视觉艺术运动中较为重要的展览。就标题而言，"初级"一词表明了这类艺术所采用的最

简化几何形式，"结构"则意味着其具有清晰、构造性的组织特征。总体上讲，"初级结构"用建筑规模取代了传统的基座雕塑规模，用明亮或严厉的颜色取代了混杂的色调，用有品位的紧缩取代了巴洛克式的过度，呼应了 60 年代简化和减少的视觉趋势[19]。在"初级结构"展闭幕几周后，一页页印有穿着"初级结构"风格服装的模特并配有贾德、勒·维特、布莱登、莫里斯、弗拉文和莱因哈特等艺术家作品插图的图片出现在《哈珀集市》（Harper's Bazaar）、《潮流》（Vogue）等时尚杂志中，显示出极简主义风格在时尚、设计领域中的发展。由此，与商业的联系也成为该时期艺术的一大特征。艺术家不再与社会隔绝的孤独创造者，而是在"生活方式"栏目或时尚拍摄中摆姿势，为自己的作品或其他任何东西代言的"世界的人"。

此外，其他的一些展览也对极简主义视觉艺术的发展具有至关重要的推动作用。1964 年的"黑、白、灰"展览旨在声明新的"简单和纪律"的特点是无色的调色板，其可作为对当下日益衰弱的行动绘画的解毒剂，以便使观众不被"色彩的情感主义所偏爱"[20]，由此传达出反表现主义的精神；1965 年的"形状与结构"展览将弗兰克·斯特拉、尼尔·威廉姆斯和拉里·贝尔等画家的异性画布作品与罗伯特·莫里斯、唐纳德·贾德和卡尔·安德烈的雕塑作品放在一起展出，既探索了由并列的彩色形状所组成的光学空间，也展示了由极简主义艺术家所创作的实在主义作品；作为一个国际巡回展，"真实的艺术：美国 1948-1968"将极简主义运动规范化并融入了国家认同的话语中。该展览由 E.C.古森策划。古森声明了他所主张的"艺术中的诚实、直接、无杂质的经验"，以及"减去了象征主义、信息及个人展示主义"的"蒸馏"理论[21]，并宣布了色域绘画和极简主义作为 60 年代雄心勃勃的艺术风格的崛起。"真实的艺术"在巴黎大皇宫、瑞士的苏黎世美术馆以及伦敦的泰特美术馆等地巡回展出，收获了观赏者、评论家们褒贬不一的评价，展现出欧洲大众对美国新艺术的整体接受情况。一些评论家认为新艺术展现了"美国形象"，并对这些作品的规模感到震撼；而另一些则针对极简主义艺术采用现成品的问题提出质疑并展开争论。自 1968 年以来，许多的极简主义实践者都为了宣扬个性而探索其他的创作方向。随着这一风格的内部断裂以及 70 年代批评家注意力的转向，极简主义视觉艺术的历史事件也已接近尾声。

19　James Meyer. *Minimalism. op. cit.*, p.24.
20　Samuel Wagstaff, Jr. "Paintings to Think About," *Artnews* 62:9 (January 1964): p.38.
21　James Meyer. *Minimalism. op. cit.*, p.253.

二、理论与争议话语

综观整个极简主义视觉艺术运动，其中，唐纳德·贾德的《特殊物品》、罗伯特·莫里斯的《论雕塑》，以及索尔·勒·维特的《观念艺术的段落》和《观念艺术的句子》等文章成为了该运动中艺术家为自己代言并阐明创作想法、思路的重要文本。与此同时，这些文本也激发了围绕极简主义艺术的持久辩论。极简主义艺术的许多评论家都精通艺术史和哲学，这为他们的辩论带来了非凡的严谨性。其中，最具代表性的辩论者包括大名鼎鼎的艺术理论家克莱门特·格林伯格以及艺术批评家迈克尔·弗雷德，他们分别围绕极简主义艺术的新奇性、剧场性等问题展开思考，开启了关于极简主义艺术的不同批评路径。此外，长久以来，极简主义艺术家采用现成品的做法引起了关于极简主义的"非艺术"之争，并成为始终伴随该流派的争议话题之一。在该部分中，笔者将梳理并呈现极简主义艺术的理论和争议话语，由此展现 20 世纪 60 年代极简主义艺术场景的蓬勃发展和非凡竞争力。

（一）理论话语

《特殊物品》是唐纳德·贾德最著名的文章，该文于 1965 年发表在《艺术年鉴》上，并立即成为新批评的分水岭。这篇文章对格林伯格式的现代主义艺术理论形成了挑战，其著名的开场白，即"过去几年最好的新作品中有一半或更多既不是绘画也不是雕塑"以令人惊叹的方式抛弃了格林伯格关于媒介完整性的箴言[22]。

在《特殊物品》中，贾德宣称了他的观点，即新的三维作品使绘画变得过时。贾德宣称三维空间是"真实的空间"，坚持认为"真实的空间比平面上的颜料更有力量、更具体"[23]。他提到，尽管波洛克和纽曼的壁画和其整体性是新艺术的基础，但这些艺术家的作品仍然暗示着绘画不可避免的幻觉。只有将一个整体性的、重复的模块形状安置在墙上或地上，才意味着没有幻觉或超越物体物理存在的意义。"事物及其质量作为一个整体，才是有趣的"[24]，贾德写到。

特殊物品是一种介于绘画和雕塑之间的混合形式。贾德赞扬了克莱斯·奥尔登伯格和草间弥生的具象、新超现实主义作品，以及约翰·张伯伦的"垃

---

22 James Meyer. *Minimalism. op. cit.*, p.134.
23 James Meyer. *Minimalism. op. cit.*, p.135.
24 James Meyer. *Minimalism. op. cit.*, p.135.

坂"雕塑作为特殊物品的典范。贾德对奥尔登伯格作品的认可表明，如果具备必要的规模、整体性和三维性，那么具象也可以是好的作品。奥尔登伯格将雪糕筒、汉堡包等普通物品重新制作、放大并放在地板上或墙上，剥离了其通常的人类关联。此时，这些物品不是为消费而存在，也不是作为情感的关联物，而是作为它自己存在的。草间弥生的作品也很具体。在一张覆盖着数百个布质突起的沙发上，每个突起或多或少都是相同的，由此形成统一的整体。贾德把草间的重复看作是一种"单一的兴趣"，草间"一个接一个"地重复形式，作为对"对象"一心一意的追求[25]。

就材料而言，贾德认为胶合板、铝、冷轧钢、有机玻璃和黄铜等合成材料不如传统的大理石、青铜或木头那样具有幻觉和暗示性。在他的作品中，贾德通过使用闪亮的金属、珐琅、有机玻璃和明亮的颜色使物体的表面形成了复杂的反射，这些反射破坏了形状的可读性，又使得他的物体几乎消失。但尽管如此，贾德从未质疑过"特殊物品"的前提，即新材料和鲜艳的色彩总能使作品变得更加"具体"。

整体性、新材料、大规模和系列性，读者很容易得出"特殊物品"的概念和特征。在文中，贾德还通过列举许多艺术家展现了他对现当代艺术的态度。他从纯粹的形式主义角度看待杜尚、劳森伯格等艺术家的作品。他认为，杜尚重视智力而非视觉形式。杜尚的现成品表明了其日常的起源，是一种非常有趣的实践。通过提及杜尚，贾德暗示了达达在理念上影响着《特殊物品》中的理论话语构思。

贾德的论述还从两个方面反映出对格林伯格理论的突破。格林伯格坚持艺术媒介内部化的主张，并认为"现代主义艺术毫无间隙地延续着过去"[26]。相比之下，贾德对现代艺术的叙述则跨越了媒介。他认为："艺术的历史和艺术在任何时候的状况都是相当混乱的。它们应该保持这种状态。"[27]贾德的另一句话，"艺术作品只需要有趣"被解释为对格林伯格"品味"概念的斥责。评论家哈尔·福斯特指出，贾德用先锋派的兴趣取代了格林伯格对质量的要求。但事实上，对贾德来说，兴趣与质量有关，其并不意味着艺术作品"仅仅是有趣"。贾德宣称，一件作品"只需要有趣"，意思是它只需要值得一看。它可能不是一件好作品，但它能吸引人们的目光。一件能引起人们再次观看的

25 James Meyer. *Minimalism. op. cit.*, p.135.
26 James Meyer. *Minimalism. op. cit.*, p.139.
27 James Meyer. *Minimalism. op. cit.*, p.139.

作品甚至更加有趣。一件伟大的作品则具有持久的兴趣。因此，贾德认为，实现与过去伟大艺术相媲美的形式质量是当下艺术家们的一个重要愿望。

总体而言，《特殊物品》用"兴趣"取代了格林伯格的"品味"概念；它用一种既不是绘画也不是雕塑的艺术取代了莱辛的《拉奥孔》和格林伯格的《走向更新的拉奥孔》的媒介完整性；它挑战了格林伯格的历史主义反思性模式，并将形式上的兴趣归于杜尚和劳申伯格的达达主义叙事。由此，贾德通过对"现代主义"的挑战和反思开辟了后现代主义的理论和实践领域。

1966 年春天，尽管"初级结构"展览向公众广播了极简主义艺术的兴起，但关于极简主义、新雕塑的理论却没有被系统化。在他的《论雕塑》中，罗伯特·莫里斯通过参考并提及格式塔心理学和现象学进而将极简主义艺术的创作进一步理论化。

在文中，莫里斯主张将雕塑的触感和三维性作为"基本条件"。首先，他认为，浮雕是一种不适当的雕塑形式。它坚持绘画惯例，且没有参与其周围的环境。他提到："雕塑的自主性和实在性要求它有自己的空间，而不是与绘画共享的表面。"[28]第二，莫里斯提出了关于雕塑形状的问题。他认为，雕塑应具有在三维空间中的可读形状。最简化的形状，如四面体、立方体和金字塔是最理想的。在最简单的多面体中，人们"看到并立即'相信'自己头脑中的图案与物体的存在事实相对应"[29]第三，雕塑的整体性体现为一种被称为格式塔的品质，雕塑的目的就是要促进格式塔阅读。"某些形式确实存在，创造了强烈的格式塔感觉"[30]。当观众在作品周围移动时，他能够感知到作品的格式塔。第四，莫里斯认为颜色具有"光学"效应。中性色调，如他使用的哑光灰色能够有利于格式塔阅读。最后是雕塑作品的规模。莫里斯坚信，只有人类规模的作品才能引起对格式塔的感知。因此，莫里斯的作品几乎总是坚持以身体为导向的比例：他的雕塑很大但又不是如同罗纳德·布莱登、托尼·史密斯那样巨大的、纪念碑式的规模；颜色是平淡的，不像其他艺术家所使用的戏剧性黑色、红色和黄色；形状则是不折不扣的朴素几何。

莫里斯的格式塔主义描述被注入了现象学的语言。他笔下的雕塑并不独立于其周围环境而存在。当作品中的形式事件被减少时，作品的背景关系就变得更加明显："更好的新作品将关系从作品中剥离出来，使它们成为空间、光

---

28 James Meyer. *Minimalism. op. cit.*, p.156.
29 James Meyer. *Minimalism. op. cit.*, p.159.
30 James Meyer. *Minimalism. op. cit.*, p.159.

线和观众视野的函数。作品本身只是一个更大的句法整体中的几个术语之一。"[31]这种说法引出了现象学中相类似的主题。在《感知现象学》中，梅洛·庞蒂指出："我们的身体在世界中就像心脏在有机体中一样。它为系统注入生命并维持它。"[32]由此可见，现象学中的身体与它周围的环境密不可分，并被它所居住的世界渗透着。现象学为莫里斯提供了观察语言，并成为莫里斯观点的理论基础。

在《论雕塑》中，莫里斯提出的另一个较为重要的观点是强调雕塑的经验是一种"必然存在于时间"的经验[33]。他的极简主义雕塑实践涉及到与观众的运动相一致的时间体验：新的时间性是未解决的、潜在的、无限的存在时间。现象学的时间是"在我与事物的关系中"发生的时间。"我不是旁观者，我参与其中。"[34]因此，莫里斯设想的观众并不是一个被动的观众，而是作品不可或缺的参与者，一个存在于时间中的观众。

综上所述，莫里斯的《论雕塑》发展了雕塑的实在概念，从理论上阐述了一种根本简化的雕塑，重新构想了"整体性"。《论雕塑》明确提出了雕塑不是作为其本身而存在，而是为了让观众意识到自己是感知的主体。雕塑不再是仅仅用来"看"的东西，而是在一个更大的综合整体中为移动和感知的身体所做的雕塑，它不可能脱离观众和画廊而存在。因此，《论雕塑》提出了雕塑是一个场景的概念，一个与周围环境相关联的存在。莫里斯的论述直接影响了弗雷德在《艺术与物性》中将观众与作品的身体接触描述为"戏剧性"，该观点进而被视为整个极简主义艺术的代表。

在笔者看来，贾德的《特殊物品》和莫里斯的《论雕塑》可以被看作是具有代表性的极简主义理论文本，其在展示出艺术家观点的同时也充分反映出他们在创作理念上的差异与独特性。在这里，我们不妨将贾德和莫里斯二人的创作理念进行简要比较，在相互参照中达到深入理解和全面认识。

首先，贾德和莫里斯针对雕塑作品的色彩问题发表了不同见解。贾德在他的一些雕塑作品中通过采用鲜明的镉红色以突出雕塑的形状。他提到：

> 我喜欢红色，我喜欢镉红光的质量。红色，似乎是唯一的颜色，

31 James Meyer. *Minimalism. op. cit.*, p.160.
32 Maurice Merleau-Ponty. *Phenomenology of Perception*, trans. Colin Smith. London: Routledge and Kegan Paul, 1962, p.203.
33 Robert Morris. Notes on Sculpture. *Artforum*, February and October 1966.
34 Maurice Merleau-Ponty. *Phenomenology of Perception. op. cit.*, p.412 and p.304.

真正使一个物体尖锐，从而定义它的轮廓和角度[35]。

由此可见，贾德式的镉红色能够产生引人注目的效果，并使作品作为空间中的一个明确实体脱颖而出。另一方面，莫里斯的作品则总是以灰色色调出现。灰色能够表现一种"平面"感，其最不具备个人色彩，对视觉的刺激也最小。虽然在感知上具有惰性，但它并不妨碍思想的表达，并有利于莫里斯所说的"格式塔阅读"。在莫里斯看来，索尔·勒·维特的开放立方体所采用的白色对于形体来说太过强烈。白色能够在立方体及其侧面形成戏剧性对比，进而干扰格式塔阅读。由此可见，在色彩的运用上，贾德和莫里斯秉持了全然不同的观点和态度，充分体现出二人在创作理念上的差异。

第二，贾德的"物品"和莫里斯的"雕塑"在概念上具有较大的区别。在《特殊物品》中，贾德追求一种介于绘画和雕塑之间的混合模式。他将注意力转向三维空间，认为物品能够消除绘画所带来的幻觉体验，并超越作品的物理存在意义。在《论雕塑》中，莫里斯反驳了《特殊物品》所暗示的媒介模糊论点。他将新的几何作品定性为"雕塑"，从而建立了一个与贾德的论述相反的模式。莫里斯认为，雕塑必须宣布其自主性，它应将自己的"触觉性质"与绘画的"光学感觉"区分开来。同时，莫里斯反对浮雕，认为其是一种不适当的雕塑形式，它坚持了绘画惯例，且没有参与周围的环境。莫里斯要制作的是实实在在的雕塑，其"实在主义"意味着雕塑不能拥有"与绘画共享的表面"，它也不适宜被钉在墙上。

第三，贾德和莫里斯在对作品的感知和体验上有着不同的立场和观点。贾德寻求制作具有引人注目的视觉兴趣的艺术作品；而莫里斯制作的对象，与其说是面向视觉，不如说是面向观众的身体和房间。观看行为，以及与作品的身体接触是莫里斯作品的焦点。通过求助于格式塔心理学和现象学，莫里斯有意识地将其艺术体验理论化。贾德似乎并不关心自己的作品如何被体验，而是将注意力放在物体本身的形式兴趣上。他曾提到："我不考虑观众。我感兴趣的是我想思考什么，我想做什么。我不考虑其他人对我作品的看法。"[36]

除此之外，莫里斯的《论雕塑》还提出了绘画和雕塑的序列性问题，以及雕塑的经验是一种"必然存在于时间"的论断。由此可见，尽管贾德的《特殊

---

35 James Meyer. *Minimalism. op. cit.*, p.57.
36 James Meyer. *Minimalism. op. cit.*, p.158.

物品》和莫里斯的《论雕塑》都是阐述极简主义艺术理论的重要文本，但二者在观点上还是存在诸多差异。这些理论文本生动展示了极简主义艺术家们在创作理念上的分歧与交锋，揭示了 20 世纪 60 年代极简主义艺术繁荣且多元的发展势头。

（二）争议话语

自极简主义艺术诞生以来，伴随该流派的争议话语便层出不穷。评论家们围绕极简主义艺术的新奇性、剧场性和非艺术等问题展开辩论，生动反映了该艺术风格对大众产生的影响与冲击。其中，针对极简主义艺术的最为经典的争议话语便是迈克尔·弗雷德的《艺术与物性》。建立在对极简主义艺术作品和理论话语的充分了解基础上，弗雷德采用哲学化的语言对极简主义艺术的剧场性进行了抨击，并认为这种剧场性模糊了媒介独立性，与现代主义艺术的理念相悖；艺术理论家格林伯格在《雕塑的近况》中将极简主义艺术看作是一种"新奇物"，其满足了中产阶级的品味，但却对高雅的现代主义艺术产生了威胁；关于极简主义的"非艺术"之争是许多评论家共同观察到并展开激烈辩论的问题。这些具有代表性的争议话题为我们审视极简主义艺术提供了来自接受者的重要文本参考。

在《雕塑的近况》（1967）中，格林伯格将极简主义艺术定向为一种面向中产阶级者的艺术类型，其反映了观众的良好品味，但却对高雅艺术造成了威胁。格林伯格早在其《前卫与媚俗》（1939）一文中就曾提出，高雅艺术有必要宣布自己的身份，以便与媚俗区分开。然而，到了 50 年代末，即使是他也不得不承认，"前卫与媚俗"所标出的明确分界线已变得难以捍卫。在他所支持的抽象表现主义被博物馆和学院接受的时候，领先的艺术革新者却受到了媚俗的影响。到 60 年代末，格林伯格清楚地意识到，极简的物体对现代主义学说构成了严重的挑战。极简主义对"真实"空间、材料的拥抱，以及观众移动的触觉体验使得他只能从达达主义的角度去感知这类艺术。有趣的是，极简主义绘画对格林伯格的困扰要比以贾德的《特殊物品》为代表的物体、雕塑及其理论小得多。作为绘画艺术，斯特拉的画作仍然是可读的；但《特殊物品》是另一种东西。其所描绘的艺术甚至可以在工厂里被生产，"就像今天任何其他东西一样：一扇门、一张桌子、一张白纸……"[37]艺术品实际上是一个现成

---

37 Clement Greenberg. Recentness of Sculpture, in *American Sculpture in the Sixties*, ed. Maurice Tuchman (Los Angeles: Contemporary Arts Council, 1967): pp.24-26.

品，一个空白的盒子或物体的组合，"只是可以被推到艺术中"[38]。它是艺术，但又不完全是艺术；事实上，是一种"更接近于非艺术状态"的艺术，一种更简约的艺术，"在这一刻是无法设想的"[39]，格林伯格写道。

由此，格林伯格将极简主义定性为新奇的艺术。如同小商店的饰品，新奇物是现成的、大规模生产的、"一次性的"，具有廉价的惊喜。它的另一个词是时尚。在 60 年代，确实出现了一连串的新奇风格。而极简主义正是 1966 年这一季时尚的味道。在评论家利奥·斯坦伯格看来："这种对离奇事物的快速驯化是我们艺术生活的最大特点，从接受震惊到表示感谢的时间间隔逐渐缩短。"[40]因此，"极简外观"的胜利似乎证实了格林伯格的论断，即初级结构是一种新奇的艺术，容易被理解并迅速被消费。

另一方面，新奇艺术的吸引力、好设计、好品味意味着中产阶级的审美。根据格林伯格的定义，媚俗是现代主义的寄生。在媚俗的各种形式中，中庸之道对高雅艺术尤其危险，因为它与高雅艺术最为相像。格林伯格把他不喜欢的新前卫艺术活动（新达达、波普、欧普和极简）定性为"有品味"。这些前卫的艺术活动，与其说是"艺术"，不如说是"品味的历史"的一个插曲，是为中产阶级策划的艺术。在《雕塑的新近》中，格林伯格抱怨说："良好的设计继续渗透到自称是先进和高尚的艺术中，使雕塑受到压抑，就像绘画一样。"[41]格林伯格将极简主义艺术看作是"良好的设计"，实则是将极简物体与设计领域的产品进行类比，并模糊了二者之间的界限。但格林伯格始终关注的是"高尚"的现代主义艺术，他重视手工制作，相信对每种媒介的研究是艺术家个人的任务。令他感到失望的是，在 20 世纪 60 年代，表现主义已成为了年轻艺术家的噩梦。这种现象表明，格林伯格对高级艺术的要求在后沃霍尔时代的艺术世界中失去了可信度，其对新奇物和好设计的抨击看起来似乎已经过时了。

艺术评论家迈克尔·弗雷德在《艺术论坛》上发表的批评文章《艺术与物性》（1967）中扩展了格林伯格的批评。尽管文章似乎肯定了极简主义运动作为现代艺术史上的重要转折点，但弗雷德在文中也表达了对极简主义艺术强有力的批判和对现代主义艺术强有力的拥护。他把极简主义艺术家称为"实

---

38 Clement Greenberg. Recentness of Sculpture. *op. cit.*, pp.24-26.
39 Clement Greenberg. Recentness of Sculpture. *op. cit.*, pp.24-26.
40 James Meyer. *Minimalism. op. cit.*, p.215.
41 James Meyer. *Minimalism. op. cit.*, p.217.

在主义者",这种实在性说到底其实是一种"物性"。在他看来,极简主义对现代艺术"最显而易见的回应就是放弃在单个平面上工作,转而采用三维形式"[42]。他认为,现代主义绘画已经发现了它的律令,即它击溃或是悬搁了它自身的物性;而实在主义艺术"它并不寻求击溃或悬搁它自身的物性,相反,它要发现并突显这种物性。"[43]那么,极简主义艺术是如何突显物性的呢?在弗雷德看来,这要归功于对新型剧场的追求。

首先,实在主义艺术针对的是包括观看者在内的处于一定情境中的对象。第二,实在主义艺术有着一种"明目张胆的拟人化"[44]。例如,托尼·史密斯6英尺大的立方体《死亡》也许可以看作某种"人像雕塑"。这些作品拥有一种"内在的、甚至是秘密的生命"。因此,在弗雷德看来,某种或明或暗的自然主义,事实上是拟人主义,位于实在主义理论与实践的核心[45]。第三,弗雷德认为,实在主义的问题在于"它隐藏着的拟人主义是无可救药地剧场化的"[46],而剧场与剧场性在今天不仅正在与现代主义绘画(或现代主义雕塑)作战,而且还与艺术本身作战。对此,他提出了以下三个命题:

1. 各种艺术的成功,甚至是其生存,越来越依赖于它们战胜剧场的能力。正是对剧场的克服,使得现代主义感性成为最令人激动的东西,也使它成为我们时代高级艺术的品质证明。

2. 艺术走向剧场状态时便堕落了。在弗雷德看来,走向剧场便意味着各种艺术间的藩篱正在消失并滑向了某种最终的、闭塞的、高度称心的综合。

3. 品质与价值的概念只有在各门艺术内部才有意义。而位于各门艺术之间的东西便是剧场。实在主义者在各种声明中纷纷避开价值和品质的主题,对于他们的作品是否是艺术的问题,却显示了相当不确定的态度。例如贾德在其声明《一件作品只要有趣便行》中认为,"重要的是一件既定作品能否引出或维系他的兴趣"[47]。而在弗雷德看来,惟有确信一件特定的绘画、雕塑、诗歌或音乐作品能否经得起与以往那些品质不成问题的作品的比较才是重要的。

---

42 [美]迈克尔·弗雷德:《艺术与物性:论文与评论集》,张晓剑、沈语冰译,江苏:江苏美术出版社,2013年版,第157页。

43 [美]迈克尔·弗雷德:《艺术与物性》,前引书,第159页。

44 [美]迈克尔·弗雷德:《艺术与物性》,前引书,第164页。

45 [美]迈克尔·弗雷德:《艺术与物性》,前引书,第165页。

46 [美]迈克尔·弗雷德:《艺术与物性》,前引书,第165页。

47 [美]迈克尔·弗雷德:《艺术与物性》,前引书,第174页。

最后，弗雷德强调，实在主义艺术与理论十分看重在时间中持续的体验，即一种无穷性的在场。实在主义者对时间的痴迷乃是典型的剧场化："仿佛剧场不单单以物性的无穷性，而且还以时间的无穷性来面对观者。"[48]这种对持续时间痴迷标志着实在主义作品与现代主义绘画、雕塑之间的深刻差异。人们对后者的体验没有绵延，而是将其体验为在场性和瞬间性。

在詹姆斯·迈耶看来，弗雷德超越了格林伯格批评模式的局限性，采用了更加哲学化的语言来对极简主义艺术进行评论。弗雷德认为，极简主义的对象将注意力转移到它所在的环境中，因此，物体不再是一个离散的作品，而是包含了房间和观众的"整体情况的一部分"[49]。莫里斯"以观众的身体为关键的极简主义"在弗雷德的分析中被凸显出来。由此可见，弗雷德的极简主义批评在相当大程度上受到莫里斯的极简主义雕塑理论的启发。

在笔者看来，格林伯格和弗雷德都对极简主义艺术进行了批判。但二者却是从完全不同的角度出发的。格林伯格延续了他在 20 世纪 30-40 年代所提出的"前卫与媚俗"的思路展开评论。他将极简主义艺术作品作为新奇或媚俗的存在，并认为极简主义对观看者的召唤是一种商品化模式。同时，他也针对极简主义模糊了艺术作品与设计产品、艺术与非艺术之间的界限表达了他的不满。弗雷德延伸了格林伯格的观点，其文章《艺术与物性》也体现出对现代主义艺术的捍卫和对极简主义艺术的批判。但弗雷德关注的重心是极简主义艺术的体验，是"一种戏剧效果、一种舞台存在"、一种在时间中持续的审美体验。由此可见，弗雷德的文章提出了一个比格林伯格的理论更复杂的观看主体，形成了与格林伯格全然不同的批评路径。虽然弗雷德对极简主义艺术的态度具有负面倾向，但在文中他勾勒出许多极简主义艺术的本质特征。同时，他也在文中大量引用了极简主义艺术家的思想与观点，使得该文成为读者洞悉极简主义美学理念的窗口。正是在以弗雷德为代表的评论家对极简主义艺术所提出的争议与批评声中，极简主义艺术流派走向了 20 世纪 60 年代前卫艺术的风口浪尖。

几乎所有极简主义艺术家的作品都被扣上过"非艺术"的标签。这类型的批评主要提出了以下观点来表达对于极简主义"非艺术"的论争。首先，极简主义作品通过对现成品的使用从而引入了达达式的艺术创作模式，进而模

---

48 [美]迈克尔·弗雷德：《艺术与物性》，前引书，第 176 页。
49 James Meyer. *Minimalism. op. cit.*, p.231.

糊了艺术与生活、作品与产品之间的界限。例如，评论家布莱恩·奥多里蒂认为，贾德的作品带有达达、超现实主义元素的残余：隐喻的组合、世俗的内容、反艺术的冲动，暗示出一种现成品美学[50]。评论家希尔顿·克莱默也认为，贾德的作品"对形式分析和隐喻漠不关心"[51]，但却暗指日常事物——唱片柜、纸巾盒等。尽管贾德寻求创作抽象艺术，但克拉默却将他的作品解读为准具象。

　　第二，极简主义艺术家偏重于对作品观念的设计和策划，而将作品的实际制作交给工作室或工厂来执行。批评家理查德·沃尔海姆提出，我们抵制极简主义艺术的主要原因是，它的对象没有体现出艺术的基本要素：即工作或明显的劳动[52]。艺术家、评论家迪·苏维罗认为，贾德没有"做"作品，他不可能有资格成为一名艺术家[53]。针对这一点，贾德反驳道，他的艺术作品的目的不是情感的透明化、具象化，而是作为物质"使自身可见"。专业的金属工人可以比他更好地执行他的精心设计。既然最终的结果才是最重要的，为什么还要迷信技术呢？[54]德国艺术家和评论家乌苏拉·迈耶认为，极简主义的系列方法反映和模仿了先进的资本主义生产模式。贾德是一个"经理"，他关注作品观念的实现，并作为他自己作品的最好代言人，由此成功地将他的实践融入了艺术界的生产和消费体系[55]。

　　一系列来自观众、评论家和策展人的争论此起彼伏，并从致力于从"非艺术"的角度表达他们对极简主义的质疑。1964 年，丹·弗拉文在格林画廊的荧光灯管展览引起了一部分评论家们的争议与冷遇。《乡村之声》的评论员大卫·布尔登提到："使弗拉文的灯管成为艺术的唯一原因是它们被安排在一个艺术背景中。"[56]布尔登的评论暗示出弗拉文的荧光灯管展览与商店橱窗里摆放的荧光灯管相差无几，只因其被放置在画廊里所以才被称为艺术。布尔登所表达的怀疑被广泛认同。1966 年 12 月，由加州奥兰治查普曼学院艺术系的哈罗德·格雷戈尔构思的"常人的无限艺术"展览特别提到了卡尔·安德烈的《杠杆》，并认为"该作品似乎停留在划分艺术和非艺术界限的边缘。作

50 James Meyer. *Minimalism. op. cit.*, p.60.
51 James Meyer. *Minimalism. op. cit.*, p.60.
52 James Meyer. *Minimalism. op. cit.*, p.143.
53 James Meyer. *Minimalism. op. cit.*, p.84.
54 James Meyer. *Minimalism. op. cit.*, p.84.
55 James Meyer. *Minimalism. op. cit.*, p.250.
56 James Meyer. *Minimalism. op. cit.*, p.106.

为雕塑，《杠杆》不能被接受，因为任何人都可以购买一套类似的砖块，并制作一个相同的作品。"[57]当"真实的艺术：美国 1948-1968"在伦敦泰特美术馆的巡回展中，一位来自苏格兰的参观者误将罗伯特·莫里斯的作品《无题（石板）》作为一个长凳并直接坐在了上面。极简主义雕塑与身体比例相当的规模及其与日常生活用品、家具相仿的外观形态混淆了艺术与非艺术之间的区别。这些争议话语反映出在极简主义核心艺术家周围，一个由观察者、评论家、博物馆策展人和大众媒体组成的更大群体展示了对极简主义艺术旷日持久且思路独特的评论。在以格林伯格、弗雷德为主线的批评话语基础上，其他的评论家主要从极简主义艺术的现成品特征、观念和想法的突出、手工制作的缺失、表现力和情感的匮乏等角度对该艺术流派进行了批评，从而展现了极简主义艺术带给人们的新奇、冲击与困惑。与此同时，这些论争也将极简主义艺术带入了美国当代艺术的历史潮流中，并真正融入了美国艺术的话语建构体系中。

　　总体而言，20 世纪 60 年代见证了极简主义艺术从发端到兴盛的全过程。通过对极简主义视觉艺术的历史先驱、代表人物及重要展览的概括，笔者认为，我们既应看到极简主义对当代艺术的推进与革新，也应了解这种艺术风格在形式上的空洞性与冷酷性。正因如此，极简主义艺术家构建了一套独特、完备的理论来系统化他们的创作理念，诸如格林伯格、弗雷德等知名评论家们也在对该艺术流派的争议与审视中将其推向了一个生动、繁荣的艺术场景中。

第二节　极简主义音乐

　　极简主义音乐可以算作是极简主义艺术思潮在视觉艺术之外最成功的实践形式之一。作为 20 世纪 60 年代在美国兴起的当代古典音乐流派，极简主义音乐以精简为创作的基本概念，将作曲家使用的音乐要素削减到最低限度[58]。同时，重复的动机、持续的长音、调性化的和声也构成了该流派音乐的创作特征。美学上，极简主义音乐被描述为非叙述性、非目的性和非具象性，通过关注音乐的内部过程来唤起人们对倾听活动的注意。在本节中，笔者将从极简主义音乐的基本概况、定义视角及其与极简主义艺术之关联三个方面展现英美

---

57 James Meyer. *Minimalism. op. cit.*, p.82.
58 [美]K·罗伯特·施瓦茨：《简约主义音乐家》，毕祎译，上海：上海音乐学院出版社，2020 年版，第 9 页。

学者对该音乐流派的研究观点与方法路径，以期对极简主义音乐的整体面貌建立全面、深度化认知。

一、基本概况

在音乐领域，早在美国极简主义音乐兴起以前，以简化、重复和单调为特征的音乐类型就已出现在欧洲和美国等现当代作曲家的作品中。诸多 20 世纪作曲家也在其音乐中使用了简约、重复的音乐技术。在其博士论文《极简主义音乐：从菲利普·格拉斯、史蒂夫·里奇、特里·莱利和拉·蒙特·扬的作品中看其演变》（以下简称《极简主义音乐》）中，迪恩·保罗·铃木列举了以下一些与极简主义音乐有着相似创作技术和美学倾向的作品，以试图追溯影响极简主义音乐创作的历史先驱。

作为极简主义音乐先驱和精神之父的法国作曲家埃里克·萨蒂，在 1920 年左右发明出名为"家具音乐"的音乐类型。他认为，音乐应具有功能价值，其可被作为背景音乐以强调周围的环境。在 1920 年 3 月 8 日巴巴桑吉画廊举行的《家具音乐》首演中，萨蒂鼓励人们在音乐演奏时站起来走动并交谈。铃木认为，萨蒂的理念和极简主义作曲家拉·蒙特·扬的"梦想之家"是相似的。扬和妻子设计了一个声音环境，在三年多的时间里，一种响亮的正弦波音调几乎一直在他们的住所里嗡嗡作响。这种环境音乐成为了艺术家生活空间的组成部分，就像家具音乐被设计来填充听觉空间而不引人注意一样。萨蒂创作于 1893 年的钢琴作品《烦恼》是他音乐中较为极端的例子。作品仅有简短的两页，并带有一个神秘的指示，即要求钢琴家轻柔、缓慢地演奏该曲 840 次。如果执行指示，《烦恼》的演奏时间将持续 18 小时以上。尽管重复似乎成为作品中幽默甚至略带讽刺的元素，但多位评论家表示了一种有趣的听觉体验。迪克·希金斯认为："这曲子无聊吗？只有刚听时有这感觉。过了一会儿，它开始加强。当作品结束时，寂静完全让人麻木，作品已变得如环境一般宏大。"[59]

法国作曲家拉威尔《波莱罗舞曲》（1928）中的主题重复是该作品的主要创作特征。在大约 17 分钟的音乐中，配器呈现出缓慢而渐进的变化，与极简主义作曲家莱利的《C 调》、里奇的《出来》、格拉斯的《同向音乐》等作品相

---

59 Dean Paul Suzuki. *Minimal Music: Its Evolution as Seen in the Works of Philip Glass, Steve Reich, Terry Riley, and La Monte Young. op. cit.*, pp.77-78.

似。《波莱罗舞曲》近结尾处的突然转调对极简主义音乐中的调性变化有着深刻影响。正是在其他元素不断重复的情况下，最简单的转调、和声或音色的变化都能对作品产生强烈的影响。

法国艺术家伊夫·克莱因于1947年创作的交响曲《单调的沉默》被视为极简主义作曲家拉·蒙特·扬《1960年作品之7》的直接先驱。克莱因本人描述作品为"持续40分钟，由一个单一的、连续的、长时间的'声音'组成；它既没有开始也没有结束，产生出晕眩感、渴望感和超越时间之感"[60]。克莱因是法国新现实主义艺术的创立者之一。他提出"日常的剧场"，主张使用经过艺术家改造的真实物品作为艺术作品。他还曾采用"活画笔"的作画方式，让裸体女孩将颜料涂在身体上并按照指示把颜料压在画布上。这些作品和理念都体现出20世纪中叶的艺术在理念上的变革与创新。

美国作曲家克里斯蒂安·沃尔夫在1951-1952年期间为长笛、单簧管和小提琴而作的《三重奏》中，仅使用了E、B和#F三个音；为长笛、小号和大提琴而作的《三重奏I》仅使用了G、A、bA和C四个音。尽管在使用精简的材料方面与极简主义音乐具有相似之处，但沃尔夫却是在不断变化的节奏和音色中形成了对极简音高的多样化演绎。

美国作曲家莫顿·费尔德曼的音乐具有停滞、重复、有限的音高内容，以及自由、无脉冲的节奏等特征。他的音乐虽在表面上与极简主义音乐相似，但二者在审美和关注点上是不同的。铃木认为："费尔德曼追求的是客观的、高纯度的音乐，而不是展开的音乐过程和清晰的音乐结构。"[61]费尔德曼为弦乐四重奏而作的《结构》（1951）将动机进行多次重复，正如英国音乐评论家保罗·格里菲斯所形容的"重复的方式使得费尔德曼在凯奇之后'达到了音乐的无目的性'"。[62]

对极简主义作曲家产生最重要影响的是美国先锋派作曲家约翰·凯奇。凯奇的理念在以下方面对极简主义作曲家产生了影响。首先，观念化思维。凯奇在其最著名的作品《4分33秒》中展示了观念化思想下的环境声音。作品以其对传统音乐体验的挑战成为了音乐及更广泛的艺术美学中极具争议的话

---

60 Dean Paul Suzuki. *Minimal Music: Its Evolution as Seen in the Works of Philip Glass, Steve Reich, Terry Riley, and La Monte Young. op. cit.*, p.70.

61 Dean Paul Suzuki. *Minimal Music: Its Evolution as Seen in the Works of Philip Glass, Steve Reich, Terry Riley, and La Monte Young. op. cit.*, p.66.

62 Paul Griffiths. *Modern Music: The Avant Garde Since 1945*. New York: George Braziller, 1981, p.72.

题。第二，偶然因素。通过在 20 世纪 40 年代后期对印度哲学和禅宗佛教的研究，凯奇产生了用机会控制音乐的想法，并运用中国古代文学典籍《易经》中记载的机会运算方式进行创作。第三，跨界合作。凯奇通过与默斯·坎宁安等舞蹈家的合作推动了现代舞的发展进程。第四，重复实践。凯奇在《沉默》一书中写到："禅宗说：如果一件事在两分钟后就觉得无聊了，那就尝试四分钟。如果还是很无聊，试试 8、16、32 等等。最后，你会发现它一点也不无聊，反而很有趣。"[63]在铃木看来，所有的极简主义作曲家都在他们长时间高度重复的音乐中将这句格言付诸实践。

极简主义作曲家拉·蒙特·扬是受到凯奇创作理念影响最大的一位。扬在 1966 年理查德·科斯特拉内茨对他的采访中承认了凯奇对他创作的影响：包括对随机数字的使用和追求一种非古典或半古典音乐会环境中的音乐活动[64]。在扬的作品《视觉》（1959）中，声音事件的持续时间和间隔需要借助随机号码簿来计算；作品《诗（为桌、椅、凳及其他而作）》（1960）的声音材料为木凳在水泥地板上拖拉的声音。同《视觉》一样，《诗》也采用随机数来决定音乐事件的数量、每个事件的持续时间、整个表演的持续时间以及事件开始和结束的时间点。凯奇与舞蹈家的跨界合作模式也为扬等极简作曲家所采用。扬在 1959-1960 年间与舞蹈家安·哈普林展开合作，并与作曲家莱利一道为她创作舞蹈音乐。为哈普林创作的音乐主要由金属物体刮擦玻璃、木材或其他金属体表面所产生的摩擦声组成，体现出"音乐即噪音"的美学特征，显示出作曲家扬对新锐创作理念的探索与追求。

作曲家里奇在其文章《音乐作为一个渐进过程》中曾描述了凯奇的音乐过程对他的启示。他认为：

> 约翰·凯奇使用了过程，当然也接受了它们的结果，但他使用的作曲过程在演奏时无法被听到。在聆听以这种方式创作的音乐时，无法听到使用《易经》来确定音乐参数的过程。作曲过程和发声的音乐没有听觉上的联系。同样，在序列音乐中，序列本身也很少被听到。我感兴趣的是作曲的过程和音乐的声音是同一件事[65]。

在笔者看来，里奇更加致力于对凯奇的偶然音乐和序列音乐过程理念的革新，并试图创作出音乐过程被直接可听的、没有隐藏结构装置的极简主义音乐。

63 John Cage. *Silence*. Middletown, Connecticut: Wesleyan University Press, 1961, p.93.
64 Keith Potter. *Four Musical Minimalists. op. cit.*, p.44.
65 Steve Reich. Music as a Gradual Process. *op. cit.*, p.35.

综上所述，在笔者看来，西方现代音乐中的技术、思潮和理念，包括费尔德曼的无目的音乐、克莱因的持续长音、萨蒂的家具音乐以及凯奇的观念化创作、偶然音乐、跨界合作等 20 世纪音乐中的新思维都成为启发极简主义音乐创作的灵感源泉，并为该音乐流派的出现和发展营造了历史的语境和逻辑的前因后果。

极简主义音乐起源于 20 世纪 60 年代的纽约闹市区。这场运动最初有几十位作曲家参与。其中，拉·蒙特·扬、特里·莱利、史蒂夫·里奇、菲利普·格拉斯和后来的约翰·亚当斯等作曲家都对极简主义音乐作出了卓越的贡献。因此，他们五人也成为了极简主义音乐的代表人物。

作曲家拉·蒙特·扬将极简主义音乐描述为"用最精炼的手段进行创作"[66]。扬自幼被家乡爱荷华州蒙彼利埃变电站的嗡嗡声所吸引，这种声音成为他后来作曲生涯中的持续声音观念之来源。扬早期的创作以使用持续长音及序列技法为特征。1958 年，扬创作了他的第一部成熟作品《弦乐三重奏》。该作品是 20 世纪音乐史的里程碑式作品，也是美国极简主义音乐的源头[67]。作品通篇建立在绵长、持续的曲调上，通过嗡鸣的音响展现出静态且近乎悬停的音乐时间；自 1959 年起，扬在约翰·凯奇的影响下创作了一系列观念化音乐作品，包括《视觉》、《诗（为桌、椅、凳及其他而作）》、《作品 1960》以及《献给大卫·都铎的三首钢琴曲》（1960）等；扬自 1962 年以来的后期音乐创作以持续嗡鸣且颇具神秘化的音响为特征，代表作品包括《中国四大梦》（1962）、《乌龟，它的梦想和旅行》（1964）以及《调准的钢琴》（1974）等。他于 1964 年创建了名为"永恒音乐剧院"的乐队。该乐队长期提供稳定、持续不间断的和声基础，配合扬的妻子玛丽安·扎泽拉所设计的灯光秀，呈现出朴素又动静结合的极简主义声光氛围。

作曲家特里·莱利生长于美国加州北部的内华达山区。他自幼受到流行音乐和爵士音乐的熏陶，由此奠定了他音乐创作中的即兴风格与调性化语言。20 世纪 60 年代前后，莱利开始在磁带上尝试制作循环播放的、以重复为特征的声音片段。这一时期的作品包括为安·哈普林的舞蹈《三足凳》所作的配乐《M 混音》（1961）以及《礼物音乐》（1963）等。1964 年，莱利创作了他广受赞誉的极简主义音乐作品《C 调》。该作品以开放的形式、稳固的脉冲、明确的调

---

66 [美]K·罗伯特·施瓦茨：《简约主义音乐家》，前引书，第 9 页。
67 [美]K·罗伯特·施瓦茨：《简约主义音乐家》，前引书，第 24 页。

性、简约的音高、即兴的演奏和机械化重复等特征挑战了同时代音乐的复杂、封闭和过度理性化[68]。《C 调》也成为了极简主义音乐闯进主流古典音乐市场的一张入场券。随后，莱利又创作了《无良罂粟和幽灵乐队》（1967）及《弯曲空气中的彩虹》（1968）等作品。前者通过采用延时叠加装置将莱利朝着麦克风吹奏的萨克斯管音响编织成万花筒一般的织体；后者采用了当时先进的八音轨技术，将具有稳固律动的旋律模式叠加到令人眩晕的浓度。通过这两部作品，莱利的极简主义音乐成功地弥合了当代古典音乐与流行文化之间的断裂和鸿沟。莱利和拉·蒙特·扬自 1970 年起成为印度歌唱大师潘迪特·潘·纳特的弟子，由此开始逐步了解、学习印度音乐，并致力于探索其与当代西方音乐的融合与创新。

作曲家史蒂夫·里奇生长在纽约市。他自幼学习音乐，尤其喜爱巴洛克音乐、20 世纪音乐和比波普音乐。这些音乐风格使得里奇在他后来的职业生涯中始终关注稳定的律动、清晰的调性和严格的对位。里奇早期的音乐创作以他在两台录音机上探索的音轨逐渐分离的相位过程为特征，代表作包括《要下雨了》（1966）、《出来》（1966）等磁带作品。随后，里奇又在《钢琴相位》（1967）、《小提琴相位》（1967）等作品中实现了由真人演奏的相位过程。里奇的音乐创作倡导渐进、客观且清晰可辨的过程，没有隐藏结构装置[69]。在作品《四架管风琴》（1970）中，他将建立在属十一和弦上的简短脉动逐渐延展成一团长时间的声响，展示出极简主义音乐精致的过程变化。1970 年夏天，里奇前往西非加纳学习鼓乐。他将西非音乐中的"复合节奏"思维运用在随后创作的作品《打鼓》（1971）中。该作品将极简主义的机械重复、渐进过程与华美且色彩丰富的器乐、人声音响相结合，展现出里奇逐渐迈向更加丰富化音乐语言的创作倾向。《为十八位音乐家而作的音乐》（1976）或许是里奇最伟大的作品。该作品以十一个和弦的循环重复为特征，大大扩展了过去静止的和声语言。里奇后期的代表作品包括以希伯来语文本为唱词的《特希利姆》（1981）、受美国诗人威廉·卡洛斯的《荒原》所启发而创作的巨型康塔塔《荒原音乐》（1984）、将键盘效果器和弦乐四重奏相结合的《不同的火车》（1988）以及多媒体音乐戏剧作品《洞》（1993）等，展现出里奇对当代政治事件、文学作品、宗教问题和多媒体技术等多个领域的关注和思考。

68 Robert Carl. *Terry Riley's In C*. New York: Oxford University Press, 2009, p.6.
69 Steve Reich. Music as a Gradual Process, in *Writings on Music 1965-2000*. New York: Oxford University Press, 2002, p.35.

极简主义作曲家菲利普·格拉斯拥有包括摇滚乐、新世纪和古典乐在内的庞大而混杂的听众群，并将极简主义音乐上升到大众文化现象的地位[70]。学生时代格拉斯曾跟随文森特·佩西凯蒂、达里乌斯·米约、娜佳·博朗热等作曲家学习，并通过电影音乐的编辑工作结识了拉维·香卡、阿拉·拉卡等印度音乐大师，并由此发展出与印度音乐节奏相类似的渐进增减节奏技术。格拉斯的早期作品包括《五度音乐》（1969）、《反向音乐》（1969）、同向音乐（1969）及《变化声部的音乐》（1970）等，这些作品没有配器、节奏、速度或力度上的任何变化，拒绝了传统西方音乐的目的论模式，形成了无方向且悬停的音乐时间。创作于1974年的《十二部音乐》包含十二个声部和十二个段落，全曲总长度超过五个半小时，总结了格拉斯迄今为止全部的极简主义作曲技术。《海滩上的爱因斯坦》（1976）是作曲家格拉斯获得国际认可和广泛赞誉的歌剧作品。该歌剧通过唯美的布景、碎片化的叙事、由快速八分音符形成的流动织体线条、咒语式的数字唱词以及附加和缩减的节奏结构颠覆了传统歌剧的形式特征并成为极简主义音乐史上的一个重要里程碑[71]。格拉斯"肖像三部曲"中的另外两部作品，包括歌剧《非暴力不合作》（1979）与《阿赫纳顿》（1983）也都关注了一位在人类发展的不同领域中具有开拓性的人物。前者是在政治领域中带领南非印度人民进行斗争的圣雄甘地，而后者则是宗教领域中的埃及法老阿赫纳顿。这些作品的成功不仅展现了美国新歌剧的焕然一新，也使得格拉斯成为了当下炙手可热的作曲家。随后，格拉斯又创作了一系列电影配乐，包括《失衡生活》（1981）、《三岛由纪夫》（1984）、《变形生活》（1987）、《世界之灵》（1991）等；自1987年起，格拉斯开始创作管弦乐作品，谱写出《光》（1987）、《小提琴协奏曲》（1987）、《"低"交响曲》（1992）以及《第二交响曲》（1994）等作品，展现出他试图回归传统古典音乐形式的创作理念。

20世纪70年代后期，约翰·亚当斯凭借《振动环》《弗里吉亚门》（均创作于1978年）作为"第五位极简主义者"进入了公众的视线。在今天看来，他可能是除了里奇和格拉斯以外，最广为人知且作品被最广泛演奏的极简主义作曲家之一。在亚当斯看来，极简主义是"过去三十年间真正有趣且重要的

70 [美]K·罗伯特·施瓦茨：《简约主义音乐家》，前引书，第109页。

71 Jelena Novak, and John Richardson, ed. *Einstein on the Beach: Opera Beyond Drama.* *op. cit.*, pp.20-24.

风格发展"[72]。他将极简主义音乐技法用在更加情绪化、更具导向性的音乐语言上，改变了早期极简主义音乐的机械式、非人化倾向。作品《风琴》（1981）与《和声学》（1985）都显示出简约主义与后浪漫主义的结合，体现出前所未有的能量聚集与音乐戏剧。1987 年，亚当斯完成了与导演彼得·塞拉斯合作的第一部歌剧作品《尼克松在中国》。该歌剧的灵感来自美国总统理查德·尼克松在 1972 年对中华人民共和国的访问。在亚当斯看来，对调性和声的控制以及对动机单元的重复使得他能够在这部作品中构建起类似于建筑的大型化极简主义音乐结构[73]。同时，极简主义的音乐语言支撑着明显具有方向性发展的音乐戏剧形式，加深了情感表达，并赋予主人公一种英雄性的色彩。随后，亚当斯又创作了《克林霍夫之死》以及《原子博士》等歌剧作品，展现出极简主义音乐风格的发展潜力。

除去以上五位极简主义音乐的代表人物外，其他的极简主义者包括美国作曲家波林·奥利弗斯、菲尔·尼布洛克、理查德·马克斯菲尔德、约翰·凯尔、托尼·康拉德、菲利普·科纳、乔恩·吉布森、特里·詹宁斯，丹尼斯·约翰逊，汤姆·约翰逊，梅雷迪思·蒙克等，他们中的许多人都建立了密切的联系并参与彼此作品的演出活动。在欧洲，英国的加文·布里尔斯、迈克·尼曼、克里斯托弗·霍布斯、霍华德·斯坎普顿，法国的埃莉安·拉迪格，荷兰的路易斯·安德里森，波兰的亨利克·戈雷茨基、爱沙尼亚的阿沃·帕特等作曲家的音乐也表现出了极简主义的特征。

在论文集《极简主义和后极简主义音乐的阿什盖特研究指南》中，凯尔·江恩、基斯·波特和浦伊尔·阿普·锡安三位学者提到，大部分极简主义音乐作品具有哲学家路德维希·维特根斯坦所描述的"家庭相似性"，即"存在一组相关特征，其中任何一个都可以在某些示例中找到"[74]。三位学者将相关特征总结为以下方面。

首先，和声静止。极简主义作曲家对少量的音高感到着迷：要么是采用单一的和弦，就像作曲家拉·蒙特·扬的一些正弦装置；要么是采用一组音高，如里奇的《钢琴相位》（1967）；或是单一音阶，如格拉斯的《五度音乐》

72 [美]K·罗伯特·施瓦茨：《简约主义音乐家》，前引书，第 177 页。

73 Johnson, Timothy A. *John Adam's Nixon in China: Musical Analysis, Historical and Political Perspectives*. UK: Ashgate, 2011, p.7.

74 Keith Potter, Kyle Gann, and Pwyll ap Siôn, ed. *The Ashgate Research Companion to Minimalist and Postminimalist Music*. op. cit., p.3.

（1969）。其中最典型的特征是，音乐所涉及的音高或和声暗示了传统的自然音阶或调式。

第二，重复。正如大多数听众所认为的，重复的旋律或节奏动机卡在节奏凹槽中的感觉是极简主义音乐最典型的方面。这种重复的特征随着丹尼斯·约翰逊的钢琴曲《11 月》（1959）的出现进入了极简主义音乐的历史，在莱利 1963 年的录音带作品《麦斯卡林混合》和《礼物音乐》中更为明显。重复在格拉斯和里奇的早期作品中占据了核心地位。

第三，持续嗡鸣。持续嗡鸣对于作曲家尼布洛克的音乐和扬的永恒音乐剧院来说具有相当程度的重要性。"基于脉冲的音乐"和"基于持续嗡鸣的音乐"有时被证明是一种将极简主义音乐分为两种类型的便捷方法[75]。

第四，渐进过程。渐进过程对听众构成了一种新的感知挑战，是早期极简主义音乐的基础。极简主义音乐常用的过程类型包括：（1）加法过程。加法过程是指作品从基本的模式开始，通过添加或减去音符的方式进行重复，如 1、1+2、1+2+3、1+2+3+4 以延长或缩短音乐过程。这种模式在格拉斯的《五度音乐》（1969）、《相似运动的音乐》（1969），以及《海滩上的爱因斯坦》（1976）等作品中较为典型。或者，重复的节奏单元也可保持恒定的持续时间，并逐渐将时间段内的休止符替换为音符，如里奇的开创性作品《击鼓》（1970-1971）。（2）相位过程。相位过程是指两个相同的乐句同时播放，但速度略有不同，从而彼此异相。这种技术在里奇的《要下雨了》（1965）、《出来》（1965）、《钢琴相位》和《击鼓》等早期作品中使用较多。相位过程也作为后极简主义音乐的重要结构模型被继承下来；（3）置换过程。其中旋律通过去除精确重复而逐渐改变，如乔恩·吉布森的《旋律 IV》、汤姆·约翰逊的《九种钟声》（1979）等作品。

第五，稳定节拍。一般来说，极简主义与运动的八分音符节奏有关。但更准确地说，极简主义的特点是缺乏节奏差异性。

第六，静态编制。极简主义风格起源于由作曲家主导的小型乐团，例如"永恒音乐剧院"，"史蒂夫·里奇和音乐家们"以及"菲利普·格拉斯合奏团"。这些乐团都建立在一个相当仪式化的概念上，即每个人一直都在演奏，使乐器编制保持了一定程度的开放状态。

---

75 Keith Potter, Kyle Gann, and Pwyll ap Siôn, ed. *The Ashgate Research Companion to Minimalist and Postminimalist Music. op. cit.*, p.5.

第七，超音乐。在 20 世纪 70 年代的一段时间里，作曲家里奇的主要关注点是严格执行的过程所产生的"副作用"，即意外的声学细节，包括由演奏音符的泛音创造的柔和旋律，里奇将其称为"元音乐"。同时，扬的永恒音乐剧院中的正弦音装置产生的不断变化的泛音模式也构成了元音乐。

第八，纯律调音。诸如拉·蒙特·扬、托尼·康拉德和永恒音乐剧院的音乐显示出对纯律的频率比例和共振音程的探索[76]。

第九，可听结构。许多古典极简主义作品，尤其是《击鼓》《C 调》《阿提卡》《作品 1960 之 7》和《海滩上的爱因斯坦》等作品所共有的特征是听众可从聆听中分辨出结构的整个过程。

第十，不同的时间感知。任何熟悉古典音乐、爵士音乐或流行音乐风格的听众都会对音乐"呼吸"的周期性有一种直觉。极简主义音乐的持续嗡鸣、重复、过程等特征呈现出一种不会呼吸的感知。因此，极简主义音乐的时间感与大多数西方音乐不同，但却可能在印尼的佳美兰音乐、日本雅乐和西藏圣歌等世界音乐中找到回声[77]。

在笔者看来，以上三位学者所列出的十个特征大致描绘出极简主义音乐的基本轮廓，并能够与大多数经典的极简主义作品相关联。此外，迪恩·保罗·铃木在其博士论文《极简主义音乐》中还总结了以上三位学者未曾提到的一些其他的极简主义音乐的特征，包括固定的力度层次、简单的织体、叙事结构的减少、即兴因素以及倾听方式的转变等。这些特征可作为对江恩、波特和锡安三位学者之研究的补充。此外，通过研读相关文献，笔者发现，还有一些文献从跨文化的创作元素，多层次、对位化的节奏织体等方面对极简主义音乐的特征进行概括。

笔者认为，在对极简主义音乐的特征进行界定时，我们首先应注意极简主义音乐在不同时间段所呈现出的不同特征。例如，在乔纳森·伯纳德看来，极简主义音乐运动在上世纪 70 年代中期就已经完成，这表现在最初的极简主义音乐实践者已走向了其他特征[78]。由此可见，学者江恩、波特、锡安和铃木对极简主义音乐特征的概括适用于 20 世纪 70 年代中期以前的极简主义音乐。随

---

76 Keith Potter, Kyle Gann, and Pwyll ap Siôn, ed. *The Ashgate Research Companion to Minimalist and Postminimalist Music. op. cit.*, p.6.

77 Keith Potter, Kyle Gann, and Pwyll ap Siôn, ed. *The Ashgate Research Companion to Minimalist and Postminimalist Music. op. cit.*, p.7.

78 Jonathan W. Bernard, Minimalism, Postminimalism, and the Resurgence of Tonality in Recent American Music. *American Music* 21.1 (Spring, 2003): pp.112-133.

后，极简主义音乐开始向后极简主义音乐过渡，并呈现出更复杂的语言、多种技术和媒介的交融、与当代政治、历史和人物深切相关的题材、融入了包括后浪漫主义在内的多元化创作风格等特征。第二，除去应注意区分极简主义音乐在不同时间段的特征外，笔者认为，还应对关于极简主义音乐创作理念和创作技术的特征进行区分。例如，在以上学者所谈到的特征中，时间感知的不同、叙事结构的减少、倾听方式的转变、形式与内容的统一、超音乐以及渐进过程等属于极简主义创作理念及美学倾向方面的特征；而静止和声、重复、持续嗡鸣、稳定节拍、纯律调音、简单织体、固定的力度层次以及调性语言与自然音阶等特征，则明显地属于极简主义音乐的创作技法范畴。因此，对极简主义音乐的特征进行分类讨论有助于建立起对极简主义音乐更好、更系统的认知。

综上所述，笔者试图从历史先驱、代表人物和基本特征三个方面展现极简主义音乐的整体面貌。应当看到，尽管极简主义音乐在古典和流行音乐界都大获成功，并赢得了为数众多的听众的认可，但在该流派的接受群体中依然不乏争议性话语。一些反对者讨厌极简主义音乐的重复和单调，批评它不过是戴上了艺术假面具的流行音乐。甚至就连著名的美国作曲家艾略特·卡特也直言不讳地拒绝这类音乐。他认为："沉默是最简约的音乐。一分钟的极简主义音乐就已足够，因为它总是相同的。极简主义者没有意识到生活的更大维度。"[79]1973 年卡耐基音乐厅演出里奇的《四架管风琴》时，观众席中的一位女士从座位上跳了起来并跑到舞台上，一边捶一边大叫："我再也受不了了！"[80]这些反对者的声音都显示出接受者对极简主义音乐的质疑态度。但也正因为如此，极简主义音乐才在赞扬和争议声中获得了非同寻常的关注度，并成为对 20 世纪当代音乐产生深远影响和冲击的音乐流派。

二、定义视角

在英美学界，有为数不少的学者针对极简主义音乐的定义问题进行了探讨。从定义的方式上看，这些研究文献主要分为两种类型。首先，部分英美学者通过简要对比、辨析术语"极简主义"和其他曾被用来描述该流派音乐的术语以定义这种音乐类型。此外，学者蒂莫西·约翰逊在其论文《极简主义：美学、风格还是技术》中通过将极简主义音乐分别置于美学、风格和技术领域

---

79 Michael Walsh. The Heart Is Back in the Game. *Time*, Sep 20, 1982, p.60.
80 Michael Walsh. The Heart Is Back in the Game. *op. cit.*, p.60.

进行讨论从而提供了一种不同的定义方式。基于上述研究视角，在本节中，笔者主要从基于描述术语的定义和基于美学、风格与技术的定义两个方面概括英美学者对极简主义音乐的定义所展开的广泛讨论。

（一）基于描述术语的定义

英美学者就曾被用来描述极简主义音乐的不同术语展开相关讨论，其中较有代表性的研究包括迪恩·保罗·铃木的博士论文《极简主义音乐》以及丹·沃伯顿的期刊论文《极简主义音乐的实用术语》。两位学者的研究显示，虽然作曲家们对术语"极简主义音乐"持保留态度，但该术语已成为学界描述这类型音乐的一个共识化的标签。另一方面，我们也可通过其他用于描述这类型音乐的术语来洞察其整体或部分特征。

铃木在其他的博士论文中探讨了术语"极简主义音乐"的由来和争议。英国作曲家、理论家迈克·尼曼第一个把"极简主义音乐"用于描述作曲家拉·蒙特·扬、特里·莱利、史蒂夫·里奇和菲利普·格拉斯四位作曲家的音乐[81]。尼曼认为："事实上，它完全符合我目前对极简主义的定义，即'在很长一段时间内没有太多事情发生'"。[82]随着尼曼对极简主义音乐与极简主义艺术了解的不断加深，二者之间的联系也越发清晰。

然而，在作曲家里奇和格拉斯职业生涯的早期都反对"极简主义音乐"这个词。格拉斯认为："这个名字实际上是由欧洲音乐评论家发明的。一开始我很反感，但是现在使用得太广泛了。"[83]在极简主义作曲家们看来，术语"极简主义音乐"应该被限定在一个特定的时间段内。里奇认为该术语适合描述他于 20 世纪 60 年代中期创作的磁带作品到 70 年代早期的《打鼓》《拍手音乐》《为木制乐器而作的音乐》等作品。在那之后，他的大部分作品在和声、音色方面变得越来越复杂[84]；而格拉斯则认为"极简主义音乐"这个词适合于他大约从 1965 年到 1974 年创作的作品[85]。

---

81 Dean Paul Suzuki. *Minimal Music: Its Evolution as Seen in the Works of Philip Glass, Steve Reich, Terry Riley, and La Monte Young. op. cit.*, p.18.

82 Dean Paul Suzuki. *Minimal Music: Its Evolution as Seen in the Works of Philip Glass, Steve Reich, Terry Riley, and La Monte Young. op. cit.*, p.19.

83 Jud Yalkut. Philip Glass and Jon Gibson. *Ear* [West] 9.2/3 (1981): p.4.

84 Dean Paul Suzuki. *Minimal Music: Its Evolution as Seen in the Works of Philip Glass, Steve Reich, Terry Riley, and La Monte Young. op. cit.*, p.21.

85 Dean Paul Suzuki. *Minimal Music: Its Evolution as Seen in the Works of Philip Glass, Steve Reich, Terry Riley, and La Monte Young. op. cit.*, p.21.

针对"极简主义音乐"这个术语，英美学者给出了不同的见解。一些学者对该术语持保留态度。例如，保罗·迪恩·铃木认为术语"极简主义"来源于艺术批评，最初被评论家用作贬义词。同时，"极简主义音乐"这个词无法体现对时间流逝的感知、重复的材料和持续的嗡鸣长音等音乐特征。一些极简主义音乐作品还包含丰富的音色组合，以至于术语"极繁主义"（Maximalism）更适合形容该音乐之于听众所产生的强烈力量和不朽效果[86]。

大多数学者对该术语持赞成态度。在音乐史学家唐纳德·杰·格劳特看来，"极简主义"这个术语是恰当的，因为这类音乐无论在节奏、旋律、和声，还是乐器法上，都是故意加以限制的。这个术语在某些方面应归功于纽约的一群视觉艺术家，他们设计了循环和不断重复的机制，包含了诸如线和点这样简单的要素[87]。丹·沃伯顿认为，术语"极简主义音乐"在某种程度上表明了在上世纪60-70年代，纽约市的极简主义音乐家、艺术家之间的直接接触和灵感启发。

笔者也对术语"极简主义音乐"持赞同态度。理由是该流派的音乐从不同的角度实现了对音乐的简化。首先，材料简。音乐采用分解和弦式的动机、音阶化的旋律、三度叠置的和弦、循环的结构，像是回到了音乐本身的纯朴、原始的享受，仿佛一切从零开始。其次，记谱简。一眼望尽的谱面、各种形式的反复记号与省略记号等，都呈现出一种简洁化的记谱方式。第三，易理解。无论是普通大众还是有具有较高音乐修养的欣赏者，极简主义音乐对于他们而言都是浅显易懂的。一个并未经专业音乐训练的耳朵在面临勋伯格、韦伯恩的音乐时也许会感到无所适从，但却能轻易听懂菲利普·格拉斯，并感受到音乐背后那种永不停歇的律动感所带来的一种当代精神。

铃木还提到了其他用以描绘这类型音乐的术语。术语"重复音乐"（repetitive music）虽描绘出这类音乐大多数作品的共性，但并不能应用于拉·蒙特·扬以长音和嗡鸣为特征的音乐。正因如此，"脉冲音乐"（pulse music）、"织体音乐"（pattern music）等术语并不适用于扬。同样，"过程音乐"（process music）可能适用于扬的部分早期作品，但扬的过程具有与格拉斯、里奇和莱利不同的审美倾向。扬允许更大的自由性来实现音乐的过程，而

---

86 Dean Paul Suzuki. *Minimal Music: Its Evolution as Seen in the Works of Philip Glass, Steve Reich, Terry Riley, and La Monte Young. op. cit.*, p.22.
87 [美]唐纳德·杰·格劳特、克劳德·帕利斯卡：《西方音乐史》，余志刚译，人民音乐出版社，2010年版，第661页。

里奇音乐中的过程则是严格控制和设计的。

　　"迷幻音乐"（trance music）是一个备受争议的术语，由评论家约翰·洛克威尔提出。格拉斯认为这个词带有贬义："当人们谈论'催眠状态''恍惚状态''吸毒状态'或'宗教状态'时，他们实际上是在用一种相当笨拙的方式表达这种音乐与这些经历一样有着一种不同寻常的感觉。"[88]扬部分接受了"迷幻音乐"这个词，并将这种迷幻与印度式冥想的超然、专注状态联系起来。

　　此外，用以描述该流派音乐的术语还包括"系统音乐"（system music）、"嗡鸣音乐"（drone music）、"模块音乐"（modular music）、"静态音乐"（steady state music）、"结构音乐"（structural music）以及德语术语 Neue Einfachkeit（新简单性）等。然而，由于存在一定程度的片面性，因此铃木认为，这些术语无法用于指定大多数极简主义音乐作品；另外，术语"冥想音乐"（meditative music）、"催眠音乐"（hypnotic music）、"头部音乐"（head music）及之前提到的"迷幻音乐"则似乎过于侧重音乐所产生的心理影响，这显然偏离了极简主义作曲家试图在音乐中展现的对时间感知的美学倾向。

　　最后，铃木总结到，术语"极简主义音乐"就像许多音乐风格的名称那样，作曲家、历史学家或评论家喜欢与否，其描述恰当与否都无关紧要。该术语因其通用性被保留下来，用以描述极简主义音乐及其他具有该风格特征的音乐作品。

　　丹·沃伯顿在《极简主义音乐的实用术语》中也对部分描述极简主义音乐的术语进行了辨析。沃伯顿认为，极简主义音乐被不同地描述为"恍惚音乐""系统音乐""过程音乐""固态音乐"（solid state music）"重复音乐"和"结构主义音乐"（structuralist music）[89]。其中，"过程音乐"更适用于描述该流派的早期作品，这些作品在结构上呈现出单一的过程，包括特里·莱利的《C调》以及里奇、格拉斯在 20 世纪 60 年代后期和 20 世纪 70 年代初期的作品。

　　沃伯顿对"系统音乐"作出了进一步解释。他认为，"系统音乐"包含不止一个单一的线性过程，包括了里奇自 1973 年以来的作品、格拉斯在《十二部音乐》之后创作的全部作品、约翰·亚当斯的大部分音乐以及欧洲极简主义

88　Cole Gagne and Tracy Caras. *Soundpieces: Interviews with American Composers.* Metuchen, New Jersey: Scarecrow Press, 1982, pp.214-215.

89　Dan Warburton. A Working Terminology for Minimal Music. *op. cit.*, pp.135-159.

作曲家的作品，并认为这些作品的显著特征在于它们对多重过程的关注[90]。

"固态音乐"主要指在极简主义音乐独立的模块中，其表面活动和织体在本质上是重复的，但作品的整体形式不再呈现为从一个点到另一个点的可定义进展的。在笔者看来，沃伯顿的"固态音乐"术语主要是指模块内音型的无目的、非线性重复运动。

沃伯顿认为，其他三个术语要么是多余的，要么是误导性的，或者二者兼而有之[91]。"重复音乐"这个术语所涵盖的音乐类型非常广泛；"结构主义音乐"这个词同样适合于描述坚决反对极简主义音乐的巴比特、贝里奥和斯托克豪森等作曲家的音乐；而"恍惚音乐"对于大多数极简主义者来说则是一个彻头彻尾的有害描述。因此，"极简主义音乐"这个术语既表现出极简主义音乐与极简主义艺术之间的联系，同时也已成为对该类型音乐的通用总称。

综上所述，在笔者看来，无论学界对"极简主义音乐"这一术语的态度如何，其显示出与极简主义艺术之间所不可割裂的联系，并由此形成了人们对该流派音乐的基本印象和总体概念。尽管存在争议，但"极简主义音乐"获得了国外学界大部分学者的认可，最终成为描述该流派音乐的恰当术语并沿用至今。其余未被采用的术语也不同程度地概括出极简主义音乐的特征，包括重复、过程、静态、脉冲、迷幻等，展现出极简主义音乐的多面性，为读者了解"极简主义音乐"术语的由来提供了详尽的解读。

（二）基于美学、风格、技术的定义

在《极简主义：美学、风格还是技术》中，作者蒂莫西·约翰逊将极简主义音乐分别置于美学、风格和技术领域中进行讨论，为我们审视该音乐流派提供了一种多元化视角，并建立对极简主义音乐的系统化与全面化认知。通过分析，约翰逊认为，将极简主义视为一种技术而非美学或风格，能够揭示极简主义对作曲家及其作品的持续影响[92]。

首先，约翰逊提出，一些学者试图从美学的角度来看待极简主义音乐。伊莱恩·布罗德将极简主义描述为一种以"非叙事的、在过程中的概念"而著称的美学[93]。而在维姆·梅尔滕斯看来，极简主义音乐与目的论音乐形成了鲜明

90 Dan Warburton. A Working Terminology for Minimal Music. *op. cit.*, pp.135-159.
91 Dan Warburton. A Working Terminology for Minimal Music. *op. cit.*, pp.135-159.
92 Timothy A. Johnson, Minimalism: Aesthetic, Style, or Technique? *op. cit.*, pp.742-773.
93 Elaine Broad. A New X? An Examination of the Aesthetic Foundations of Early Minimalism. *Music Research Forum* 5 (1990): pp.51-62.

对比，是一种"不再是表达主观感受的媒介"[94]。在作者约翰逊看来，最早的极简主义作品（来自 20 世纪 50 年代末和 20 世纪 60 年代初）最能体现布罗德和梅尔滕斯所定义的极简主义美学，包括莱利的《C 调》，拉·蒙特·扬的《弦乐三重奏》（1958）、《乌龟，它的梦想和旅行》（1964-）、《调准的钢琴》（1964-），以及史蒂夫·里奇的《要下雨了》（1965）、《出来》（1966）和《六台钢琴》（1973）等。这些作品似乎以各种方式暂停了时间，或专注于一个微小的音乐细节，或揭示了一个逐渐展开的缓慢过程[95]。

第二，约翰逊认为，尽管布罗德和梅尔滕斯将极简主义视为一种美学，另一部分学者则将其定义为一种风格。约翰逊将极简主义音乐的风格总结为以下方面：（1）曲式：连续且不间断地流动；（2）织体：互锁的节奏模式和不间断的脉冲；（3）和声：简洁，采用熟悉的三和弦和七和弦，自然音集合，缓慢的和声节奏、明亮的音高色彩和充满活力的气质；（4）旋律：没有宽广的旋律线；（5）节奏：短而重复，强调组合而成的形态。

约翰逊谈到具体的极简主义音乐作品中的风格特征。他认为，特里·莱利的《C 调》呈现出连续的形式，一次展开一个片段直到结尾；织体主要由短而重复的节奏动机组成；和声变化缓慢且相当简单，主要在自然音范围内进行探索；同时，乐曲中没有延伸的旋律线。另一方面，扬的作品以长音而非重复的节奏为特色，缺乏极简主义风格的节奏和织体特征。20 世纪 70 年代里奇、格拉斯的其他作曲家的许多作品"都体现了极简主义风格的所有特征，但没有表现出极简主义美学的品质"[96]。例如，在里奇的《为十八位音乐家而作的音乐》中，过程继续发挥重要作用，重复的动机在织体中占主导地位。然而，作品在和声变化（采用十一个和弦的循环进行）和曲式方案（大型拱形结构 ABCDCBA）方面采用了目标导向的运动。因此，目的论设计表明，尽管作品依赖于过程，但却超出了极简主义美学，是典型的极简主义风格的代表。

但基于风格的定义会产生另一个问题，即还有另一些通常被标记为极简主义音乐的作品并不具备所有的风格特征；或者除了风格中的一些程序之外，它们还包括其他的音乐程序。因此，在作者看来，如果极简主义仅被定义为一种美学，那么只有少数作品符合极简主义音乐的狭隘条件。同样，如果极简主义被纯粹定义为一种风格，那么这种风格时期非常短暂并且已经结束，因

94 Wim Mertens. *American Minimal Music. op. cit.*, p.88.
95 Timothy A. Johnson, Minimalism: Aesthetic, Style, or Technique? *op. cit.*, pp.742-773.
96 Timothy A. Johnson, Minimalism: Aesthetic, Style, or Technique? *op. cit.*, pp.742-773.

为 20 世纪 70 年代之后的作品很少表现出该风格的所有特征[97]。

基于此，作者提出，也许极简主义可以最准确地被看作是一种创作技术。约翰逊将他在前文中提出的风格特征进一步提炼，提出了极简技术的五个主要特征：连续的形式结构、均匀的节奏织体、明亮的音调、简单的和声调色板、缺乏延伸的旋律线和重复的节奏模式[98]。具有以上两个或多个极简主义特征的作品可以在技术方面被识别为极简主义。以这种方式，莱利、扬、里奇和格拉斯将将极简主义发展为一种美学和风格，同时，他们的后期作品以及其他作曲家的作品又将极简主义的特征与其他作曲技术相结合[99]。

作者举例谈到了作曲家亚当斯的创作。通过拥抱极简主义的织体、和声和节奏特征，亚当斯在采用极简主义技术的同时，又对这些技术进行了扩展，并通过频繁使用延伸的旋律线条超越了极简主义的美学和风格。例如，亚当斯作品《和声学》（1984-1985）的第一乐章以典型的极简主义重复风格的和弦开始，但这些和弦没有以任何规则的节奏模式重复出现。相反，在时间间隔方面它们逐渐靠近，最终形成不规则的切分音模式（见谱例 1-1）。在作者看来，这些脉冲的不可预测性与极简主义风格连续、均匀分布的脉冲有很大不同。由此可见，亚当斯通过改变极简主义的模式来超越极简主义风格。此外，该段落简单的和弦构造和缓慢的和声节奏进一步表明其所依赖的极简主义技术。

谱例 1-1：约翰·亚当斯《和声学》，第 1-10 小节，管弦乐缩谱[100]

同时，作者提到，在超越风格界限的同时，亚当斯使用极简技术的一个更引人注目的例子出现在该乐章的中间部分。这个段落结合了规则的旋律和节

---

97 Timothy A. Johnson, Minimalism: Aesthetic, Style, or Technique? *op. cit.*, pp.742-773.
98 Timothy A. Johnson, Minimalism: Aesthetic, Style, or Technique? *op. cit.*, pp.742-773.
99 Timothy A. Johnson, Minimalism: Aesthetic, Style, or Technique? *op. cit.*, pp.742-773.
100 Timothy A. Johnson, Minimalism: Aesthetic, Style, or Technique? *op. cit.*, pp.742-773.

奏模式，使用了简单的和声调色板，并为圆号、大提琴和高音弦乐安排了长线条的抒情旋律，将音乐拉离了极简风格，使其更接近十九世纪的浪漫主义而不是极简主义。然而，第二竖琴中的三连音琶音以及第一竖琴和木管中互锁的八分音符琶音，将这一部分与之前的重复模式和脉冲段落融合在一起。因此，尽管该段落在旋律结构上明显超越了极简风格，但极简主义技术在节奏和织体上仍占主导地位。

随后，约翰逊以作曲家路易斯·安德里森的《国家》，史蒂夫·里奇的《沙漠音乐》（1984）、《特希利姆》（1981）等作品为例，说明了其在将极简主义作为一种音乐技术来使用的同时，也融合部分个性化的特征。因此，作者最后总结，将极简主义视为一种技术而不是美学或风格能够揭示它对作曲家及其创作的持续影响[101]。从这一角度来看，这个术语的限制可能比它作为一种美学或风格要少得多，作曲家和听众可能会开始更充分地欣赏极简主义。

在笔者看来，约翰逊以严谨的思路、创新的观点、丰富的例证阐述了将极简主义分别作为一种美学、一种风格和一种技术所指代的具体特征与音乐作品。在他看来，美学特征所涵盖的时间和内容范围最狭窄，仅体现为描述一种非叙事的、无目的的过程音乐；而对于极简主义风格的描述则指向了更宽泛的含义与更广阔的作品曲目。但随着时间和风格的发展，风格特征也无法解释新涌现出的同时包含极简主义音乐程序和其他创作程序的作品。因此，对于极简主义技术的定义则出现了。它将极简主义在作品中所占的体量进一步缩小，以扩大该定义的外延，并将其用于解释更多、更具有创新性和发展性的极简主义音乐作品。

综上所述，该部分从基于描述术语的定义和基于美学、风格、技术的定义两个方面探讨了有关极简主义音乐的定义问题。从诸如"恍惚音乐""系统音乐""过程音乐""固态音乐""重复音乐""结构主义音乐""冥想音乐""催眠音乐"等描述该流派音乐的术语中，我们可以看到极简主义音乐的接受者对该流派音乐的直观印象，并通过对这些术语的描绘、辨析从而逐步建立起对极简主义音乐的认知。最后，蒂莫西·约翰逊从美学、风格与技术三个层面描绘出极简主义音乐的大致面貌，并通过清晰的逻辑、思辨的讨论以及包容、发展的眼光来看待这一音乐流派，为我们了解、定义极简主义音乐提供了多元化的视角。

---

101 Timothy A. Johnson, Minimalism: Aesthetic, Style, or Technique? *op. cit.*, pp.742-773.

三、与极简主义视觉艺术之间的联系

乔纳森·W·伯纳德在《造型艺术和音乐中的极简主义美学》中探索了极简造型艺术与极简主义音乐之间的联系。他认为，将音乐中的极简主义与造型艺术中的极简主义联系起来的证据一直都很有力。例如，里奇和格拉斯早期音乐作品的演出都是在艺术画廊、艺术家的阁楼中进行的，他们最早的商业录音也由画廊赞助。同时，艺术家之间的合作也广为人知，包括格拉斯与理查德·塞拉，扬与罗伯特·莫里斯；1969 年在纽约惠特尼博物馆举办的里奇《钟摆音乐》的第二场演出，其中的四位表演者都是视觉艺术中的极简主义者[102]。在该文中，伯纳德展示了艺术评论家为处理视觉极简主义而开发的语言如何能为分析和批评音乐中的极简主义提供一个基本可行的基础。

极简主义艺术的前身是抽象表现主义。在作者看来，抽象表现主义主要彰显出艺术家的直觉和不可预测性的提升。同样，在音乐中，20 世纪 50 年代初期的作曲家约翰·凯奇、莫顿·费尔德曼和厄尔·布朗都试图将机遇融入到音乐中。随着 50 年代接近其尾声，一些反对抽象表现主义的迹象变得明显。在艺术方面，巴尼特·纽曼提出了简化和实在主义的观点，这成为后来极简主义的关键思想。纽曼将对象称为物品，将他的作品描述为"宣告他们运作的空间"。他认为，

> 一幅画只不过是一片空间，一种"太空飞行器"，画家进入，然后必须离开。[103]

纽曼的话清晰地表达了他的意图，即一旦绘画完成，画家就不会在绘画中留下任何东西。在笔者看来，这种移除作者的想法便和极简主义艺术致力于删除传记暗示和对主观表达的否认相吻合。

20 世纪 60 年代开始，造型艺术向抽象表现主义的彻底决裂掌握在唐纳德·贾德和弗兰克·斯特拉等年轻艺术家的手中，他们对这种用"个性吸引注意力的倾向已经达到了强烈不满的地步"[104]，并开始寻求可行的替代方案。在文中，作者依次讨论了极简主义艺术和音乐对这些替代策略的应用。

---

102 Jonathan W. Bernard. The Minimalist Aesthetic in the Plastic Arts and in Music. *Perspectives of New Music* 31.1 (Winter, 1993): pp.86-132.

103 Jonathan W. Bernard. The Minimalist Aesthetic in the Plastic Arts and in Music. *op. cit.*, pp.86-132.

104 Jonathan W. Bernard. The Minimalist Aesthetic in the Plastic Arts and in Music. *op. cit.*, pp.86-132.

首先，艺术家们认为应该减少并严格限制机遇事件，而不是消除它。作者列举出三件保留了机遇事件的极简主义音乐作品，包括特里·莱利的《C调》、拉·蒙特·扬的《调准的钢琴》和弗雷德里克·热夫斯基的《帕努奇之羊》。以《C调》为例，该作品中的不确定性包括演奏人数、乐器、演奏每个动机的确切次数和时间等因素。另一方面，莱利的创作充分体现出作曲家对形式的控制和完全确定的材料。此外，作者还提到，极简主义作曲家除了反对凯奇式的机遇音乐，还反对学院派中根深蒂固的序列主义。他们认为，机遇音乐是一种替代序列主义的消极理想，因此，他们致力于创造一个可行方案来替代序列主义中过度的智力复杂性[105]。

第二，极简主义艺术强调一种非个人品质，避免过于露骨的个性描绘。同时，艺术品保持了光滑、未加工的状态，正如艺术家斯特拉所说："我试图让油漆保持与罐头一样好"[106]。因此，作者认为，极简主义艺术作品由于其表面的平滑度给人以它们是被制造出来的印象，有助于消除艺术家个性在艺术品和观众之间的介入[107]。在极简主义音乐中，对偶然程序的抑制和对音乐材料的简化也导致了"闪亮"的表面，这体现在使用和谐或温和的不和谐和声，以及对重复的广泛使用。当恒定的、均匀的脉搏和忙碌的"嗡嗡"声结合时便唤起了一种平淡感，似乎除了表面之外，没有任何东西可以吸引听众的注意力。

第三，极简造型艺术和音乐都强调对过程的感知体验。极简主义作曲家强调渐进过程，该理念充分体现在史蒂夫·里奇的文章《音乐作为一个渐进过程》中。对过程的塑造也可以在极简造型艺术中找到类比。极简主义艺术强调了一种"无穷或无尽的绵延的在场"[108]。艺术家试图在作品中引入一种时间性，要求观看者放弃一个静止的位置并四处走动来观看作品，正如罗伯特·莫里斯所说："作品的体验必然存在于时间之中"[109]。因此，从某种意义上说，看艺术品的行为将成为该作品意义的一部分："极简主义艺术的一个标志是倾向于将内容定位在艺术品之外，例如，物理环境或观众的反应，而不是'内部'，

---

105 Jonathan W. Bernard. The Minimalist Aesthetic in the Plastic Arts and in Music. *op. cit.*, pp.86-132.

106 Jonathan W. Bernard. The Minimalist Aesthetic in the Plastic Arts and in Music. *op. cit.*, pp.86-132.

107 Jonathan W. Bernard. The Minimalist Aesthetic in the Plastic Arts and in Music. *op. cit.*, pp.86-132.

108 [美]迈克尔·弗雷德：《艺术与物性》，前引书，第 176 页。

109 Robert Morris. Notes on Sculpture. *Artforum*, February and October 1966.

例如图像的文学或心理意义。"[110]

第四，许多极简主义雕塑作品的规模庞大以至于让人无法一次将它们全部收下，并且还可能会威胁到观众。例如，理查德·塞拉的雕塑《电路》(1972)被描述为一部让人感觉四面无人防守的作品，其压倒性的规模显示出控制观众的明显愿望。弗雷德在观察到托尼·史密斯六英尺的钢立方体《死亡》，认为"我们无法在一瞥中穷尽它，我们会不断的察看它"[111]。类似的情况也发生在极简主义音乐中。一些极简主义音乐在过程中进一步暗示了无尽的含义，消除了任何方向感。例如，格拉斯的作品《两页》(1968)的突然开始和毫无准备的结局无疑给人这种印象；扬的"永恒音乐剧场"没有开始且无限期进行，给人"纯粹的持续时间"之感。

最后，作者谈到了极简主义中的控制性问题。斯特拉在谈及他的金属细条纹画时认为，他对呈现"一种真正具有侵略性的控制表面的兴趣"[112]。由此可见，虽然许多极简主义艺术家声称对观众的参与和直接的交流感兴趣，但实际上拒绝观众获得超出精心控制下的体验。在作者看来，这种控制性可作为对20世纪60年代"现实世界"中政治、社会和经济权力压制性的反映。类似的倾向也出现在音乐中。作曲家扬认为："我对重复非常感兴趣，因为它展示了控制力"[113]。梅尔滕斯也发现了这种悖论：一方面，在听众"积极参与其构建"之前，极简主义音乐作品不能被视为完成；但另一方面，听众"被简化为被动角色，只是服从于过程"[114]。通过分析，伯纳德认为，极简主义确实不允许意外效果对作品的感知方式产生任何实质性影响[115]。

综上所述，在笔者看来，作者伯纳德在文中将讨论的重点放在了极简主义造型艺术与极简主义音乐之间的联系以及二者的共性特征上。作者主要从对机遇事件的减少，非个人品质，对过程、时间的体验，庞大规模和绝对控制等五个方面总结出极简主义艺术、音乐之间的共同点。笔者认为，伯纳德的总结

110 Kenneth Baker. *Minimalism: Art of Circumstance*. New York: Abbeville Press, 1988, p.21.

111 [美]迈克尔·弗雷德：《艺术与物性》，前引书，第176页。

112 Anna C. Chave. Minimalism and the Rhetoric of Power. *The Arts Magazine* 64.5 (January 1990): pp.44-63.

113 Dave Smith. Following a Straight Line: La Monte Young. *Contact* 18 (1977-1978): pp. 4-9.

114 Wim Mertens. *American Minimal Music. op. cit*., pp.11-12.

115 Jonathan W. Bernard, The Minimalist Aesthetic in the Plastic Arts and in Music. *op. cit*., pp.86-132.

是准确的。极简主义艺术和音乐的起源具有相似的时代语境。前者作为对 20 世纪 50 年代盛行的抽象表现主义的革新，而后者则是对以凯奇为代表的机遇音乐、以及学院派过度复杂的序列音乐的革新。因此，二者在相当大程度上去除了艺术创作中的偶然因素。第二，二者都以一种机械化、商品制造化的姿态呈现，试图将创造者的主观情感移除以体现作品的非个人品质。第三，极简造型艺术诉诸于同观看者的互动和交流，体现出对绵延时间的痴迷，这正是对现代主义艺术在任何一个时刻都充分展示自身的这一特征的对立；而在音乐中，一种非线性的时间体验也使听众敏锐地意识到时间的流逝。因此，二者在时间体验上具有相似性。最后，无论是极简主义艺术还是音乐，其相当一部分作品都以一种大规模的尺寸结构和形式结构向观众涌来，体现出"单一形式"下的整体性和控制力，以及艺术效果的绝对性甚至侵略性。这在某种程度上呼应了第一点，即偶然性的去除产生了一种绝对控制下的艺术创作形式。

另一方面，沿着伯纳德的思路，我们还可以继续发现极简造型艺术与音乐之间的其他联系。首先，极简主义艺术与极简主义音乐都对空间中的形式要素进行了突破。例如，丹·弗拉文将光线和空间作为他的创作材料。类似地，作曲家拉·蒙特·扬的装置作品《梦想之家》就以作曲家创作的静态长音和扎泽拉的光线雕塑为特征，呈现出时间艺术在空间中的创新展现。第二，极简主义艺术与极简主义音乐之间都强调一种无深度的平面性。极简主义艺术家弗兰克·斯特拉曾在一个场合提到"所见即所得"，极简主义作曲家里奇在《音乐作为一个渐进过程》中也提到"在音乐中使用隐藏的结构装置从来没有吸引过我"[116]，这充分表明了艺术家、作曲家致力于创作无深度、没有结构秘密的音乐作品，从而将对作品的体验和思考转交给观众。同时，笔者认为，这种无深度的平面性还体现在极简主义艺术和极简主义音乐的标题中。许多极简主义艺术作品的标题都以简洁、抽象为特征，例如托尼·史密斯的《死亡》、罗伯特·莫里斯、唐纳德·贾德、丹·弗拉文等艺术家的《无题》系列、索尔·勒·维特的《白色立方体》、罗纳德·布莱登的《The X》等作品。类似地，极简主义音乐作品的标题也呈现出抽象性及题材、内容、情感因素的去除，或是表达作品的编制或规模，如拉·蒙特·扬的《三重奏》《为铜管而作》、史蒂夫·里奇的《钢琴相位》《小提琴相位》《为十八位音乐家而作的音乐》《拍手音乐》

---

116 Steve Reich. Music as a Gradual Process, in *Writings on Music 1965-2000*. New York: Oxford University Press, 2002, p.35.

等，又或是表达作品的技术特征，如莱利的《C 调》、里奇的《相位模式》《纽约对位》《弗蒙特对位》、格拉斯的《五度音乐》《相似运动的音乐》《十二部音乐》等，这些作品的标题都显示出意义的去除以及形式、技术的纯粹性。这不禁引发了笔者的思考，除了作曲家与艺术家之间的普遍合作外，是否还有其他文化、时代因素导致 20 世纪 60-70 年代产生了这类型强调表面性和无深度性的艺术、音乐形式呢？

关于这一现象，笔者认为可以结合弗雷德里克·杰姆逊在《后现代主义与文化理论》中所提出的关于后现代主义平面感的论述来阐释。杰姆逊认为，正是由于意义的消失，使得后现代主义作品成为了不可解释的作品，"你并不需要解释它，而应该去体验"[117]，"旧的音乐需要你有组织安排时间的意识，而新的音乐则要求你把握住，只听到那些音乐便可。"[118]不难看出，杰姆逊认为在后现代作品中，体验、感知比解释、追问更重要。他首先反对了具有深度模式的辩证法，并认为我们只需要讨论表面，不需要任何人来告诉我们某事某物的意义是什么；同时，他也反对弗洛伊德提出的"隐含"概念、存在主义理论的确实性与非确实性、以及符号学中的能指和所指等深度模式。深度模式的去除使得后现代作品呈现为没有深层意义、没有隐喻内容的艺术，正如极简主义艺术、极简主义音乐那样。

但转念一想，极简主义艺术、音乐是否真的情感干枯，没有任何深度呢？在笔者看来，这个命题是否定的。以极简主义音乐为例。该流派虽在技法上追求形式与内容的简化，但其在思想、理念上的内涵却是丰富的。作曲家或是提出新的创作技法，如采用大规模的机械化复制、相位技法，以及附加、缩减节奏等；或是提出新的创作理念，如将音乐作为一个过程、采用非西方的音乐元素、采用新的时空观念；或是创作与政治、历史、时代及文化相契合的音乐作品，如 20 世纪 70 年代中期以后的极简主义歌剧作品，包括格拉斯的肖像三部曲《海滩上的爱因斯坦》《非暴力不合作》《阿赫纳顿》以及约翰·亚当斯的《尼克松在中国》《克林霍夫之死》《原子博士》等，这些歌剧作品以真实的人物、事件为蓝本进行创作，反映出极简主义音乐的时代、历史气息。因此，在笔者看来，"极简"理念可能带来技术手段、形式结构的无深度性，但并不意味着

---

117 [美]弗雷德里克·杰姆逊：《后现代主义与文化理论》，陕西师范大学出版社，1987年，第 160 页。

118 [美]弗雷德里克·杰姆逊：《后现代主义与文化理论》，前引书，第 160 页。

音乐没有思想、情感与深度。

最后，我们除了应该看到极简主义艺术与极简主义音乐之间的联系，还应注重二者之间的差异。笔者认为，媒介门类的不同是造成这两种时空艺术之差异的根本原因。正如作曲家格拉斯所言，"在某种意义上，这是一个很容易被推进下去的类比。如果你推得太用力，视觉艺术和听觉艺术之间的差异就会消失，但它们之间确实存在着非常真实的差异。我认为它们只是一种隐喻，因为，事实上，对视觉艺术和音乐艺术的体验是完全不同的。"[119]极简造型艺术诉诸于空间，将艺术作品、观众与空间的三方互动作为其主要的艺术目标；极简主义音乐则诉诸于时间，呈现出一种在绵延中感知时间流逝的聆听体验。尽管空间中的形式元素，如灯光能够加强极简主义音乐的空间感，但其仅仅只是作为对音乐的辅助和装饰，因而无法作为极简主义音乐的建构主体。因此，笔者认为在研究极简主义音乐与造型艺术之间的相互关系时，应从共性与差异两个角度来进行探讨。

在本节中，笔者分别从极简主义音乐的基本概况、定义视角及其与极简主义艺术之间的联系三个方面对极简主义音乐的整体面貌进行了大致的总结与梳理，展现出英美学者在欣赏、认识和研究该流派音乐时的观点、方法与路径，并在极简主义音乐与极简主义艺术的相互参照中看待二者之间的联系与区别，充分展现了极简主义艺术思潮下各门类艺术之间的互动与交融。

第三节　极简主义艺术思潮的流变

芭芭拉·罗斯在她著名的极简主义理论文本《ABC 艺术》中指出了"后抽象表现主义一代的新感性"，并认为这种"新感性"是一个存在于各门类艺术中的共同倾向和趋势。她声称，所考虑的艺术家都在 30 岁左右，他们"在共同的感性方面比在共同的风格方面更有关系"[120]。在笔者看来，这种新感性就是极简主义艺术的精神，其融入到了视觉艺术、音乐、舞蹈、文学、电影等不同门类中，形成了一种共同的美学倾向。本节将对极简主义艺术思潮的大致流变趋势和轨迹进行勾勒，由此展现极简主义艺术思潮在各艺术门类和设计领域中的丰硕实践成果。

---

119 Dean Paul Suzuki. *Minimal Music: Its Evolution as Seen in the Works of Philip Glass, Steve Reich, Terry Riley, and La Monte Young. op. cit.*, p.66.

120 Barbara Rose, "ABC Art". *op. cit*, pp.274-297.

一、极简主义舞蹈

在迪恩·保罗·铃木看来，极简主义，或者至少是极简主义的倾向和技巧被发现在包括舞蹈、电影、视频、声音诗歌等基于时间的艺术门类中[121]。在舞蹈领域，涌现出包括安·哈普林、露辛达·柴尔兹、伊冯娜·雷纳、劳拉·迪恩、安德鲁·德·格罗特以及特丽莎·布朗等在 20 世纪 60 年代崭露头角的美国舞蹈家。他们的作品被认为带有重复、停滞，以及逐渐展开的过程等与极简主义相关的技术特征[122]。

安·哈普林是美国西海岸的一名拥护实验主义和自由思想的舞蹈家，她将许多进步和非正统的概念、技术（包括重复）融入作品中。她曾与拉·蒙特·扬、特里·莱利等极简主义作曲家展开合作，并将他们的音乐用于自己的编舞。在作品《四足凳》（1961）中，哈普林在莱利的音乐《麦斯卡林混合》的伴奏下，将台下的 80 个酒瓶以同样的动作拿到舞台上，直到舞台被玻璃器皿盖住。在艺术史学家亨利·赛尔看来，重复唤起了哈普林舞蹈中"持续手势的存在感"[123]，以使观众得以"看到"哈普林的舞蹈动作。

伊冯娜·雷纳在她于 1965 年撰写的文章《数量极简舞蹈活动中的一些"极简主义"倾向的准调查，或对三重奏 A 的分析》中，抓住了 20 世纪 60 年代的时代精神并阐述了她本人的舞蹈美学倾向。雷纳列表陈述了她认为应在舞蹈动作中移除或减少的方面，并给出了替代的内容：

表 1-2：雷纳的舞蹈美学原则

对　象		舞　蹈	
减少或移除	替　代	减少或移除	替　代
1. 艺术家手的作用	1. 工厂制造	1. 分句	1. 平等和"发现"运动
2. 部分的层次关系	2. 统一形式、模块	2. 发展和高潮	2. 部分相等，重复
3. 纹理	3. 不间断的表面	3. 变奏：节奏、形状、力度	3. 重复或离散事件
4. 图像参考	4. 非参考形式	4. 角色	4. 中性表现

---

121 Paul Dean Suzuki. Minimalism in the Time-Based Arts: Dance, Film and Video, in Keith Potter, Kyle Gann, and Pwyll ap Siôn, ed. *The Ashgate Research Companion to Minimalist and Postminimalist Music.* London: Ashgate Publishing Limited, 2013, p.109.
122 Paul Dean Suzuki. Minimalism in the Time-Based Arts. *op. cit.*, p.109.
123 Paul Dean Suzuki. Minimalism in the Time-Based Arts. *op. cit.*, p.111.

5. 幻觉	5. 实在性	5. 表演	5. 任务或类似任务的活动
6. 复杂性	6. 简单性	6. 多样性：阶段和空间场	6. 单个动作，事件
7. 纪念碑性	7. 人类尺度	7. 精湛的技艺和充分伸展的身体	7. 人类尺度或声音

通过采用简化的方法，雷纳削减了她作品中的复杂性、多变性、幻觉、展开和高潮，并使用重复、简单、不间断的表面、单一形式、模块、中性表现和单一动作等术语来描绘极简主义作品。她认为，极简主义作品的基本特点是直接的身体动作、材料的简单性以及简单、明确的过程[124]。重复也是雷纳在编舞时所采用的技巧之一。雷纳指出，重复"可以强化运动的离散性，使其客观化和更加物化。它还提供了编排材料的方式，使材料更容易被看到。"[125]作为极简主义作曲家拉·蒙特·扬的作品《诗》的配乐舞蹈，雷纳的《三幅海景》（1962）被她本人描述为"我作品中使用重复的最纯粹的例子：沿对角线行动，骨盆缓慢起伏，手势模糊，动作简单，以至于它可以被视为'一个事件'"[126]。

特丽莎·布朗在她的《堆积》（1971）以及《谈话堆积》（1973）等作品中采用简单的手势并按照数学指令将舞蹈动作加以呈现[127]，类似于极简主义作曲家菲利普·格拉斯的加法过程和史蒂夫·里奇的节奏建构。具体的操作过程表现为：布朗和她的舞者首先跳出一个动作，然后是另一个动作，随后回到第一个动作，继续进行第二个、第三个，以此类推，直到他们积累了基本的弯曲和关节的旋转。整套动作合乎逻辑、强调过程，就像里奇的相位作品一样。舞蹈评论家玛丽安·戈德堡认为，布朗的编舞颠覆了主观的创作选择[128]。这种对"创作选择"的否认让人想起极简主义作曲家里奇的声明，即"一旦过程设置并被加载，它就会自行运行"[129]，以及索尔·勒·维特的"过程是机械的，不应该被篡改"[130]，整体呈现出理性、客观和机械化的特征。

舞蹈家露辛达·柴尔兹曾为作曲家格拉斯和戏剧家威尔逊合作的歌剧作

---

124 Paul Dean Suzuki. Minimalism in the Time-Based Arts. *op. cit.*, p.112.
125 Paul Dean Suzuki. Minimalism in the Time-Based Arts. *op. cit.*, p.113.
126 Paul Dean Suzuki. Minimalism in the Time-Based Arts. *op. cit.*, p.113.
127 Paul Dean Suzuki. Minimalism in the Time-Based Arts. *op. cit.*, p.113.
128 Paul Dean Suzuki. Minimalism in the Time-Based Arts. *op. cit.*, p.113.
129 Steve Reich. Music as a Gradual Process. *op. cit.*, p.34.
130 Sol LeWitt. Paragraphs on Conceptual Art, in *Sol LeWitt*, Alicia Legg, ed. New York: Museum of Modern Art, 1978, p.168.

品《海滩上的爱因斯坦》贡献过编舞。西奥多·香克指出，柴尔兹通过"快速重复的舞蹈动作"从而在"有限的空间中设计几何式图案"[131]；评论家朱迪·彭斯将柴尔兹的作品描述为"极简主义的编舞缩影"[132]，即"采用精简的词汇沿着几何平面图进行，并在严格的结构中随时间的推移而精确地重复或变化"[133]。对于她在《爱因斯坦》中的编舞，柴尔兹本人谈到："相同的乐句序列不断重复，但会发生反转、细分、倒置、空间重新排序以及从一个舞者到另一个舞者的位移。因此，同样的事情一次又一次地被看到，但从未以完全相同的方式出现。"[134]

在《爱因斯坦》中的参与及合作被证明是柴尔兹职业生涯的转折点。此后，她的另一个重要作品便是与作曲家格拉斯和艺术家勒·维特合作的《舞蹈》（1979）。《舞蹈》融合了音乐、舞蹈及电影等多种媒介，并引入了重复、网格等极简主义创作元素。其中，电影是勒·维特至关重要的贡献。在他看来，电影应作为与舞蹈、音乐平等的伙伴而非被降级为背景。在表演中，影片与现场的舞蹈动作同步。舞者的影子被投射在舞台前的半透明纱布上，舞者则在纱布后移动。通常，两名或多名舞者会与纱布上的分身执行相同的动作。因此，重复的舞蹈动作被加倍。网格也是极简主义艺术的一种至关重要的形式，也是勒·维特的《弧、圆和网格》（1972）、《不完整开放的立方体变体》（1974）、《照片网格》（1977）等许多作品中的重要元素。在作品《舞蹈》中，网格在地板、屏幕上被勾勒出来。正如亨利·赛尔所言："舞台空间被划分成一个网格，有了这个网格，重复的模式就形成了。"[135]《舞蹈》被艾伦·罗伯逊称为"极简主义艺术的里程碑"[136]，充分展现出其对多媒体极简主义作品的成功尝试。

综上所述，在笔者看来，以上所提及的极简主义舞蹈家在两个方面表现出编舞中的极简主义倾向。首先是通过与极简主义作曲家合作。安·哈普林通过与作曲家拉·蒙特·扬和特里·莱利合作从而将重复技术融入到她的舞蹈作品

131 Theodore Shank. *American Alternative Theater. op. cit*, p.127.

132 Judy Burns. Lucinda Childs, in Martha Bremser (ed.), *Fifty Contemporary Choreographers*. New York: Routledge, 1999, pp.90-95.

133 Judy Burns. Lucinda Childs, in Martha Bremser (ed.), *Fifty Contemporary Choreographers*. op. cit., pp.90-95.

134 Lucinda Childs 'Notes: '64-74', *The Drama Review*, 19/1 (1975): p.34.

135 Henry M. Sayre. *The Object of Performance: the American avant-garde since 1970*. Chicago: University of Chicago Press, 1989, p.129.

136 Sally Banes. *Writing Dancing in the Age of Postmodernism*. Hanover, NH: Wesleyan University Press, 1994, p.32.

中。同样，露辛达·柴尔兹也通过与菲利普·格拉斯、索尔·勒·维特等作曲家、艺术家合作从而创作出许多基于极简主义理念的舞蹈或多媒体艺术作品。由此可见，艺术家们通过形成一个富有合作精神社区从而不断扩展极简主义艺术思潮的边界。第二，极简主义舞蹈家通过将重复、循环、机械、过程、堆积、旋转、简单动作、数学结构等技术原则运用在舞蹈作品中从而实现了在美学、技术等层面的极简主义倾向。由此，基于极简主义艺术思潮的舞蹈风格便得以逐渐萌芽和发展。

另一方面，极简主义舞蹈也开始由美国向世界各地辐散。其中，比利时舞蹈家安娜·特蕾莎·德·姬尔美可的《相位》（1982）、《罗莎舞罗莎》（1983）以及《雨》（2001）等作品被认为是极简主义风格编舞的代表作[137]。《相位》受作曲家史蒂夫·里奇同名音乐的启发而创作，舞蹈的四个部分对应了里奇的《钢琴相位》（1967）、《出来》（1966）、《小提琴相位》（1967）及《拍手音乐》（1972）四部作品。在极简主义音乐的背景下，《相位》以不断重复、规则变化和来源于日常生活的动作语汇为姬尔美可的舞蹈奠定了极简主义风格。

极简主义追求纯粹、无杂质的视觉理念也被用于中国的现当代舞蹈中。林怀民在其现代舞剧《行草》中运用书法气韵带动舞者的身体表达，将极简主义的创作理念融合进书法、太极等经典的中国文化传统中。《行草》的舞台犹如一张宣纸，舞者以纯黑的服装在白色的幕布上起舞，犹如活灵活现、笔势刚健的汉字书法。同时，作曲家瞿小松为《行草》创作的音乐以极慢、极简、极静和极多长时间的静默为特征，展现出与中国传统哲学中的"大音希声，大象无形"及"虚实相生"等话语相映照的极简主义审美倾向。

二、极简主义文学

20 世纪 70-80 年代，极简主义艺术思潮蔓延到美国文学界并影响了短篇小说的创作。以极简主义风格进行写作的小说家包括雷蒙德·卡佛、安·贝蒂、托拜厄斯·沃尔夫、弗雷德里克·巴塞尔姆、鲍比·安·梅森，以及玛丽·罗宾逊等人。

许多极简主义文学的研究者都曾对这种文学的特征提出了一己之见。卡佛的研究专家亚当·梅耶尔认为："极简主义艺术的深层动机，是反对欧洲传

---

137 徐婉茹：《姬尔美可的极简主义舞蹈及其戏剧构作——从姬尔美可的早期舞蹈作品说起》，《北京舞蹈学院学报》，2020 年第 3 期。

统中根深蒂固的审美机制和艺术表现中的情感宣泄"[138]；在罗伯特·C·克拉克看来，极简主义小说的语言往往是简单而直接的。由于作者倾向于使用较少的词语，因此每一个词语都被赋予了更高的解释意义。影射、省略和暗示常被用来弥补有限的论述，为表面上看起来肤浅或不完整的故事增加深度[139]；英国文学杂志《格兰塔》的主编比尔·布福德则认为，极简主义小说讲述的"都是些奇怪的故事：那些看白天电视、读廉价浪漫小说或听乡村和西部音乐的人在不加修饰、没有家具、租金低廉的住处中生活。他们是路边咖啡馆的服务员、超市收银员、建筑工人、秘书和失业的牛仔。他们玩宾果游戏、吃奶酪汉堡、猎鹿。他们喝很多酒，经常遇到麻烦：偷车、砸窗、扒窃钱包。他们来自肯塔基州、阿拉巴马州、俄勒冈州或任何地方，并在这个被垃圾食品和现代消费主义所压迫和扰乱的世界中漂泊。"[140]劳里·钱皮恩特别提到"极简主义"小说强调读者参与的特点："雷蒙德·卡佛以其荒凉、减少的简约风格而著名。这种风格邀请读者通过文中的各种联系给出自己的阐释，这些内容在文本中并没有公开地出现。"[141]这些评论家的描述大致勾勒出极简主义艺术思潮在文学领域的特征：文字的简练性；直截了当的叙事；非英雄式的蓝领阶层人物；节制的情感表达；强调读者参与等。正如王中强在《简约而不简单：美国极简主义文学流派研究》一书中提到的，简约、空白、少叙等是它重要的美学特征，象征、意象、暗示、隐喻等是它的主要手法[142]。

极简主义文学的代表作家是卡佛，他被称为"美国极简主义文学"的首席实践者。卡佛的《请你安静些，好吗？》（1976）、《当我们谈论爱情时我们在谈论什么》（1981）和《大教堂》（1983）是他最重要且影响力最大的短篇小说集。这些小说描绘了蓝领阶层小人物的困厄，用克制、写实的风格表现美国下层工人日常生活中的暗淡乏味与无望挣扎，让人"在滑稽可笑中又能体会到深沉的悲观绝望"[143]。就具体的写作手法而言，卡佛通过删减词语、使用典

138 Adam Meyer. Now You See Him, Now You Don't, Now you Do Again: The Evolution of Raymond Carver's Minimalism. *Critique* 30.4 (1989): pp.239-251.

139 Robert C. Clark. *American Literary Minimalism*. Tuscaloosa: The University of Alabama Press, 2014, p.1.

140 Robert C. Clark. *American Literary Minimalism. op. cit.*, p.6.

141 Laurie Champion. "What's to say": Silence in Raymond Carver's "Feathers". *Studies in Short Fiction*, 1997 (34): pp. 193-201.

142 王中强：《简约不简单：美国极简主义文学研究》，暨南大学出版社，2014 年版，第 46 页。

143 董衡巽：《美国文学简史》，人民文学出版社，2003 年版，第 662-663 页。

故、隐瞒及暗示关键信息等方法精简了他的行文。第二，卡佛也经常采用诗歌、散文诗的写作技巧，使文字渗透出鲜明的图像感。第三，结局的开放性、平淡性和不确定性也是以卡佛为代表的极简主义文学作品中的一大特征。没有结局的结尾在某种程度上反映出当代美国社会的动荡、纷繁变化及人们的不安全感。就人物而言，卡佛小说中最典型的形象是穷困潦倒的蓝领。在评论家吉尔哈特看来，这些人物"都遭受着婚姻的不忠、酗酒和经济困难等不幸"[144]。沉沦于酒精的人物是卡佛小说中较为典型的形象。这些人物终日饮酒度日，无法摆脱酗酒和抑郁的循环。此外，比尔·穆伦指出，卡佛所描写的蓝领人物经常出现在"观看电视的场景中"[145]。因此，电视也是卡佛笔下蓝领阶层人物的标签。最后，卡佛小说中的人物普遍存在沟通和交流障碍。他们不善言辞，情感冷漠，因而给"极简主义"小说带来了一种整体的"灰暗感"。就景物塑造而言，卡佛的"极简主义"小说经常为平凡的物品注入情感力量。在文章《论写作》中，卡佛写到："用平凡的语言写平凡的事物，并赋予这些东西，诸如一把椅子、一副窗帘、一把叉子、一块石头、一个女人的耳环等以巨大、甚至惊人的力量是可能的。"[146]因此，卡佛将情感投入到日常生活中的事物，并以其作为与他人联系的情感纽带。

极简主义作家安·贝蒂创作了数量繁多的短篇小说，包括小说集《扭曲》（1976）、《燃烧的房子》（1982）、《什么是我的》（1991）、《你在哪里能找到我以及其他故事》（1996）等，对美国短篇小说的发展起到了重要的推动作用。贝蒂的短篇小说用"淡去历史背景和行为动机的客观平直的叙述，表现中产阶级青年男女生活中的失落与烦恼，表现他们对爱的强烈渴望但又求之不得的苦恼。"[147]因此，在写作风格上，贝蒂也被冠以"极简主义"作家的称号。

文学评论家麦迪逊·贝尔认为，贝蒂的早期小说具有彻头彻尾的极简主义风格。她于1976年出版的第一部短篇小说集《扭曲》被认为是"极简主义"文学的开山之作。尽管这些故事很精致，但读起来却语气平淡，仿佛得了"厌

---

144 Michael W. M. Gearhart. Breaking the Ties that Bind: Inarticulation in the Fiction of Raymond Carver. *Studies in Short Fictions*, 1989 (26): pp.439-446.

145 Bill Mullen. A Subtle Spectacle: Televisual Culture in the Short Stories of Raymond Carver. *Critique*, 1998, 39 (2): pp.99-114.

146 Raymond Carver. "On Writing," in Call If You Need Me, ed. William L. Stull, New York: Vintage Books, 2000, p.89.

147 虞建华：《极简主义》，《外国文学》，2012年第4期。

食症一般，病恹恹的"[148]。在研究中，贝尔曾引用了这样一段叙述：

> 这是下午刚开始的时候，房子里没有人。餐桌上有些餐具、唱片和唱片封面套。一共有一个盘子、一个勺子、两个碗、三个咖啡杯。有多少人来过？没有人问[149]。

从这个具体的例子可见，贝蒂的小说致力于陈述客观现实，其用词精确、节俭，描绘出非常写实化的情景，并通过营造故意的叙述平静而产生张力，从而带给读者强烈的预期感。

鲍比·安·梅森从小就热爱阅读，并因此打下了坚实的文学基础。1982年，梅森发表了她的第一部短篇小说集《夏伊洛和其他故事》。该小说集聚焦于肯塔基的"一亩三分地"，对普通人的家庭危机进行了细致描绘。小说《夏伊洛》的男主人公勒罗伊和女主人公简是一对结婚15年的夫妇。他们的生活被导致勒罗伊残疾的卡车事故所打乱。车祸后，勒罗伊抽着大麻打发时间，且拒绝找工作。当勒罗伊的经济地位和身体情况不如从前后，他曾经在家庭中的主导地位也变得摇摇欲坠，并导致妻子诺玛·简走向了强势。在《夏伊洛》的结尾，夫妻二人在婚姻出现明显裂痕的情况下接受了岳母玛贝尔的建议前往南北战争时期的古战场夏伊洛旅游，结尾写到：

> 眼下，她转身面对勒罗伊，向他挥动了手臂。她在向他招手吗？她像是在做练胸肌的健身操。天空异常灰沉——像玛贝尔做给他们的床罩的颜色[150]。

在笔者看来，这样的结尾给小说留下了一个开放式结局。读者不禁会思考，勒罗伊和简的婚姻到底会走向何种结局。或许"天空异常灰沉"暗示出负面信息，但梅森将这个问题抛给了读者，形成了极简主义小说特有的模糊性结局。在芭芭拉·亨宁看来，梅森的《夏伊洛》描述了关于美国白人工人阶级的故事。他们对每晚在电视屏幕上看到的美国梦感到困惑和幻灭，期望能分到一块美国梦，但从来没有进过一勺。故事中的人物在经济和情感可能性降低的世界中生存，并通过吸食大麻、酗酒以及持续关注日常生活中的随机细节来转移他们的焦虑[151]。

---

148 王中强：《简约不简单：美国极简主义文学研究》，前引书，第56页。
149 王中强：《简约不简单：美国极简主义文学研究》，前引书，第56页。
150 王中强：《简约不简单：美国极简主义文学研究》，前引书，第146页。
151 Henning Barbara. Minimalism and the American Dream: "Shiloh" by Bobbie Ann Mason and "Preservation" by Raymond Carver. *Modern Fiction Studies* 35.4 (1989): pp.689-698.

除《夏伊洛》以外，梅森的短篇小说集还包括《爱情生活》（1989）、《午夜魔法》（1998）及《南希·卡尔佩珀》（2006）等。在其中，梅森以平实、白描的笔触描绘出平凡的人和事，给读者留下了熟悉且接地气的极简主义文学风格。

除以上所提到的几位作家外，极简主义的写作风格还在托拜厄斯·沃尔夫、弗雷德里克·巴塞尔姆等美国作家的文学作品中体现出来。托拜厄斯·沃尔夫是 20 世纪 80 年代蜚声文坛的小说家，以短篇小说和回忆录出名。他的小说以自身经历为主要素材，主要采用现实主义叙事模式，侧重于描绘社会转型期间的父子关系。弗雷德里克·巴塞尔姆的小说以描绘美国新南方普通民众的日常生活为主。他的短篇小说集《皎洁明月》在评论界引起了广泛关注，并使巴塞尔姆成为了"极简主义"新派小说的代表作家。

20 世纪 80 年代后期，随着美国在经济、科技和信息技术等方面的发展，普通民众的经济和生存状态也得到了很大改善。由此，蓝领阶层也不再需要"极简主义"类型的小说来表达他们生活的困厄和苦难。此前的许多极简主义文学实践者也开始尝试多种不同的写作风格，呈现出不同文学流派百花齐放的局面。

综上所述，极简主义文学将生活中普通人物的悲欢离合作为描绘对象，显示出作家对回归简朴、单纯和本真的渴望[152]。在笔者看来，极简主义文学在以下方面与极简主义视觉艺术存在共通之处。首先是二者创作语言的精简性。这两种不同门类的艺术都省去了多余的装饰与形容，只留下最基本的构图、材料或文字。在极简主义视觉艺术中，艺术家探索了简单、抽象的几何图形在三维空间中的表现。极简主义作家在行文中省略了多余的形容词及修饰语，致力于采用精简的对话、停留于表面的描绘以及通过上下文来表达意义。第二，艺术对象的普通化与生活化。极简主义艺术中的模块化组装和工业材料赋予该艺术以非传统的商品化、工业化呈现方式。例如，罗纳德·布莱登的大型雕塑作品《The X》的光滑表面给人以工厂制造之感；卡尔·安德烈的《杠杆》采用了非艺术家手工制作的工业材料——砖头。极简主义文学则致力于描绘普通工人阶级、蓝领阶层人士的日常生活，擅长刻画消费社会中小人物的喜怒悲欢。最后，极简视觉艺术和文学都强调观众、读者的参与。在艺术批评家迈克尔·弗雷德看来，极简主义艺术作品，尤其是极简主义雕塑是基于与观众的身

---

152 虞建华：《极简主义》，《外国文学》，2012 年第 4 期。

体接触。这种观看行为被弗雷德总结为物性的剧场性[153]。在极简主义文学中，文字的简单性和经济性往往带来了暗示意味，要求读者更多地参与到文本的阐释与解读中。这就如同海明威的"冰山理论"。海明威以"冰山"为喻，认为作者只应描写"冰山"露出水面的那部分，水下的部分应该通过文本的提示让读者去想象和补充[154]。极简主义文学在一定程度上发展了海明威的"冰山理论"，其通过简洁、凝练且高度含蓄的行文方式给读者留下无尽的余味，进而充分调动其主观能动性并积极参与到对文本的理解与体验中。

三、极简主义电影

在电影领域，美国前卫电影历史学家 P·亚当斯·西特尼认为结构电影（structural film）带有极简主义的特征。结构电影是 20 世纪 60 年代在美国兴起并发展的实验性电影运动，其具有以下四个特征：固定摄像机位置、闪烁效果、循环打印和屏幕外的重新拍摄[155]。结构电影与极简主义有着许多相同的关注点：简单的材料、重复、停滞，以及逐渐展开的过程，其先驱可以在安迪·沃霍尔和小野洋子的作品中找到。同时，迈克尔·斯诺、理查德·塞拉、保罗·沙里茨、托尼·康拉德、乔恩·吉布森、柯克·图加斯以及伊恩·伯恩等艺术家为结构电影运动作出了重要贡献。

沃霍尔和小野不能被归类为极简主义者，但他们的电影作品包含了重复的图像和停滞的技术。沃霍尔的《睡眠》（1963）是一部长达八小时的拍摄诗人约翰·乔鲁诺睡觉的电影。电影由拍摄乔鲁诺睡觉时的长镜头组成，具有极简主义的效果[156]。电影评论家帕特里克·S·史密斯回忆到："当我第一次看这部电影时，我被迷住了，我仍记得哪怕乔鲁诺的一个轻微的动作都会吓我一跳"[157]。同极简主义音乐一样，在极简主义电影的持续重复中，即使发生很小的事件也会引起观众的关注。沃霍尔的电影《帝国》（1964）拍摄了帝国大厦从日落到黎明的静态图像。作品的放映时间为 8 小时，显示出沃霍尔对时间流逝的迷恋。小野的电影具有观念性，其特点包括对身体、持续时间、连续性、

---

153 [美]迈克尔·弗雷德：《艺术与物性》，前引书，第 169 页。

154 王中强：《简约不简单：美国极简主义文学研究》，前引书，第 72 页。

155 P. Adams Sitney. *Visionary Film: The American Avant-Garde 1943-1978*, Oxford, 1979, p.370.

156 Paul Dean Suzuki. Minimalism in the Time-Based Arts. *op. cit.*, p.118.

157 Patrick S. Smith. *Andy Warhol's Art and Films*. Ann Arbor, MI: UMI Research Press, 1986, p.155.

语言、积极参与、表演结构和材料特性的关注，其中的许多已成为观念艺术和结构电影的特征[158]。在她最著名的电影《第四号》（也被称为《臀部》）中，小野拍摄了数百人在像跑步机一样的大转盘上行走时的臀部画面。画面中的每个人都以大致固定的速度行走，每个镜头持续大约 10 到 30 秒，产生了与极简主义音乐相类似的规律节拍。

两部公认的具有里程碑意义的结构电影是托尼·康拉德的《闪烁》（1965-1966）和迈克尔·斯诺的《波长》（1966-1967）。康拉德不仅是一位开创性的结构电影制作人，也是极简主义音乐的先驱，他曾与作曲家拉·蒙特·扬一起组建了"永恒音乐剧院"并作为其早期成员[159]。在电影《闪烁》中，康拉德探索了使用除声音外的媒介进行重复表达的可能。影片由交替的黑白边框组成，并在写着"闪烁"的画面中开始。随后屏幕变白，过了一会儿，屏幕闪烁一个黑框。这种交替以不同的速度重复，一直持续到电影的突然停止。电影的配乐也由康拉德使用电子设备创作，其音高与快速的节奏紧密接壤，产生了浩瀚而空旷的听觉之感，展现出准极简主义的漂移无人机效果。

迈克尔·斯诺是一位画家、雕塑家、电影制作人和即兴钢琴家，但他作为电影制作人的影响力是最大的。他的《波长》是最早的结构主义电影之一。电影由一个持续 45 分钟的单一缓慢变焦镜头组成，从斯诺的阁楼移动到摄像机对面墙上的一张海洋照片上。在这个变焦镜头中穿插着斯诺所说的"包括死亡在内的四件人类事件"，其每隔 5 到 10 分钟在房间里发生一次[160]。在《波长》快临近结束时，海浪的照片在其自身的叠加版本中盘旋，就像是自然现象变成了人工制品，并在自身上重叠起来。影片《来回》也塑造了像《波长》一样简单且易于感知的过程。影片的大部分情节都发生在一座大楼里。有时拍摄的是一个空房间，有时则是从事各种活动的人。在电影中，摄像机不断地来回移动拍摄，移动的速度随拍摄动作的变化而变化[161]。在戏剧家理查德·福尔曼看来，迈克尔·斯诺以当代美学为基础，将艺术作品视为表达其"存在模式"的结构[162]。

158 Chrissie Iles. Erotic Conceptualism: The Films of Yoko Ono, in Alexandra Munroe and Jon Hendricks (eds.), *Yes Yoko Ono*, New York, 2000, p.201.

159 Paul Dean Suzuki. Minimalism in the Time-Based Arts. *op. cit.*, p.119.

160 Dean Paul Suzuki. *Minimal Music: Its Evolution as Seen in the Works of Philip Glass, Steve Reich, Terry Riley, and La Monte Young. op. cit.*, p.186.

161 Dean Paul Suzuki. *Minimal Music: Its Evolution as Seen in the Works of Philip Glass, Steve Reich, Terry Riley, and La Monte Young. op. cit.*, p.188.

162 Richard Foreman. Glass And Snow, in Richard Kostelanetz ed. *Writings on Glass: Essays, Interviews, Criticism.* New York: Schirmer Books, 1997, p.80.

斯诺通过采取一系列重复操作使影片中的各元素保持在不变的关系中。同时，斯诺影片中的摄像镜头没有被切割，缓慢引入的变化尊重了图像和结构的完整性，并显示出它们如何在渐进的过程中对时间进行缓慢扭曲[163]。

乔恩·吉布森在他的视频作品《30'》中展示了一种简单、合乎逻辑且可预测的过程模式。该视频作品由音乐和动态图像构成。其中，音乐以 30 个八分音符为基本单位，其被分成长度为 1、2、3、5、6、10、15 和 30 的等分八分音符组，每组以四个 16 分音符作为结束，形成与八分音符相对比的节奏形态（见谱例 1-2）。图 1-1 为谱例 1-2 的视频图像转换，其以动画的方式一次一行地展开，并随着节奏配置的变化而同步变化，生动展现出极简主义音乐与动态视频画面的结合。

谱例 1-2：《30'》的乐谱

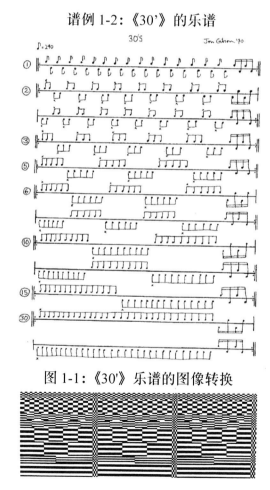

图 1-1：《30'》乐谱的图像转换

---

163 Richard Foreman. Glass And Snow, in *Writings on Glass. op. cit.*, p.83.

此外，重复和退化的过程也可在加拿大结构电影和实验电影制作人柯克·图加斯以及新西兰的观念艺术家伊恩·伯恩的作品中找到。图加斯的《知觉的政治》（1973）改编了查尔斯·布朗森主演的故事片《修理工》（1972）的 50 秒预告片。在制作电影时，图加斯制作了预告片的副本，产生了第二代副本。随后，图加斯又复制了第二代副本，并重复这个过程很多次。预告片在大约 30 分钟的过程中缓慢但不可阻挡地退化，其图像变得模糊和扭曲，颜色被洗掉，声音变得模糊，直到接近尾声时，图像和声音退化为几乎白色的屏幕上的闪烁灯光和白噪声。这部电影以其"现象学还原"、逐渐展开的过程、常规叙事的去除、以及张力与释放的辩证法向观影者提出了挑战[164]。伊恩·伯恩的电影与结构主义电影有着类似的关注点和美学理念。他的《影印书》（1968）和《系统性改变的照片：郊外》（1968）等影片展现出重复和退化的过程。在《影印书》中，伯恩从一张白纸开始复印，随后，他制作了第二代、第三代副本，并以这种方式连续复制后续副本达 100 页。随着过程的展开，各页面显示出由于影印过程和设备缺陷而造成的越来越多且密集的黑点。

除了强调过程概念的结构电影，带有极简主义风格的电影作品还出现于世界各地的民族电影以及一些"非好莱坞"的美国独立电影制作人的电影中。芬兰导演阿基·考里斯马基、日本导演小津安二郎、美国导演吉姆·贾木许以及中国导演贾樟柯等，都在自己的作品中不同程度地贯彻了"极简主义"的艺术理念[165]。

美国导演吉姆·贾木许的电影通过精简的人物、场景以及消解起承转合的叙事策略展现出对"极简主义"风格的运用，由此，贾木许也成为了美国公认的独立电影大师[166]。在人物方面，贾木许的影片并不致力于呈现庞大的人群和复杂的人物关系，而是将注意力更多地放在表现人物的内省状态上；在场景方面，贾木许影片的内景常为一间简陋的屋子，两三人并排而坐，如《天

164 Paul Dean Suzuki. Minimalism in the Time-Based Arts. *op. cit.*, p.126.

165 李闻思：《影像中的审美意识形态——从〈卡里加利〉到"极简主义"》，《河南社会科学》，2017 年第 8 期。

166 独立电影是在传统好莱坞制片厂体制之外制作的电影，常常使用非常规的资金，它制作的目的在于表达导演个人的思想观念而非追求个人在票房上的成功。因此，与好莱坞电影不同，独立电影的主要目的不在赚钱，而在于导演对自己的思想和情感的自我表达和对自己艺术才华的展示，这就是"独立精神"。见贾冀川：《转型期的欧美电影——二十世纪八九十年代欧美电影研究》，北京：中国电影出版社，2004 年版。

堂陌影》（1984）中威利的家与加州的旅馆、《不法之徒》（1986）中的简陋监狱等，以此展现人们真实的生活状态。而外景则是如"公路电影"一般的公路和森林，并致力于展现在路上行走的人；就叙事而言，贾木许的电影充满了明显的"存在主义"气息。他的影片大多基于生活流的形式，其将琐碎、偶然的生活事件串联起来并呈现在荧幕上，体现出波澜不惊中的跌宕起伏[167]。此外，贾木许的电影还使用了大量单一、横移的长镜头以展现城市中的交通、商店及行走的人群。总体而言，通过采用极简主义的技术和理念，贾木许在影片的多个层面上实现了简约、本色的独立电影塑造模式。

芬兰导演阿基·考里斯马基的《火柴厂女工》（1989）是考里斯马基极简主义电影的代表作。影片仅有20句对白，其采用非常简单的情节描述了火柴女工伊利斯在一成不变的枯燥工作中因得不到家人的关心和渴望的爱情，最终对所有人都痛下杀手的故事。在表演中，考里斯马基要求演员尽量克制表情和动作。叙事中的感情变化往往通过影片色调的改变、人物表情的微妙转换以及进入一曲背景音乐来完成。由此，考里斯马基在他的电影中充分实践了"没有修饰"的基本准则，并致力于拍摄大社会中小人物的日常生活与悲喜情感。

在日本知名导演小津安二郎的后期电影作品中也可看到极简主义的美学追求。小津安二郎是日本近代声名显赫的电影大师，他的《早春》《东京物语》《彼岸花》《秋日和》以及《秋刀鱼之味》等电影体现出不同程度的极简主义风格特征。"人物拟态"是小津电影中较为突出的极简叙事策略。小津电影中的人物摒弃了繁杂的造型，并在多数情况下朝着同一方向、采用同一姿态而坐，展现出人物之间的彬彬有礼与和谐相处。在技术上，小津通过采用低角度仰拍以及在主要段落间插入没有人物出现的景物镜头的零度剪辑法从而赋予电影以真实感和质朴感。在叙事上，小津多采用反映普通人日常生活的主题，描绘日本普通家庭的生活现状，在平淡冲和中抒发带有日式侘寂美学且略带忧伤的感情基调，由此展现简约、达观且富有余味的美学影像。

综上所述，在笔者看来，极简主义艺术思潮下的电影艺术主要体现为以下特征。首先是结构主义电影所运用的闪烁、重复或停滞技术及逐渐展开的过程。这些特征在安迪·沃霍尔、小野洋子、托尼·康拉德、迈克尔·斯诺、保

---

167 孟天翔：《吉姆·贾木许电影研究——兼谈当今美国独立电影中类型与作者的共生》，《北京电影学院学报》，2010年第5期。

罗·沙里兹、柯克·图加斯以及伊恩·伯恩等艺术家的电影和视频作品中被体现出来。第二，精简的人物、场景、叙事和台词也成为极简主义电影的总体特征，并体现在吉姆·贾木许、阿基·考里斯马基及小津安二郎等导演的电影作品中。第三，就内容而言，极简主义电影致力于表现普通人的日常生活，旨在以平淡的叙事描绘小人物的生活点滴与悲喜情感。最后，就技术而言，极简主义电影擅长使用长镜头来表现单一的、重复的景物、现象及过程，展现出较为朴素的影像拍摄手段。由此可见，极简主义艺术思潮为电影艺术带来了新的建构理念和技术语言，其摒除了一切干扰电影本身的不必要修饰性元素，形成了本色化的电影表达模式。

四、极简主义建筑、景观

极简主义一词也被用来描述建筑和景观设计中的一种趋势。在建筑中，带有简约化倾向的建筑风格早在 19 世纪末-20 世纪初的建筑设计中便被体现出来。维也纳现代主义的奠基者奥托·瓦格纳在他关于现代建筑的论著中，便表明了一种新建筑的思想，这种新建筑采用最新的材料且适合现代生活的要求[168]。在他于 1905 年设计的维也纳邮局储蓄银行的大厅中，瓦格纳采用不加装饰的金属和玻璃结构创造了一种通透、简洁、充满阳光且没有遮蔽的空间。

20 世纪建筑中最明显的极简主义倾向则来自建筑师密斯·凡·德罗和他的"少即是多"的建筑设计理念。密斯的巴塞罗那国际博览会·德国馆（1929）、伊利诺伊州的法恩斯沃斯之家（1945-1950）、伊利诺伊理工学院的皇冠大厅（1950-1956）以及纽约的西格拉姆大厦（1954-1958）都被认为是具有极简主义倾向的建筑。密斯将他设计的钢玻璃摩天大楼和水平方向的房屋和亭子称为"皮肤与骨头"建筑。这种新的建筑以铁混凝土作为骨质结构，并以玻璃外墙作为建筑的皮肤[169]。密斯设计的纽约西格拉姆大厦是世界上第一栋高层玻璃幕墙大厦，该大厦方整、简单、平直的外观贯彻了密斯"少即是多"及"皮肤与骨头"的建筑设计理念。

"空"是密斯在建筑设计中所追求的美学理念。密斯通过运用老子的

168 [美]H·H·阿纳森、伊丽莎白·C·曼斯菲尔德：《现代艺术史》，前引书，第 215 页

169 Ransoo Kim. *The "Art of Building" (Baukunst) of Mies Van Der Rohe*. Ph.D Dissertation of Georgia Institute of Technology, 2006, p.90.

"虚无"概念创造出了以"空"为特征的极简主义建筑框架，并由此超越了对建筑之物理结构的关注。建筑学家维尔纳·布莱泽曾在他的《西方与东方：密斯·凡·德罗》一书中将密斯的现代作品与远东的古代建筑进行比较，并认为密斯融合了"传统的西方思维并旨在实现本质上的远东智慧"[170]。密斯于1945-1950年设计的法恩斯沃斯之家提供了一种真实的空洞体验。他将建筑外墙转化为虚空，使其在视觉上变得空荡荡的，从而将建筑暴露在不断变化的自然界中，由此。密斯否定了建筑的完全封闭感，促进了内部与外部的消解，并鼓励空间配置上的灵活性和空间效用的最大化。

密斯为伊利诺伊理工学院设计的皇冠大厅被他本人看作是一种"最完整、精致且简单的建筑"[171]。建筑的外墙被改造成全玻璃墙面，显示出向自然界的诗意延伸。具体而言，密斯采用两种玻璃构成建筑的外墙。其中上方窗格为透明玻璃，下方窗格为半透明玻璃。通过透明玻璃，人们可以从建筑内部看到天空和树木；半透明玻璃遮盖了外部城市的繁忙活动，又让人们体验到空间的宁静之感。斯坦利·阿伯克隆比认为，密斯通过"不那么明显的技术"和"彻底的手工艺实现了更加安静且极简化的建筑"[172]。密斯通过对工艺细节的重视使建筑看起来更加简约：建筑框架被涂成中性的炭灰色，并在上漆前进行喷砂处理以获得最大的光滑度[173]。由此，密斯建筑中简单而安静的外观并不仅仅来自于形式上的减少，而且来自于始终如一、坚持不懈的高质量手工艺，这两者都使住宅成为了诗意的栖居。

在密斯·凡·德罗之后，路易斯·巴拉干、诺曼·福斯特、林璎、彼得·祖索尔等建筑设计师传承了密斯"少即是多"的基本原则及极简主义追求纯粹性、精确性的理念，并将个性化的创作语言融入其建筑作品中。巴拉干的建筑显示出现代主义美学中不加修饰的几何形式，同时又深深地扎根于墨西哥传统。其建筑的简约之美来自他对童年的回忆。童年村庄中如石灰水刷白的围墙及宁静而色彩鲜明的街道都丰富了他建筑中的诗意品质与平和氛

---

170 Werner Blaser. *West meets East: Mies van der Rohe*. Basel: Birkhäuser Verlag, 1996, p.74.

171 Ransoo Kim. *The "Art of Building" (Baukunst) of Mies Van Der Rohe. op. cit.*, p.178.

172 Stanley Abercrombie. "Much Ado about Almost Nothing: Rescuing Mies' Farnsworth House, a Clear and Simple Statement of What Architecture Can Be". *Preservation 52.5* (Sept.-Oct. 2000): p.66.

173 Stanley Abercrombie. "Much Ado about Almost Nothing: Rescuing Mies' Farnsworth House, a Clear and Simple Statement of What Architecture Can Be". *op. cit.*, p.66.

围。纽约当代艺术博物馆 MoMA 称巴拉干为一位拥有"私人故事"的孤独艺术家和"诗意"空间的创造者[174]。同时，MoMA 还指出了他的作品与超现实主义绘画和极简主义雕塑之间的相似性，以及他从墨西哥流行建筑中获得的灵感[175]。

就总体的设计风格而言，一方面，巴拉干的建筑框架具有立方体式的几何特征，形成了抽象且极简的风格。另一方面，其建筑又以大胆、明亮且鲜艳的色彩为特征，展示出与地中海和摩尔建筑相呼应的风格。由此可见，建筑框架的简洁和建筑色彩的华丽是巴拉干建筑风格的两大特征。巴拉干为自己设计的住宅位于墨西哥城郊的一条非常安静的街道。住宅周围以厚重的围墙包围从而与外部世界隔离开来，充分保证了私密性。住宅墙体多呈几何形态，风格简洁明快，墙体被涂上了体现墨西哥民风的大胆、粗犷、绚丽色彩。在住宅内部，巴拉干采用了连接天花板与地面的大片玻璃窗设计，达到了室内外空间的交融。室内物件的设计也体现出极简性。其中，楼梯没有扶手也没有梁，门消隐了门框，房间埋藏了管线，印入眼帘的都是体块之间直接的碰撞、交接、转折[176]。由此，该住宅被视为巴拉干极简主义风格建筑的典范之作。巴拉干同雕塑家马蒂亚斯·戈里茨合作设计的城市雕塑"卫星塔"可以被看作是建筑与雕塑的集合。"卫星塔"坐落于墨西哥城外的卫星城，由五座高度参差不齐的塔楼组成，其外观被涂成红、黄、蓝、白等不同的颜色。这些塔楼以艳丽的色彩、富于现代感的极简造型成为了卫星城的地标性建筑。由于巴拉干在建筑上的杰出成就，他于 1980 年获得了著名的普利兹克建筑奖，并被称赞为"致力于将建筑作为一种诗意想象的崇高行为"[177]。

另一位曾获普利兹克奖的建筑设计师彼得·祖索尔的作品也常被描述为具有极简主义风格。祖索尔的建筑在保留极简主义风格的同时更多地探索了空间和材料的触觉品质。祖索尔最著名的建筑作品是奥地利的布雷根茨艺术博物馆（1997）。该博物馆的外观是一个闪闪发光的玻璃和混凝土立方体，天空中的光线映照在玻璃上从而呈现出不同层次的反射。博物馆的内部设计也

174 Leonardo Díaz Borioli. *Collective Autobiography Building Luis Barragán*. Ph.D Dissertation of Princeton University, 2015, p.21.

175 Leonardo Díaz Borioli. *Collective Autobiography Building Luis Barragán. op. cit*, p.21.

176 逯海勇主编：《现代景观建筑设计》，中国水利水电出版社，2013 年版，第 185 页。

177 见 Website of the Barragan Foundation：https://www.barragan-foundation.org/works/career.

遵循了外部的极简主义设计风格。展览区域的墙面和地板都采用抛光的混凝土板，屋顶则采用毛玻璃。对这类简单材料的运用突出了博物馆沉稳、单调且严肃的氛围[178]。由此，该建筑几何立方体式的外观、玻璃装置的外墙，以及内部抛光的建筑材料、单调的装饰配色都使得该建筑具有了极简主义的风格特征。

著名美籍华裔建筑师林璎设计于 1982 年的越战纪念碑是上世纪 80 年代最伟大的后极简主义建筑之一。林璎采取了简洁、中立的手法，在作品中运用"V"字形构图，从战争的起点、转折点和结束点三个关键时刻着眼，按照时间顺序（1957-1975）将战争受害者的名单依次雕刻在黑色大理石上。抛光的大理石像一面镜子，将生者的影子映照在阵亡者的名字上，由此产生的视觉冲击进一步加深了人们的失落感[179]。

日本建筑设计师安藤忠雄的建筑作品也体现出极简主义的倾向。对光的巧妙运用是安藤忠雄建筑的独特语言。他认为："建筑将光凝缩成其最简约的存在。建筑空间的创造即是对光之力量的纯化和浓缩"[180]。"光的教堂"是安藤将光与建筑空间完美融合的代表作。该建筑空间几乎完全被坚实的混凝土墙壁所包围，在黑暗的室内之中，一道十字架形状的自然光线从外界照进室内，成为了该建筑唯一的光线来源，并突出了光线之于空间的神圣性。因此，在这个建筑空间中，光作为一种自然元素被建筑师抽象化并赋予了意义。

综上所述，在笔者看来，自建筑师密斯·凡·德罗开创了"少就是多"的极简建筑设计箴言以来，极简主义在现当代建筑中被作为一种重要的风格和趋势进行了发挥，并由此产生了许多著名的建筑设计。从以上所提到的极简主义建筑设计师及其具有极简主义风格的代表作品来看，极简主义建筑的风格特征可以总结为以下方面：（1）多采用几何式、立方体式的基本外形构架，突出其抽象形态，形成有秩序感的三维空间；（2）许多建筑采用玻璃作为透明或半透明墙体，在充分引入自然光线的同时也强调建筑与其周围景观的互动，突出建筑的开放性特征，注重人与自然的紧密结合；（3）在建筑物内部，设计师注重采用抛光的工业材料，以突出墙体、物品的平滑表面；（4）去除门、窗等

---

178 陈根编著：《极简设计：从入门到精通》，化学工业出版社，2018 年版，第 99 页。

179 陈高朋编著：《现代艺术的思潮与运动：追寻从 1750-2010 年以来的艺术足迹》，前引书，第 201 页。

180 王建国：《光、空间与形式——析安藤忠雄建筑作品中光环境的创造》，《建筑学报》，2000 年第 2 期。

物件的边框，淡化装饰的设计和使用，由此使得体块之间呈现出更加直接的转变与交接；（5）极简建筑家善于利用光、水等自然元素从而为其作品增添更多的明亮、通透、温暖与和谐之感；（6）就色彩而言，极简主义建筑多采用黑白灰等中性色，并致力于保留建筑材料的天然色彩。然而，巴拉干一些建筑作品中的五彩斑斓的颜色也展现出他在建筑风格上的偏好。

另一方面，极简主义建筑风格也开始延续到室内的家居空间、办公空间以及商业空间等领域。在家居空间的设计中，本着无限减少却高度理性的态度，设计师在注重使用简单线条、基本形状及纯粹配色的极简视觉效果基础上追求完整且功能齐全的内部设置，更好地迎合了人们对空间的潜在要求。在这方面，北欧的"宜家"家具品牌及其室内设计是当下年轻人喜爱的风格，其带有极简主义理念的室内设计呈现出简洁、明快且充满时尚感的特征，并营造出恬淡、通透的空间环境。除家居空间外，极简主义也被很好地运用在办公空间及商业空间中，展示出这种风格从外部建筑向室内空间的发展趋势，并逐渐融入与人们日常生活息息相关的各空间领域中。

极简主义景观设计在东西方园林艺术中有着生动的表现。中国园林注重对意境的塑造，其以简、疏、古、拙、淡为美学理念，追求咫尺山林、"壶中天地"的空间效果及天人合一的自然观。传统的日式花园强调精神性，体现出简朴、平和与宁静之感。枯山水是日式禅宗庭院的代表，展示出禅宗思想及侘寂美学在庭园景观设计中的极致运用。枯山水的字面意思为"干枯的山水"，其用砂石表现"水"，用"石块"表现山，以寥寥景物蕴含着深刻寓意，创造出了微缩的优美景致，并由此产生震撼人心的精神力量。因此可以说，东方园林中对意境的营造和以少胜多的抽象手法对西方现代极简主义景观产生了不可忽视的影响。

彼得·沃克是美国著名的极简主义景观设计师。沃克曾在他的《庭园中极简主义》一文中提到，弗兰克·斯特拉、卡尔·安德烈、索尔·勒·维特、唐纳德·贾德、丹·弗拉文和罗伯特·莫里斯等极简主义艺术家的作品通过分析、重申和恢复现代主义的简单性、形式力量和清晰度延伸了建筑设计领域的密斯·凡·德罗等设计师的工作[181]。而他本人也由极简主义艺术的欣赏着转变为极简主义景观的设计者。他从弗兰克·斯特拉早期创作的条纹画中提取到了一种景观设计理念。斯特拉的图案设计定义了二维绘画的形态，省去了框架。

---

181 Peter Walker. Minimalism in the Garden. *The Antioch Review* 64.2 (2006): pp.206-210.

"这就像一个没有墙壁的庭园，既能够存在于一个空间背景中，同时也是一个相对独立的景物"[182]。沃克将卡尔·安德烈的金属地板拼块（《37件作品》，1970）看作是沙漠中贝都因人的波斯地毯：其可作为移动的、私密的、理想的庭园设计。由此，沃克认为，将极简主义扩展到景观设计的努力是及时的，但在设计中应注意处理自然的多个层面。

沃克对典型的极简主义艺术家创作概念的引用指出了他对极简主义景观的基本假设。他认为，极简主义不是参照性的艺术。唐纳德·贾德曾提出，极简主义是一种客观的表达，是对物体本身的关注。由此，沃克认为，可见性是极简主义景观最重要的问题。如果一件作品在很大程度上从属于背景，或与周边的环境相混淆，那么其可见性就会降低。因此，极简主义景观重点关注对景观本身的设计、及其自身的能量、空间，并通过对纹理、颜色、图案和规模的探索以重构物体的可见性。另一方面，景观又不能与其周围的自然界脱节。因此，地点的特殊性，以及环境中的时间因素，例如太阳和月亮日常运动的有机节奏，季节性光照和气候的变化等问题与最简单的物体之间产生了复杂的互动，使得时间成为与地点同样重要的因素[183]。

沃克认为，在当代社会中，一些自然景观被人造景观打断、切割，并由此削弱了前现代人类在自然和农业景观中体验到的稳定感以及人类与宇宙的关系和空间秩序。在这种支离破碎的情况下，极简主义所体现出的减少、精神集中便显示出向这种秩序的恢复。同时，沃克还提到，极简主义也暗示了一种处理不断增加的废物和不断减少的资源等环境问题的艺术方法。

沃克极简主义庭园的代表作品包括9·11国家纪念广场（911 Memorial）、剑桥中心屋顶花园（Cambridge Center Roof Garden）、柏林索尼中心（Sony Center Berlin）、IBM公司索拉纳园区（IBM Solana）以及21世纪大楼和广场（21st Century Tower and Plaza）等。9·11国家纪念广场（见图1-2）是沃克最著名的极简主义景观作品。该广场在双子塔原来的位置上设计了矩形的、四周被绿树环绕的巨大瀑布。设计师试图以单一、简洁的形式及轰鸣的瀑布流水声寓意时间的流逝，由此缅怀曾经的遇难者。夜幕降临时，两束激光从双子塔位置发出并射向深邃的夜空，仿佛曾经的世贸中心犹在眼前，带给观赏者震撼人心的视觉效果和象征意义；位于中国上海的21世纪大楼广场的核心设计理念

---

182 Peter Walker. Minimalism in the Garden. *op. cit.*, pp.206-210.
183 Peter Walker. Minimalism in the Garden. *op. cit.*, pp.206-210.

是一个基本的几何图案。广场在带有孔眼的铺装上栽了大批水杉并放置了白色金属护柱，创造出一片奇异的、连续不断的丛林（见图1-3）。具有生命的树干都刷成白色，与同样也刷成白色的护柱相映照，并使人们感到自己站立的形式也成了景观的一部分[184]。

图1-2：9·11国家纪念广场　　　图1-3：上海21世纪大楼广场

除彼得·沃克外，美国现代景观设计师丹·凯利的作品也被认为具有极简主义的风格。他的主要作品包括米勒庄园（1955）、科罗拉多的美国空军学院（1968）、以及达拉斯联合银行大厦喷泉广场（1985）等。凯利的米勒庄园将古典设计的秩序感与现代主义更为自由的设计手法巧妙结合起来，在简单之中蕴含着变化。在米勒庄园中，凯利通过规整种植的行道树、修剪整齐的绿篱以及成排成行的植物以体现出古典园林的秩序感。在科罗拉多美国空军学院的外围景观中，凯利受到军人军训阵形的启发设计了黑白相间的网格式地面铺装，突出了整个环境的简洁和严肃风格。

综上所述，在笔者看来，现代的极简主义景观在一定程度上受到东方园林艺术及禅宗、道家思想的影响，由此体现出以"空""无"为特征的简朴、自然的思想观念。同时，极简主义景观也受到了现代艺术思潮的影响，通过将抽象、几何、网格、秩序以及对称与不对称的平衡综合等特征融入景观中，以达到一种极简的风格，并致力于营造出景观与自然的四季更替、气候变化等时间因素及景观与周边环境、场所等空间因素的互动，由此提升景观的丰富度。最后，设计师通过对金属、玻璃、钢架等材料的使用表达对现代感的认同，由此演绎工业时代的设计气息。

---

184 [美]莱威等：《彼得·沃克　极简主义庭园》，前引书，第175页。

五、设计与生活领域中的极简主义

随着时间的发展，极简主义的应用越来越广泛，涉猎了广告、海报、服装、食品包装、室内装饰、杂志封面及工业产品等设计领域，融入到当代大众的点滴生活中。在食品包装方面，一些产品去除了不必要的加工和颜色设计，简单到只剩下包装和产品本身。Harmonian 是一家位于希腊雅典的高级食品生产公司，其呼吁人们通过食用有机食品来维护自己的健康。该品牌面食包装的正面有一个小麦种子的简化图形，其被切割为两部分，其中一半采用透明化处理以显示包装内部的面食形状（见图 1-4）。该设计强化了小麦图形完美的数学对称性。

图 1-4：Harmonian 的面食包装　　　图 1-5：《谷物》杂志封面

极简主义风格在平面设计在中也无处不在。英国的《谷物》（Cereal）是一本关于旅行和生活风格的杂志，其以低调、充满个性且精心策划的摄影、内容和编辑为出版行业带来一股新风（见图 1-5）。该杂志采用整体中性的色调、广阔的风景、简洁的内饰、留白的版面，并配有产品和生活方式的照片。杂志的设计师罗莎·派克谈到："我一直很担心，极简主义有时候会看起来太冷酷。我觉得北欧和日本人往往做得很简约，却带着温度。那就是我们想要的那种极简主义"[185]。从帕克的言语中可见，当下的极简主义设计并不意味着冷酷和不近人情，相反，极简主义设计也可以给大众带去温馨、愉悦的审美享受。

L'EAUNDRY 是一款闻起来像香水的高级洗衣剂，该产品由德国汉堡的食品合作社 Deli Garage 发布。产品与香水的联系体现在黑白对立的包装设计中。包装造型从老式的化学药品玻璃瓶中获得灵感。其简化的设计风格充分

---

185 [英]斯图尔特·托里：《极简设计》，周安迪译，广西美术出版社，2019 年版，第 17 页。

唤起了人们对高雅香味的印象（见图 1-6）。极简主义平面设计还呈现为以几何图形为主要元素的设计风格。例如，伦敦独立乐队 Teleman 的第一张专辑 Breakfast（《早餐》，见图 1-7）的封面采用精简的配色和排列成三角的圆形。该专辑乐曲的风格干净明快，主唱托马斯·桑德斯解释说："圆圈来自单曲 Cristina 的视频，视频本身就极简。"[186]由此可见，这张专辑从平封面设计到产品内容形成了整体化的极简风格。除了体现出简化提炼、单调配色的风格以外，极简风格的设计还致力于在制作工艺上进行突破。例如，Design S 是瑞典领先的设计奖项，它承认并激励所有领域的卓越设计，且每个类别的获奖者都能获得自己的立体 S 奖杯。这些年来，奖杯采用木材、金属、塑料甚至是废弃的电脑屏幕进行制作。2014 年，来自斯德哥尔摩的设计机构 BVD 用纸制作了一个巨大的折纸字母 S（见图 1-8）。该奖杯采用以木材为原材料的特种纸进行折叠，形成了具有力量感的雕塑形状，并体现出材料的可持续发展理念。

图 1-6: L'EAUNDRY 洗衣剂	图 1-7: Teleman 的专辑《早餐》	图 1-8: Design S 折纸奖杯

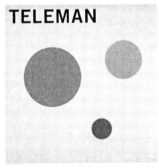

极简主义风格的服装兴盛于 20 世纪 90 年代，其简洁而不简单，凝聚着设计师劳心费时、深思熟虑的过程。德国著名设计师吉尔·桑达女士设计并创办的服装品牌在极简主义服装设计领域中享有盛誉。吉尔·桑达被美国《名利场》杂志称为"极简主义女皇"，她受到包豪斯学派设计理念的影响，始终坚持"无装饰"的设计风格，并在品牌设计中传达了客观、冷静、理性、不矫饰的思想[187]。近年来，日本大众品牌 Uniqlo 与极简女王吉尔·桑达联名推出"+J"系列服装，给年轻的消费群体带去了深刻且经久不衰的影响。

---

186 [英]斯图尔特·托里：《极简设计》，前引书，第 158 页。
187 陈根编著：《极简设计：从入门到精通》，前引书，第 120 页。

当下广受消费者欢迎和青睐的日本品牌"无印良品"秉持了"素""空""雅"及"规避华美"的极简主义设计理念。"无印良品"的产品去除了复杂装饰,突出了材料本身的质感,并致力于采用黑、白、灰等中性色调,符合日本审美观中内在的简约理念。例如,无印良品的电冰箱采用了方形、简单且纯白的外观设计。冰箱的把手是简单的圆棒,上半部分的纵向把手与下半部分的横向把手的起始端对齐,呈现出规整、宁静的氛围。再如,无印良品销售的半透明乳白色收纳盒向人们展示了毫不累赘的简洁设计,成为了该品牌产品的经典形象。原研哉是无印良品的艺术总监,同时他也是日本中生代国际级平面设计大师、日本设计中心董事、武藏野美术大学基金会教授。"空"在原研哉的设计中占有重要地位。在他看来,"空"和"简单"是两个不同的概念。"简单"是伴随西方现代社会对理性主义的发现而产生的。原研哉提出,日本比西方意识到简约主义这个概念还要早 300 多年。在室町时代后期,日本人逐渐认识到"消除多余而呈现空无一物的状态,反而更能引导人们创造意象"[188],并将这一理念运用在书院式建筑、茶道、花道、庭院设计、能乐等领域中。原研哉谈到,正如茶道,在空空如也的茶室中,亭主与客人面面相对,尽管空无一物,但偶尔飘落在水盘中的樱花花瓣让人联想到在樱花树下饮茶的情景。能剧也是如此。尽管能剧的面具都是相同的面孔,但却能从中体会到愤怒、悲伤和喜悦等。因此,一无所有的"空"能够引发人们各种各样的联想,进而展现出无尽的韵味。

在美国,极简主义的设计理念也体现在当下热销全球的工业产品 Apple 的"Keep it Simple"设计理念中。作为苹果公司创始人之一的史蒂夫·乔布斯是完全的极简主义信徒。他在进行设计时总是发自内心地思考"人们到底想买什么",又折中于如何才能更好地实现目标。在设计中,苹果的设计师用尽可能少的视觉元素创造出既精美又简洁的高效能设计。由苹果的首席设计官乔纳森·伊夫设计的 ipod 以极简主义的布局、简单的中央滚轮和按钮,以及纯白的配色在当时市面上的 MP3 播放器中脱颖而出[189]。随后,苹果公司的iPhone、iPad 以及 Macbook 也逐渐进入了大众的视野。这些电子产品以精美、纤薄的设计,简单、易操作的系统,流畅且富于线条感的外观获得了消费者的

---

188 日本日经设计编著:《无印良品的设计》,袁璟、林叶译,广西师范大学出版社,2015 年版,第 67 页。

189 [英]斯图尔特·托里:《极简设计》,周安迪译,广西美术出版社,2019 年版,第 195 页。

认可，并掀起了全球范围内的一股"苹果热"。

在斯图尔特·托里看来，我们生活在一个信息不间断交流的环境中。但并非所有人都想要这样的生活，越来越多的人选择了退出数字革命的简单生活[190]。这种简单的生活包括了许多不同的做法，如减少自己的财产、放慢速度、消除杂乱和创造更多空间（无论是身体上还是心理上）。例如，对于许多试图采用和推广简单生活方式的人来说，创建"胶囊衣橱"，只拥有少量、高质量且耐用的衣服及配饰便是一种理想的极简主义生活模式。日本作家三浦展认为，简单一族应是这样一类人，他们使用天然食品，认真做饭，不使用合成洗涤剂，用天然成分的洗涤剂打扫卫生、洗东西，吸取传统生活中的优点，不开空调，洒水降温，不追捧新产品，使用爸爸妈妈或爷爷奶奶留下来的东西，并对这些东西心怀感念，长年坚持使用[191]。

从以上学者、作家的观点看来，极简主义已从有形的艺术作品逐渐过渡到设计领域，并进一步扩展为无形的生活理念，从而指引当代大众以更加简洁、高效、环保的方式生活。近年来也涌现出一大批有关极简主义生活理念的书籍，包括日本作家近藤麻理惠的《怦然心动的人生整理魔法》、瑞典作家罗敷的《越简单，越美好：极简生活的幸福秘密》、中国作家含非的《从断舍离到极简主义》、英国作家弗格斯·奥康奈尔的《极简主义：风靡欧美的工作与生活理念》等。这些书籍都倡导绿色、健康、慢生活的极简主义理念，并致力于带给读者更美好生活的秘诀。例如，日本"整理顾问"近藤麻理惠在她的书中倡导被称为 KonMari 的整理方法。这种方法要求你将拥有的所有东西放在一起，然后只保留那些"引发喜悦"的东西。约书亚·菲尔兹·米尔本和瑞安·尼科德姆斯在他们的网站和书中都以"极简主义者"的身份写作。他们热衷于提醒我们极简主义是深入探索我们与"物"之间的关系，思考我们给物质财产赋予什么意义，生活中真正重要的是什么？同时，创新和设计的快节奏让我们丢弃之前作为物理形态而存在的东西，并逐渐转向占用更少空间且更便捷的数字格式[192]。

由此可见，极简主义艺术思潮在建筑、景观、室内设计、平面设计、衣着服饰、家居家装、工业产品、生活方式等不同领域中的流变说明了极简主义在

---

190 [英]斯图尔特·托里：《极简设计》，前引书，第195页。

191 [日]三浦展：《极简主义者的崛起》，前引书，第14页。

192 [英]斯图尔特·托里：《极简设计》，前引书，第194页。

当代大众生活中的重要地位。笔者相信,在未来,极简主义将会让我们变得更加高产,并对我们越发丰富的现代生活开启另一种全然不同的、朝着相反方向行进的"简单生活"。

综上所述,本章概括并勾勒出极简主义艺术思潮从兴起到流变的整体脉络,全方位呈现了极简主义艺术思潮下各门类艺术的发展情况,进而从艺术学理论的角度为极简主义音乐的蓬勃发展提供了一个与其他艺术门类相互影响、交织、融汇的语境。应当看到,极简主义艺术思潮编织了一个宏大的网络,在其中,任何一个节点都与其他节点相联系,并在理念和形式上具有共通之处。具体而言,极简主义思潮下的音乐、文学、舞蹈、电影等艺术门类都注重过程性、单一要素和重复;而极简主义视觉艺术、建筑、景观及各类设计则多呈现出中性色调、并追求几何、抽象、通透、简洁等形式特征。另一方面,极简主义艺术家也强调合作与社区精神。艺术家的作品并不是创造性天才在孤立时刻的产物,而是更多地源于与朋友们、与其他极简主义艺术门类的互动。具体而言,我们可以看到极简主义视觉艺术家与极简主义作曲家、极简主义舞蹈家与极简主义作曲家,以及极简主义电影制作人与极简主义作曲家之间的合作等。作曲家拉·蒙特·扬和特里·莱利曾为舞蹈家安·哈普林的《三足凳》《四足凳》等以重复、循环动作为特征的舞蹈作品提供配乐;作曲家格拉斯在与艺术家理查德·塞拉合作的声音项目《长滩岛文字定位》中将 180 个扬声器埋在灌木丛里,当听众走入时便会听到来自不同位置、声源的"is""are""be"等表示存在的动词;格拉斯曾为结构电影制作人迈克尔·斯诺创作过一张名为《迈克尔·斯诺:为钢琴、口哨、麦克风和录音机而作的音乐》的唱片。唱片中的《下降的开始》这首作品将斯诺在钢琴上演奏的短乐句片段以越来越慢的速度循环重复,塑造出简单而颇有效果的音乐过程。五位参演作曲家里奇在纽约惠特尼博物馆"反幻觉"艺术展(1969)演出的《钟摆音乐》的人员中,有三位都是极简主义视觉艺术家。因此,"合作"一词展现出极简主义思潮下各门类艺术之间开放、包容、互助、合作的当代艺术实践模式。由此可见,极简主义音乐并不是孤立的一隅,而是与其身后的极简主义艺术思潮的大背景相呼应和互动的。总体而言,对极简主义艺术思潮的追溯与厘清为我们欣赏、研究极简主义音乐提供了一个基础的语境与背景,其从根源上解释了极简主义音乐产生的缘由,并提供了关于"极简主义"这一术语的谱系化认知。

第二章　英美学界极简主义音乐的创作理念研究

在创作理念上，极简主义音乐非目的、非辩证的音乐导向，对跨异质音乐文化的吸收与创新，对音乐时空的重新定义，对观念艺术的吸收与整合，以及对 20 世纪多元音乐风格的继承与发展都成为极简主义作曲家创作的风向标。本章将结合英美学界的多部研究文献及作曲家本人的创作札记，着眼于梳理和探索以上最为典型的极简主义音乐的思想内涵和美学特征，力图从观念上为该流派所展现出的独特音乐现象提供合理的阐释路径。

第一节　跨文化创作理念

"跨文化"是指在 20 世纪，随着世界各国之间在战争、政治、经济等方面的碰撞与交往，长久以来以欧洲音乐理论为中心的西方音乐体系迎来了多元文化的视野，作曲家们开始跨越文化藩篱，将眼光看向了不同的文化。二战后，在美国主流音乐中也出现了对异质文化、东方文化的关注与运用。其中，最典型的要数作曲家约翰·凯奇。凯奇借鉴东方的禅宗思想，将"虚无"、"静默"等音乐观融入作品中。他的跨文化探索也在 60 年代崭露头角的极简主义音乐作曲家那里得到了更进一步的诠释。极简作曲家分别对不同地区的非西方文化感兴趣，包括亚洲的印度音乐文化、巴厘岛的加美兰音乐文化、藏传佛教音乐文化，以及西非的埃维音乐文化等。英美学者将关注和研究的重点放在极简作曲家跨文化的美学倾向上，并从不同的角度研究了他们的跨文化理念及其具体呈现方式。

一、印度音乐元素

对于极简主义作曲家而言，印度音乐是他们践行跨文化策略时所看向的第一站。极简主义作曲家各自与印度音乐有着不解之缘。拉·蒙特·扬曾跟随印度歌唱家潘迪特·潘·纳特学习，并和他一起演奏坦布拉琴；特里·赖利有很长一段时间在美国不同的大学里教授印度古典音乐；格拉斯对印度音乐的了解缘起于他与印度著名音乐大师拉维·香卡的合作，在合作中，格拉斯又结识了塔布拉鼓演奏家阿拉·拉卡，并跟随他学习印度音乐。"那整个音乐是无限循环的十六拍子。之后阿拉·拉卡告诉我这个拍子叫做'塔拉'"。[1]正是在和印度音乐家的学习与合作中，格拉斯形成了对节奏的重新定义："就是哪怕再复杂的音乐节奏都可以被分成无限的二音一组和三音一组。"[2]

针对于从印度音乐文化的角度对极简主义音乐的研究，英美学界具有代表性的包括杰里米·格里姆肖、大卫·诺伊曼·克拉曼对作曲家扬与印度音乐互动的研究，以及艾利森·韦尔奇对作曲家扬、莱利和格拉斯作品中的印度音乐元素的分析与总结。以下，笔者将对三位学者的主要观点进行梳理，以期总结各自研究中的独特之处。

杰里米·格里姆肖主要侧重于探索作曲家拉·蒙特·扬的印度音乐师承及渊源。扬曾跟随印度音乐家潘迪特·潘·纳特学习印度音乐长达 25 年。因此，扬与印度音乐的相遇可以用"共鸣"、"典范"和"创新"等关键词来概括。首先，扬的印度音乐导师纳特将"全部注意力都集中在音乐的精神和情感意图上，并且可以花几个小时探索和细化拉格旋律乐句中音调的细微差别"[3]，这样的理念与扬持续的、充满复杂纯律和声的创作风格产生了共鸣。第二，扬在纳特身上还看到了一种典范，即一个人应该如何创作艺术、一个艺术家应成为什么样的人。扬将这种典范运用在他的创作中，其中，最具代表性的作品是 2009 年 3 月扬在纽约古根海姆博物馆与阿拉普拉格乐团合作演出中上演的《拉加·桑达拉》。该作品致力于将东方印度音乐与西方极简主义创作手法相结合，主要采用了名为"雅曼"的北印度著名拉格和一个十二拍的塔拉节

1　[美]菲利普·格拉斯：《无乐之词》，前引书，第 169 页。印度音乐理论家彼·查·戴维在其《印度音乐概论》中将塔拉定义为某些节奏型的周期性排列。他认为，"塔拉"的基本特点，在于循环性或重复性，即将一组节奏单位按照一种循环方式排列，并且自身反复。

2　[美]菲利普·格拉斯：《无乐之词》，前引书，第 169 页。

3　Jeremy Grimshaw. *Draw a Straight Line and Follow It. op. cit.*, p.106.

奏。同时，扬还为这部作品提供了梵文文本。拉格、塔拉和梵文三者的结合在扬的作品中表现出一种神圣的宇宙和谐。第三，跟随纳特的学习使扬逐渐掌握了具有印度风格的声乐演唱技巧，并将所学融入到音乐表演实践中。例如，扬在其即兴演奏中引入了一种新颖的和声技术：在到达拉格中的特定音符时，他会指示其中一位伴奏歌手维持这个音符，在传统拉格表演之外创造了一种持续的人声和声。

由此，格里姆肖总结了拉·蒙特·扬作品中出现的多重融合性特征。首先是实验性的极简主义创作与印度古典歌唱的交织。宇宙的声音是东西方融合的"共同来源"和"更高灵感"[4]，因此，在扬的身上可以看到他对多种音乐风格的追求。其二是将纯律的声学实证主义与扬的理性调音与纳特从印度带来的神秘音乐血统融合在一起。在作者看来，扬的音乐在他所开创的永恒理念和他通过纳特被嫁接的传统音乐谱系之间自由移动。因此，扬的音乐是一个双重身份的共存体：它同时向理性的西方数字之神和东方具有神圣精神象征声音的空灵作者祈祷。[5]这种充满灵性的双重身份在扬的宇宙维度中舒适地共存。

大卫·诺伊曼·克拉曼在其博士论文《西方作曲家和印度音乐：概念、历史和近期音乐》中，对西方作曲家看待印度音乐的视角作出总结。克拉曼认为，西方作曲家对印度音乐的反应受到西方在两千年前便有的关于印度和亚洲的一系列想法的影响。这些想法分为三大类：东西方二分法的想法，印度作为原始文明的想法，以及印度作为异国情调土地的想法[6]。

克拉曼以极简主义作曲家拉·蒙特·扬为例说明了当代西方作曲家与印度音乐的互动。克拉曼总结出扬的音乐与印度音乐的几个共性特征。首先，扬在《调准的钢琴》中表现出对节奏、旋律的灵活发展和对即兴创作的关注——这显然与印度古典音乐实践有关；第二，扬对印度古典音乐中作为持续音支持其他乐器和歌手旋律的拨弦乐器坦布拉（Tambura）感兴趣，这使得持续嗡鸣在扬的音乐中发挥了重要作用；第三，扬在 20 世纪 60 年代的几首作品与许多印度音乐有着共同的音色与合奏特征：即都由持续嗡鸣、打击乐伴奏和风格华丽而精湛的独奏旋律乐器组成；最后，"永恒的东方"和古代精神完美的理念也在扬对亚洲和印度音乐的概念中发挥了作用。

4　Jeremy Grimshaw. *Draw a Straight Line and Follow It. op. cit.*, p.106.
5　Jeremy Grimshaw. *Draw a Straight Line and Follow It. op. cit.*, p.112.
6　David Neumann Claman. *Western Composers and India's Music. op. cit.*, p.iii.

在具体的分析中，克拉曼比较了扬的超高音萨克斯管作品与印度音乐的异同。他认为，扬选择演奏的降 E 调超高音萨克斯管的音色与北印度双簧管乐器印度唢呐（Shehnai）的音色相似。扬在作品中采用了极其快速的音高模式以创造一种持续和弦的印象，与古典印度音乐家 T·R·马哈林甘和比斯米拉·可汗精湛的技艺和极快的演奏相似。但不同之处在于，印度古典音乐的较慢部分包括更精细的装饰，但扬的演奏速度极快且没有任何修饰。扬作品的主要目的是投射和声，而不是旋律。这种投射和声结构的快速、重复且形象化的演奏不仅让人想起西方关于印度音乐是静止的观念，还想起了黑格尔关于"印度社会和历史是无意义"的阐述且没有进步目标的想法[7]。就连扬的极简主义同事特里·莱利也认为，扬将这种东方的耐心引入到音乐中，创造了一种静态的形式[8]。

此外，扬的音乐和印度音乐在结构、节奏和即兴创作上表现出多种差异。就结构而言，扬在《周二早间布鲁斯》《降 B 多利安布鲁斯》等作品中避免了清晰的结构形式，所传达的总体印象是一种以即兴为主的表达模式。另一方面，古典印度音乐作品的结构通常是高度清晰的，包括可能的分段、循环和发展方案。同时，印度古典音乐表演通常以非凡和充满情感的艺术高潮为特色，且这些高潮段落通常位于乐曲的结尾。就节奏而言，扬的作品很少使用节奏结构装置，如塔拉和拍号。尽管萨克斯管乐句产生一串快速脉冲，但没有潜在的规律脉冲。就即兴创作而言，对于扬来说，即兴创作往往意味着自由，包括感受和行动的自由，形式和时间限制的自由。而印度音乐家在即兴创作中可能具有非凡的创造力和灵感，但他们的目标是始终保持严格的控制。因此，在印度古典音乐中，传统的束缚受到高度重视。

就音乐中的持续音而言，扬认为他的音乐和印度音乐系统都采用了以持续嗡鸣的声效，但二者的使用也具有差异。扬音乐中的持续音装置较复杂，声音响亮，产生了一系列复杂的泛音，营造出独特的聆听体验。在印度音乐中，持续音主要由坦布拉琴等乐器产生，在调音后，这件乐器也会发出复杂而连续的泛音。在音量上，印度音乐中的持续音会在音乐家表演时发出安静的声音，有时观众甚至无法察觉。

就音乐的律制而言，克拉曼指出，扬将自己作品中使用纯律及质数比率调音的想法与印度音乐联系起来。他认为，对于音高的频率而言，"在印度古典

7　David Neumann Claman. *Western Composers and India's Music. op. cit.*, p.235.
8　David Neumann Claman. *Western Composers and India's Music. op. cit.*, p.235.

音乐中，大多数理论家认为所有常用的音程都有'5 或 7 的限制'"[9]，并且"不仅使用数字 7，还使用数字 11、13 及其倍数"[10]。另一方面，作者指出，音程比率的概念在古代印度音乐中是陌生的，只在当今印度音乐理论的讨论中才发挥了一定的作用。对于扬来说，印度音乐体现了古老的完美、直觉的复杂性和自然性。通过联想，扬将这些品质投入到他以纯律调音领域为特征的音乐中。

通过研究，克拉曼总结了扬的音乐作品与印度音乐进行互动的特征。一方面，尽管印度音乐在一定程度上影响了扬的创作，但扬音乐的意义似乎更多地集中在与西方古典传统、前卫音乐和美国实验主义音乐的关系上。比如像《1960 作品之 7》这样的乐曲清楚地表达了现代主义的"少即是多"的美学；《调准的钢琴》（*The Well-Tuned Piano*）在标题上与 J·S·巴赫的《平均律钢琴曲集》（*The Well-Tempered Clavier*）有着清晰的修辞联系。扬作品中的调音系统挑战和质疑了西方音乐中平均律的霸权。另外，他的音乐也在长度、简单性和音量的极端化等方面具有了与其他前卫作曲家相同的关注点。

另一方面，扬的音乐被东、西方音乐相结合的一种更大的话语所包围。对扬来说，印度音乐是一种进入过去以创造音乐未来的手段。他似乎认为印度音乐对西方音乐具有再生作用，并有助于建立西方作曲家经常寻求的独特的个性。尽管扬对印度音乐的理解受到西方长期以来的许多东方主义观念的影响，但通过多年的学习，他获得了其他西方作曲家少有的印度音乐实用知识。这些思想和实践出现在《调准的钢琴》等作品中，展示了西方语境中不断塑造的、具体化的亚洲思想的持久影响，以及与这些思想可能深入共存的方式。[11]

艾利森·韦尔奇在《遇见边缘：极简主义音乐中的娑伐罗和塔拉》中对三位极简主义作曲家——拉·蒙特·扬、特里·莱利和菲利普·格拉斯作品中的印度音乐元素进行了分析与总结。首先，他解释了在印度古典音乐的命名法中，娑伐罗（Svara，声音）指的是整个音高维度，塔拉（Tala，节奏）指的是音乐的时间组织。这两个概念已成为西方作曲家的灯塔，吸引他们学习甚至完全沉浸在印度音乐中[12]。韦尔奇进一步指出，在印度的世界观中，任何过程都

9　David Neumann Claman. *Western Composers and India's Music. op. cit.*, p.246.

10　David Neumann Claman. *Western Composers and India's Music. op. cit.*, p.246.

11　David Neumann Claman. *Western Composers and India's Music. op. cit.*, p.246. p.268.

12　Allison Welch. Meetings Along the Edge: Svara and Tāla in American Minimal Music. *American Music* 17.2 (Summer, 1999): pp.179-199.

是通过不断地返回起点而非线性进展来运行的。因此，印度音乐更像是一个无限连续的过程[13]，与极简主义音乐的美学理念不谋而合。

韦尔奇提到，在扬的案例中，印度音乐的影响体现在他的早期作品中。扬使用延长的持续时间，并对纯律和即兴创作有着敏锐的意识。对于莱利来说，印度音乐影响了他后来的即兴创作、节奏程序及律制方法。

在文中，韦尔奇以莱利的单乐章弦乐四重奏《神话鸟华尔兹》为例，说明了印度音乐元素在莱利作品中的具体呈现方式。首先，就音高而言，作品的旋律基于印度的阿希里拉格（Raga Ahiri）。与西方的大调式相比，这种拉格的音阶降低了大调式音阶中的二级、三级和七级，具有独特的音响特征。第二，印度拉格旋律的主要特色在于它的装饰。因此，在《神话鸟华尔兹》中，莱利尽可能地将西塔琴的滑音、拨弦等装饰技巧融入作品中。第三，莱利在作品中还使用了具有循环重复特征的拉哈拉（Laharâ）波浪式旋律、塔布拉（Tabla）的节奏动机以及蒂哈伊（Tihâi）的节奏循环（见谱例2-1）。

谱例2-1：《神话鸟华尔兹》中的拉哈拉旋律和塔布拉节奏动机[14]

13 Allison Welch. Meetings Along the Edge. *op. cit.*, pp.179-199.
14 Allison Welch. Meetings Along the Edge. *op. cit.*, pp.179-199.

通过分析，韦尔奇总结到，许多印度音乐元素不仅可以在这部作品的表面上找到，其也同样对作品的整体结构框架起着作用。因此，作品最终的听觉结果并不像是简单地将具有亚洲灵感的材料叠加到西方艺术作品上。相反，人们会听到一个将印度音乐灵感和西方作曲技术紧密融合的创作。

对于作曲家菲利普·格拉斯，作者认为他接触印度音乐的直接结果是将加法、减法程序和循环节奏技术应用于他作品的整体结构。格拉斯最初接触印度音乐是在 20 世纪 60 年代中期的巴黎，他受雇协助拉维·香卡和阿拉·拉卡为康拉德·鲁克的电影《查帕奎》（Chappaqua）配乐。在进行具有印度风格的管弦乐记谱时，格拉斯发现，在转录的西方记谱法中设置小节线会产生不必要的重音。因此，格拉斯完全放弃了作品中的小节线。节奏在印度音乐中也具有重要地位。因此，格拉斯在创作中偏向于使用循环过程和加法过程，将较小的节奏单元串在一起构成较大的时间值[15]。

韦尔奇以格拉斯肖像三部曲歌剧中的《非暴力不合作》为例进行了简要分析。他指出，这部歌剧展现出许多跨文化元素，包括以梵文演唱的、取材自印度教宗教、哲学经文的歌词，与卡塔卡利舞蹈、戏剧相关的戏服，以及描绘《博伽梵歌》寓言时代的布景。就音乐而言，格拉斯主要采用了恰空循环这种传统的西方和声模式，并将其置于加法和减法的节奏变化中。韦尔奇认为，恰空循环的使用也符合印度思想中的"轮回"理念。他引用歌剧中康斯坦斯·德容的歌词来说明这种象征意义："主说，我经历了许多次出生，你也经历了许多次……我是一个又一个时代的诞生……通过护善，推恶，重德于位来感动世人。"[16]由此可见，恰空作为一个统一元素的功能是不言而喻的，它是西方音乐融合印度节奏以及印度"轮回"思想的基础。[17]总体而言，韦尔奇认为，格拉斯的歌剧《非暴力不合作》吸收了印度音乐文化并将其呈现在歌剧内容、音乐材料和结构框架中，达到了印度音乐与西方音乐的生动融合。

最后，韦尔奇总结到，个人实验以及从不同来源汲取风格基础的意愿是整个 20 世纪美国先锋派音乐创作的典型特征之一。作曲家扬、莱利和格拉斯的音乐探索是这一传统的延续，他们音乐中的西方和印度音乐传统的相互作用，从而促成了极简主义音乐风格的形成。同时，在任何情况下，这些作曲家都没

---

15 Allison Welch. Meetings Along the Edge. *op. cit.*, pp.179-199.

16 Allison Welch. Meetings Along the Edge. *op. cit.*, pp.179-199.

17 Allison Welch. Meetings Along the Edge. *op. cit.*, pp.179-199.

有创作出表面上听起来像印度音乐的作品，这表明了跨文化材料的深度整合和对印度音乐文化的尊重，以及作曲家有意识地避免仅仅表面层面的印度音乐唤起。

综上所述，在笔者看来，以上三位学者都对极简主义音乐与印度音乐相遇的实例进行了较为深入、详尽的分析。杰里米·格里姆肖和大卫·克拉曼的分析对象都主要针对作曲家拉·蒙特·扬。但他们采用了完全不同的分析方法。格里姆肖主要注重梳理印度音乐在扬作曲生涯中的启蒙与发展，采用的是纵向的、历时的研究思路。通过说明扬和纳特在音乐上创作和对待音乐态度上的共同点，格里姆肖强调了扬在与印度音乐相遇中的基于师承和友谊中的学习历程。同时，他认为，扬音乐中的东西方融合体现出一种更高的灵感来源，其是来自宇宙的声音。他认为，宇宙的结构听不见的振动通过拉格与扬音乐的融合从而变得可听[18]。因此，我们可以看到格里姆肖的分析逐渐走入了充满哲学意味的形而上领域中。另一方面，克拉曼的分析则是采取了一种横向比较的思路。克拉曼通过比较扬的超高音萨克斯管作品与印度音乐的异同说明了扬在创作中对印度音乐元素的继承与创新化使用。从克拉曼的研究中可以看到，扬的作品在音色使用、织体形态、持续嗡鸣、律制等方面有着相似之处，同时扬又突破了印度古典音乐的传统，去除了清晰的结构分段与拉格旋律中精细的装饰，并采用现代声学手段下的、具有更丰富泛音效果的持续嗡鸣。因此，克拉曼将扬与印度音乐的相遇总结为建立在实验音乐基础上的东西方音乐话语的相遇，并试图通过融入东方音乐元素达到当代西方音乐创作的再生与创新。因此，我们可以看到，以上两位学者在分析的最终落脚点是具有差异的。

艾利森·韦尔奇的研究则具有更广的覆盖面，他分别研究了作曲家拉·蒙特·扬、特里·莱利和菲利普·格拉斯音乐中的印度音乐元素。同时，他也提出了一个重要的观点，即综观极简主义作曲家对印度音乐元素的使用，可以发现这些作曲家在任何情况下都不流于对印度音乐的表面借鉴，而是对其进行不同程度的解读和改造，使得印度音乐的话语在旅行、传播和再呈现中发生了改变，形成了与当代美国音乐语境相符合的新兴话语。因此可以看到，极简主义作曲家将印度音乐的精神内涵融入作品的深层次结构中，实现了对印度音乐元素"在神不在形"的跨文化使用范式。

---

18 Jeremy Grimshaw. *Draw a Straight Line and Follow It. op. cit.*, p.107.

二、西非音乐元素

极简主义作曲家史蒂夫·里奇在其专著《关于音乐的书写》中的《希伯来语对作曲的影响》《非西方音乐与西方作曲家》等文章中，多次提到了西非音乐及巴厘岛音乐对他创作的影响。里奇回忆到，他在 20 世纪 50 年代中期在康奈尔大学威廉·奥斯汀教授的课堂上曾听过西非和巴厘岛音乐的录音。后来，通过阅读 A·M·琼斯的《非洲音乐研究》一书，他看到了完整的加纳音乐乐谱，并惊讶于其与西方传统音乐的不同之处。加纳音乐由短的重复模式组成，通常是两拍、三拍四拍、六拍或十二拍，这些具有不同长度、位于不同声部的模式同时演奏，但它们的强拍不重合[19]。从那时起，作曲家里奇便开始思考如何将这些模式转换成西方音乐的形式。里奇的非洲加纳之行是他职业生涯中的一个决定性时刻。1970 年夏天，里奇前往非洲并同一位住在加纳舞蹈团的埃维鼓手大师学习打鼓。从里奇的音乐经历可知，他的音乐创作受到了西非音乐及其文化的影响。

丹尼尔·托尼斯在其博士论文《史蒂夫·里奇音乐中的埃维音乐元素》中探讨了埃维音乐与里奇的音乐在节奏结构和时间组织原则方面的异同之处。作者提出，在更广泛的意义上，这项研究有助于建立 20 世纪和 21 世纪当代西方音乐艺术中面对的类似跨文化的音乐分析范式。

在文中，作者主要采用学者琼斯（Jones）、梅里安姆（Merriam）、洛克（Locke）、阿罗姆（Arom）、阿加乌（Agawu）等音乐学家对非洲音乐的研究文献来讨论埃维音乐中的时间组织和节奏结构。在传统的埃维部落中，音乐是具有社会功能的文化形式，是"包括声乐、器乐、舞蹈、服装视觉展示和戏剧等多种媒体的综合"[20]。例如，埃维的传统音乐形式——嘎胡（Gahu）主要是指一种特定的舞蹈，其次是指它的辅助声乐和器乐伴奏。就音乐的音色特征而言，埃维以其在整个西非的鼓乐而闻名。在洛克看来，埃维音乐的打击乐合奏是一个"交互式反馈网络，其中乐器相互'交谈'"。[21]

作者在文中总结了关于埃维音乐的时间组织特征。第一是重复。重复遍及埃维音乐，并提供了音乐构建的基础。托尼斯区别了埃维音乐中两种类型

19　Steve Reich. Hebrew Cantillation as an Influence on Composition, in *Writings on Music 1965-2000. op. cit.*, pp.106-107.

20　Daniel Mark Tones. *Elements of Ewe Music in the Music of Steve Reich*. D.M.A. The University of British Columbia, 2007, p.16.

21　David Locke. Drum Gahu. *Tempe*. Arizona: White Cliffs Media, Inc., 1998, p.7.

的重复，包括主题和动机重复（如时间线，或较小节奏单元的重复，如打击乐
合奏中的单个声部的动机样式），以及交替或回应重复（例如主鼓手和辅助鼓
之间的互动和响应模式）。重复表明可以从有限的资源中呈现出无限的音乐可
能性。第二是循环时间。埃维音乐中的重复都服务于特定的结构目的，例如，
钟节奏的连续重复创造了循环的时间，并证明了埃维音乐具有圆形或螺旋形
而非线性的节奏特征。第三是时间线。在埃维打击乐合奏中，钟乐器所演奏的
节奏样式被认为是最重要的。它统一了各个打击乐声部，并作为鼓手、舞者和
歌手的参考点。因此，许多音乐学家将这种节奏模式称为"时间线"。在文中，
作者列出了一些西非音乐常用的时间线，比如中非的巴本泽勒时间线、以及
整个撒哈拉以南非洲的阿格贝克标准时间线。

谱例 2-2：巴本泽勒时间线　　　谱例 2-3：阿格贝克标准时间线

谱例 2-4：
标准线的不同感知方式

谱例 2-5：
阿格巴扎舞蹈音乐中的交叉节奏

　　第四是节拍模糊。节拍模糊主要是指通过不同的分组方式来感知时间线
及其他相关节奏。比如，我们可以将以上谱例 2-3 中的标准时间线划分为均等
的二组、三组、四组或六组来感知它（见谱 2-4）。第五是多节奏。阿加乌将多
节奏定义为"在音乐结构中同时使用两种或多种对比节奏"[22]。而切尔诺夫在
这一点上则将非洲音乐与西方音乐进行对比来阐释。他认为，传统西方音乐倾
向于依赖统一在强拍上的单一度量脉冲；非洲音乐倾向于参考彼此定义的多

22 Kofi Agawu. *Representing African Music*. New York: Routledge, 2003, p.81.

个节奏线[23]。因此，大多数埃维音乐都有几个单独的节奏线同时运行，并产生出具有高度复杂性的织体。第六是交叉节奏。交叉节奏是指基于不同脉冲结构的节奏并列出现的相互作用。最简单的交叉节奏类型是基于二对三的比例，或者它们的倍数，即双重和三重节奏的垂直相互作用。

谱例 2-5 显示了埃维阿格巴扎（Agbadza）舞蹈音乐中不同持续时间的交叉节奏节奏在几个声部之间的垂直存在。比如拍手（Clap）和手鼓（Sogo）声部之间的节奏比例依次是 3:4 和 4:6。同时还可以找到强调水平维度的交叉节奏。比如拍手声部并列两组不同的持续时间：第一组由三个四分音符组成，第二组由四个附点八分音符组成。

在对埃维音乐的节奏特征作出基本梳理之后，托尼斯对史蒂夫·里奇音乐中的时间组织和节奏结构进行了分析与总结。首先，托尼斯认为，重复结构的使用和恒定脉冲的使用表明了里奇的音乐与埃维音乐的密切联系。第二是循环时间。作者认为，里奇音乐中的时间概念呈现出循环的特征。打击乐演奏家史蒂夫·希克曾将里奇的《打鼓》描述为包含"紧密循环的周期性模式"[24]。第三是向打击乐的转变。作者认为，加纳之行后，里奇作曲方法的一个明显变化体现在对打击乐器的突出。从《打鼓》（1971）开始，里奇的作品在很大程度上依赖于打击乐器家族的资源，包括邦戈鼓、马林巴、钟琴和颤音琴等。"鼓"代表了与埃维音乐的紧密联系。此外，里奇作品中的一些打击乐器展示出与埃维打击乐器相同的功能。例如，在《为十八位演奏家而作的音乐》中，颤音琴演奏者扮演着类似于埃维音乐中的大师鼓手的角色，提示特定的进入点并发出织体变化的信号。第四是共同参与。托尼斯认为，共同参与是里奇作品的基本组成部分，也是里奇在加纳学习和表演埃维音乐时观察到的与埃维音乐相关的语境特征之一。在《打鼓》中，里奇将演奏的责任分配给合奏团中的每个成员以在音乐家之间建立起融洽的关系。因此，《打鼓》这首曲子的难点在于，其需要在高度重复的环境中保持专注，并相信他人的直觉和领导力，以达到成功的表现[25]。

第五，里奇在作品中也使用了时间线。它提供了关于时间组织的管理者角色，并充当了合奏中其他乐器的参考点。以《拍手音乐》为例。该作品包含一条从头到尾控制乐曲的原始时间线，其被称为里奇的"签名模式"，由第一位

23　Daniel Mark Tones. *Elements of Ewe Music in the Music of Steve Reich. op. cit.*, p.33.
24　Daniel Mark Tones. *Elements of Ewe Music in the Music of Steve Reich. op. cit.*, p.48.
25　Daniel Mark Tones. *Elements of Ewe Music in the Music of Steve Reich. op. cit.*, p.54.

表演者演奏，并作为第二位表演者的参考点。托尼斯特别提到，《拍手音乐》中第二拍手声部的第五次轮转与阿格贝克（Agbekor）标准时间线的惊人相似之处。对比谱例2-6和谱例2-7，可以看到二者仅相差一个八分音符。

<table>
<tr><td align="center">谱例2-6：
阿格贝克时间线</td><td align="center">谱例2-7：里奇的
"签名模式"的第五次轮转</td></tr>
</table>

第六是里奇音乐中的多节奏织体。作者认为，多节奏织体的重复量、节奏内部组织的高度复杂性、与西非时间线高度关联的"签名模式"以及使用垂直和水平的交叉节奏成为里奇多节奏结构的四个特征[26]。第七是交叉节奏的使用。交叉节奏也是里奇多节奏写作的一个组成部分。相互冲突的脉冲组的并置有助于产生节拍的模糊性，在大量使用重复结构的音乐中，正是这些模糊性赋予了音乐的生命力[27]。

综上，在作者看来，里奇的音乐和埃维音乐具有基本相似的结构特征：二者都采用重复，基于恒定脉冲，受时间线支配并具有循环时间。此外，它们也都具有节拍模糊、多节奏和交叉节奏等特征。在表2-1中，托尼斯对二者的异同之处进行了较为详尽比较。

表2-1：托尼斯对埃维音乐与史蒂夫·里奇音乐的对比[28]

埃维音乐	里奇的音乐
1. 艺术呈现	
音乐、舞蹈、戏剧等多种媒体的结合	特别关注器乐，在较小程度上关注声乐；编舞已被添加到一些作品中
2. 语境特征	
社区参与	对乐团中每个成员的依赖；专注于公共任务而不是个人任务。
3. 乐器编制	
依赖鼓的打击乐合奏	依赖打击乐器，在某些情况下，个别乐器的功能与埃维打击乐中的乐器功能类似（例如《为十八位音乐家而作的音乐》）。

---

26 Daniel Mark Tones. *Elements of Ewe Music in the Music of Steve Reich. op. cit.*, p.65.

27 Daniel Mark Tones. *Elements of Ewe Music in the Music of Steve Reich. op. cit.*, p.77.

28 Daniel Mark Tones. *Elements of Ewe Music in the Music of Steve Reich. op. cit.*, p.86.

4. 一般特征	
重复的结构性使用、周期性、循环时间	
基于单个脉冲序列	使用恒定脉冲
5. 具体特点	
时间线的使用	使用特定的西非或中非时间线以及里奇独特的"签名模式"
节拍模糊、复合节奏、交错节奏	

在研究的最后，作者表明，里奇的创作语言已自然地融合了西方艺术音乐和埃维音乐概念，并成为作曲家基于直觉水平的跨文化创作理念。

在笔者看来，托尼斯以埃维音乐元素为出发点，深入探讨了其在极简主义作曲家里奇音乐作品中的呈现方式。托尼斯首先系统地梳理了埃维音乐的时间组织及节奏结构特征，总结出包括重复、循环时间、时间线、节拍模糊、多节奏和交叉节奏在内的六个埃维音乐的主要特征。随后，作者托尼斯分析了里奇音乐中的特征。其中，重复、循环时间、对打击乐器的突出、共同参与、时间线的使用以及多节奏织体等特征将里奇的音乐与埃维音乐紧密联系在一起。最后，作者采取列表的方式将二者的异同点进行了清晰而准确的呈现。

总体而言，托尼斯的分析采取了将西非音乐与史蒂夫·里奇的音乐进行比较的"世界眼光"，从中形成了一种跨越国家、跨越民族、跨越时代、跨越文化的整体研究观念。随着全球化时代的到来，世界各地区、风格的音乐开始形成了紧密的联系。因此，从世界音乐的大背景下来重新审视新音乐的创作和东西方音乐的交流与互动能够打破长久以来以西方音乐为中心的固化研究模式。音乐在本质上与人类的想象力和审美活动密不可分，正如西非人的生活和纽约人的生活虽然千差万别，但二者的音乐却不乏共通之处。这种共通性并不仅仅体现在对旋律、节奏等单一音乐元素的挪用和借鉴，而是形成了托尼斯所说的"基于直觉水平的创作理念"。

正如作曲家里奇所言，"非洲之行对我作品的影响更多是鼓励，而不是改变方向"[29]，由此可见，里奇对于西非音乐和世界音乐的理解早在他前往加纳进行实地采风和学习之前就已初步形成。里奇曾谈到非西方音乐对他创作的影响，他认为：

> 非西方影响不存在于声音中，但存在于思想中。这是一种更真

---

29 Steve Reich. Non-Western Music and the Western Composer, in *Writings on Music 1965-2000*. New York: Oxford University Press, 2002, p.149.

实、更有趣的影响形式，因为在聆听时，不一定会意识到某些非西方音乐正在被模仿。非西方音乐的结构对西方作曲家思维的影响可能不是模仿，而是产生一些真正新的东西。[30]

笔者认为，里奇的跨文化创作理念与前一节中艾利森·韦尔奇所总结的关于作曲家扬、莱利和格拉斯的跨文化理念是契合的。里奇并不致力于对非西方音乐的简单模仿，他更看重将非西方音乐的结构作为一种模式移植到西方语境中，从而"产生一些真正新的东西"。综上所述，里奇的音乐并不只是借用一种富有"异国情调"的声音，而是按照埃维音乐的结构原则对他本人的音乐结构进行建模，使来自另一块大陆上的、具有厚重文化传统的声音在美国极简主义作曲家的作品中得到新生。

三、印尼佳美兰音乐元素

来自印度尼西亚巴厘岛的音乐被认为影响了多位 20 世纪作曲家的音乐创作，包括德彪西、利盖蒂、巴托克以及极简主义作曲家史蒂夫·里奇等。他们不仅仅借鉴佳美兰音乐的音阶、旋律和节奏模式，还将其结构特征融入作品中，使之以一种"隐形"的方式成为作曲家源源不断的创作灵感来源。正如里奇所言：

> 在学习非洲和巴厘岛音乐时，我很清楚我对模仿这些音乐的声音不感兴趣……我发现非洲和巴厘岛音乐的可输出方面以及对西方作曲家可能具有重要意义的是它们的结构。在巴厘岛和非洲音乐中发现的多节奏联锁模式似乎很有趣，它们可以由钢琴、单簧管和小提琴演奏西方的调音音阶来创造。这样一来，西方作曲家可能会继续使用自出生以来就在他耳边的音高和音色，但增加一种新的作曲技巧。[31]

在笔者看来，作曲家里奇对佳美兰音乐和西非音乐的兴趣主要在于其联锁的节奏。将这种方式运用在西方律制和调音的乐器上，可以产生一种多节奏的对位织体。此外，对打击乐器、自然音阶和调式、重复动机的使用以及强调过程的总体结构思维使里奇的音乐与佳美兰音乐具有了共通之处。

在文章《这就是它所做的一切：史蒂夫·里奇和巴厘岛佳美兰》中，迈克

---

30 Steve Reich. Postscript to a Brief Study of Balinese and African Music, in *Writings on Music 1965-2000*. New York: Oxford University Press, 2002, p.71.

31 Steve Reich. Hebrew Cantillation as an Influence on Composition. *op. cit.*, pp.106-107.

尔·坦泽对巴厘岛的佳美兰音乐和里奇的音乐之间的联系进行了研究。坦泽追溯了里奇与佳美兰音乐的渊源。他发现，受到科林·麦克菲的专著《巴厘岛音乐》（1966）以及"绝无仅有探索者"的《金色雨》等巴厘岛音乐唱片的启发，里奇逐步建立起对非洲、巴厘岛等世界民族音乐的喜爱[32]。1973年，里奇在美国东方艺术协会西雅图夏季会议上跟随巴厘岛音乐家纽曼·苏曼迪学习佳美兰的西玛佩古林甘（semar pegulingan）[33]音乐课程；一年后，他又在伯克利参加了第二次课程，学习了佳美兰甘邦（gamelan gambang）[34]。

在作者坦泽看来，里奇之所以对佳美兰音乐感兴趣，部分原因是因为这类音乐与当时的主流音乐形成了鲜明对比。佳美兰音乐中打击乐、重复和循环结构的主导、口头传承的系统、音乐和舞蹈的融合以及表演乐团密切互动的社区纽带等特征表现出与传统西方音乐的独特区别[35]。坦泽讨论了里奇吸收和过滤这些音乐特征的一些策略。首先，里奇采用了与佳美兰音乐相类似的联锁、环环相扣的节奏织体。第二，里奇认为，当佳美兰音乐演奏员"在唱歌或演奏时，心灵和身体完全融合到音乐中，就像是用人的身体和灵魂在演奏音乐"[36]。这表明他更加认同一种人性化的创作和演奏模式，并逐渐从其早期带有电子机械化对位节奏的相位音乐过渡到具有演奏互动的合奏模式中。第三，里奇依赖于将听众的注意力集中在音乐过程中，而巴厘岛音乐就像是在延伸到无限的规整节奏网格上展开的图案画布，这一结构和过程形式成为里奇的灵感来源。

另一方面，正如作者坦泽所描述的，"巴厘岛人重视硬币的两面性：它们在音乐中注入自由和狂想，又以严格的节奏为音乐提供动力，将两者都包含在它们特定的集体世界中"[37]。尽管巴厘岛音乐是高度集体化的，但其中某些声部的即兴创作可能过于主观化。因此，即兴创作虽是巴厘岛音乐的标志和智慧所在，但作曲家里奇却无法将它们吸收到他的作品中。

在对里奇音乐和佳美兰音乐之间的联系进行分析时，作者坦泽主要采用

---

32 Michael Tenzer. That's All It Does: Steve Reich and Balinese Gamelan, in Sumanth Gopinath and Pwyll ap Siôn, ed. *Rethinking Reich*. New York: Oxford University Press, 2019, p.305.

33 一种古老的佳美兰合奏，可以追溯到17世纪左右。

34 一种类似木琴的佳美兰木制乐器。

35 Michael Tenzer. That's All It Does: Steve Reich and Balinese Gamelan. *op. cit.*, p.306.

36 Michael Tenzer. That's All It Does: Steve Reich and Balinese Gamelan. *op. cit.*, p.306.

37 Michael Tenzer. That's All It Does: Steve Reich and Balinese Gamelan. *op. cit.*, p.308.

了比较研究的方法。他将佳美兰音乐中的卡恰舞节奏与里奇《木块音乐》中的节奏进行了比对和分析。卡恰舞被描述为"罗摩衍那猴歌"，是西方巴厘岛音乐中较为流行的音乐类型，混合了印度教元素中精心制作的剧场形式。卡恰舞深化了史诗《罗摩衍那》中的情节，合唱团最初坐在几个同心圆中，与表演故事的舞者互动[38]。卡恰舞包括几种类型的节奏模式（见谱例 2-8），其可以划分为包括 3、4、8、16、32 个最小的循环周期，分别括在谱例 2-8 中的声部上方。合唱声部会唱出类似于底部五线谱的固定音型旋律；打击乐声部中的 cak telu 和 cak nem 通常出现在与相位相关的卡农中。

谱例 2-8：巴厘岛卡恰节奏

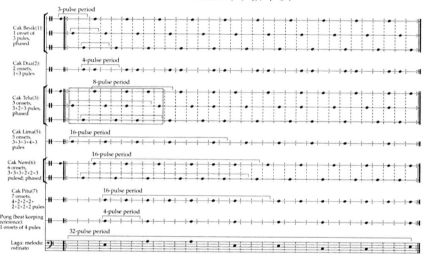

谱例 2-9：里奇《木块音乐》节奏

谱例 2-9 展示了里奇《木块音乐》中间部分的节奏。其中每个声部都可分为 3+2+3 的节奏片段。若抑制双次敲击的第二次（括号括出的音符），则可以准确地给出 cak telu 节奏（谱例 2-8 中的方框标出）。该例显示了里奇的实际音乐创作与巴厘岛卡恰舞节奏之间的联系。

随后，作者坦泽分析了里奇曾经深入研究的佳美兰 Sinom Ladrang 音乐，

---

38 Michael Tenzer. That's All It Does: Steve Reich and Balinese Gamelan. *op. cit.*, p.310.

并指出该音乐与里奇的《击鼓》、《六架钢琴》和《为十八位音乐家所作的音乐》的联系。通过分析，作者提出，巴厘岛和作曲家里奇的音乐延伸、跨越了文化鸿沟并相互呼应，因此，里奇的跨文化着陆显示出广阔而伟大的文化进程齿轮[39]。

除了印度、西非及佳美兰等音乐元素以外，中国的藏传佛教文化也影响了极简主义作曲家的思想与创作理念。在《后现代文化中的音乐与宗教：格拉斯、戈廖夫和里奇作品中的概念整合》中，毕业于美国伊斯曼音乐学院的内森·保罗·伯格拉夫博士从宗教多元性和时间轮回性两个方面研究了作曲家菲利普·格拉斯《第五交响曲："安魂曲，中阴[40]，化身"》中的东方神秘主义色彩。

首先，伯格拉夫探讨了后现代主义中的宗教多元主义。作者认为，自1970年以来，一种全球视野出现了，其特点是世界各地在文化、地理上不同的宗教团体开始互动和合作，并增加了社会个体在寻找自己精神身份时的选择[41]。宗教多元性体现在该作品的文本设置中。格拉斯从十多个具有不同的宗教来源及古代诗哲的文本中挑选了一些片段来创作歌词，包括佛教长诗《菩提本尊》、古印度教四大圣典之一的《梨俱吠陀》、描述日本创世神话的《日本纪》、印度教的《博伽梵歌》、中国古代的《孟子》、以及被称为"西藏死者之书"的佛教《中阴陀多》等。在作者看来，这些不同来源的文本清晰地展示了全球主义视野下的后现代宗教心态[42]，是当今多元文化的缩影。

第二，宗教和精神性对于作曲家格拉斯来说至关重要。格拉斯曾在印度生活过四个月，他对东方宗教（尤其是藏传佛教）的精神实践和冥想特别感兴趣。同时，佛教基于"形成→持续→毁灭→空虚→新宇宙的形成"[43]的"转世"信仰也深刻地影响了格拉斯音乐创作的时间观并体现在《第五交响曲》的创作中。伯格拉夫谈到，"序曲"中的音乐材料在该作品第十二乐章的开头被完整地听到，其确切的回归为交响曲创造了一种整体循环而非线性推进的时间逻辑。这非常类似于佛教的轮回哲学，展现出从局部和弦循环模式到整体类

---

39 Michael Tenzer. That's All It Does: Steve Reich and Balinese Gamelan. *op. cit.*, p.317.

40 （藏传佛教中的）中阴，指灵魂在死与重生之间时的状态。

41 Nathan Paul Burggraff. *Music and Religion in a Postmodern Culture: Conceptual Integration in Compositions by Glass, Golijov, and Reich*. Ph.D, University of Rochester, 2015, p.122.

42 Nathan Paul Burggraff. *Music and Religion in a Postmodern Culture. op. cit.*, p.134.

43 Nathan Paul Burggraff. *Music and Religion in a Postmodern Culture. op. cit.*, pp.129-130.

似于宇宙周期的文本、音乐设计。因此，作者认为，就整部作品的时间观念而言，该交响曲提供了藏传佛教的冥想和许多其他神秘传统在永恒当下的表现。音乐中使用的类似不断循环的非终止和弦进行会阻碍向前的期望，从而提高对作品中当前时刻高度意识。通过这部作品，格拉斯体现出他的佛教哲学：当下是至高无上的现实，没有比现在更好的时机了[44]。

藏传佛教则赋予了作曲家菲利普·格拉斯一种多元文化主义。格拉斯通过将《第五交响曲》中的各种不同来源的宗教文本并列展示，契合了后现代社会中的多元文化主义语境。通过将古老的、来自世界各地的宗教文本相融合，音乐达到了全球视阈下的文化互动与融合。在笔者看来，这正是戴维·哈维的"时空压缩"理论在音乐作品中的体现。哈维认为，西方社会自 19 世纪工业革命以来在社会生产、生活的各个领域都发生了革命性巨变，资本主义的现代性和后现代性实际上已经把空间和时间的客观品质"革命化"了：一方面是我们花费在跨越空间上的时间急剧缩短，以至于我们感到现存就是全部存在；另一方面是空间收缩成了一个"地球村"，是我们在经济上和生态上相互依赖[45]。因此，无论对艺术家还是音乐家而言，他们的审美感受和表达时空的方式面临着新的挑战和焦虑，从而寻求新的表达方式，并通过其创作反映出来。从菲利普·格拉斯身上，我们可以看到作曲家致力于通过一种"拼贴"技术。他将历史、宗教重组为一种"博物馆文化"和"遗产工业"[46]，在其中，过去和现在、宗教和世俗、东方与西方被杂糅在一起，同时被压缩在整首交响曲中，呈现出一幅后现代美学中的独特音乐景观。

综上所述，在笔者看来，英美学界对极简主义音乐的跨文化创作倾向进行了深入而细致的研究，其大致可以概括为印度音乐、西非音乐、印尼佳美兰音乐等研究视角。从中可以总结出英美学界关于极简主义音乐跨文化创作倾向的几个重要观点：首先，极简主义作曲家通过避免非西方音乐的表层唤起呈现出一种深度的跨文化创作理念；其次，通过在作品中引入非西方音乐素材、技术和思维来实现对西方当代音乐创作的再生与创新；第三，在后现代语境中，东方与西方的相遇体现为一种多元化的文化碰撞理念，在"世界主义"视野中形成不同文化的多重对话。

---

44 Nathan Paul Burggraff. *Music and Religion in a Postmodern Culture. op. cit.*, p.176.

45 阎嘉：《时空压缩与审美体验》，《文艺争鸣》，2011 年第 15 期。

46 阎嘉：《时空压缩与审美体验》，《文艺争鸣》，2011 年第 15 期。

第二节　时空理念

极简主义音乐在时间、空间理念上的革新构成了该音乐流派的重要美学特征。时间上，极简主义音乐呈现出静态的、循环的时间观，并形成了不同于西方传统音乐线性时间的垂直时间观，强调音乐整体性与连续性；空间上，极简主义音乐通过表演者、聆听者移动的声音方位、灯光等视觉元素以及层次丰富的泛音结构建构起该流派音乐新的空间理念。在本节中，笔者将主要参考尼梅西奥·加西亚·卡里尔·佩伊的《极简主义音乐与时间的形而上学》和乔纳森·克莱默的《音乐的时间》等文献对极简主义音乐在时间理念上的革新进行论述，并结合杰里米·格里姆肖的《画一条直线并沿着它走：拉·蒙特·扬的音乐与神秘主义》进而对拉·蒙特·扬与其他极简主义作曲家音乐中的空间理念进行论述与概括。

一、时间理念

极简主义音乐在数分钟甚至数小时的时间跨度里以几乎不可察觉的程度在变化，改变了听众对时间的感知和体验。在英美学界针对极简主义音乐时间观的研究文献中，静态时间观和垂直时间观作为两种较为系统的时间理论，从不同角度概括出极简主义音乐的时间特征。尼梅西奥·加西亚·卡里尔·佩伊在《极简主义音乐与时间的形而上学》[47]中以动态和静态的观点阐述了音乐的时间类型。他以静态时间观概括极简主义音乐，并指出其具有时间流动的无方向性、当下时刻的平等性等特征。本节试图反思静态时间观之于极简主义音乐的合理性和疏漏之处，并结合乔纳森·克莱默在《音乐的时间》一书中所提出的关于极简主义音乐的垂直时间观进行论述，以期获得对极简主义音乐时间建构理念的深入分析与细致解读。

（一）静态时间观

尼梅西奥·加西亚·卡里尔·佩伊在《极简主义音乐与时间的形而上学》中以动态与静态的观点阐述了音乐中的两种不同时间类型。在佩伊看来，动态时间观将时间的本质描述为三个特征：（1）当前时刻客观上是不同的；（2）时间有一个客观方向；（3）时间有一个客观的流动或通过。与此相反，静态时间

---

47 Nemesio García-carril Puy. Musical Minimalism and the Metaphysics of Time. *Revista Portuguesa de Filosofia* (Philosophy of Music) 74.4 (2018): pp.1267-1306.

观指时间"没有客观的方向、没有客观的流动、没有独特的现在。"[48]佩伊用静态的时间观来概括极简主义音乐的时间意识，指出其具有平等、重复和可逆三个时间特征。首先，极简主义音乐无法体现出独特的当下，因此，没有一种声音比其他声音更重要。在由过程所贯穿的音乐中，过去、现在、未来的每一时刻都是平等的。第二，极简主义音乐如同一张铺满了重复背景的卷轴，伴随着持续物像的微妙变化，卷轴以缓慢的方式展开、延伸，展示着背景的渐变过程。因此，这种具有静态特征的音乐作品通过持续不变的背景与细微变化的前景构成了音乐延展的主要形态。第三，佩伊认为，西方传统音乐建构起一种不可逆的时间观。他列举了西方传统音乐中的三种经典重复形式，其与简约式重复呈现出差异。第一种是以不同的和声序进来诠释一个固定的动机单元，如巴赫在《平均律钢琴曲集》上册第一首序曲中采用的方式。由于和声序进遵循了一定的因果逻辑，因此"动机的重复通过不同的音高状态以一种不可逆转的因果关系连结在一起。"[49]第二种是采用巴洛克音乐体例的帕萨卡利亚和恰空舞曲，以低声部重复主题、高声部发展不同的旋律为特征。尽管全曲的和声功能大体上保持一致，但织体、旋律的渐强减弱赋予了作品动态化和不可逆的时间过程。第三种则是一个乐段、乐章等完整结构块的重复。这种重复阐明了一种圆形、循环的时间观，被循环的音乐内容存在早与晚、先与后的区别，因此也是不可逆的。而极简主义音乐则被认为缺乏因果关系和独特的方向性，呈现出开放式的创作理念。其重复音型的次数具有偶然性、变奏的逻辑具有随机性。如第二次变奏重复六次，第六次变奏重复二次所形成的差异在整首作品宏观的时间进程中显得微不足道，并不会对作品的整体面貌产生根本的变化。基于过去到未来或未来到过去之间不存在不对称这一原则，可以发现音乐的时间逻辑并不存在因果关系，因此，音乐的时间是可逆的。故佩伊认为"在古典作品中逆转时间的箭头通常会产生不同的音乐作品，但这不会发生在极简主义作品中。"[50]

　　笔者认为，初看起来，以静态的时间观来界定极简主义音乐的特征是具有其理论和实例依据的。但细细品味，静态时间观却无法区别极简主义音乐与西

48　Nemesio García-carril Puy. Musical Minimalism and the Metaphysics of Time. *op. cit.*, pp.1267-1306.

49　Nemesio García-carril Puy. Musical Minimalism and the Metaphysics of Time. *op. cit.*, pp.1267-1306.

50　Nemesio García-carril Puy. Musical Minimalism and the Metaphysics of Time. *op. cit.*, pp.1267-1306.

方音乐中以静止状态为特征或重复音型为背景的音乐类型。中世纪的奥尔加农是一种只有音高而无节奏的复调音乐类型，其缺乏变化和对比，展现出神圣、空灵而静止化的音乐形态。印象主义作曲家德彪西的前奏曲《雪上足迹》虽然从始至终保持了相同音高的固定音型作为背景，但作品整体具有完整的线性逻辑发展。相对而言，极简主义音乐的前景则是依附于背景音型的碎片化旋律或音型，其很难脱离于宏大的背景音型而成为一个独立部分。斯特拉文斯基在《三首弦乐四重奏》《诗篇交响曲》等作品中实践了一种静态的、反发展的固定音型模式，"贯穿音乐的有节奏的电流将这些奇怪的马赛克般的片段连接在一起"[51]，使得动态发展的音乐呈现出与其矛盾对立的静态化因素。以《三首弦乐四重奏》的第二首为例。在作品中，斯特拉文斯基采用了片段式静止，融入了动、静两种织体元素，并将静态化的重复音型片段（第1-3、7-12、49-51及57-58小节）置于全曲的首尾两处，形成静-动-静的整体布局。从静态片段的长短来看，斯特拉文斯基的静态时间与极简主义的静态时间具有质的差别。如果说斯特拉文斯基的静态是短暂的、片段化的，那么极简主义音乐的静态就是具有相当时间规模的、统一连续的整体结构。因此，静态化的音型创作模式并非极简主义音乐所独有。美国学者爱德华·斯特里克兰在《极简主义：起源》一书中甚至将静止状态作为极简主义和序列主义音乐的共性化因素。他认为，极简主义音乐通过和声的极端减速实现静止；而序列音乐尽管听上去更为"忙碌"，采用了更复杂的和声和更丰富的织体，但本质上也是通过原型、逆行、倒影、逆行倒影和移位等方式实现音列的不断重复与循环[52]。重复和静止成为了此二者的共性因素。因此，不可否认静态时间是极简主义音乐时间性特征之一。但若仅以静态时间观来概括极简主义音乐的时间特征未免太过宽泛，有必要对不同的静态类型进行细分。

　　第二，笔者认为，静态时间只能作为极简主义音乐的背景因素，而宏观渐进过程中的变化才是作曲家想让观众去聆听和感知的前景因素。琼·拉·芭芭拉在《菲利普·格拉斯与史蒂夫·里奇：两位来自稳定学派的作曲家》[53]中表示，"稳定状态"在一定程度并不适合极简主义音乐。在里奇以相位技术为特

---

51 Roman Vlad., *Stravinsky*. London & New York: Oxford University Press, 1978, p.52.

52 Edward Strickland. *Minimalism: Origins, op. cit.*, p.126.

53 Joan La Barbara. Philip Glass and Steve Reich: Two from the Steady State School, in Richard Kostelanetz ed. *Writings on Glass: Essays, Interviews, Criticism*. New York: Schirmer Books, 1997, pp.39-45.

征的作品中，拉芭芭拉评论了当表演者从一个相位转换到下一相位时听众所体验到的短暂兴奋；在格拉斯的音乐中，他引导听众去感受不断变化的重音。在这两种情况下，重点都是在音乐中渐进的变化。在听众看来，格拉斯的音乐让他们的耳朵由面对静止状态时的无所事事转变为对任何细小变化的敏锐感知："格拉斯将时间进行了拉伸。因此，当他改变材料、缩小或扩大重复的律动，我们的耳朵便不由地跳起来，放大它们的意义。"[54]极简主义作曲家较好地掌握了音乐变换的步伐，在聆听者即将对重复音型产生疲劳感之际适时引入变化，从而满足了听众对变化的渴望。由此可见，正是在持续静态背景上的变化赋予了极简主义音乐前进的推动力。

佩伊探讨了传统音乐和极简主义音乐的方向性问题，但却忽视了对20世纪无调性音乐方向性的思考。美国作曲家克热内克在《序列主义》中认为，"功能和声系统表达了音乐具有方向的概念"[55]，但"当无调性取代功能性和声时，更不确定，更灵活的原则开始控制音高之间的张力，音乐的单向进行变得不那么令人信服。"[56]他以抽象主义绘画作类比，指出欣赏无调性音乐就如同"我们可以从任何角度欣赏抽象绘画一样，因为'左'、'右'、'上'、'下'的观念已不再是物体所固有的，我们可以想象，在音乐中，'早'、'晚'、'前'和'后'的概念也同样变得相对地不相关。"[57]在克热内克看来，音乐方向的意识被"时间的原子化进一步腐蚀"[58]，而时间原子服从于序列组织。因此，时间的方向性变得模糊，形成了可逆转的趋势。音乐学家姚亚平也认为，"与经验连通的时间必然是单向的"[59]，由于欣赏主体的期待心理，传统音乐总是存在于能够被预测的向度之中，而从实现其"不可逆转的向心引力"[60]。十二音音乐在本质上具有平等性，体现出一种无法预测的方向感，因此无法作用于欣赏主体的期待感。随着主体期待对音乐的走向及时间依附性的减弱，音乐的时间实现了自由、无方向的流动。

在笔者看来，如果说抽象主义绘画致力于从三维立体回归二维平面，通

---

54 Bernard Holland. Music: Philadelphians Play Wagner and Glass. *New York Times*, Aug 12, 1985.

55 Ernst Krenek. Serialism, in *The Modern Composer and His World*. John Beckwith & Udo Kasemets eds., Toronto: University of Toronto Press, 1961, p.65.

56 Ernst Krenek. Serialism. *op. cit.*, p.65.

57 Ernst Krenek. Serialism. *op. cit.*, p.65.

58 Ernst Krenek. Serialism. *op. cit.*, p.65.

59 姚亚平：《抽象音乐的观念》，《中央音乐学院学报》，1996年第4期。

60 姚亚平：《抽象音乐的观念》，《中央音乐学院学报》，1996年第4期。

过消除空间让绘画逃离现实世界，抽象音乐通过消除时间、走向均等的理念让音乐从线性叙事中解放出来，那么极简主义音乐则通过拉长时间来淡化时间的方向感。作曲家里奇在《为十八位音乐家所作的音乐》中采用了类似传统恰空舞曲的方式，以十一个和弦为单位的循环和声序进作为全曲的音高材料。随着乐曲的推进，每个和弦被拉伸成大约持续五分钟的基本和声框架，就如同 12 世纪佩罗廷创作的风琴圣歌旋律可能会将某个音拉长几分钟作为全曲某部分的和声中心一样[61]。这样一来，冗长的时间进程给原本具有动力性的和声序进蒙上一层面纱，使其变换的步伐渐缓，以至于音高的动力化作用被淹没在持续织体所编织的时间河流中，成为相对静止的凝固时块，营造出时间的绵延感。

佩伊提出，西方传统音乐中的乐段、乐章等完整结构块的重复阐明了一种圆形、循环的时间观，并体现出不可逆的方向性。在内森·保罗·伯格拉夫看来，这种圆形、循环的时间观在东方宗教的轮回时间观中体现得更为充分。伯格拉夫认为：

> 在西方，时间概念是线性的，其以创造为起点，经过历史走向未来。相反，东方宗教传统则认为时间是循环的，形成"时间轮"或"时间周期"的概念，其本质上并无起点与终点之分。[62]

伯格拉夫以图示的方式表明了东西方在时间观念上的差异：

图 2-1：伯格拉夫描述的东西方两种截然不同的基本时间观[63]

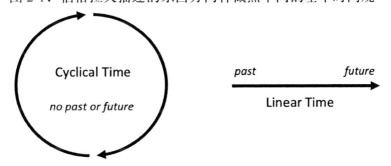

与传统的线性时间不同，具有神秘意味的东方宗教时间观去抹去了过去、现在和未来之间的差异，不断循环的时间结构阻碍了向前的期待，模糊了回忆，从

---

61 Steve Reich, Note by the Composer, *Music for 18 Musicians*, Milwaukee: Boosey and Hawkes, p.5.

62 Nathan Paul Burggraff. *Music and Religion in a Postmodern Culture. op. cit.*, p.130.

63 Nathan Paul Burggraff. *Music and Religion in a Postmodern Culture. op. cit.*, p.131.

而导致对作品当下时刻的高度意识。

综上所述，从静态的角度出发，我们可以看到极简主义音乐与西方传统音乐、现代音乐都共享了一些时间特征，如极简主义音乐与以固定音型为特征的音乐都呈现出静态化的时间理念，而与序列音乐相比又都呈现出无法感知的时间流动方向。因此，佩伊以静态性、无方向来定义极简主义音乐的时间特征或许只能说明部分问题。

（二）垂直时间观

在《音乐的时间》一书的第十二章中，乔纳森·克莱默以垂直时间来描述对极简主义音乐的时间感知。他描述垂直音乐的时间为"一个单一的现在延伸到一个巨大的持续时间进程中，一个潜在的无限'现在'，尽管感觉像是瞬间"[64]。他认为，在没有乐句，没有时间清晰度且前后几乎完全一致的音乐中，音乐的任何结构都存在于同时发声的声音层之间，而不是在连续的手势之间。因此，他称这种音乐唤起的时间感为"垂直"，其表现为一种聆听方式和策略。换句话说，如果静态时间观是从作品本体出发以描述音乐的时间特征，那么垂直时间观便是从听者感知这一客体角度对音乐的时间观进行概括。垂直时间试图形成具有永恒意味的"瞬间"，并在内外时间意识的交错中带给听众幻境般的时间感知体验。

首先，垂直时间具有永恒性。克莱默认为，极简主义音乐拒绝前进、拒绝戏剧化，它试图采用重复的技法将过去、现在和未来捏合成为紧密相连的时间流，使每个瞬间都相等地彼此关联。垂直时间像是将具有垂直化切口的音乐瞬间进行无限扩大以诠释永恒。

斯托克豪森在其论文《瞬间结构》中曾描绘出类似的、具有永恒性的瞬间时间。在瞬间时间中，"瞬间"是以不连续的和非线性的方式依次呈现的。一个瞬间并不能暗示下一个瞬间。一个瞬间是自我包含的、独立的和静止的[65]。斯托克豪森首先否认了瞬间时间的等级观念，他认为"要么每时每刻都很重要，要么都不重要"[66]；其次，他否认了时间的因果逻辑："一个时刻既不是先前时刻的结果，也不是对即将到来时刻的期待。它是个人的，以自我为中心

---

64 Jonathan D. Kramer. *The Time of Music. op. cit.*, p.55.

65 [美]罗伊格·弗朗科利：《理解后调性音乐》，杜晓十、檀革胜译，人民音乐出版社，2012 年版，第 281 页。

66 Wim Mertens. *American Minimal Music. op. cit.*, p.102.

的实体，有自己的存在"[67]；最后，他否认了时间的封闭结构："一个瞬间不是一条时间线的一小部分，也不是一个持续了一定时间长度的粒子。相反，专注于'现在'在时间的水平线上形成垂直的切口，以达到永恒，这就是我所说的永恒：一种不是在时间结束的地方开始的永恒，而是在任何时刻都可以达到的永恒。"[68]区别于封闭形式，斯托克豪森的"瞬间时间"并不具有严格的起点、终点及呈示、展开、再现等戏剧冲突与辨证原则，而以一种开放、无限的形式达到"瞬间即永恒"的时间体验。

　　不同于斯托克豪森的瞬间时间，极简主义作曲家将瞬间扩展为整个作品，从而达到超越瞬间的宏观时间。在极简主义音乐的时间结构中，不仅没有了线性，而且也没有不连续性或者细分（例如乐句、乐段、终止等类似的分类），只剩下静止时间的连续统一体[69]。这一连续体通过重复技法将瞬间进行堆砌、延伸，实现了对时间的拉长和记忆的加持。胡塞尔将这种数据的保存现象命名为"留持"（Retention）。"通过'留持'，会出现某种延伸的'现在'。时间的当下这个点——'目前'——延伸为一条线"[70]。在传统音乐中，或许我们刚刚感知到的某种声音常常令我们想起早先的某种声音，但由于一段目前已经消亡的时间阴影的作用而与"现在"分离[71]。在序列音乐中，由于对语言、方向的陌生感，因而即便存在对之前音乐动机或材料的再现与回顾，其也很难将之前的记忆唤起并与之联系起来。但在极简主义音乐中，对重复的感知则更加频繁，动机与其重复体之间并未间隔其他音乐内容，过去、现在与未来都体现为同一或近似同一，并以一种非间断性的运动来体现时间的流动。重复技术实现了数据的留持，有助于记忆不断加深印象，由此发展为一个真正延伸的现在，一个永恒的当下。

　　极简主义作曲家以不同的方式诠释了他们对永恒时间的体验。与斯托克豪森相似，作曲家拉·蒙特·扬也在作品中移除了开始和结束，但他却采用持续和停滞而非塑造瞬间的方式来获得永恒。扬的第一部成熟作品《弦乐三重奏》通篇建构在绵长、持续曲调上，弃绝了旋律或节奏上的脉动，转而通

---

67 Wim Mertens. *American Minimal Music. op. cit.*, p.102.

68 Wim Mertens. *American Minimal Music. op. cit.*, p.102.

69 [美]罗伊格·弗朗科利：《理解后调性音乐》，前引书，第 281 页。

70 [德]卡尔·达尔豪斯：《音乐美学观念史引论》，杨燕迪译，上海音乐学院出版社，2014 年版，第 107 页。

71 [德]卡尔·达尔豪斯：《音乐美学观念史引论》，前引文，第 107 页。

过嗡鸣的、静态的和声与等长的休止令时间的流逝完全被悬置起来，以至于作曲家特里·莱利将该作品中长时间的休止和持续音比作"在空间站上等待午餐。"[72]在扬早年的时候，通过长期关注某事，他发现了一个具有自我意识和洞察力的世界。因此，他之后的音乐风格便主要建立在长时段持续音形态的音响氛围中。在"永恒音乐剧场"中，扬试图演奏一个永久的、可以延续一生的作品，没有开始，并无限期地进行下去[73]，旨在消解对时间流逝的体验。

在拉·蒙特·扬以静态持续时间塑造永恒的基础上，史蒂夫·里奇、菲利普·格拉斯等作曲家则运用重复、循环的节奏律动来达至永恒。与持续长音完全不同，他们通过将短小的节奏动机进行无限复制并使用快速的重复模式从而在宏大时间背景中产生非常缓慢的动作，形成了宏观静止状态中的相对运动。作曲家里奇试图在清晰的渐进过程中达到永恒。他认为，一个渐进的过程是缓慢的，"听它就像看手表上的分针一样，当你和它待在一起一段时间后，就能感觉到它在移动。"[74]通过对缓慢过程的营造，里奇带给听众放慢的时间体验。与里奇在渐进过程中营造的具有起伏的长时间线条所不同，格拉斯将他的作品分为了很多个小的"模块"[75]，通过节奏的"增"、"减"将彼此类似的模块进行不定次数的变化重复。同时，将各个相对独立模块串联在一起的持续八分音符律动使时间变为了具体可感知的对象，让时间随音乐一起通往无限循环往复的结构中。

奥古斯丁对永恒的描述恰好契合了极简主义音乐的时间观："在永恒中，任何事物都无法进入过去：一切都是现在。另一方面，时间从来都不是同时出现的。过去总是被未来驱动着，未来总是紧跟着过去，过去和未来都在永恒的现在中开始和结束。"[76]在极简式的永恒中，时间是一个完整的连续体。过去、现在和未来之间的线性相互关系被暂停，听觉感知被凝固在永恒的当下，随时间一起留持、绵延。

其二，垂直时间具有错位性。荷兰的极简主义作曲家路易斯·安德里森以

---

72 Edward Strickland. *Minimalism: Origins. op. cit.*, p.121.

73 Wim Mertens. *American Minimal Music. op. cit.*, p.89.

74 Steve Reich. Music as a Gradual Process. *op. cit.*, p.36.

75 即一个乐句或比乐句更短小的某个音列。见[美]K·罗伯特·施瓦茨：《简约主义音乐家》，前引书，第2页。

76 Maja Trochimczyk ed. *The Music of Louis Andriessen*. New York & London: Routledge Publishing Inc, 2002, p.117.

"越少就越重要"[77]的观点描述了他的时间理念。他认为，由于序列音乐的节奏从来都是通过精确计算所得出，且其节奏结构具有不规则性和易变性，因此，无论某个节奏单位持续了 3.5 秒还是 6 秒都无关紧要。由此可见，序列音乐的时间观从来就不是一个显著的因素。顺着安德里森的这一思维脉络可知，正是由于极简主义音乐采用了以二音组或三音组为基本形态的简易节奏型，使得音乐回归到与真实时间流逝相类似的体验，通过模拟出时间流逝的均等、重复、循环状态从而营造出一个与外在时间相平行却又独立的内在时间流，形成心理时间（内）与真实时间（外）之间的错位现象。

错位是被极简主义音乐是所广泛使用的创作技法和时间理念。极简主义音乐相位技法的核心便是形成不同声音线条的错位，这是错位之于技术层面的显现。在时间上，极简主义音乐营造出听众内在时间意识与客观时间之间的错位，并赋予他们与时钟时间截然不同的时间体验。这种体验可以分为时间压缩和时间膨胀两种不同的方式。"在永恒的体验中，主观时间相对于时钟时间可能会收缩或扩张。"[78]对于具备深度聆听垂直音乐能力的人而言，其更有可能体验到时间的永恒、收缩及缺乏。克莱默描述当他以垂直时间的聆听模式来聆听埃里克·萨蒂长达 18 个小时的作品《烦恼》时，任何最细微的差别便浮出水面。相较于传统、现代音乐中各音乐元素的持续变化，萨蒂的音乐呈现出较少的信息量和音乐内容。当聆听了客观时间为三个小时的音乐时，克莱默感觉自己只经历了 40 分钟的时间体验。克莱默认为："在这种垂直音乐的体验中，我的主观时间似乎相对于时钟时间收缩了。"[79]

但并非所有的听众都体验到和克莱默相同的时间感知。对于采用传统线性聆听方式的人而言，他们或许会体验到时间过得慢了，无聊了。"他们开始强烈地意识到时间，因为时间似乎禁锢了他们。他们所能想到的就是逃离已经停滞并消耗一切的时间移动。"[80]英国《每日电讯报》的歌剧评论家鲁珀特·克里斯蒂安森在聆听了极简主义音乐之后写到："我仍然坚定地认为，这类音乐在其刻意的模糊中是浮夸且自命不凡的，没有美学、知识或精神的实质。它

77 Louis Andriessen and Elmer Schonberger. On Conceiving Time: Conversations With Elmer Schonberger. *The Music of Louis Andriessen*. Maja Trochimczyk ed., New York: Routledge Publishing Inc., 2002, p.112.

78 Jonathan D. Kramer. *The Time of Music. op. cit.*, p.381.

79 Jonathan D. Kramer. *The Time of Music. op. cit.*, p.380.

80 Jonathan D. Kramer. *The Time of Music. op. cit.*, p.377.

有着令人窒息的乏味，让我想尖叫。"[81]毫无疑问，克里斯蒂安森的听觉感知处在"被拉长的时间"中，他感觉到相对于客观时间的参照系，他自己所处的参照系的时钟走慢了。因此，他会感到乏味与无聊，而无法真正进入一种垂直聆听模式下的时间感知中。

由此可见，在不同聆听策略的指引下，主观时间较之客观时间会产生较大的变动。对于体验到收缩时间感的听众而言，其意识与时间之间呈现出由意识支配时间的主动关系。在这种情况下，欣赏主体倾向于忘却时间，伴随着记忆、预期以及线性的叙事的暂停，感知转向了对音乐细节和微小变量的关注，意识也在其中扮演着非常活跃的角色，以此获得从时间中解放的自由；而相对于体验到时间膨胀感的听众而言，他们的时间意识在音乐过程中变得越发清晰，而意识受时间的支配作用也显得越发明显，因而他们会感到被时间所禁锢，呈现出被动化的时间体验模式。

其三，垂直时间具有真与幻两种不同的时间意识。极简主义音乐垂直化的时间体验在造成主观时间的相对膨胀与收缩的同时，也给营造出真与幻的两种时间意识之间的互动与交锋。可以说，极简主义音乐让听众完全进入了作曲家所营造的一种"虚幻"时空中。"同虚幻空间从现实的空间分离出来一样，虚幻的时间从现实时间的连续中脱离出来。"[82]在音乐学家苏珊·朗格看来，音乐本身便是一种虚幻时间的表征。极简主义音乐因其较长的时间跨度和重复化的音型则强化了这种虚幻的感受。现实世界每分钟精确的 60 秒被不断复制的材料所取代，重复的次数成为了新的时间组织原则。在如时钟般不曾停歇的微观循环中，新的音乐事件引入、展开、消退，完成着一个个更大的循环模式。听众会感觉到作曲家们展开了一场冗长而有趣的创作行动，从连续的时间过程中充分地展现其想法：音乐让听众在虚幻与去世界化的音乐中感受脱离现实生活世界的"特别的解放和非个人的仪式"[83]。作曲家安德里森描述到："我自己把它（音乐）看成一堵巨大的墙，慢慢地向你倒塌。"[84]美国音乐评论家汤姆·约翰逊用"催眠音乐"来评价极简主义音乐所营造的"幻象"效

---

81 Nicholas Till. Joy in Repetition: Critical Genealogies of Musical Minimalism. *Performance Research* 20:5 (1995): pp.134-137.

82 [美]苏珊·朗格：《情感与形式》，刘大基译，中国社会科学出版社，1986 年版，第 128 页。

83 Steve Reich. Music as a Gradual Process. *op. cit.*, p.36.

84 Louis Andriessen and Elmer Schonberger. On Conceiving Time: Conversations With Elmer Schonberger. *op. cit.*, p.113.

果："它只是让观众安静、催眠，并把他吸引到它的世界里。"[85]在极简主义音乐中，听众成为被音乐影响、包围、折射的欣赏主体，他们甚至会发现自己正在变成音乐的一部分。音乐营造出可诗意栖居的乌托邦听觉空间，营造出感性与音乐相互开放的世界，让充斥着理性与功利的现代化世界及其时间流暂时隐退，使得听众能够短暂偏离客观时间及其所意味的空间向度，从而在音乐中去聆听自身、感受极简。

另一方面，身处虚幻时间体验中的听众也不会丧失其绝对时间感。正如同彼得·哈托科利斯所说，"时间概念是现实的一个维度，它从客体（"事件的连续性"）中定义自我，这一概念被一种统一感所取代。其非凡之处在于，经历过这种情况的人不会失去对自己或周围现实的意识。相反，据说他能够对自己和他周围的世界有更广泛的现实感。"[86]垂直时间既塑造出永恒绵延的当下，又不会切断意识与外部现实时间的联系。在垂直聆听中，听众会进入一种客观时间暂时消失的永恒状态。当聆听结束后，客观时间才会再一次进入意识领域，聆听者才会关注这个音乐过程实际上花了多长时间。由此可见，在垂直时间体验中，无论是主与客、真与幻都一直处于互动和交流的模式，客观时间与现实世界从不曾脱离听众的主观意识之中。虚幻化的聆听体验能够让听众在现实时间的高速流动中体验到时间的真切存在，这也许是极简主义音乐所塑造的一种明显区别于其他音乐类型之时间观的意义所在。

综上所述，如果说西方传统音乐、现代音乐的时间观建立在二元对立和理性控制的基础上，那么极简主义音乐的时间观则暗示出梦境般的、无意识的原始世界。这样一来，其时间模式便呈现出倒退的趋势，似乎又重回到人类文明以前的生物时间中。极简主义音乐，其无论在音乐形态、创作理念还是时间观念上，都体现出向原始的回溯，其意味着来自洪荒时代的创造力和一种神秘的力量的显现。它从内容与形式、听众与音乐、艺术与生活的消弭处涌来，塑造出不断向客观时间及现实世界输入解分化力量的另一时空维度。作为20世纪音乐中一种对古老时间观念的声音表达，极简主义音乐将人们拉回到一种纯朴且童心的音乐氛围中。它重新发现了由时光之箭高速推进社会中的时间存在感，并以静态化、循环化、垂直化的感知模式实现了声音在后现代语境中的返璞归真。

---

85 Peter Shelley. *Rethinking Minimalism: At the Intersection of Music Theory and Art Criticism*, A Doctor of Philosophy Dissertation, University of Washington, 2013, p.21.
86 Jonathan D. Kramer. *The Time of Music. op. cit.*, p.377.

二、空间理念

空间观是极简主义艺术和极简主义音乐都非常重视的创作理念。在极简主义艺术中，空间观被认为与艺术作品的剧场性直接联系起来，正如评论家格雷戈里·穆勒所描述的那样：

> 通过选择将作品与"物性的"环境直接联系起来，关注作品与周围空间的关系，艺术家赋予作品更"真实"的存在感，并与观者建立了密切的联系。[87]

与极简主义艺术通过剧场性呈现的空间观相类似，极简主义音乐对空间的建构理念主要体现在采用不同寻常的声音定位、探索空间中与声音相关的其他媒介元素、探索声音内部的物理特性以及促成一种观众参与的剧场体验模式等特征。在专著《画一条直线并沿着它走：拉·蒙特·扬的音乐与神秘主义》中，杰里米·格里姆肖以作曲家拉·蒙特·扬为例，阐述了扬在其作品中对空间理念的建构。以下，笔者将从空间与声音方位、灯光元素和泛音结构三个方面对格里姆肖的分析进行总结和述评，并结合其他极简主义作曲家对声音空间的建构逻辑以勾勒出该音乐流派的空间观念。

（一）空间与声音方位

在格里姆肖看来，扬的作品《视觉》（1959）是一部将不确定性与空间性相融合的作品。通过将声音进行偶然定位，作曲家将声音元素塑造为面向空间的对象。该作品的乐谱由一些小卡片组成。其中的 11 张小卡片分别指示演奏的持续时间（以秒为单位），另外 11 张卡片则指示在十一个持续时间内要演奏的音高轮廓。同时，十一个声音事件中的每一个都有特定的位置方向：表演者被告知要围绕观众周边的过道或楼座进行定位。

格里姆肖认为，扬通过三个指示来突出这部作品的空间意识。首先是作品的标题。作品标题偏向于对空间而不是时间的字面化努力；第二是保持声音的移动和连续性。扬指示，演奏者应在连续的声音之间悄悄地在礼堂内重新定位，使乐曲的空间元素保持完整；第三是关闭音乐厅和舞台的灯光。扬解释到，"这是为了阻止观众四处张望，察看每个声音来自哪里。随着灯光的熄灭，观众可能会更容易听到声音的不同方位。"[88]

---

87 Grégoire Müller. Robert Morris Presents Anti-Form: The Castelli Warehouse Show. *Arts Magazine* 43.4 (February 1969); reprinted in *The New Sculpture 1965-75*: p.109.

88 Jeremy Grimshaw. *Draw a Straight Line and Follow It. op. cit.*, p.66.

由此，该作品促进了一种以视觉为导向的听觉感知方法。十三分钟时间框架通过灯光熄灭和重新亮起的视觉线索来表达。黑暗以一种客观化、可塑化的方式框定了间歇性的声音事件，有效地将线性和时间转化为位置和空间。反过来，演奏者和听众在表演空间中的位置有助于强调这种空间。黑暗的房间使视觉没有实际意义，但随之而来的是听觉敏感性的增强，结合扬来自不同方位的乐器声响，使声音变成悬浮在空间中而非在时间中流逝的物体。

概括来说，"以空间代替时间"的理念将时间暂停作为空间以供听者考虑。机会操作在《视觉》的整体方案中发挥了作用：它们允许预定的声音对象在三维音景中沿着时间轴、距离、音域和乐器组合进行一些"运动"。随后的任何表演都会有效地动摇演奏内容并重新分配透明悬浮的声音事件，将其推到不同的位置，并从不同的角度来呈现它们[89]。

（二）空间与灯光雕塑

在《画一条直线并沿着它走》一书中，格里姆肖认为，20世纪60年代-70年代，扬对空间化声音的想法变得不再是一种诗意的描述，而越来越成为一种直截了当的断言。在格里姆肖看来，扬发展出的神秘主义者的身份在他音乐的空间化进程中发挥了至关重要的作用，促成了他不受时间维度支配且需要空间展示的音乐装置——《梦想之家》。

格里姆肖认为，《梦想之家》代表了扬作为作曲家和神秘主义者的升华，并体现出音乐与雕塑，即时空艺术最完整的相互渗透之一。格里姆肖着重分析了《梦想之家》中的声音元素和灯光雕塑对于作品空间化效果的塑造。在《梦想之家》中，灯光雕塑使整个装置都带有庄严的仪式气氛。灯光的颜色无缝地从有色窗户过滤的洋红色阳光中生长出来，仿佛这个空间正在恢复生机而不是被打开，使整个装置成为一个"活的有机体"[90]。环境中的声音元素从未被关闭或打开，而是简单地从一种休眠状态进入和退出。根据作曲家的指示，在晚上关闭装置时，只是将调音台上的滑块从标记的音量水平降低到零，而产生声音的合成器、将声音馈送到扬声器的放大器以及用于冷却放大器的大型风扇都保持供电。这种做法增强了"永恒音乐"的概念。正如扬本人所描述的，"每场表演都由永恒的沉默和编织的声音组成。第一个声音从长时间的沉默中出现，演奏的最后一个声音并不代表结束，只是消失在寂静中，直到一群音

---

89 Jeremy Grimshaw. *Draw a Straight Line and Follow It. op. cit.*, p.68.
90 Jeremy Grimshaw. *Draw a Straight Line and Follow It. op. cit.*, p.121.

乐家再次'拾起'同一组音高。"[91]

　　《梦想之家》的光线设计向参观者展示了一种严格、精确、纵横交错的对称性。这种对称性不仅构成了环境视觉元素的结构基础，还构成了声音元素的结构基础。装置的主房间有两种视觉装置元素，洋红色光和幻光。洋红色光起到营造气氛的作用并随着阳光的起伏而变化；幻光是呈环形形状的两对移动装置，看起来像悬浮在空中的螺旋环（见图 2-2）。

图 2-2：
教堂街《梦想之家》的灯光装置[92]　　图 2-3：扎泽拉《灯光秀》中的
灯光、移动设备和阴影的布置[93]

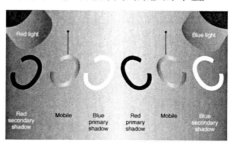

　　扎泽拉将位于空间中心的发出蓝色、红色光线的剧院灯对准每个移动装置，其产生出彩色的、对称的光线阴影（见图 2-3）。最靠近红光束的移动装置在靠近墙壁中心的位置投下一个只包含蓝光"主要阴影"；它还投射出红色的"二次阴影"，因为它会阻挡更远的蓝色灯以更大角度传播的光线；最靠近蓝色灯的移动设备以类似且互补的方式在墙壁上投射出红色的主阴影，并在更远的位置投射出蓝色的辅助阴影。因此，遵循对称的原则，每对移动设备共生成六个光线图形[94]。

（三）空间与泛音结构

　　除去灯光元素外，《梦想之家》中的泛音结构设计也展示出扬将声音垂直化、对称化和空间化的理念。格里姆肖认为，在扬的调音装置中，音高的垂直对称性发挥着核心作用。扬作品中泛音音高的整体范围为 10 个八度，跨越了从 30 赫兹到 16,680 赫兹的几乎整个人类听觉范围（人类听觉的经验法则是 20赫兹到 20,000 赫兹），且这些泛音的设计遵循了对称化的结构。扬将频率阵列

---

91 Jeremy Grimshaw. *Draw a Straight Line and Follow It. op. cit.*, p.121.
92 Jeremy Grimshaw. *Draw a Straight Line and Follow It. op. cit.*, p.124.
93 Jeremy Grimshaw. *Draw a Straight Line and Follow It. op. cit.*, p.126.
94 Jeremy Grimshaw. *Draw a Straight Line and Follow It. op. cit.*, p.125.

的中轴设置于 1,905 赫兹（或者是基频的第 254 次泛音）附近。17 个音高在轴上方延伸到系列泛音的较高范围；另外 17 个延伸到低于隐含的 7.5 赫兹基频两个八度音阶的第四泛音。音高的实际频率可以通过将泛音数乘以基音的频率（7.5 赫兹）来确定。

另一方面，扬通过使用质数泛音来营造声音到达耳朵时的复杂性。扬喜爱采用三种质数泛音的类别。第一种是八度音附近的主要泛音，称为梅森质数，定义为 2^p-1，其中 p 是质数。（因为 2 的任何整数幂都会导致基频的八度音阶，低于它一个档次的泛音将始终创建一个近八度。）另外两种质数泛音称为"扬质数"，分别表示为"Y1"和"Y2"。"Y1"的定义为 $(p*2^n-1)$，其中 p 是质数，n 是正整数。例如，283 是质数 71 乘以 22 再减去 1。"Y2"定义为 $p*m^n-1$，其中 p 是质数，m 是不为 2 的正整数，n 是大于 1 的整数，在《梦想之家》中出现两次：241（$2*11^2-1$）和 251（$7*6^2-1$）。此外，还有其他类型的质数，包括"孪生质数"（相差 2 的质数对）[95]。

通过分析，格里姆肖发现，扬偏爱质数泛音，正是因为它们在听觉上可辨别的品质。一方面，调音系统会在泛音的向上生成中收集音程，当这些音程折叠到单个八度以内时，会创建出具有特定音程特性的音阶。因此，《梦想之家》的调音通过在无数个八度上升中，在沿途累积了完全独特的音程。这种独特音程的组合代表了扬在 30 多年前在"1960 年讲座"中宣布的对"新兴"创作理念的追求。扬认为，创造全新音乐的唯一方法是组合一个完全独特的音程集合[96]。另一方面，在音高阵列中广泛地使用质数使得当将这些泛音所生成的音高压缩在同一个八度时，将产生听起来彼此接近、近似同度的音响。尤其是对孪生质数的使用使得这些泛音转化为几乎没有区别的频率簇。然而，听的时间越长，这个起伏的表面就越开始呈现出深度和差异化的一面，其独特的音程划定了一个完全前所未有的泛音空间。

扬对数学特性，尤其是质数的运用，也代表了他对音乐手段的本体论改进以及他所感知的作曲创作与宇宙学之间不可磨灭的联系。这种以质数方式形成的声音定位调和了扬对新事物的追求与他对静止的偏好：新事物不是沿着时间的水平面，而是空间的垂直面来生成。通过辨别音程的多样性，我们可以理解声音的独特性。通过无限期地维持声音，扬邀请我们的耳朵去探索他所界

95　Jeremy Grimshaw. *Draw a Straight Line and Follow It. op. cit.*, pp.136-137.
96　Jeremy Grimshaw. *Draw a Straight Line and Follow It. op. cit.*, p.137.

定的和声空间。

在分析的最后，格里姆肖将《梦想之家》中的灯光设计和声音频率结合起来进行分析并提出以下观点。

首先，扬和扎泽拉所代表的音乐与雕塑的艺术门类在一定程度上互换了角色[97]。尽管扬的音乐保持相对静止，但扎泽拉的艺术呈现出微妙但至关重要的时间元素：由于剧院灯的热量而在房间内循环和对流导致了螺旋移动装置的缓慢旋转，创造出不断变化的、多彩多姿的形状和幻影。当人们在《梦想之家》里花很长时间探索扬的泛音空间时，移动雕塑的运动呈现出一种缓慢但具有戏剧性的弧线。

第二，扎泽拉的灯光和扬的声音之间的联系具有更深层次的协同作用。声音阵列和灯光环境填充并定义了听众感知它们的空间，视觉和听觉元素迫使参观者不仅要观察"作品"本身，还要探索它们所占据的空间。当听众穿过《梦想之家》时，最初是因为渴望在空间中体验视觉感知的愿望，但他们会越来越多地体验声光环境的泛音特性，并发现深层次的可听泛音系列。在《梦想之家》封闭的四堵墙空间中，各种波长的声音在房间周围弹跳并以不可估量的方式组合在一起，使空气中充满了无限多变的声波地形。当听众改变位置时，这个静态空间会转变为动态。格里姆肖以他自己的聆听体验为例说明问题。他描述到：

> 我在房间中以离墙壁不同的距离慢慢移动，注意到最高泛音在某些点突然出现或消失，当我靠近或远离扬声器时，观察到中音集群的不同密度和可辨别性。最后，在房间里的各个地方走了几个小时，坐着和躺着，想知道如果我带梯子的话，我会在天花板附近发现什么色调。[98]

这种《梦想之家》声音元素的感知多样性不仅与一般建筑空间的视觉感知变化相类似，而且与灯光的视觉体验同步。灯光雕塑视觉关系中的任何位置变化都会影响声波地形的戏剧性变化。因此，格里姆肖描述到，当他在空间中移动位置时，他在房间里的动作、位置也会相应地和灯光的阴影、角度和比例保持一致，以确保一种对空间探索的全面性成正比的各种感官体验。

综上所述，就整体分析思路而言，笔者认为格里姆肖对扬空间观的分析是

---

[97] Jeremy Grimshaw. *Draw a Straight Line and Follow It. op. cit.*, p.138.
[98] Jeremy Grimshaw. *Draw a Straight Line and Follow It. op. cit.*, p.139.

沿着时间线索的发展和脉络来进行的。格里姆肖将这条路径描述为对音乐"空间"概念的持续去隐喻[99]：扬早期的空间理念体现在将空间与剧场中来自不同方位的随机声音相结合，这显示出一种隐喻的空间概念；在扬后期的空间装置《梦想之家》中，作曲家展示了一种更为开放的、朝着两条平行线索发展的空间理念，即空间通过音乐本体和外在于音乐的灯光元素构建起来。同时，该装置也达到了一种字面上的非时间状态，其在声音产生方面保持静止，只有当听众在声音空间中改变位置时才会呈现出动态。

就观点而言，笔者认为，格里姆肖对扬的音乐的空间性分析是非常深入的。扬的创作理念代表了大多数极简主义作曲家对空间的重塑和突破。首先是对空间中声音方位的重塑。例如，在格里姆肖举例谈到的《视觉》中，表演场地内的声音方位传达了一种空间感。因此，可以将《视觉》总结为使用机会操作来呈现其非线性元素，同时将这些元素分配到房间内的特定物理位置。与拉·蒙特·扬相似，在格拉斯为两支长笛而作的《方形作品》（1968）中，作曲家探索了在物理空间中因声音方位的不断变化所带来的声学和空间效果。该作品将两位演奏家用于演奏的乐谱架（约八台乐谱架，每边两台）安置为一个方形形状，其中一位演奏家在方形内，另一位在方形外。二人从同一角落开始演奏，围绕相反的方向绕着方形移动，最后在原来的角落再次相遇[100]。该作品被评论家琼·拉·芭芭拉认为通过将音乐的时间过程转化为视觉形式来"改变传统沉闷的音乐会情况"[101]的尝试。因此，从《视觉》和《方形作品》中可以看到，极简主义作曲家致力于将乐谱转化为结构，将演奏者转化为演员，通过改变声音的发声方位实现他们对空间的建构理念。

第二，极简主义音乐的空间理念体现在空间内其他非音乐因素与音乐的共同作用中。在扬的案例中具有代表性的是扬的《梦想之家》音乐装置。同时，其他极简主义作曲家也体现出这种特征。例如，1967 年 3 月 17 日晚在公园广场画廊举行的作曲家史蒂夫·里奇的专场音乐会便将听觉和视觉元素并置，使得各艺术媒体相互交织，并与公园广场的美学相得益彰。据该音乐会中的萨克斯管演奏家乔恩·吉布森回忆说，"我在查尔斯·罗斯的大型棱镜雕塑后面表演了《簧乐器相位》，所以我演奏的视觉呈现以一种有趣的方式被扭曲

99　Jeremy Grimshaw. *Draw a Straight Line and Follow It. op. cit.*, p.68.

100　David Allen Chapman Jr. *Collaboration, Presence, and Community. op. cit.*, p.48.

101　Joan La Barbara. *Philip Glass and Steve Reich: Two from the Steady State School op. cit.*, pp.39-45.

了。"[102]从中可见，极简主义音乐也致力于与视觉艺术等其他门类艺术合作，并追求这种共通空间中的共鸣效果。

第三，极简主义音乐对空间声音的突破来自作曲家对声音内部物理性质的探索。格里姆肖认为，扬"进入声音"的想法意味着在物理上进入声音，最终使他的声学"天堂"与他的宇宙"天堂"相吻合[103]。正如作曲家拉·蒙特·扬本人在文章《1960 年讲座》中提到的"进入声音内部"的概念，并将音乐渲染为可塑实体：声音作为对象，持续时间作为维度[104]。因此，当音乐的时间框架延长时，声音赋予了听众"空间"，让他们能够从复杂泛音所表达的声音空间中进行探索。与扬在其作品中采用的高频、放大的声音效果相似，格拉斯也通过在他的音乐中采取四声道、四种方向的声音放置和放大的乐器音响从而"占据一个空间并用声音完全填充它，让每个人都可以一直处于最佳聆听位置"[105]。放大的声音还带来了专注于音质的要求，通过使用大容量设备以产生更清晰、无失真的声音，以增强听众对心理声学和声音物质性的体验。

第四，极简主义作曲家从最初让表演者在产生、制作声音的空间中移动变为了让观众在音景中动起来。因此，观众可以通过一种移动的聆听体验模式来感知声音在空间中的波动关系，从而获得聆听中的"在场"体验。格里姆肖通过移动化的聆听体验描述了由于不同的聆听方位而产生的泛音变化、声音频率的变化以及声音色彩的变化。基思·波特也对这种移动化的聆听体验模式进行了评论。他认为，由于正弦波之间的相位关系以及空间内气压的变化，音乐的音高和音量都会随着一个人在房间中位置的变化而变化，从而"让听者在探索空间的自然过程中真正体验到声音的结构"[106]。同时，配合扎泽拉的灯光设计，《梦想之家》的声光环境可以鼓励听众进入一种自我冥想的状态。因此，可以看到扬的作品从观念上讲是本体论的：听听这个声音是什么[107]。除了拉·蒙特·扬以外，极简主义作曲家菲利普·格拉斯在与雕塑家理查德·塞拉合作的项目《长滩岛文字定位》（1969）中也体现出需要听众移

102 David Allen Chapman Jr. *Collaboration, Presence, and Community. op. cit.*, p.39.
103 Jeremy Grimshaw. *Draw a Straight Line and Follow It. op. cit.*, p.140.
104 La Monte Young. Lecture 1960. *The Tulane Drama Review* 10.2 (Winter, 1965): pp.73-83.
105 David Allen Chapman Jr. *Collaboration, Presence, and Community. op. cit.*, p.90.
106 Keith Potter. *Four Musical Minimalists. op. cit.*, p.78.
107 Jeremy Grimshaw. *Draw a Straight Line and Follow It. op. cit.*, p.36.

动聆听方位的要求。该项目由现场布满扬声器的不同位置的片段组成。场地中埋有约一百八十个扬声器，当听众当听众走入其中并移动方位，他们便会听到灌木丛中来自不同位置、声源的词，如"is""are""be"等表示存在的动词[108]。该项目营造出聆听者与声音的共享空间，体现出极简主义的剧场性特征和空间观念。

从以上四个特征，我们可以看到极简主义音乐对空间观念的突破与革新。空间从外部和内部两个方向影响了极简主义音乐的创作。外部影响体现在从作品的表演因素、声音方位、舞台设置、观众互动以及灯光和技术效果等方面着眼对作品的空间进行塑造；内部影响则体现在作曲家对声音状态的设计理念，如从泛音结构、机遇过程等因素实现对声音状态的改变和其空间思维的建构。同时，我们还可看到极简主义音乐在时空上的重叠性特征：正是由于极简主义音乐时间框架的延长，声音赋予了听众"空间"，让他们能够从其垂直发展的或具有复杂泛音的音响中探索声音变幻莫测的可能性。

第三节　非辩证美学倾向

学者维姆·梅尔滕斯的专著《美国极简音乐：拉·蒙特·扬、特里·莱利、史蒂夫·里奇、菲利普·格拉斯》以其所具有的独创性和深刻性成为了研究极简主义音乐所不可或缺的重要文献。在书中，梅尔滕斯对极简主义音乐的四位代表人物——扬、莱利、里奇和格拉斯的生平及创作进行了简要的介绍与分析，并进一步总结了这四位作曲家在"音乐的基本原理和意识形态内涵上的广泛相似性"[109]，从而揭示出极简主义音乐的美学特征。

一、作为对传统辩证音乐的解放运动

梅尔滕斯认为，极简主义音乐是对传统辩证音乐的一场解放运动，其解放性体现在三个方面。首先是内容的解放。传统的辩证音乐是具象的：音乐形式与表达的内容有关，是一种创造不断增长的张力的手段；这就是通常所说的音乐论争。但极简主义音乐并不建立在这样的论争上。作品是非具象的，不再表达主观感受。格拉斯写道："这种音乐不以争论和发展为特征。它抛弃了与

---

108 Dean Paul Suzuki. *Minimal Music: Its Evolution as Seen in the Works of Philip Glass, Steve Reich, Terry Riley, and La Monte Young. op. cit.*, pp.178-179.

109 Wim Mertens. *American Minimal Music. op. cit.*, p.87.

实时、时钟时间密切相关的传统概念。音乐没有在一个明确的方向中处理事件。事实上，根本就没有结构"[110]。此外，"音乐不再具有中介功能，指的是它自身之外的东西，而是在没有任何中介的情况下具体化了的自己。"[111]由此可见，极简主义音乐呈现的是一种纯粹的声音事件，一种没有戏剧性结构的行为。其以不断的重复、循环展现了声音材料本身的媒介特质，弱化了情感、叙事等因素的高低起伏，更多地呈现出逐渐进入、展开的过程思维。

其次是因果关系与对立冲突的解放。传统的辩证音乐的戏剧性在于形式与内容的对立，以及这种对立的最终解决。极简主义音乐中的因果关系减弱甚至不存在，其声音不是被用来实现材料与结构之间的对立及最终解决。重复技法使得极简主义音乐作品在本质上呈现为一个过程，作品中的每时每刻都在创造当下，呈现出漫无目的的徘徊和无因果的多向运动。

第三是时间观念的解放。在传统的西方音乐中，音乐的矛盾是对时间进行辩证细分的结果；而极简主义作曲家通过使用非常快速的音型而产生了缓慢的动作，给人以"静止的振动恍惚"[112]之感，类似于失重状态。作曲家莱利曾说过，如果他的音乐不能把听众带离自我，他就认为它是失败的[113]。作曲家里奇也认为，在表演和聆听渐进的音乐过程时，人们可以参与一种特殊的解放和非个人的仪式。专注于音乐的过程使注意力从他、她、你和我转向音乐本身[114]。因此，极简主义音乐试图让听众达到一种"远走"的效果，以音乐的过程展开一场宏观的时间冒险。

二、作为反辩证法运动的最新阶段

在梅尔滕斯看来，自勋伯格以来的欧洲前卫音乐都可以被看作是一场反辩证法的运动，而带有重复特质的极简主义音乐可以被视为反辩证法运动的最新阶段。他将讨论范围集中在 20 世纪音乐的语境中，认为 20 世纪实验音乐的发展轨迹呈现出辩证原则逐渐下降的趋势[115]。梅尔滕斯对以勋伯格为代表序列音乐、以约翰·凯奇为代表的偶然音乐再到以重复为特征的极简主义音乐中的反辩证性进行了逐一解析。

---

110 Wim Mertens. *American Minimal Music. op. cit*., p.88.
111 Wim Mertens. *American Minimal Music. op. cit*., p.88.
112 Wim Mertens. *American Minimal Music. op. cit*., p.91.
113 Wim Mertens. *American Minimal Music. op. cit*., p.91.
114 Steve Reich. Music as a Gradual Process. *op. cit*., P.36.
115 Wim Mertens. *American Minimal Music. op. cit*., p.87.

就序列音乐而言，梅尔滕斯分别从该流派音乐对创作主体的否定及其形式与内容的二元性两方面来进行论述。最初，无调性技术给作曲家的创作带来了表现力。然而，由于序列音乐的结构与形式并不是从音乐材料的发展过程中逐渐生长起来的，而是外在于材料而被设定的，因此，形式与内容之间的二元性仍然完好无损。同时，勋伯格、韦伯恩和后序列主义作曲家试图通过对声音材料的完全控制来产生严格客观的音乐，方法的理性化和材料的统一性使得主体的个性表达被削弱且变得中和。作者引用阿多诺的描述来说明该问题：

音乐的起源，就像它的结局一样，超越了作曲家的意图，超越了意义，也超越了主观性。音乐变成了一种姿态，一种近乎哭泣的姿态。[116]

阿多诺的伤感是被否定的主体被客观秩序碾碎的表现。但从另一方面讲，正是由于这样一种均衡的、无处不在的中心主义，使得序列音乐开发出一种多元化视角。随着多种视角的出现，作品在每个位置、每个焦点上"看起来"都不一样，正如同我们欣赏抽象绘画作品那样。因为可能的角度是无限的，所以作品也就变得无限了。

梅尔滕斯认为，在偶然音乐中，约翰·凯奇将传统的形式与内容的辩证对立简化为沉默与声音的对立，并通过填补时间的空白来创造音乐。序列音乐否认了创作主体，因为主体的个性化在作品中被抹杀掉了；而对于凯奇来说，创作主体则消失了，作品变得完全客观化。因此，序列音乐和偶然音乐通过不同的路径达到了客观化的音乐效果：前者是极端控制，后者是放弃控制。同时，在凯奇那里，形式和内容是独立的实体：形式可以没有内容而存在，内容也可以没有形式而存在。形式仅仅只是脱离逻辑语境的孤立声音不断累积的组合，声音只是并列地保留了它们的身份。

开放性是偶然音乐的特征之一。梅尔滕斯认为，偶然操作的引入使音乐的结果变得不可预测。偶然音乐作曲家不处理明确定义的时间对象，而是勾勒出一种情境，一个声音可能发生的领域。在其中，作曲家既会指出一些限定关系，也会为作品留下更多的空间。当作品变得开放，环境因素便会渗透到音乐中，与其融为一体。基于此，凯奇认为："艺术抹去了生活和艺术之间的界限。现在轮到生活来消除生活和艺术之间的界限了。"[117]从中可见，偶然音乐

---

116 Wim Mertens. *American Minimal Music. op. cit.*, p.98.
117 Wim Mertens. *American Minimal Music. op. cit.*, p.109.

作品使音乐对现实具有了开放性。

在笔者看来，梅尔滕斯对 20 世纪音乐中的序列音乐、偶然音乐等非辩证运动的探讨旨在说明，该运动已然在极简主义流派这里达到了顶峰。极简主义音乐既继承了先锋派音乐的非辩证原则，又保留了其本身的独特性。极简主义作曲家首先肯定了他们音乐的客观性。正如里奇所说，"一旦该过程建立并加载，它就会自动运行。"[118]因此听众可以感知到，一首极简主义音乐作品的整体听觉结构是相似的，乐曲前几分钟呈现的音高、节奏和音色通常定义了一种特定的音响，而乐曲的其余部分也不会偏离这一点。这正是极简主义作曲家最大限度地遵循音乐发展的客观性则所产生的效果，使得作品的声音媒介和材料特质得到充分发挥与挖掘。在此基础上，他们进一步拉伸和延展音乐的结构，加强对作品程序的设计和控制，将音乐塑造成为简约式的、聚焦过程的音乐。同时，辩证的消解带来了作品形式与内容的统一。里奇曾说："材料可能会建议应通过何种过程运行（内容建议形式），而过程可能会建议应采用何种材料（形式建议内容）。"[119]在他看来，一旦材料被确定，便意味着相应的发展过程也跟着被确定，反之亦然。在表 2-2 中，笔者将梅尔滕斯关于传统音乐、序列音乐、偶然音乐以及极简主义音乐的辩证性原则、形式与内容的二元性以及主客观声音属性的讨论进行了总结。

表 2-2：梅尔滕斯对不同时期音乐的辩证性的讨论

音乐风格	传统音乐	序列音乐	偶然音乐	极简主义音乐
辩证原则	和解辩证法	否定辩证法	消除辩证法	
形式与内容	二元对立		相互独立	统一
主观与客观	突出主观表达	客观化： 个人风格元素被削弱	极端客观化： 创作主体消失	客观化： 设定音乐程序并自动运行

从表格中可见，极简主义音乐在解放辩证性的同时也解放了音乐本身，呈现出形式与内容相统一的、客观化的特征。同时，它从 20 世纪理性化、均等化世界的重重关系中解放出来，去除了偶然音乐领域中的不确定因素，向声音和材料本身的感性与特质绽放光彩。

---

118 Steve Reich. Music as a Gradual Process. *op. cit*., P.34.
119 Steve Reich. Music as a Gradual Process. *op. cit*., P.34.

三、作为当代多元话语的艺术产物

梅尔滕斯通过论述 20 世纪中的多元意识形态来说明极简主义音乐的思想渊源。他认为，20 世纪音乐发展的特点是其内容的缺失，而这种缺失可以用阿多诺、利奥塔、德勒兹和弗洛伊德等学者们的多元方法来评估。

在阿多诺看来，音乐内容的缺失是一种异化的形式，而主体在资本主义时代的衰落则被视为异化的标志。在《新音乐的哲学》中，阿多诺试图界定艺术在以异化为特征的晚期资本主义社会中的作用。阿多诺认为，在一个异化的社会里，艺术本身必然也是异化的。艺术只有从自己的困惑中走出，才能应对一个混乱的社会。艺术家对自己的异化有一种洞察力，他可以通过阐明这种洞察力来超越它：

> 艺术的力量在于它的克制，在于它发现腐朽、吸收腐朽和揭露腐朽的能力。艺术把世界上所有的黑暗和邪恶都搅入其中。它的快乐在于承认悲伤。它的美在于谴责任何对美的幻想。[120]

基于此，阿多诺将异化的艺术作品称为异化艺术的否定辩证法。而勋伯格的作品便是这种否定辩证法的表达。在勋伯格那里，艺术不再是真理，其美学范畴已被伦理范畴所取代。传统的、封闭的艺术作品假定了主体和客体的身份以及这两个对立面的最终和解；而序列音乐作品却拒绝这种和解，其使主体与客体处于矛盾之中。序列音乐中物质与结构的矛盾反映出晚期资本主义社会中个人与社会的矛盾。在后资本主义社会中，主体是孤立的，与现实和社会疏远。因此，不和谐的音乐是对与社会现实失去联系的异化主体的隐喻[121]。

在梅尔滕斯看来，序列音乐作品无法把形式与内容统一起来。其不和谐因素既是主体性的极端表现，又是对传统主体性的否定。在十二音音乐中，主体通过一个理性的系统来决定音乐，但它也成为这个系统的对象。主体虽然被确认，但只是作为一个孤立的、空洞的主体，它被客观秩序排除在外，成为了孤独的存在。因此，勋伯格的音乐是否定的辩证法。这种否定的辩证区别于传统音乐的和解的辩证。否定辩证无法将主体与客体、物质与结构、内容与形式统一起来，但又逃脱不了这些对立面最终在一定程度上的和解。勋伯格否认了主体，但主体确实存在，只是呈现出一个悲剧的、异化的、被压垮的主体；勋伯格否认了调性，但又无法最终摆脱调性，因为音乐脱离了和谐语境的不和谐是

---

120 Wim Mertens. *American Minimal Music. op. cit*., p.114.
121 Wim Mertens. *American Minimal Music. op. cit*., p.115.

没有意义的。梅尔滕斯认为勋伯格陷入了矛盾之中，而这些矛盾与勋伯格身上残余的资产阶级浪漫主义意识形态有关[122]。

凯奇是真正让形式与内容的辩证对立消失的作曲家。随之而来的是艺术与生活之对立的消失，精神与物质二元性的消失，作品历史范畴的消失。极简主义作曲家也同样如此。他们放弃了辩证的立场，使音乐创作成为了脱离历史语境的存在。他们的宏观时间概念将发展简化为原子化、细胞化、动机化的更迭。但矛盾的是，它似乎变得迟缓和静止。因此，最后梅尔滕斯对新音乐的最发展作出了如下总结：

> 反对辩证法的普遍运动导致了对历史范畴的否定。形式和内容的统一代表了对社会内部矛盾的否定。社会塑造了音乐，但音乐却放弃了它与社会的联系。形式与内容的统一是以解决主体与客体、精神与物质的矛盾为前提的。然而，由于在现实的社会语境中缺乏和解，这种解决方法有一种疏远的效果。这使得音乐不再与辩证发展的历史相联系，失去了历史的连续性。所以它回到了非西方的形式，其剥离了现实的历史背景，仅仅用作技术公式和程序。[123]

在作者看来，偶然音乐和极简主义音乐都体现出"不再与辩证发展的历史相联系"的特征。借用阿多诺的否定辩证法理论，梅尔滕斯对传统音乐、序列音乐、偶然音乐和极简主义音乐作品的论述遵循了辩证的二元对立统一、否定辩证法再到消除辩证法这样一条逻辑线索。他以社会语境为根，深入阐释了音乐现象发生变化的缘由，以层层深入的铺垫论述了极简主义音乐及其思想内涵的历史语境。

以法国让·弗朗索瓦·利奥塔和吉尔·德勒兹为代表的力比多哲学则认为，20 世纪音乐的反辩证法倾向是对日常现实的一种解放。力比多代表了一种欲望驱使下的经济。利奥塔对阿多诺的否定辩证法进行了批判。他认为，不能以退回到过时的个体主体范畴作为回应，而要从未来的角度来考虑不受商品支配的能源自由流通[124]。在利奥塔看来，当前欲望高涨的消费社会中出现了一种逆转的趋势：为了追求富裕和过度消费，人们放弃了储蓄和深谋远虑。这一趋势破坏了交换价值的法则。利奥塔区分了以稀缺性为特征的政治经济和以挥霍浪费为特征的欲望经济，并认为现代资本主义对交换价值法则的全面

122 Wim Mertens. *American Minimal Music. op. cit*., p.115.
123 Wim Mertens. *American Minimal Music. op. cit*., p.117.
124 Wim Mertens. *American Minimal Music. op. cit*., p.118.

应用将使经济从政治转向力比多。政治经济总是一个限制和消极的问题，而欲望经济则代表着能源的自由流通。因此，利奥塔最终得出结论，在欲望高涨的时代，正确与否并不重要，笑和舞蹈才是最重要的。

利奥塔发现，正如同在商品统治的支配下物质的贬值，在序列音乐中，规则的统治使得声音材料普遍贬值，而其力比多强度也随之贬值。利奥塔赞同凯奇的思想，认为他的作品是非辩证的，没有内容，也没有价值体系。凯奇的音乐不像辩证音乐，不再是"生命的表现"，而是生命的直接起源[125]。凯奇的音乐处理的是纯粹的力比多的强度，没有终结或目的的声音，既没有表面也没有深度的音乐，藐视所有的表现或身份。这种强烈的一元论向度是一种无目的论，它不允许线性的时间视角，没有明确的中心、目标和内容，在利奥塔看来，是一种纯粹的力比多艺术思维。

在《差异与重复》中，德勒兹发展了一种脱离辩证思维的逻辑形式，用差异和重复取代了个性和矛盾。德勒兹认为现代艺术作品的特征是没有中心，没有融合。通过去中心化，现代艺术作品的问题在于其形式上如同"没有线的迷宫"[126]。德勒兹对辩证思维进行了批判发展，并提出一种新的问题逻辑。辩证法认为，一个对象只有通过与其对立面的中和才能存在。对德勒兹来说，去中心化的艺术作品是反辩证的，因为它用差异与重复的概念取代了身份和对立的概念。这不是一个将对立面化解为单一身份的问题，而是肯定它们的不同和距离。因此，德勒兹所看到的不是对立，而是一个过程，在这个过程中，两个对象由它们的差别所决定，而重复是对差异的肯定。

正是以这种观点为指导，德勒兹认为，辩证作品的实质是模型（本质）和其模仿（现象）之间的差异，它们是等级联系的；在去中心化的作品中，模型（本质）消失了，身份的辩证概念被重复的辩证概念所取代，因此作品中不再存在等级[127]。重复仅仅代表一种纯粹的强度："重复的真正要义是不再作为表现，而只是一种模拟。"[128]

最后，梅尔滕斯通过引入西格蒙德·弗洛伊德的无意识力比多过程来说明极简主义音乐创作的美学内涵。在无意识力比多系统中没有否定、怀疑和矛盾，其以流动性、永恒性、非辩证性为特征，以精神现实替代外部现实。

---

125 Wim Mertens. *American Minimal Music. op. cit.*, p.118.
126 Wim Mertens. *American Minimal Music. op. cit.*, p.120.
127 Wim Mertens. *American Minimal Music. op. cit.*, p.121.
128 Wim Mertens. *American Minimal Music. op. cit.*, p.121.

梅尔滕斯认为，只有在极简主义音乐作曲家的音乐中才能体现出这种力比多语境：

> 极简主义音乐的特点是重复和过程，听众可以立即识别出来。这个过程将听者的注意力从变化的内容转移到变化本身的移动。在重复音乐中，这种变化是一种新的内容，使人们在某种程度上得到一种完全自由的能量流动的暗示。[129]

在此基础上，梅尔滕斯借助弗洛伊德为爱神服务的重复和为死神服务的重复两种不同的重复功能，对极简主义音乐重复类型进行了区分。爱欲代表自我以及强度的控制，通过减少力比多能量而达到内在的稳定；而为死神服务的重复则相反，这种重复意味着力比多能量的集合，是对自我完整性的永久威胁。因此，这就决定了传统音乐中的重复和极简主义音乐中的重复的本质不同。在传统音乐中，重复是为了表现自我；在极简主义音乐中，重复不是为了快乐和自我，而是指向欲望和死亡本能。过程和重复促成了现实的辩证原则到潜意识层面的转变，在那里，外部现实被精神现实所取代。因此，极简主义音乐可以使人产生一种天真的、催眠的、入迷的状态，从而摆脱现实的控制。但同时，这种体验又带有伪装性，因为"对辩证时间的放弃并不是真的发生，而只是被想象出来的。从外部世界中解放出来的力比多转向自我，以使人们获得想象中的满足"[130]。这种想象，在梅尔滕斯看来，是一种脱离历史语境的乌托邦式的绝对欲望。

综上所述，在笔者看来，梅尔滕斯对极简主义音乐在思想观念和意识形态上的分析是层层深入且逻辑清晰的。从极简主义音乐发展的历史渊源到对社会意识形态的分析、再到弗洛伊德的精神分析，他从具体的音乐现象出发，由现象到本质，由现实到精神，展开了一条由浅入深的分析脉络，全方位展现出从现代到后现代语境中精彩纷呈的音乐现象背后的社会及精神之根源。

有趣的是，虽然梅尔滕斯的讨论始终围绕着一场反辩证的运动展开，但他对极简主义音乐的态度却是二元辩证的。一方面，他肯定极简主义音乐的进步性在于解放。极简主义音乐从内容、逻辑关系和时间观念上解放了传统音乐，它在实验音乐的激浪中应运而生，继承了其理性、开放性等特征，但却区别于序列音乐的极端控制，也区别于偶然音乐的放弃控制。梅尔滕斯并未将讨

---

129 Wim Mertens. *American Minimal Music. op. cit.*, p.123.
130 Wim Mertens. *American Minimal Music. op. cit.*, p.124.

论的范畴拘泥于音乐这个门类本身的历史语境，而是将根源指向了社会意识形态。借助哲学家、社会学家们观点，梅尔滕斯打开了观察极简主义音乐的多维棱镜。在阿多诺看来，脱离了辩证原则的音乐现象也就意味着脱离了历史的语境和范畴，是一种乌托邦式的幻想。而对主体性的否定实则是在呈现一个异化的、扭曲的主体，其充满了矛盾性，因而是否定的辩证；利奥塔对阿多诺的否定辩证法进行了批判，认为凯奇和极简主义音乐中的一元论和无目的论恰好适应了现代资本主义的欲望经济模式；德勒兹则认为现代艺术的去中心化使得艺术作品中个性与矛盾被差异与重复所取代，而重复是力比多欲望强度的表现；弗洛伊德的力比多哲学体现出极简主义音乐为欲望和死神而生的力比多聚集，通过以精神世界取代现实世界来获得想象中的满足。

　　然而，从另一方面讲，梅尔滕斯的分析最终表明了他对极简主义音乐担忧。他对这种在音乐与哲学上的非辩证运动作出反思，认为其看似宣称一种解放，但却将解放变为了一维的、垄断的力量。因此，他在书的最后引用马尔库塞的观点来作出总结。在马尔库塞看来，打破辩证法并不是一个解决方案，而是一种疾病的症状，是为满足对乌托邦社会的想象而对历史的遗弃。这只会带来虚假的满足，而且很可能会加剧历史的终结，使之变得更糟。[131]因此，在他看来，力比多能量的垄断式聚集意味着为死神服务的重复，其是具有威胁性的。同时，他认为由极简主义音乐所带来的一种入迷的状态可能会导致一种心理的退化和一种类似毒品的体验，产生一种类似于"回到婴儿体验般的幻觉满足感"[132]。尽管在笔者看来，用类似于毒品般的体验来形容极简主义音乐的效果未免有些过于夸大其迷幻成分，但不得不承认，梅尔滕斯并未回避极简主义音乐的负面因素，他对这种非辩证重复音乐的态度始终持有一种辩证的原则。

　　英美学界有大量研究极简主义音乐的学者针对于梅尔滕斯的这部《美国极简音乐》给出了评论与见解。音乐评论家泽内普·布鲁特在《匿名的人声、音响与冷漠》中认为，在《美国极简音乐》这本书中，维姆·梅尔滕斯一方面考虑了重复的非辩证、非代表性效力、强度和狂喜，另一方面考虑了重复的幼稚和倒退[133]。因此，可以看到布鲁特也是从正反两个方面来评价梅尔滕斯对待

---

131 Wim Mertens. *American Minimal Music. op. cit.*, p.124.

132 Wim Mertens. *American Minimal Music. op. cit.*, p.124.

133 Zeynep Bulut. Anonymous Voice, Sound, Indifference, in Jelena Novak, and John Richardson ed., *Einstein on the Beach: Opera Beyond Drama*. New York: The Routledge Press, 2019, p.343.

极简主义音乐的态度。

评论家卡尔·克罗格在对这本专著的书评中提到，梅尔滕斯对极简主义音乐历史渊源的探索忽略了一个重要来源，就是埃里克·萨蒂和第一次世界大战后的法国作曲家。克罗格认为，由于这些作曲家的创作理念与本书在哲学立场上的明显不相符，所以鲜有被提及[134]。此外，在笔者看来，梅尔滕斯虽然梳理了以非辩证法运动为核心的现代主义音乐的历史演进，但却忽视了与音乐相平行的其他门类艺术对实验音乐、极简主义音乐的影响，将音乐作为了一个较为孤立的存在。笔者认为，还可从艺术领域的角度对非辩证思想的存在和演进进行深度挖掘。例如，自现代主义以来，各艺术门类都对其作品中的辩证叙事、线性叙事和文学性产生了一定程度的背弃。正如艺术理论家格林伯格所说，"各门艺术之中都有了一个共同倾向是扩充媒介的表现潜力，不是为了表现思想和观念，而是以更为直接的感受性去表现经验中不可归复的因素。"[135]正如现代抽象音乐所呈现出的声音媒介的纯粹性，极简主义音乐中的大多数纯器乐作品也很少在音乐中表现出鲜明的题材和文学性，而是强调声音的客观性和物理性。因此，我们可以看到这种非辩证的思想是存在于意识形态、艺术和音乐等诸多领域的。

在音乐理论家蒂莫西·约翰逊看来，梅尔滕斯的研究表明极简主义的美学特征在于主要关注音乐过程、缺乏目标、方向和辩证性[136]。这种描述可以应用于最早的极简主义音乐作品（20世纪50年代末-20世纪60年代初），包括特里·莱利的开创性作品《在C音上》（1964），拉·蒙特·扬的《为铜管而作》（1957）和《弦乐三重奏》（1958），以及史蒂夫·里奇的《六架钢琴》（1973）等作品。这些作品中缓慢变化的过程消除了音乐中的目的论意义，并要求一种具备新的聆听和感知方式。然而，约翰逊认为，随着极简主义音乐的发展，其作品不再仅仅只具有专注于过程的非辩证性特征。因此，约翰逊认为梅尔滕斯的论述和概括是有局限性的。

笔者认为，尽管论述或许并不全面且存在疏漏，这本《美国极简音乐》对

---

134 Karl Kroeger. Reviewed Work: *American Minimal Music: La Monte Young, Terry Riley, Steve Reich, Philip Glass* by Wim Mertens, J. Hautekiet, Michael Nyman. *American Music* 6.2 (Summer, 1988).

135 [美]克莱门特·格林伯格，易英：《走向更新的拉奥孔》，《世界美术》，1991年第4期。

136 Timothy A Johnson. Minimalism: Aesthetic, Style, or Technique? *op. cit.*, pp.742-773.

于后续的极简主义音乐研究，如罗伯特·芬克在文化实践语境下对极简主义音乐的分析产生了重要影响。梅尔滕斯提供了一种研究的范式，即从历史思潮、意识形态和精神分析的角度出发能够为我们看待纷繁复杂的音乐现象提供一个多维且纵深的视角。

第四节　观念化创作倾向

"观念艺术"一词由美国哲学家、艺术家亨利·弗林特创造于20世纪60年代初期[137]，并在20世纪60年代末-70年代初蓬勃发展。观念艺术关注的是一个想法或观念的表现，认为艺术家的想法而非实物才是真正的艺术，其根源可以追溯到达达主义和马塞尔·杜尚。极简主义作曲家在某些创作理念上与观念艺术家展现出很大程度的相似性，并致力于与理查德·塞拉、迈克尔·斯诺等观念艺术家展开合作，创作出基于过程的音乐、艺术作品。同时，作曲家拉·蒙特·扬于1959-1961年的创作展现出以观念化思维为主导的倾向。在该部分中，笔者将从极简主义作曲家与观念艺术家的合作，以及极简主义作曲家创作中的观念化思维两个方面对极简主义音乐与观念艺术的联系与互动进行研究。

一、与观念艺术家的合作

在其博士论文《极简主义音乐及其在菲利普·格拉斯、史蒂夫·里奇、特里·莱利和拉·蒙特·扬的作品中的演变》中，迪恩·保罗·铃木提到了极简主义音乐与观念艺术之间的联系。最吸引极简主义作曲家的观念艺术理念是一个系统化过程的展开，如索尔·勒·维特、理查德·塞拉以及迈克尔·斯诺等观念艺术家的思想及作品。

勒·维特与极简主义作曲家（尤其是里奇）在美学思想上有许多相似之处。在《观念艺术的段落》中，勒·维特写到，"想法变成了制造艺术的机器。"[138]换句话说，想法产生了作品，观念决定了艺术的形式和内容。在《观念艺术的句子》的第28句中，他提出，"一旦作品的想法在艺术家心中确立，

---

137 Dean Paul Suzuki. *Minimal Music: Its Evolution as Seen in the Works of Philip Glass, Steve Reich, Terry Riley, and La Monte Young. op. cit.*, p.103.

138 Sol LeWitt. Paragraphs on Conceptual Art, in *Sol LeWitt*, Alicia Legg, ed. New York: Museum of Modern Art, 1978, p.166.

最终的形式也确定了，这个过程就盲目地进行。有许多副作用是艺术家无法想象的。这些可以作为创作新作品的思路。"[139]这些理念与里奇在《音乐作为一个渐进过程》中的主张具有相似之处。里奇表示："一旦过程被设置和加载，它就会自己运行"[140]，这表明里奇过程理念的盲目性和客观性。同时，里奇也曾提到了由过程所产生的副产品：

> 即使所有的牌都摆在桌子上，每个人都听到了在音乐过程中逐渐发生的事件，音乐仍有足够的奥秘来满足所有人。这些神秘是有意过程中客观的、无意识的、心理声学的副产品，包括在重复的旋律模式中听到的次旋律，由于听者位置而产生的立体声效，演奏、和声、不同音调中轻微的不规则等等。[141]

由此可见，尽管作曲家里奇的作品中鲜有出现偶然因素，但音乐演奏中的环境因素、演奏者和听者的身心状态等，都使得音乐的不可控因素增加，这也成为里奇音乐过程的"奥秘"所在。

在铃木看来，莱利的作品《C 调》可能与勒·维特的《墙画》（Wall Drawing #16，1968）这样的作品平行[142]。这类作品要求那些实现或演奏作品的人在有限的参数内作出随机的决定以确定作品最终的样貌。其中，前者为演奏者提供了广泛的发挥空间来实现无法预期的过程。后者由勒·维特设想具体的创作逻辑和观念，即：作品由 3 条 12 英寸宽、向右绘制的灰线带组成，分布在画面的水平、垂直和对角线处。随后，一名或多名助手将执行观念，将艺术家从完成作品的物质实现中分离出来。因此可以说，极简主义作曲家和观念艺术家通过采用简单的方法产生了不可预见的财富。

理查德·塞拉是在极简主义作曲家格拉斯职业生涯中扮演重要角色的观念艺术家。二人曾合作拍过几部关于过程的电影。在电影中，结构或过程取代了内容。其中一部电影《双手接住铅块》（1968）展示了塞拉的手在格拉斯掉下铅块时试图接住铅块的过程；《双手被绑》（1968）是一部关于塞拉的手被绳子绑住的电影，他的双手拼命想挣脱绳子。影片在材料（手和绳子）与过程（释放）之间建立了辩证关系。《手刮》（1968）展示了塞拉和格拉斯的双手仔

139 Sol LeWitt. Sentences on Conceptual Art, in *Sol LeWitt*, Alicia Legg, ed. New York: Museum of Modern Art, 1978, p.168.
140 Steve Reich. Music as a Gradual Process. *op. cit.*, p.34.
141 Steve Reich. Music as a Gradual Process. *op. cit.*, p.10-11.
142 Dean Paul Suzuki. *Minimal Music: Its Evolution as Seen in the Works of Philip Glass, Steve Reich, Terry Riley, and La Monte Young. op. cit.*, p.165.

细而有条理地清理地板上钢屑的过程。格拉斯与塞拉的合作，表明了他们职业生涯的早期作品的实验性和对单一过程的关注[143]。

里奇与雕塑家塞拉也保持着友谊。里奇曾把《钟摆音乐》的手稿交给塞拉，而塞拉则将他的一件工艺雕塑《蜡烛作品》（1967-1968）给了里奇。该作品外观为一个简单的长木制结构，上面钻了 10 个等距孔，并插上了点燃的蜡烛。作品将空间划分为正（蜡烛）与负（蜡烛之间的空间），并强调蜡烛燃烧的过程。在谈到其音乐与塞拉的雕塑之间的联系时，里奇说："我看到了塞拉雕塑的类比……他的作品和我的作品更多的是关于材料和过程，而不是心理学。"[144]

格拉斯与结构主义电影制作人迈克尔·斯诺也有着合作。1975 年，格拉斯制作了一张名为《迈克尔·斯诺：为钢琴、口哨、麦克风和录音机而作的音乐》的唱片，其中的一首作品《下降的开始》（1970）采用了一个非常简单的过程：一盘磁带记录了斯诺在钢琴上弹奏的一个建立在 f 小调基础上的、自由而又不协和的短乐句。磁带先以正常速度的几倍播放，在短暂的停顿后，每次播放的速度越来越慢。整个过程持续近一小时，直到这个钢琴乐句变为低沉的隆隆声。

通过梳理极简主义作曲家与观念艺术家之间的联系与合作，铃木进而对比了极简主义音乐和观念艺术之间的区别。他认为，观念艺术家的意图是让观者面对一种智力状态，而不是与一个物体对峙。因此，杰作是产生艺术品的思想。这种关于观念艺术的陈述，与极简主义作曲家的美学是背道而驰的。对于极简主义作曲家来说，思想不是音乐。声音才是他们作品中最重要的方面，他们对过程音乐的听觉实现感兴趣[145]。

在笔者看来，就极简主义音乐与观念艺术的差异性而言，有两点是较为明显的。首先，二者对观念的看法是不同的。在观念艺术中，观念、想法是第一位的，"这个想法本身，即使没有视觉化，也和任何成品一样是艺术作品。"[146]在勒·维特看来，想法本身已是艺术，其若要被人们感知，则需要制作成为最终的作品；作曲家里奇则认为："我不是一个观念艺术家，因为观念不一定

143 Dean Paul Suzuki. *Minimal Music: Its Evolution as Seen in the Works of Philip Glass, Steve Reich, Terry Riley, and La Monte Young. op. cit.*, p.182.

144 Emily Wasserman. An Interview with Steve Reich. *Artforum* 10.9 (May 1972): p.48.

145 Dean Paul Suzuki. *Minimal Music: Its Evolution as Seen in the Works of Philip Glass, Steve Reich, Terry Riley, and La Monte Young. op. cit.*, pp.171-172.

146 Sol LeWitt. Paragraphs on Conceptual Art, in *Sol LeWitt. op. cit.*, p.166.

先于作品。"[147]在他看来，观念并不是第一位的，他更注重音乐的声音实现。因此，不同于观念艺术家的作品必须以想法取胜，极简主义作曲家认为好的作品也能够产生出好的观念。

另一方面，观念艺术抵制艺术作品的物质性。勒·维特认为："任何在物质性中引起观众注意和兴趣的东西都会阻碍我们对观念的理解"[148]，因此，"观念艺术家会尽可能改善对物质性的强调，或者以一种对立的方式（将其转化为思想）使用它。"[149]这种看法便造就了观念艺术与极简主义音乐最大的差异所在。正如铃木在文中所提到的那样，艺术家的意图是让观者面对一种智力状态，而不是与一个物体对峙。在极简主义作曲家那里，观念并不是作品的核心。虽然他们也借助诸如"过程""相位"这样的观念来进行创作，但物理的声音实现才是作品最重要的部分。

二、创作中的观念化思维

除了与观念艺术家展开合作外，观念化思维也深刻地体现在诸如拉·蒙特·扬等极简主义作曲家的作品中。在英美学界，维姆·梅尔滕斯、基斯·波特、爱德华·斯特里克兰，以及杰里米·格里姆肖都对扬作品中的观念化倾向进行了研究和探讨。

拉·蒙特·扬于 1959-1961 年期间创作的《作品 1960》《献给大卫·都铎的三首钢琴曲》等作品被认为具有观念艺术的特征。维姆·梅尔滕斯曾将扬的创作生涯分为三个阶段[150]：第一阶段为 1955-1958 年的序列音乐时期。该阶段以扬使用持续长音及序列技法为创作特征和基本框架；第二阶段为 1959-1961 年的观念音乐阶段。扬在约翰·凯奇的影响下创作了一系列观念艺术作品；第三阶段始于 1962 年，以扬的持续嗡鸣作品为特征。在此，笔者仅将讨论的范围集中在扬创作生涯的第二阶段，即他的观念艺术创作时期。

拉·蒙特·扬于 1960 年秋天去往纽约后结识了许多前卫艺术家，包括乔治·布莱希特、灯光设计师尼克·切尔诺维奇、作曲家和钢琴家一柳俊、电影

---

147 Dean Paul Suzuki. *Minimal Music: Its Evolution as Seen in the Works of Philip Glass, Steve Reich, Terry Riley, and La Monte Young. op. cit.*, p.161.

148 Dean Paul Suzuki. *Minimal Music: Its Evolution as Seen in the Works of Philip Glass, Steve Reich, Terry Riley, and La Monte Young. op. cit.*, p.161.

149 Dean Paul Suzuki. *Minimal Music: Its Evolution as Seen in the Works of Philip Glass, Steve Reich, Terry Riley, and La Monte Young. op. cit.*, p.161.

150 Wim Mertens. *American Minimal Music. op. cit.*, p.24.

制作人和观念艺术家小野洋子、诗人杰克逊·麦克·洛、平面设计师和前卫导演乔治·马丘纳斯以及艺术家拉里·庞斯等[151]。在到达纽约后不到两个月的时间里，扬在小野洋子的阁楼举办了一系列音乐会，开创了在纽约市阁楼举办音乐会的另类表演空间。在 1960 年 12 月至 1961 年 6 月期间，他一共举办了八场音乐会，帮助各种类型的新音乐在更广泛的纽约前卫舞台上建立了重要的影响力。

在纽约期间，扬创作的几部具有观念艺术特征的作品帮助他确立了先锋派领袖的地位。《作品 1960》由 15 首文字提示的作品组成，几乎完全不用音符记谱，强调了作品的剧场性和观念性：

《作品 1960 之 2》：在观众面前生火。

《作品 1960 之 4》：灯光会在之前宣布的一段时间内关闭；当它们重新打开时，观众可能会被告知是他们一直是表演者。

《作品 1960 之 5》：表演者在表演区放飞一只（或几只数量的）蝴蝶。扬对这首作品的观念解释为："即使是蝴蝶也会发出声音……一个人应该听他通常只看的东西，或者看看他通常只会听到的东西。"

《作品 1960 之 6》：舞台上的表演者假装是观众。

《作品 1960 之 7》：提供了五线谱和纯五度 B-#F，并加上文字"长时间保持"。

《作品 1960 之 9》：一张索引卡上的一条直线。

《作品 1960 之 13》：选择任何一首音乐作品并尽可能地演奏它。

《作品 1960 之 15》是一段类似于诗歌而不像是表演说明的文字：这件作品是海洋中央的小漩涡[152]。

在爱德华·斯特里克兰看来，《作品 1960 之 7》同时具有了观念艺术和极简主义音乐的特征。理论上，纯五度 B-#F 的持续时间是无限的，并为扬的嗡鸣音乐时期铺平了道路[153]。

除了呈现一种观念化的极简主义音乐，斯特里克兰认为，扬的作品通过混

151 Keith Potter. *Four Musical Minimalists. op. cit.*, p.50.
152 Jeremy Grimshaw. *Draw a Straight Line and Follow It. op. cit.*, pp.78-79.
153 Edward Strickland. *Minimalism: Origins. op. cit.*, p.139.

淆观众与表演者的角色以模糊二者的界限[154]。以《作品 1960 之 4》为例。在灯光熄灭时间段内,观众的活动构成了作品的内容。《作品 1960 之 6》也同样如此。舞台上的表演者模仿观众的活动;同时,每位观演人员可以选择购买舞台票或观众票,从而进一步混淆观众与表演者之间的角色差异。因此,在斯特里克兰看来,这类型的观念作品体现出对纯粹艺术氛围的污染以及艺术与生活的融合[155]。

扬的《为大卫·都铎而作的三首钢琴曲》以及《为特里·莱利而作的两首钢琴曲》都是非常典型的观念艺术作品。其中,《为大卫·都铎而作的钢琴曲之一》指示钢琴家带一捆干草和一桶水到舞台上,让钢琴吃喝;《都铎之三》暗示音乐的形象为"它们中的大多数都是非常老的蚱蜢";《为特里·莱利而作的钢琴曲之一》则要求钢琴家不断推动钢琴直到筋疲力尽。这些作品似乎跟声音艺术的关系并不大,仅仅带来一种观念上的碰撞和视觉上的新奇。

英美学界中的多位学者对扬的观念艺术作品进行了阐释和解读。其中一些学者将扬作品中的观念性源头指向了凯奇。在斯特里克兰看来,扬将对音乐的定义扩展到荒谬的程度。如果我们接受凯奇的音乐是无限的声音,那么扬的音乐就是无限的想象。换句话说,在扬那里,音乐甚至超越了噪音,被寄托在文字、观念所引发的想象中。因此,斯特里克兰在评价《作品 1960》时认为,与其说扬是一位作曲家,倒不如说他是心理美学的游击队[156]。

艺术理论家道格拉斯·卡恩曾明确提出凯奇和扬两位作曲家与观念艺术的关系。他认为,在凯奇看来,"我们所做的一切都是音乐";而扬则认为,"只要声音的存在是可以想象的,任何声音都可以是音乐;换句话说,人耳或技术的限制不应定义音乐的界限"[157]。

在基思·波特看来,扬在观念艺术的创作上走的是和凯奇不一样的路径[158]。扬本人曾提出,"凯奇的作品通常被理解为在很长一段时间内与事件一起编程的来来去去的声音与活动的复合体,我可能是第一个专注于非传统音乐领域中的单个事件或对象的人。"[159]也就是说,与凯奇相比,扬的观念艺术更加极简化。因此,波特认为,凯奇专注于感知并辅以电子设备和机遇运算等多

---

154 Edward Strickland. *Minimalism: Origins. op. cit.*, p.139.

155 Edward Strickland. *Minimalism: Origins. op. cit.*, p.139.

156 Edward Strickland. *Minimalism: Origins. op. cit.*, p.138.

157 Keith Potter. *Four Musical Minimalists. op. cit.*, p.54.

158 Keith Potter. *Four Musical Minimalists. op. cit.*, p.53.

159 Keith Potter. *Four Musical Minimalists. op. cit.*, p.53.

重性的音乐已经让位于扬极简的、单一的观念艺术。

杰里米·格里姆肖并没有致力于将凯奇和扬两位作曲家的观念艺术作品进行比较。他提出，作曲家扬这一时期的观念音乐创作只是由早期序列化的极简主义音乐到后期具有声波宇宙学观念的极简主义音乐之间的过渡。这些作品构成了他寻找"普遍结构"的基础，以使其与宇宙建筑的底层结构相衔接[160]。只有在消除了多余的东西、将他的艺术还原为不可还原性，并质疑了关于音乐的最基本假定之后，才能与这种"普遍结构"进行交互：音乐如何，在哪里，以什么形式存在，以及在不可接近，不可听，不可表演，甚至不可想象的极端性中，音乐思想和音乐行为的界限是否存在？格里姆肖认为，在定位、定义、衔接和超越界限的过程中，扬对创作意味着什么以及这样做的最终目的有着坚定而明确的想法[161]。

笔者认为，上述前三位学者的观点均认为，在观念艺术的创作方面，扬是凯奇的继承和发展，并致力于将二者进行比较。扬在观念艺术的创作上更专注于想象，而凯奇则认为"一切声音均可以是音乐"，包括敲击声、噪音和静默。归根到底，凯奇的观念并没有脱离物理现象的声音实体。最后一位学者格里姆肖则以一种史学化的视角将观念艺术创作作为扬作曲生涯中的过渡时期。该时期以对音乐定义的极端化探索为特征，形成了对宇宙建筑底层结构的铺垫。

另一方面，前三位学者都忽视了对凯奇和扬两位作曲家观念艺术作品相同点的讨论。比如，扬的大部分观念艺术都是文字作品，而凯奇的《0'00"》（1962 年）以及《变奏 III》（1963 年）等作品，都可以被视为跟上了扬的文字作品所树立的榜样。其二，扬的《作品 1960 之 9》的乐谱是卡片上绘制的一条水平线，呼应了凯奇常使用的图像记谱法；同时，扬的《作品 1960 之 15》《为大卫·都铎而作的钢琴曲之三》等作品中都采用了非常诗化的文字语言，其在形式上就具有了音乐性。这也正符合凯奇对诗歌的看法，即诗歌"允许音乐因素（速度、声音）介入到词语的世界中去"[162]。

在笔者看来，无论是将扬的观念作品视为对凯奇观念艺术的回应和发扬，还是将其视作声学与宇宙学之间的连接，扬的观念作品都体现出极简主义艺术与观念艺术之间的融合。在这一阶段的创作中，扬去除了实际的乐谱，只留

---

160 Jeremy Grimshaw. *Draw a Straight Line and Follow It. op. cit.*, p.30.
161 Jeremy Grimshaw. *Draw a Straight Line and Follow It. op. cit.*, p.30.
162 约翰·凯奇：《沉默》，李静滢译，漓江出版社，2013 年版，第 26 页。

下文字和想法，因而与里奇、格拉斯等极简主义作曲家与观念艺术家合作的作品有很大的区别；另一方面，扬的观念艺术又是极简的，例如《作品1960之7》仅以一个持续很长时间的纯五度音程B-#F真诚地邀请听众聆听声音本身的特质。综上所述，对美国极简主义作曲家与观念艺术家的合作及其作品中观念化思维的研究有助于我们更好地了解20世纪60-70年代美国纽约市中心的整体艺术氛围。其中，合作、互助成为该社区中不可或缺的艺术精神。同时，作曲家扬充分发挥思想的潜力和观众的想象力，将音乐的外延进一步扩大，创作出了基于新观念下新音乐。

此外，除去极简主义音乐创作中的观念化倾向，保罗·迪恩·铃木在其博士论文《极简主义音乐及其在菲利普·格拉斯、史蒂夫·里奇、特里·莱利和拉·蒙特·扬的作品中的演变》中提出，极简主义音乐也在不同程度上借鉴、吸收了激浪艺术中的创作理念，并将其运用在音乐作品的写作中。激浪派起源于20世纪50年代末的美国，其遍布全球，但纽约市的影响力特别大。该流派由视觉艺术家、作曲家、音乐家、舞者、作家和演奏家组成，他们互相合作，创作、表演和出版各自的作品，帮助拓宽了艺术的意义并重新定义了艺术。美国艺术评论家哈罗德·罗森伯格阐述了激浪派的哲学为"艺术的本质变得不确定了。至少，它是模棱两可的。没有人能肯定地说什么是艺术作品，或者更重要的是，什么不是艺术作品。"[163]乔治·马丘纳斯是该运动的主要创始人和组织者，他将激浪艺术描述为"噱头、游戏、杂耍、凯奇和杜尚的融合"[164]。与未来主义者和达达主义者一样，激浪艺术家不同意以博物馆来确定艺术价值的权威，也不认为观众必须接受教育才能观看和理解一件艺术品。激浪派不仅希望大众能够获得艺术，他们还希望每个人都能够一直创作艺术。激浪艺术的材料通常由日常物品组成，而激浪音乐则多由普通声音组成。激浪艺术家迪克·希金斯列举出大多数激浪作品中常见的九个元素，包括：

1. 国际主义；

2. 实验主义和破坏偶像主义；

3. 综合媒介；

4. 极简主义或专注；

5. 试图解决艺术与生活的二分法；

---

163 Harold Rosenberg. *The De-definition of Art*. New York: Collier, 1972, p.12.
164 Dean Paul Suzuki. *Minimal Music: Its Evolution as Seen in the Works of Philip Glass, Steve Reich, Terry Riley, and La Monte Young. op. cit.*, p.94.

6. 隐含性；

7. 游戏或笑话；

8. 朝生暮死；

9. 特异性。[165]

极简主义作曲家拉·蒙特·扬是激浪派的一员。他曾和诗人、作曲家杰克逊·麦克·洛一起主编了一部《选集》，其中包含了许多不同学科艺术家的作品和散文，他们中的大多数后来都附属于激浪派[166]。扬欣赏许多激浪派艺术家创作的观念性作品（文字极度简短），这些作品成为他创作《作品1960》系列的灵感来源；他也经常以作曲家、演奏家和指挥的身份参加激浪派的活动，激浪派的成员也拥护和演奏他的音乐。

在笔者看来，在希金斯提到的关于激浪艺术的九个特征中，隐含性是指作品应在极少的材料中隐含最大的智力、感官或情感内容[167]，这与极简主义作曲家的方法相类似。综合媒介可作为极简主义音乐的又一特征。极简主义音乐通过引入多种媒介来丰富音乐的表现力，如玛丽安·扎泽拉为作曲家扬的永恒音乐剧场所设计的灯光秀，里奇的《三个故事》将视频图像、音乐与叙事相结合，格拉斯的《海滩上的爱因斯坦》将音乐与舞蹈相结合等；同时，极简主义作曲家也致力于和各类艺术家展开跨界合作，如格拉斯与拉维·香卡合作拍摄电影《查帕奎》、里奇为罗伯特·尼尔森的实验电影《塑料发型》创作音乐等[168]。因此可以说，"极简主义音乐从一开始就与其他艺术结下了联系，它适应整个多媒介环境的能力通常被认为是它的主要优势之一"[169]，这也成为极简主义音乐与激浪派思想相联系的又一特征。此外，极简主义音乐通过在作品中引入亚非拉音乐元素实现了音乐创作的跨文化性和国际主义。作曲家扬在

---

165 Dean Paul Suzuki. *Minimal Music: Its Evolution as Seen in the Works of Philip Glass, Steve Reich, Terry Riley, and La Monte Young. op. cit.*, p.101. 希金斯所说的极简主义是指高度浓缩的作品，可以用几句话简洁地表达出来并用少量的材料来执行的作品。

166 Dean Paul Suzuki. *Minimal Music: Its Evolution as Seen in the Works of Philip Glass, Steve Reich, Terry Riley, and La Monte Young. op. cit.*, p.92.

167 Dean Paul Suzuki. *Minimal Music: Its Evolution as Seen in the Works of Philip Glass, Steve Reich, Terry Riley, and La Monte Young. op. cit.*, p.101.

168 Pwyll ap Siôn and Tristian Evans. Parallel Symmetries? Exploring Relationships Between Minimalist Music and Multimedia Forms. Paper Delivered at the First International Conference on Music and Minimalism, Bangor University 31 August-2 September 2007.

169 Pwyll ap Siôn and Tristian Evans. Parallel Symmetries? *op. cit.*

其音乐中创造的搞笑作品，诸如《为大卫·都铎创作的第 1 号钢琴曲》中"拿一捆干草和一桶水到舞台上给钢琴吃喝"的演奏提示，都充分实践了激浪思想中的游戏或笑话这一特征。总体而言，笔者认为极简主义艺术和激浪艺术之间的联系主要体现在，作曲家拉·蒙特·扬作为该运动中的一名流动的成员并与激浪艺术家展开合作。同时，作为几乎在同一时代兴起的艺术流派，激浪艺术与极简主义音乐在理念、创作元素上共享了一些特征，勾勒出同时代的艺术流派、思潮之间的相同点和联系。

在本节中，保罗·迪恩铃木、基斯·波特、爱德华·斯特里克兰以及杰里米·格里姆肖等学者对极简主义音乐的观念化创作倾向进行了解读。从中可以看到，一些极简主义艺术家的身份并不总是固定的。例如，作曲家拉·蒙特·扬在最广泛的认知中被接受为极简主义作曲家，但同时，他的音乐又涉及了观念艺术的范畴，他本人也作为激浪艺术中的一位流动的成员；又如艺术家索尔·勒·维特既属于极简主义艺术流派，其作品体现出了观念化的思维模式。因此，音乐与艺术之间的跨学科、跨流派互动与交流现象会使一些艺术家、音乐家的个人身份发生变迁。同时，流派与学科之间的边界也呈现出不断碰撞、不断被重构的过程。在边界的交汇中，创新的音乐、艺术作品不断涌现而出，展现出了其不朽的创作生命力的灵感源泉。总体而言，英美学者所勾勒出的一幅极简主义音乐与其他艺术、文化的边界相互碰撞和交融的图景已栩栩如生地呈现在读者眼前。

第五节 对 20 世纪多元音乐风格的继承

在风格上，极简主义音乐在发展其清新、独特且自成一派的音乐创作语言外，还从 20 世纪的多元音乐风格中汲取思想与养料，从而站在巨人的肩膀上达到了对传统音乐、现代主义序列音乐及流行音乐的继承与发展。序列音乐是 20 世纪理性化音乐创作思维的体现，其将音乐的音高、节奏、力度等参数按照一定的逻辑进行排列，并将这些序列及其变化形式在全曲中进行重复。20 世纪的美国流行音乐以摇滚乐、爵士乐为代表，二者均对极简主义音乐的创作语言和创作定位产生了不可磨灭的影响。通过对流行音乐风格的引入和借鉴，极简主义作曲家也成为了前卫与大众、严肃音乐与通俗音乐之间的联络人。在本节中，笔者将展现极简主义音乐与序列音乐和流行音乐之间的互动，从而勾勒出极简主义音乐在其同时代音乐流派、风格语境中的整体形象与面貌。

一、极简主义音乐与序列音乐

在杰里米·格里姆肖看来，极简主义音乐在很大程度上与序列主义的声音和理念形成了具体而有意的对比。但同时，极简主义音乐又与序列音乐之间有着不可割裂的联系[170]。几乎所有 20 世纪 60 年代的著名极简主义作曲家都曾在大学中的某个时间点接受过十二音程序进行写作，但后来又以相当不屑的态度回忆起他们的序列化训练。史蒂夫·里奇将他在米尔斯学院作为硕士毕业作品提交的十二音爵士乐曲描述为"我写过的最糟糕的东西。"[171]作为芝加哥大学的新生，15 岁的菲利普·格拉斯完成的第一首作品是一个严格有序的十二音作品《弦乐三重奏》。他对序列主义的热情是短暂的，很快就被遗忘了。后来，格拉斯将皮埃尔·布列兹和米尔顿·巴比特等序列主义作曲家描述为"疯子"，并认为"这些毛骨悚然的人试图让每个人都写出这种疯狂、令人毛骨悚然的音乐。"[172]在他职业生涯的初期，特里·莱利按照阿诺德·勋伯格的后调性理论创作了两首无调性钢琴曲；然而，他避免使用十二音法，因为它"感觉不好。它充满了焦虑，太黑暗了；它的范围很窄。"[173]

相比之下，序列音乐对作曲家拉·蒙特·扬的影响更为长远。扬的十二音作品在他的创作生涯中占有重要地位。基于此，爱德华·斯特里克兰、基思·波特和杰里米·格里姆肖三位学者针对序列音乐对作曲家拉·蒙特·扬的影响作出了较为深入的论述和思考。

首先，在斯特里克兰看来，极简主义音乐起源于作曲家拉·蒙特·扬的《弦乐三重奏》（1958）[174]。该作品融合了序列主义和极简主义的创作手法，其开篇用了近五分钟时间呈现$^{\#}$C、D、^{b}E 三个简单的音高。作品通篇建立在绵延的长音上，在音乐史上并无先例，因此可以算作是 20 世纪音乐中的一部里程碑式的作品。

斯特里克兰进一步提出，极简主义音乐的简约性是相对于序列音乐的复杂性而产生的。在他看来，纽曼、莱因哈特和其他人的极简主义绘画是在抽象表现主义的发展和对复杂性的迷恋中出现的[175]。类似地，扬和其他作曲家的极

---

170 Jeremy Grimshaw. *Draw a Straight Line and Follow It. op. cit.*, p.25.
171 Steve Reich. Music as a Gradual Process. *op. cit.*, p.10.
172 Sheryl Garratt. Fun with Monotony. *The Face*, July 1986, p.37.
173 Keith Potter. *Four Musical Minimalists. op. cit.*, p.95.
174 Edward Strickland. *Minimalism: Origins. op. cit.*, p.119.
175 Edward Strickland. *Minimalism: Origins. op. cit.*, p.120.

简主义音乐出现在序列主义的霸权时期。斯特里克兰以一种略带冷幽默的语气描述了极简主义音乐与序列音乐之间的联系：

> 序列音乐，在美国学术制度化公认的欧洲智慧中，将创作实践的不透明性本身视为作曲家独创性和老练的证据……像米尔顿·巴比特这样的作曲家支持速度、节奏、力度、织体和音高的全面序列化。即便不美，音乐的不可接近性也是强制性的。如果没有这种氛围，一种已经在绘画中形成且后来被称为极简主义的彻底还原的事业，这种精英主义和自卑情结的奇怪混合物便不可能在音乐中找到表达[176]。

斯特里克兰将极简主义音乐称为"精英主义和自卑情结的奇怪混合物"暗示出其与序列音乐的联系。尽管有序列音乐作为基础，但在西方音乐中，从未听过像扬的《弦乐三重奏》这样一首完全由持续音和构成的作品。该作品继承了某些序列音乐的思想，但在美学理念和形式上却是完全革新的。

斯特里克兰随后比较了序列音乐和极简主义音乐之间的异同。首先，二者都呈现出静态化的元素。极简主义音乐的和声运动是极端减速甚至消除的，并通过使用相对较少的音高形成模块化的重复或持续音的延伸；序列音乐虽然通过倒影、逆行、倒影逆行和移位等方式进行了变化，但其序列是一遍遍不断重复的，因而也呈现出一种静态化特征。其次，斯特里克兰引用了作曲家英格拉姆·马歇尔的观点说明，极简主义与整体序列主义都共享了战后音乐对浪漫主义的反应。不同之处在于，序列主义体现出更加复杂的和声、丰富的织体及变化曲折的力度等特征。它采用更客观的形式结构来取代浪漫主义的残余物，并限制了作曲家的自我表达元素；而以扬的《三重奏》为发端的极简主义音乐与战后当代序列主义的严酷复杂性及其所唤起的饱受战争蹂躏的音响截然相反，《三重奏》在水平、垂直织体的空虚中暗示出一种超凡脱俗的纯洁[177]。斯特里克兰提出，韦伯恩在《六首弦乐四重奏小品》中将声音事件与长停顿并置，该做法在扬的《弦乐三重奏》那里则变为了将持续声音事件和长停顿的并置。由此可见，序列主义从源头上影响了极简主义音乐的诞生。

在基思·波特看来，作曲家扬的音乐创作遵循了"走向序列主义，而随后远离它"的路径[178]。波特将扬带有序列化风格的极简主义音乐与韦伯恩的序

---

176 Edward Strickland. *Minimalism: Origins. op. cit*., p.120.
177 Edward Strickland. *Minimalism: Origins. op. cit*., p.128.
178 Keith Potter. *Four Musical Minimalists. op. cit*., p.28.

列主义音乐进行了比较。他认为，尽管扬创作于 1956-1958 年的作品采用了十二音的方法，但这些作品的风格与该方法先前出现的任何风格都不同。韦伯恩可能使用了稀疏的织体，但扬很快就将材料的使用带到了极端化的境地，以至于"极简主义"这个词成为描述它的最自然的词[179]。他的结论为：扬的音乐与早期的十二音符和序列练习之间最显著的区别是它越来越依赖于持续的音符[180]。

波特列举出了扬受韦伯恩式序列主义风格启发而创作的作品，包括扬第一首采用十二音序列技术创作的《五首弦乐四重奏小品，关于记住一个水仙》（1956）以及《为中音长笛、巴松管、竖琴和弦乐三重奏而作的变奏曲》（1957）。在波特看来，后者显然受到了韦伯恩交响曲作品 21 第二乐章回文变奏结构的启发。此外，作品《为铜管而作》（1957）以及《为吉他而作》（1958）在序列主义思维的基础上又融合了作曲家对音高的创新化设计。《为铜管而作》是扬第一个使用持续音符创作的作品。就音高结构而言，纯四度、纯五度以及大七度在作品中占主导地位。作品开头的音高#G、A、G 和 D 构成了整部作品的基石，也成为了作曲家后来的"梦和弦"，即由他童年时期听到的电线杆嗡嗡声所激发的和弦[181]。由此，作曲家扬开始逐渐远离纯粹的序列音乐技术而定制他个人的音乐语汇模式。

杰里米·格里姆肖对以上两位学者的观点都作出了思考。首先，他赞成斯特里克兰将扬的《弦乐三重奏》描述为极简主义音乐的起源。但他认为，斯特里克兰的观点只是将十二音技术视为扬音乐作品中次要的、保留的元素，其只是恰好与长音、和声停滞等极简主义音乐元素一同出现。格里姆肖提出，《三重奏》中的许多元素在很大程度上源于扬对某些序列主义技术的坚持[182]。此外，他认为基思·波特的分析只能说明扬通过创建静态结构来对十二音技法进行特殊处理。但波特及其他学者的研究并未表明，人们可以在多大程度上将扬的序列方法视为他整个职业生涯中保持不变的审美情感的体现[183]。因此，格里姆肖提出：

> 作曲家扬试图清除的文化和个人"包袱"，实际上已经通过序

179 Keith Potter. *Four Musical Minimalists. op. cit.*, p.29.
180 Keith Potter. *Four Musical Minimalists. op. cit.*, p.29.
181 Keith Potter. *Four Musical Minimalists. op. cit.*, p.32.
182 Jeremy Grimshaw. *Draw a Straight Line and Follow It. op. cit.*, p.26.
183 Jeremy Grimshaw. *Draw a Straight Line and Follow It. op. cit.*, p.26.

列主义的逻辑和客观性进入了这些序列结构，创造了声学实证主义和无情主体性之间看似矛盾的组合。在某种程度上，在《三重奏》中，尤其是在扬的后序列作品中，这种主客辩证法导致抽象被物理取代，隐喻被字面取代，客观被本体取代以及序列主义被"纯净的声音"取代。[184]

在笔者看来，格里姆肖试图从序列主义音乐在扬的创作生涯中的阶段性特征这一角度来进行阐述。扬的兴趣并不在于通过序列技术来表达具有抽象关系的声音，而在于呈现声音的本身特质，以便物理的、本体的、纯净的声音可以用来吸引新鲜的耳朵。因此，扬的创作逐渐由序列主义过渡到对声音本质的探索，该特点彰显在他后期的整体音乐创作中。

格里姆肖所提出的另一个重要观点是，他发现了扬带有序列化风格的作品中对韦伯恩回文结构的痴迷[185]，并对采用这种对称结构的《五首弦乐四重奏小品》《为铜管而作》《弦乐三重奏》等作品进行了分析。以《弦乐三重奏》为例，格里姆肖认为该作品中存在两种形式的回文结构。首先是整体结构的回文。《三重奏》整体采用了类似古典奏鸣曲的呈示→展开→再现的三部性结构原则，并以 P0、I9、I4、RI9、RI4 五种音列形式作为音高材料：

表 2-3：《弦乐三重奏》中的五种音列形式[186]

P0→	♯C	♭E	D	B	♯F	F	E	♭B	♭A	A	G	C	
I9→	♭B	♭A	A	C	F	♯F	G	♯C	♭E	D	E	B	←RI9
I4→	F	♭E	E	G	C	♯C	D	♭A	♭B	A	B	♯F	←RI4

其中，呈示部采用 P0 的音高材料；展开部由两个部分组成，包括 I9 及其逆行 RI9，以及 I4 及其逆行 RI4；随后 P0 返回并进行再现。因此，整体音高结构的布局具有大规模的对称性。第二是局部的回文结构。在《三重奏》的呈示部中，三件乐器以中提琴-小提琴-大提琴的顺序渐次进入，又以大提琴-小提琴-中提琴的顺序渐次退出，形成回文结构。格里姆肖用生动的语言形容了这种回文的特征："换句话说，如果您可以将每个和弦沿其持续时间的中点对折，则每个持续音符的入口将与其出口相遇"[187]。在第二部分的展开中，音列 I9 及

184 Jeremy Grimshaw. *Draw a Straight Line and Follow It. op. cit.*, p.27.
185 Jeremy Grimshaw. *Draw a Straight Line and Follow It. op. cit.*, p.34.
186 Jeremy Grimshaw. *Draw a Straight Line and Follow It. op. cit.*, p.39.
187 Jeremy Grimshaw. *Draw a Straight Line and Follow It. op. cit.*, p.39.

其逆行 RI9，以及音列 I4 和逆行 RI4 也体现出局部的对称化理念。

综上所述，在笔者看来，极简主义音乐与序列音乐有着千丝万缕的联系，可以说，序列音乐为极简主义音乐的创作提供了思想与技术上的启迪。以上的三位英美学者分别从不同的角度对作曲家拉·蒙特·扬的极简主义音乐与序列音乐之间的关系展开了讨论。斯特里克兰将极简主义音乐与序列音乐的关系类比为极简绘画与抽象表现主义之间的关系，并幽默地将极简主义看作"精英主义和自卑情结的奇怪混合物"。同时，斯特里克兰的研究还立足于对极简主义音乐与序列音乐之间的比较。波特的论述更加偏重于介绍拉·蒙特·扬在其序列化创作时期中各作品所采用的序列音乐元素及其与扬的个人音乐语汇的融合。最后，格里姆肖的研究在评价上述两位学者观点的基础上提出了他的独特看法。他分析了扬采用序列音乐技法创作的作品及这些作品中的对称结构。

除去以上三位学者外，英美学界还有其他学者对极简主义与序列主义之间的关系进行了研究。例如，理查德·科恩在其《史蒂夫·里奇相位音乐中节拍集合的移位组合》中，通过对作曲家里奇《相位模式》《小提琴相位》进行节拍集合的分析，科恩提出，尽管作曲家里奇在他职业生涯的早期努力与序列主义音乐保持距离，但里奇处理材料和过程关系的方法似乎都令人惊讶地与第二维也纳学派[188]联系在一起。作品中的卡农、音高、节奏聚合以及相互关联的集合关系都是这种联系的具体体现。科恩认为，通过严格匹配原材料与特定转换来寻求最大多样性和整合的态度使得里奇与韦伯恩结盟[189]。里奇曾提到：

> 实际上，这（韦伯恩的音乐）与我之前的作品有很大的相似之处，比如《钢琴相位》中组织的严肃性和清晰性。《钢琴相位》代表了一种非常不同的声音，但却是一种非常精简、组织严密的音乐[190]。

由此可见，极简主义音乐虽然在表面上与序列音乐呈现出迥然不同的技术和风格，但事实上，极简主义音乐却继承了序列音乐严密的逻辑、理性的思维、对称的形式，并在序列音乐瞬息万变且略带异化色彩的音乐进行了革新与突

---

188 指十二音体系的代表人物，包括勋伯格和他的学生贝尔格、韦伯恩。

189 Richard Cohn. Transpositional Combination of Beat-Class Sets in Steve Reich's Phase-Shifting Music. *op. cit.*, pp.146-177.

190 Richard Cohn. Transpositional Combination of Beat-Class Sets in Steve Reich's Phase-Shifting Music. *op. cit.*, pp.146-177.

破，形成一种更加注重整体性、持续性、和谐性的音乐语言风格，成为当代古典音乐中具有独特魅力的新兴力量。

二、极简主义音乐与流行音乐

诞生于美国的极简主义音乐，如果没有美国流行音乐文化的注入是不可能得到发展的。单纯的和声、稳定的节拍、爵士乐和摇滚式的节奏都对早期的极简主义音乐家产生了巨大的影响。他们就是听着这种音乐长大的，甚至在乐队中演奏过这类音乐。

罗伯特·芬克观察到，作曲家与流行文化之间的材料交流是互惠的：

> 现代主义作曲家，如埃里克·萨蒂、伊戈尔·斯特拉文斯基、达律斯·米约和亚伦·科普兰试图通过对地位低下的爵士乐和拉格泰姆的借用来挑衅资产阶级观众以及达达风格……极简主义作曲家则诉诸目前具有更高地位的另类摇滚和爵士乐。这些"流行"风格对于他们的潜在观众来说比古典音乐更具文化声望[191]。

由芬克的论述可知，包括极简主义作曲家在内的许多西方现当代作曲家都从流行音乐文化中获得了创作的启迪和灵感，并由此吸引到更多的、潜在的观众。

保罗·迪恩·铃木提出，美国的摇滚乐和爵士乐都对极简主义音乐产生了重大影响[192]。摇滚音乐从 20 世纪 60 年代旧金山地区迷幻的"酸性摇滚"[193]运动中，发展出一种带有即兴演奏成分的重复形式，而极简主义作曲家几乎都与摇滚乐有着千丝万缕的联系。作曲家拉·蒙特·扬的永恒音乐剧院中的几名成员，如约翰·凯尔和安格斯·麦克利斯等都是摇滚音乐家，他们也是摇滚乐队"地下丝绒"的创始成员[194]。约翰·凯尔在永恒音乐剧院的一次排练中带上了中提琴的扩音设备并说服扬在作品中使用它。自此，扬喜欢上这种效果并在

---

191 Robert Fink. Elvis Everywhere: Musicology and Popular Music Studies at the Twilight of the Canon. *American Music* 16.2 (Summer 1998): p.146.

192 Dean Paul Suzuki. *Minimal Music: Its Evolution as Seen in the Works of Philip Glass, Steve Reich, Terry Riley, and La Monte Young. op. cit.*, p.257.

193 酸性摇滚是一种定义很宽泛的摇滚音乐，从 20 世纪 60 年代中期的车库朋克运动发展而来，并帮助开创了迷幻亚文化。以麦角酸二乙基酰胺（LSD）命名，这种音乐的风格通常由沉重、扭曲的吉他、涉及毒品的歌词和长时间的即兴演奏来定义。它的大部分风格与 60 年代的朋克、原始金属以及早期以布鲁斯为基础的重音乐硬摇滚重叠。

194 Dean Paul Suzuki. *Minimal Music. op. cit.*, p.258.

其作品中使用高水平的扩音来放大各种泛音。反过来，地下丝绒乐队也在其摇滚音乐中加入了扩音和持续低音。扬的妻子玛丽安·扎泽拉在永恒音乐剧场中，设计并加入了"灯光秀"，而"灯光秀"正是 20 世纪 60 年代末和 70 年代初迷幻音乐时代许多摇滚音乐会的一部分；作曲家莱利也曾和约翰·凯尔合作，制作了唱片《炭疽教堂》（1970）[195]；作曲家格拉斯在其合奏团中使用了摇滚乐队经常使用的电子风琴、合成器等乐器，并与摇滚音乐家合作创作了诸如声乐套曲《流年之歌》（1985）之类的作品[196]；作曲家里奇也很喜爱摇滚乐，他曾指出奥特里·德沃特·米克森（在业界被称为 Junior Walker）的歌曲 Shotgun（1965）中具有贯穿整首歌曲的始终不变的重复低音线，而摇滚艺术家鲍勃·迪伦的歌曲《麦琪的农场》也具有同样的特征[197]。

极简主义作曲家也都广泛地聆听爵士乐并受到其影响。他们采用爵士乐中的重复和即兴演奏的概念，并在一定程度上运用了爵士乐和声。扬曾组建过一个爵士乐队，创作并录制了许多布鲁斯音乐。扬认为："一直以来，布鲁斯对我来说都代表着一种独特的音乐模式。当你聆听布鲁斯时，你会很明显地发现它与西方古典音乐没有任何关系。"[198]基于对爵士乐的喜爱，扬还发展出一种基于他个人风格的布鲁斯钢琴演奏。这种被称为"扬的布鲁斯"[199]音乐的风格不仅体现出布鲁斯音乐清晰的节奏轮廓，还需要一个显著浓缩的十二小节布鲁斯和弦进行：

谱例 2-10：作曲家扬的十二小节布鲁斯和弦进行[200]

I^7 $\quad$ I^7 $\quad$ I^7 $\quad$ I^7

IV^7 $\quad$ IV^7 $\quad$ I^7 $\quad$ I^7

V^7 $\quad$ IV^7 $\quad$ I^7 $\quad$ I^7

在格里姆肖看来，扬的十二小节布鲁斯和弦进行创造了一种更加静态的和声，特别是在从第 11 小节到下一次循环的第 4 小节的连续六个小节 I^7 和弦中。随着技术的发展，扬将每小节的和声进一步延长，以便在每个和弦上进行更长时

---

195 Dean Paul Suzuki. *Minimal Music. op. cit.*, p.259.
196 Dean Paul Suzuki. *Minimal Music. op. cit.*, p.260.
197 Dean Paul Suzuki. *Minimal Music. op. cit.*, p.262.
198 Dean Paul Suzuki. *Minimal Music. op. cit.*, p.264.
199 Jeremy Grimshaw. *Draw a Straight Line and Follow It. op. cit.*, p.29.
200 Jeremy Grimshaw. *Draw a Straight Line and Follow It. op. cit.*, p.30.

间的即兴演奏。扬早期的爵士乐经历以及他在 20 世纪 50 年代中期对布鲁斯的探索成为了作曲家创作发展的重要里程碑。正如扬自己所言，他将布鲁斯确定为"我音乐的祖传血统之一"[201]。

作曲家莱利曾以爵士钢琴家的身份在音乐沙龙、酒吧演奏拉格泰姆来养活自己。他曾表示，他非常欣赏约翰·科川、迈尔斯·戴维斯、比尔·埃文斯等爵士音乐家。爵士乐中的即兴创作成为了莱利音乐输出的推动力。他认为：

> 无论是爵士乐领域的大师，如科川，又或是印度古典音乐大师，像潘迪特·潘·纳特，他们所经历的音乐传统是接触音乐家而不是面对打印的谱面。音乐以家庭为单位从一代传到另一代。这种形式影响了我，让我几乎不愿再将音乐写下来，因为我觉得另一种形式更有生命[202]。

正因如此，即兴创作成为了莱利音乐中最重要的元素，在他看来，那是"给音乐带来灵感和真正生命的东西"[203]。

作曲家里奇在茱莉亚音乐学院和米尔斯学院就读期间，曾观看柯川的表演多达 50 次。他从科川那里学到的是，音乐可以在一个非常简单、重复的和声基础上进行很多变化。里奇也将爵士乐看作是美国的一种文化现象。他说："我一直认为，任何从未听过查理·帕克、迈尔斯·戴维斯和约翰·科川的美国作曲家都是对文化的一种逃避。"[204]因此，里奇在其作品中融入了爵士元素。在为任何乐器所作的《音高图》（1963）中，音乐的曲式是开放的，并以在音高集合上的即兴创作为特征；作品《为两架或以上的钢琴或钢琴与磁带而作的音乐》的和声语言上受到了爵士钢琴家比尔·埃文斯的影响；作品《为十八音乐家而作的音乐》中悸动的低音单簧管则是受到爵士长笛和低音单簧管演奏家埃里克·多尔菲的启发。

在《高、低和造型艺术：菲利普·格拉斯与后期制作时代的交响乐》中，杰里米·格里姆肖探索了格拉斯交响乐与流行音乐之间的互文与跨界融合。格里姆肖认为，在 20 世纪的最后几十年里，大多数进入市场的高低混合音乐通过以下方法吸引听众：一方面，通过赋予一首流行音乐以复杂性，或是在流行

---

201 Jeremy Grimshaw. *Draw a Straight Line and Follow It. op. cit.*, p.30.

202 Joel Rothstein. Terry Riley. *Down Beat* 48.5 (May 1981): p.28.

203 Robert Palmer. Terry Riley: Doctor of Improvised Surgery. *Downbeat* 42.19 (20 November 19): p.18.

204 Dean Paul Suzuki. *Minimal Music: Its Evolution as Seen in the Works of Philip Glass, Steve Reich, Terry Riley, and La Monte Young. op. cit.*, p.273.

音乐中渲染古典音乐的材料以使古典元素进入流行音乐领域[205]；另一方面，"严肃"作曲家也开始在其当代古典音乐中注入流行元素、声音和媒介，使前卫不再局限于学院，而是在许多其他地方扎根[206]。

在格里姆肖看来，极简主义音乐通常被认为是这种跨界的交叉点。摇滚音乐家大卫·鲍伊和布莱恩·伊诺在 20 世纪 70 年代后期录制的三张专辑《低》《英雄》和《寄宿者》中，汲取了前卫、极简主义、电子音乐和世界音乐的影响，形成一种更具智力挑战性的摇滚音乐。十多年后，作曲家菲利普·格拉斯在他的第一部交响曲中大量借鉴了从鲍伊、伊诺的专辑《低》中借来的音乐材料，因此该作品也被称为《低交响曲》。格里姆肖认为，《低交响曲》对观众的吸引力在于感知对立的艺术力量，并寻找到一种方法来处理实验音乐与流行音乐之间的组合，以此描绘后现代社会中的高低张力。同时，作者提出，格拉斯的交响曲被形象化为对称轴上的一个点，其中摇滚音乐和严肃音乐都趋向平衡。在高-低艺术的范围内，鲍伊、伊诺的音乐向商业方面推进，处于更具市场价值的一端；格拉斯则处于严肃音乐领域，与鲍伊"商业可行性"范围的艺术边缘重叠（见图 2-4）。

图 2-4：格拉斯的《低交响曲》在作曲家输出中的
位置以及"高-低艺术"范围[207]

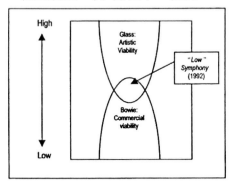

格里姆肖对《低交响曲》中的流行音乐材料进行了具体分析。该交响曲采用了从鲍伊、伊诺专辑中的特定歌曲《华沙》及《地下居民》借来的音乐材料。这两首歌曲没有突出的摇滚节奏和歌词，在大约六分钟长度的歌曲中有近四分钟的器乐材料，然后是一段柔和或难以辨认的简短人声段落。在作者看来，人

205 Jeremy Grimshaw. High, "Low," and Plastic Arts. *op. cit.*, pp.472-507.
206 Jeremy Grimshaw. High, "Low," and Plastic Arts. *op. cit.*, pp.472-507.
207 Jeremy Grimshaw. High, "Low," and Plastic Arts. *op. cit.*, pp.472-507.

们可以在格拉斯这部交响曲的开头几页中逐字跟随鲍伊的原作，就好像是聆听歌曲《地下居民》的 MIDI 版本。在将原曲的主要素材或多或少忠实地呈现在管弦乐队中之后，格拉斯又在各种重复的节奏、和声织体中重新组合了初始素材的旋律。作品的第三乐章也遵循了类似的模式。乐章的开头小节忠实地反映了鲍伊的《华沙》，以低音提琴和钢琴的组合音色模仿了歌曲版本开始时的合成钢琴。同时，原曲中电子铜管声音组成的第一个和弦在格拉斯的音乐中由实际的铜管乐器表现出来。

由此，在作者看来，通过在作品中强调其话语的交叉性质，格拉斯的音乐吸引了后现代社会中各类听众。而作曲家格拉斯也成为了前卫与大众、"严肃"音乐与流行音乐之间的联络人。

结合以上两位学者的论述，在笔者看来，流行音乐与极简主义音乐之间的影响是双向的。一方面，极简主义音乐家从流行的摇滚乐、爵士乐中获得创作灵感；另一方面，不少流行音乐家也从极简主义音乐中汲取创作养料。铃木注重对四位极简主义作曲家与摇滚乐、爵士乐之间的互动经历的分析，并以此说明流行音乐文化对极简主义作曲家所产生的影响；格里姆肖则着重分析了菲利普·格拉斯《低交响曲》中对鲍伊、伊诺专辑《低》中的歌曲材料的借鉴，以展现高低艺术之间的相互交融与重叠。由此，我们可以发现包括极简主义音乐在内的当代古典音乐流派与流行音乐的互动可以展现出多种优势，例如扩大古典音乐的潜在听众、为古典音乐增加属于当下时代文化元素的流行声音、以及模糊高雅艺术与通俗艺术之间的边界从而实现不同类型艺术之间的交流与互鉴等。这是这些优势使得极简主义音乐成为了 20 世纪后期出现的、最受欢迎的音乐会音乐风格，赢得了各类听众——摇滚乐迷、爵士乐迷和古典爱好者的喜爱，并弥合了作曲家与听众之间存在已久的裂痕。

综上所述，从英美学者对极简主义音乐创作理念的研究中可见，极简主义作曲家致力于突破既往音乐的单一化表达模式，并在多个层面上更新他们的音乐创作理念。首先，极简作曲家对印度、西非、印尼佳美兰等非西方音乐素材的引用显示出世界主义、全球主义视野。极简主义作曲家创造出一种杂交混生的音乐文化，其具有西方音乐的基因和外观，又发掘了世界音乐的独有价值，在实现全球音乐文化资源共享的同时达到了对西方当代音乐创作的再生与创新。

其次，通过对传统音乐辩证原则、时间观念的解构，极简主义音乐开辟了另一种全然不同的音乐叙事模式，其作为一种纯粹的声音事件和一种没有戏剧性结构的行为将听众的注意力聚焦于音乐的过程本身。在时间上，极简主义音乐解构了传统音乐的线性时间观念，呈现出静态、循环、垂直等时间特征，形成了整体化且前后几乎完全一致的音乐，就如同一个被拉长的"瞬间"。

极简主义音乐对空间观念的革新也体现出多元化、多角度的理念创新。诸如拉·蒙特·扬等极简主义作曲家通过音乐本体和外在于音乐的诸多元素构建起其音乐的空间理念。就音乐本体而言，作曲家扬通过对声音物理性质和泛音结构的探索从而使得听众能够从复杂的泛音关系中感受到音乐所表达的空间感知。同时，通过营造灯光环境以及安排处于移动位置中的表演者或观众从而营造出剧场感并使得观众能够真正体验到由于不同的聆听方位而产生的泛音、声音频率及声音色彩的变化。

在创作中，想法与观念总是支配着作曲家音乐在创作上的整体方向与定位。从极简主义作曲家的案例中，我们可以发现作曲家拉·蒙特·扬将观念化思维发展到了极致，他甚至极端地将声音作为一种想象，由此超越了其物理存在的意义；其他的极简主义作曲家则更多地通过与观念艺术家进行合作从而将想法作为其作品的重要切入点。对观念化创作思维的引入拓展了极简主义音乐的创作语言，并增强了该音乐流派与其他音乐、艺术流派之间的交流与互动。

最后，通过研究极简主义音乐与 20 世纪多元音乐风格的互动，我们可以看到极简主义音乐的创作并不是无源之水、无本之木，其在形式上虽然打着反对 20 世纪序列音乐复杂性的口号，但实则却借鉴了序列音乐理性化、客观化的创作方式，只是以一种简化的音乐语言将其进行变形，从而呈现为一种新的音乐风格；此外，与流行音乐文化的互动与交融充分体现出极简主义音乐根植于当代大众的风格定位，其模糊了高雅与通俗、古典与流行之间的界限，形成了跨界的艺术创作倾向，并将一股清新的气息同时引入了古典音乐圈和流行音乐圈，有助于推动当代美国音乐建立自己的个性化语言和独特风格。

由此可见，极简主义音乐充分践行了后现代主义思潮中的解构、多元化及全球主义的观点。与其说极简主义音乐代表了一种音乐风格的转变，倒不如说其显示出深层次的音乐思维和理念的转变。正是在这种创作观念的影响下，极简主义音乐产与其之前的现代主义音乐所全然不同美学倾向，从而带给音乐界在简约、清新且具有深度的音乐风格。

第三章　英美学界极简主义音乐的创作技法研究

尽管极简主义一词最初用于视觉艺术，但后来被应用于一种以有意简化的节奏、旋律和和声词汇为特征的音乐类型。蒂莫西·约翰逊认为，极简主义一词更适合被定义为一种技术，而不是一种美学或风格[1]。因此，在笔者看来，要对极简主义音乐有一个全面的解读，就不得不研究其在创作技法上的特征。创作技法提供了音乐语言的组织材料和建构方式，有助于我们在最基础的层面上建立对该音乐流派的认知。以下，笔者将从音高与调性、节奏与节拍、结构与过程以及多声与复调四个方面呈现英美学界对极简主义音乐创作技法的研究，并结合这些研究总结出极简主义音乐在创作技法上特征。

第一节　对音高与调性的研究

不同极简主义作曲家的音乐技法有不同的呈现方式。就音高而言，该流派的音乐作品共同关注非功能性的调性和重复的音乐短语，通常是小的、逐渐演变的主题或细胞。例如，当作曲家扬使用长时间的持续嗡鸣时，格拉斯选择了循环的和弦琶音，而莱利和里奇则结合了重复的旋律和脉冲式和声。与此同时，早期的极简主义音乐几乎没有西方音乐（至少从浪漫主义时期开始）的和声运动、转调、主题发展等主要音高特征。极简主义音乐风格的音高特征体现

1　Timothy A. Johnson. Minimalism: Aesthetic, Style, or Technique? *op. cit*., pp.742-773.

在使用调性化的和声语言、传统的三度叠置和弦以及恰空和声循环等。英美学者分别采用申克分析、新黎曼分析、和声分层分析等方法对极简主义音乐的特色音高语汇进行了广泛而深入的研究。

一、极简主义音乐的调性特征

保罗·巴森在《约翰·亚当斯 1977-1987 年管弦乐作品中的大型调性结构》中提到，虽然美国最有影响力的极简主义作曲家在使用和声时表现出个人化的风格特征，但某些倾向是常见的，包括使用自然音阶音高类集合，传统三和弦结构，以及对句法、和声功能原则的漠不关心[2]。在笔者看来，巴森很好地概括了极简主义音乐的和声、调性特征。

作曲家史蒂夫·里奇在 1970 年的《关于未来音乐的一些乐观预测》中提到，"清晰的调中心脉搏和概念将重新成为新音乐的基本来源"[3]。在基思·波特看来，里奇的这一预言在很大程度上是正确的。在《作为一个渐进过程的和声进行：对史蒂夫·里奇音乐调性发展的理解》中，波特对里奇音乐的调性及总体和声语言特征进行了分析，并以里奇的作品《三重四重奏》（1998）为例，对作曲家在音高和调性语言方面的发展进行了解读。

波特分析了里奇音乐中的整体调性语言特征。他提出，里奇的作品《四架管风琴》（1970）标志着作曲家对和声运动产生浓厚兴趣的开始[4]。属十一和弦构成了作品的音高材料，对和弦而非旋律、对位和重复结构的使用构成了作品的内核。《四架管风琴》全曲仅使用六个音级，将其以三度排列便构成了 E 音上的 11 和弦（见谱例 3-1-a）；将其以五度排列则更接近于这些音高在作品织体布局中的部署方式（见谱例 3-1-b）。这个 11 和弦形成了以 A 伊奥尼亚调式（缺三音）为基础的属和弦，并在作品中持续了约 15 分钟。在作者看来，这种形式的和声材料很快成为里奇建立"清晰调中心"概念的基石，并在作曲家随后四十多年的作曲实践中广泛存在于他的作品中[5]。

2　Paul Barsom. *Large-Scale Tonal Structure in Selected Orchestral Works of John Adams, 1977-1987. op. cit.*, p.2.

3　Steve Reich. Some Optimistic Predictions (1970) about the Future of Music, in *Writings on Music 1965-2000. op. cit.*, pp.51-52.

4　Keith Potter. Harmonic Progressions as a Gradual Process: Towards an Understanding of the Development of Tonality in the Music of Steve Reich. In Felix Woerner and Philip Rupprecht eds. *Tonality Since 1950: Concept and Practice*. Stuttgart: Franz Steiner Verlag, 2017, pp.189-207.

5　Keith Potter. Harmonic Progressions as a Gradual Process. *op. cit.*, pp.189-207.

谱例3-1：《四架管风琴》中的整体和声材料[6]

波特认为，一方面，对高叠和弦的使用早在1970年就已成为里奇和声思想的一部分。但另一方面，作曲家的创作风格并不是一成不变的。因此，波特通过审视作曲家在20世纪90年代后期的和声术语来观察里奇和声实践的转变。波特发现，在诸如《三重四重奏》之类的作品中，里奇构建出一种更激进的调性音乐词汇[7]。这种和声语言的特征体现在对属和弦的使用。在创作中，里奇的和弦通常会在间距和功能方面将低音与高音分开。低音音符与其所属的和弦，以及在将和弦连接起来形成序进的功能方面都模棱两可。作者认为，里奇在其《三重四重奏》中使用"属和弦"的思想可以概括为将任何和声集合的低音视为所讨论调的属音的观点。这个属音能够有助于识别局部的调中心。同时，由此产生的"属和弦"语汇可能发展出相当复杂的调性语法[8]。

首先，通过采用申克分析法[9]，波特从《三重四重奏》中解读到一种成熟的调性结构。作品第一乐章的调性在四个相隔小三度的小调，分别为e小调、g小调、♭b小调和♯c小调的属和弦上进行布局，形成一个基于"减七和弦"循环的调性进展。乐章共有两个"减七和弦"调性循环，循环一为第1-114小节，循环二为第115-312小节。第二，作者对第一乐章的音高内容进行了完整的分析，并指出在由四个相距小三度调性所形成的八次调性变换中，每个调性都包括十二个音高等级中的七到九个，呈现出一种色彩化的调性变换结果，并在考

6　Keith Potter. Harmonic Progressions as a Gradual Process. *op. cit.*, pp.189-207.

7　Keith Potter. Harmonic Progressions as a Gradual Process. *op. cit.*, pp.189-207.

8　Keith Potter. Harmonic Progressions as a Gradual Process. *op. cit.*, pp.189-207.

9　申克的分析方法，是"将丰富的音乐细节，简化成一个简单的和声模式。以这种方法，我们可以看到，对位化的延长怎样把和声的支柱在时间上加以展开。这样，我们可以将非常复杂的音乐作品变得清晰可辨，一目了然，并让丰富的细节自己突出。"赵仲明：《西方音乐研究在中国》，人民音乐出版社，2012年版，第243页。

虑作品每个调性所使用的总音域范围时形成了一个有效的话题[10]。最后，作者总结到，里奇虽然在他的众多作品中采用了多层次的、对位的方法来处理音乐材料，但这些材料在本质仍然以基于三度的调性和声作为主要建构语言。同时，探索固定调中心模式中的音高变化范围有助于构建一个分析极简主义-后极简主义调性语言的方法框架。

在笔者看来，波特研究的特色之处在于，他看到了里奇对"调性"概念的发展。里奇的早期音乐作品，无论是《钢琴相位》（1967）、《小提琴相位》（1967）还是《四架管风琴》（1970）都显示出作曲家都在很长一段时间内的和声静止状态。例如，在《钢琴相位》的三个部分中，作曲家在第一部分和第二部分的大部分时间段中将音高保持在 E、#F、B、#C、D 五个不同音级上，旨在突出由相位模式产生的声部分离现象；在《四架管风琴》中，正如波特所说，基于 E 音上的属和弦在大约 15 分钟内"悬空晾干"[11]，并未产生任何音高上的动态变化。而在创作于 1998 年的《三重四重奏》中，里奇在宏观的调性布局及微观的和声语汇方面引入了变化，在缩短了单个和弦持续时间的基础上设计了更多的和声运动。波特看到了这一发展的趋势，并采取历时研究的思路将里奇早期和后期作品中的音高、调性和技法进行梳理与对比，并将研究对象重点放在后期的《三重四重奏》中，全面展现了该作品的音高与和声语言结构。

除了波特对里奇作品中调性语言的研究外，琳达·安·嘉顿在其博士论文《调性和史蒂夫·里奇的音乐》中，通过分析里奇的《钢琴相位》《为十八位演奏家而作的音乐》以及《特希利姆》等三部作品中的非常规化、创新化调性使用后发现，在任何给定的时间段内，这些作品中都有多达四个、五个甚至六个可能的调中心，并且在许多情况下，对任何一个调中心的选择都同样"正确"[12]。

在对《为十八位演奏家而作的音乐》进行分析时，嘉顿认为，这首作品的结构基础是一系列 11 个和弦，作品的第 1-14 乐章以快速、稳定的八分音符脉冲在这 11 个和弦上进行循环。这 11 个和弦循环的调性可以被认为以五度关系成对划分（在谱例 3-2 中由低声部的括号括出）。其中，调性不仅由低音声部的进行所决定，女高音声部的旋律也对调中心起到了暗示作用。如在和弦

---

10 Keith Potter. Harmonic Progressions as a Gradual Process. *op. cit.*, pp.189-207.
11 Keith Potter. Harmonic Progressions as a Gradual Process. *op. cit.*, pp.189-207.
12 Linda Ann Garton. *Tonality and the Music of Steve Reich. op. cit.*, p.iii.

1、2 中，女高音声部的 D 音为 b 小调的 3 级音。第二，作者运用了实证研究的方式将 11 个和弦中的每一个作为单独的调性实体，并邀请 15 位听众进行测试，判断每个和弦的调中心。从统计的数据结果中，作者发现，超过一半的聆听主体都同意和弦 7、8 的调中心为 #f，这是由于在和弦 7、8 中低音和高音在调性上的相互加强造成的。这不同于和弦 3 或和弦 11。虽然这四个和弦均包含四个音级，但和弦 3 的低音声部 #f 和 #c 音与高音声部中的 A 和 E 音则呈现出调性解释的开放性，而和弦 11 中的 E 则有助于形成和弦功能的模糊。

谱例 3-2：《为十八位音乐家而作的音乐》中的和弦循环与分组[13]

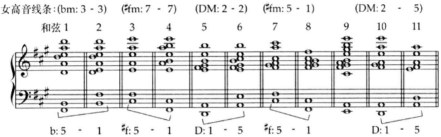

图 3-1：将黄金分割应用于十一个和弦的循环[14]

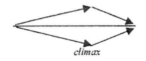
a. The typical golden section

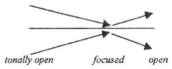
b. The golden section and tonal layout

第三，作者提出，在和弦 7、8 中包含更集中的调性体现是因为这两个和弦的位置处于 11 个和弦循环的黄金分割点。在里奇的音乐语境中，传统调性音乐的"稳定-不稳定-稳定"范式并不适用，而是呈现出"开放-聚焦-开放"的特征，听众可能会将其解释为"放松-强化-放松"[15]（见图 3-1）。整首作品在和弦 7 处专注于 #f 小调，大致位于和声循环的 63.6% 处，显示了这种聚焦位于 11 个和弦循环中的黄金分割点位置。

在笔者看来，嘉顿分析的特色之处在于，她提出了作曲家里奇对调性和声语言的创新化使用方式。其分析方法的亮点之处在于引入了聆听主体对作品调性的直观感受，并将主体对调性的判断进行数据统计。同时，作者将里奇对

13 Linda Ann Garton. *Tonality and the Music of Steve Reich. op. cit.*, p.109.
14 Linda Ann Garton. *Tonality and the Music of Steve Reich. op. cit.*, p.116.
15 Linda Ann Garton. *Tonality and the Music of Steve Reich. op. cit.*, p.116.

调性的创新化使用方案诉诸于作曲家非常规化的黄金分割点呈现方式，并就此问题进行了深入探讨。

在以上两位学者的研究中，波特主要采用了以申克式分析法为主的音乐分析，从里奇调性和声语言的发展角度着手研究；嘉顿在基于谱面分析的基础上又采取了实证性研究，引入了聆听主体对调性的感性感知，从而说明里奇在建构调性时所采取的开放性策略。由此可见，英美学界对极简主义音乐调性、和声语汇的研究方法是多元且深入的。

此外，英美学界还对极简主义音乐中的一些特殊的调性现象，如调性模糊、双调性、多调性特征进行了研究。约翰·理查森在专著《歌唱考古学：菲利普·格拉斯的〈阿赫纳顿〉》中分析了菲利普·格拉斯歌剧《阿赫纳顿》中的调性模糊、双调性及多调性的特征[16]。他指出，通过采用某些技术手段，格拉斯模糊了音乐的调性。这些技术手段包括：（1）导音不像传统调性音乐中人们预期的那样指向主音；（2）平行和声的广泛使用。平行和声运动在 20 世纪上半叶包括斯特拉文斯基、巴托克等作曲家的作品中很常见，平行五度的运动（也包括四度、六度）是格拉斯音乐语言的典型特征；（3）使用效果不稳定的和弦，包括和弦的转位形式及附加音和弦等。作者理查森指出，格拉斯其音乐中广泛使用转位和弦正是利用了转位和弦在功能上的模糊性。同时，附加音或减去音的和弦也能造成音乐的不稳定性。在三和弦中添加新的音，如二度或六度会产生有趣的色彩效果，又不会显着挑战调性；（4）任何和弦结构都可以建立在音阶的任何音级上。在传统的大、小调中，和弦通常具有一定程度的功能特性。例如，减三和弦特征性地建立在第七级音上，而属七和弦特征性地建立在属音之上。在格拉斯的音乐语言中，原则上任何和弦结构都可以落在任何音阶级数上，这意味着功能模糊的和弦序进出现并持续较长时间；（5）经常使用踏板音符或和弦。在作者看来，这些踏板音、踏板和弦的效果具有很大的差别：它们或是加强音乐的主要调性，或是创造一个相对于主要调性的不和谐暗流；当它们在高声部出现时会产生微妙的多调性。它可以被认为是对主要调性的色彩补充；然而，如果它变得足够强大，它可能会篡夺调性而变得突出。

第二，理查森指出，除了采用和声模糊之外，双调性和多调性也是格拉斯音乐中经常采用的技术手段。双调性典型的例子体现为将大调和小调进行并

---

16 John Richardson. *Singing Archaeology: Philip Glass's Akhnaten. op. cit.*, pp.68-71.

置或叠加，其结果是两种调式三度音之间出现了刺耳的小二度音程[17]。双调性频繁出现在歌剧《阿赫纳顿》中。典型一处是第一幕前奏曲阿赫纳顿的"犯罪"主题。该主题建立在低音区的 ♭b 小调上，管弦乐伴奏声部在以 ♭B 音为中心的大调和小调三和弦上交替，这种不协和音响描绘了歌剧中最不祥的主题氛围。

多调性在格拉斯音乐中也具有典型性，《阿赫纳顿》中有许多经典的多调性片段。例如，第二幕场景一"寺庙"中出现了多种混合调性的书写（见谱例3-3）。该例的第一小节展示了 a 小调踏板音与高声部 e 小调三和弦的混合，以及经典的"错误音符"双调性，包括 ♭a 小调与 e 小调（例中第二小节）、♭A 大调与 C 大调（例中第三小节）之间形成的多调性并置等。

谱例 3-3：《阿赫纳顿》第二幕场景一"寺庙"中的多调性并置[18]

综合上述学者的研究，在笔者看来，极简主义主义音乐的调性特征体现在：极简主义音乐的和声语汇与传统音乐保持了一致，采用了三度叠置的三和弦及其延伸、高叠形式；在调性布局上由早期的长时间静止逐渐发展为逻辑化的调性设计与进行方向。同时，根据特定的上下文语境和意义，极简主义音乐在某些片段中还呈现出调性模糊、双调性及多调性特征。这些特征共同丰富了极简主义音乐的色彩和表现力。

二、极简主义音乐与恰空循环

恰空作为一种古老的舞曲体裁，通常采用变奏套曲的形式写成，或根据一个固定低音、一个程式化和声写成，通过几次短的反复，然后在各个反复中进行变奏。它是 16 世纪末西班牙著名的古老的民间舞曲，节拍为 3/4 或 2/3，速

---

17 John Richardson. *Singing Archaeology: Philip Glass's Akhnaten. op. cit.*, p.71.
18 John Richardson. *Singing Archaeology: Philip Glass's Akhnaten. op. cit.*, p.76.

度活跃。17 世纪初在法国得到推广。在意大利，恰空接近帕萨卡利亚，在固定低音的基础上进行变奏发展。17-18 世纪恰空置入古组曲（partita）和组曲（suite）中。[19]

极简主义音乐对恰空和声循环的使用可以看出西方音乐在 20 世纪中叶之后向传统音乐回溯的倾向。在现代主义阶段，序列音乐的兴起导致了一种文化荒漠的诞生。其主要表现在，现代主义作曲家极力创造一种先锋的、实验性的音乐，以一种异化的、封闭的音乐创作理念架起了音乐与听众之间难以弥合的断裂。因此，20 世纪中后期的作曲家们渴望重新发现过去并重塑过去的艺术传统，从而为他们在这个机械工业时代无处安放的内心找到一处心灵的归属地和庇护所。在英美学者看来，通过对恰空舞曲等古老的音乐体裁的复兴，极简主义作曲家在加强了其音乐与西方传统音乐之联系的同时，又赋予这些传统以新的、与时代相符的语境。

约翰·理查森在对菲利普·格拉斯的歌剧《阿赫纳顿》的研究中提到了该歌剧所采用的三种恰空模式（见表 3-1）。第一个恰空模式以下降的 a-g-c 的旋律进行为特征，这也是贯穿《海滩上的爱因斯坦》《非暴力不合作》和《阿赫纳顿》肖像三部曲中的一个共同主题；第二个恰空模式由高音木管（长笛、双簧管和单簧管）与低音木管（低音单簧管和巴松管）的相反运动组成，两个声部构成了下降的 a-g-f-e 四音列；第三个恰空模式包括中提琴、上升的大提琴低音线 a-b-c-e 以及下降的小号线旋律线 c-g-e。

表 3-1：《阿赫纳顿》中的三种恰空模式[20]

恰空模式 1	
恰空模式 2	

---

19 钱亦平，王丹丹：《西方音乐体裁及形式的演进》，上海音乐学院出版社，2003 年版，第 391 页。

20 John Richardson. *Singing Archaeology: Philip Glass's Akhnaten. op. cit.*, pp.63-65.

恰空模式 3	

作者理查森从三个方面对恰空的音乐语言及其背后的含义进行了分析。首先，恰空是对过去的暗示。恰空最早起源于 16 世纪的西班牙音乐，后来几乎渗透到所有巴洛克时期著名作曲家的音乐中。其在法国路易十六的宫廷中发挥了特别重要的作用。伴随着行星围绕太阳旋转的芭蕾舞寓言，恰空及其球体柏拉图式和谐的潜台词代表了臣民与法国国王之间的关系[21]。《阿赫纳顿》中对恰空的使用与其在历史上的意义产生了强烈共鸣。恰空中包含的由主音到属音的小调下行四音列是普遍公认的强大哀悼符号。在《阿赫纳顿》的加冕场景和对太阳的赞美诗场景中，恰空的使用象征着主人公阿赫纳顿在遭受周围混乱叙事中的一种痛苦的自我反省，代表了一个未受玷污的内心时刻。同时，恰空及其重复的使用避免了与大规模叙事结构的纠缠，从而为听众提供了听觉的避难所[22]。

在论文《印度音乐对菲利普·格拉斯、特里·莱利和拉·蒙特·扬作品的影响》中，作者艾利森·韦尔奇研究了作曲家菲利普·格拉斯的歌剧作品《非暴力不合作》中的恰空和声进行。在韦尔奇看来，恰空象征了印度教宇宙学的核心：

> 过去、现在和未来，体现了业力[23]学说，通过巴洛克的恰空装置体现在音乐中。作为一种循环元素，恰空引用了印度的宇宙学和音乐，而且它也讲述了欧洲艺术音乐传统的过去时代。[24]

同时，作者还提到，格拉斯对于恰空和声进行的使用也反映出他致力于东西方

---

21 John Richardson. *Singing Archaeology: Philip Glass's Akhnaten. op. cit.*, p.62.

22 John Richardson. *Singing Archaeology: Philip Glass's Akhnaten. op. cit.*, p.68.

23 业力表示行动、工作或行为；它还指因果关系原则，个人的意图和行为会影响个人的未来。善意和善行会带来善业和未来的幸福，而恶意和恶行会带来恶业和未来的痛苦。业力与一些亚洲宗教学派的重生观念密切相关。在这些学派中，当下的业力会影响一个人在当前生活中的未来，以及未来生活的性质和质量——或者说，一个人的轮回。它起源于古印度，是印度教、佛教、耆那教、锡克教和道教的重要概念。

24 Allison Clare Welch. *The Influence of Hindustani Music on Selected Works of Philip Glass, Terry Riley and La Monte Young. op. cit.*, p.467.

音乐融合的理念。在格拉斯看来，作为一种特殊形式的西班牙民间音乐，恰空据传是由起源于印度的吉普赛人引入西班牙的。他认为："东西方很少有共同的和声实践，因为和声实践在东方音乐中几乎没有出现过。这种特殊的模式是我所知道的少数几个在西方很常见的、并且可能起源于东方的模式之一。"[25]因此，格拉斯对恰空进行的使用既体现出印度音乐中的轮回时间观，又象征着东西方音乐的融合。

通过分析，作者韦尔奇提出，歌剧《非暴力不合作》中的所有七个场景都使用了恰空装置。他将整首作品对恰空进行的使用概括为以下特征。首先，作品中主要的恰空进行是一个以 F-C 音为起止的下降四音列，表现为 F-^{b}E-^{b}D-C 或 F-E-D-C。该四音列在歌剧第一幕场景一和第二幕场景三完整出现。其他场景只能找到音列的变体和不完整轮廓。第二，歌剧以 f 小调开始并在 C 大调中结束的宏观调性布局也呼应了恰空进行的基本方向。最后，作者韦尔奇提出，《非暴力不合作》体现出格拉斯和声表达风格的进一步发展，远离了早期极简主义美学中更简约的风格特征。

除了以上理查森和韦尔奇对极简主义音乐中的恰空循环进行分析外，基斯·波特还在文章《"旧的新恰空"：史蒂夫·里奇〈为木管、弦乐和键盘而作的变奏〉的草图，以及它对 20 世纪 70 年代后期作曲家和声语言分析的一些意义思考》中认为，在作品《为木管、弦乐和键盘而作的变奏曲》中，里奇将恰空和弦序进作为整首作品的基础和决定性因素。这种和声进行的整体结构基于单个和弦序列，在其跨度中作为一个完整的实体重复多次，形成了恰空模式[26]。因此，不同于经典的四小节或八小节长度的恰空形式，里奇在《变奏曲》中采用的恰空进行要长得多。同时，他通过采用特定的创作策略改变恰空序进中的和弦顺序，实现了在和声框架上的变奏。

综上所述，在笔者看来，对恰空和声循环的使用成为史蒂夫·里奇、菲利普·格拉斯等极简主义作曲家作品中的一个重要方面。结合英美学者的研究，可以看到作曲家对恰空进行的使用主要呈现出以下特征。首先，恰空进行在特定语境中具有特定意义，其可作为一种强大的哀悼符号，象征个人的、痛苦的

---

25 Allison Clare Welch. *The Influence of Hindustani Music on Selected Works of Philip Glass, Terry Riley and La Monte Young. op. cit.*, p.468.

26 Keith Potter, 'New Chaconnes for Old?' Steve Reich's Sketches for Variations for Winds, Strings and Keyboards, with Some Thoughts on Their Significance for the Analysis of the Composer's Harmonic Language in the Late 1970s. *Contemporary Music Review* 36.5 (2017): pp.406-439.

反省；或是作为东方的、循环的、轮回的时间观体现。其次，恰空进行的使用代表着极简主义作曲家由早期对位化风格的音乐转向对更复杂的和声语汇的设计与发展，从而形成了一种更加系统且个性化的极简主义和声语言。

此外，就分析方法而言，研究学者还采用新黎曼理论、和声分层等方法来对极简主义音乐的音高、和声语言进行分析。蒂莫西·约翰逊在专著《约翰·亚当斯的〈尼克松在中国〉：历史、政治视角下的音乐分析》中采用新黎曼理论[27]分析了亚当斯的歌剧《尼克松在中国》中的和声语言。在其博士论文《约翰·亚当斯音乐中的和声词汇：分层方法》中，约翰逊又自创了和声分层法来研究作曲家亚当斯作品中的音高问题。约翰逊提出，对于每个单独的音乐段落，他将识别出三个不同的音级集合层次，并将其排列在被称为复合体（complex）的三元组中。一个复合体由和弦、响度及场组成[28]。约翰逊以图示表现了自然音阶复合体中的不同层次：

图 3-2：约翰逊的自然音阶复合体图[29]

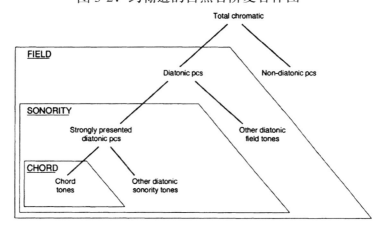

---

27 新黎曼理论出现在 20 世纪 80 年代，是大卫·勒文、布赖恩·海尔、理查德·科恩和亨利·克伦彭豪威尔等音乐理论家著作中的思想集合。将这些想法结合在一起的是一个核心承诺，即直接将和声相互联系起来，而不必参考调性。最初，这些和声是大三和弦和小三和弦。随后，新黎曼理论也扩展到标准的不和谐音。在分析以高度半音为特征的晚期浪漫主义音乐，包括舒伯特、李斯特、瓦格纳和布鲁克纳作品中的和声实践时经常引用该理论。见 Richard Cohn. An Introduction to Neo-Riemannian Theory: A Survey and Historical Perspective. *Journal of Music Theory* 42.2 (Autumn 1998): pp.167-180.

28 Timothy A Johnson. Harmonic Vocabulary in the Music of John Adams: A Hierarchical Approach. *Journal of Music Theory* 37.1 (Spring, 1993), pp.117-156.

29 Timothy A Johnson. Harmonic Vocabulary in the Music of John Adams. *op. cit.*, pp.117-156.

上图显示了约翰逊的自然音阶复合体形式。图中的三个梯形包围了复合体的组成部分，并显示了它们之间的包含关系。其中，每个音级集合在下一个较低级别中分成两个分离的子集。最顶端的是总半音级数，其在"场"中分为自然音阶集合与非自然音阶集合；在"响度"中，自然音阶集合分为强烈呈现的自然音级与其他自然音级场中的音；最后，在"和弦"中，强烈呈现的自然音阶集合分为和弦音与其他自然音阶响度的音。通过将作品中的和声语言进行以"场""响度"和"和弦"三个不同范围的分层，约翰逊具体讨论了亚当斯作品《风琴》及《弗里吉亚门》中的和声语言。

综上所述，在笔者看来，英美学界对极简主义音乐的音高、调性、和声等方面的研究在内容与方法上都呈现出多元性。就研究内容而言，基斯·波特和琳达·安·嘉顿均对极简主义音乐的调性问题展开研究。波特陈述了极简主义音乐调性语言的基本特征，并以发展的眼光看待其演进轨迹；嘉顿则以三部特定的作品为例分析了其各自的调性、和声特征。理查森对极简主义音乐中的调性模糊、双调性、多调性进行了研究，并结合具体语境说明了这些技术与音乐叙事之间的关联。理查森、韦尔奇和波特都在其研究中谈到了极简主义音乐中的恰空循环及符号意义。就研究方法而言，英美学者分别采用申克分析法、和声分层视阈下的音高分析以及对多位听力主体的实证性调查等方法，为研究极简主义音乐的研究提供了独特的视角和新生的活力。

第二节　对节奏与节拍的研究

节奏是极简主义音乐最具特征的因素之一。大多数极简主义音乐虽然采用八分音符、十六分音符等较为简单的节奏型，但却运用不同的技术来丰富音乐的节奏语言。菲利普·格拉斯的器乐作品《两页》《五度音乐》《相似运动的音乐》《反向运动的音乐》等都呈现出以八分音符为主的律动模式，但作曲家通过附加、缩减节奏技法实现了其在单调节奏模式中的变化。作曲家里奇"用节拍替换休止符"技法在其创作中占有突出地位[30]。该技法通常与卡农一起使用，通过在模仿中将休止符逐渐组装成音符以达到对起句动机的重复与变化。此外，相位技法、多层次节奏也是极简主义音乐、尤其是作曲家史蒂夫·里奇的音乐中常用的节奏模式。英美学者从系统发生学、节拍集合、多节奏结

---

30 Dan Warburton. A Working Terminology for Minimal Music. *op. cit.*, pp.135-159.

构等视阈出发，分别对极简主义音乐的不同节奏特征展开了研究。

一、极简主义音乐节奏的系统发育图

在《史蒂夫·里奇的〈拍手音乐〉和约鲁巴钟时间线中的新兴节拍集合分析》中，作者贾斯汀·科兰尼诺、弗朗西斯·戈麦斯和戈弗里德·T·杜桑在系统发生学理论下研究了作曲家史蒂夫·里奇的《拍手音乐》。

在文章的作者看来，作曲家里奇致力于在其音乐中创造一种能够被听众清楚听到的音乐过程。该过程与里奇的相位技法相关，其具体的操作方法是：两条或多条旋律线条以齐奏开始，通过不同的速度或不同的对位方式形成错位、分离，最终又再次回到起初同步、齐奏的状态。下面两幅图[31]阐释了同相和相变的状态：

图 3-3：相位模式的同相　　　　图 3-4：相位模式的异相

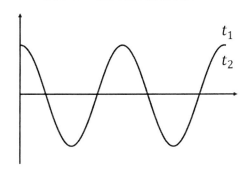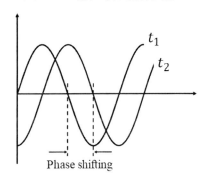

基于以上图示便不难理解相位技术的核心：改变两条或多条旋律纵向结合的时间点。相位技法在里奇 1965-1973 年间创作的《要下雨了》《出来》《钢琴相位》《小提琴相位》《击鼓》《拍手音乐》等多部作品中得到了实践。

在《新兴节拍集合分析》一文中，作者关注的是里奇的《拍手音乐》和西非约鲁巴音乐的钟声时间线的比较分析。《拍手音乐》是为两位拍手演奏者而作的相位乐曲。其中一位演奏者在多次重复一个模式后向前推进一个八分音符，而另一位演奏者则不动声色地继续演奏初始节奏模式。在作者看来，这首曲子虽看似简单，却不乏音乐趣味。首先，《拍手音乐》是里奇相位思想的综合与提炼。其次，《拍手音乐》具有深刻的节拍模糊性以及大量环环相扣的节

---

31 转引自唐小波：《史蒂夫·瑞奇对"相位移动"技法的自我演进》，《南京艺术学院学报》，2013 年第一期。

奏模式，创造了巨大的节奏多样性[32]。

在分析方法上，作者采用了系统发育图进行分析。系统发育图最初在生物学中用于衡量两个物种之间的接近程度。在研究中，作者用节奏模式取代了基因，定义了一种新的节奏模式之间的相似性度量。该研究分为以下步骤。首先，作者将里奇《拍手音乐》的基本节奏型与西非约鲁巴人使用的钟声时间线进行对比（见谱例 3-4）。通过对比，可以看到二者非常相似，作曲家里奇似乎只是添加了一个额外的、无关紧要的音符。

谱例 3-4：《拍手音乐》节奏模式与约鲁巴钟声时间线的对比[33]

表 3-2：《拍手音乐》节奏的系统发育图与约鲁巴钟声时间线的系统发育图对比[34]

《拍手音乐》节奏的系统发育图	约鲁巴钟声时间线的系统发育图
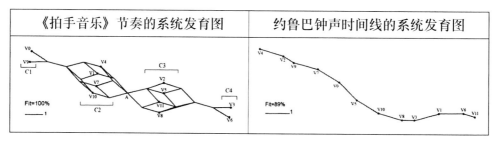	

第二，作者采用生物信息学中使用的受最基本突变模型启发的交换距离来分析节奏模式原型（V0）及其变体（V1-11）之间的差异。作者以 x 代表音符，以圆点代表休止符，从而计算了节奏模式之间的最小交换次数。例如，在《拍手音乐》中节奏原型 V0 表示为 xxx.xx.x.xx.，变体 V1 表示为 xx.xx.x.xx.x。可以看到，原型 V0 与变体 V1 中演奏员 1 与演奏员 2 的最小交换次数为 4，因

32 Justin Colannino, Francisco Gómez, and Godfried T. Toussaint. Analysis of Emergent Beat-Class Sets in Steve Reich's "Clapping Music" and the Yoruba Bell Timeline. *Perspectives of New Music* 47.1 (Winter 2009): pp.111-134.

33 Justin Colannino, Francisco Gómez, and Godfried T. Toussaint. Analysis of Emergent Beat-Class Sets in Steve Reich's "Clapping Music" and the Yoruba Bell Timeline. *op. cit.*, pp.111-134.

34 Justin Colannino, Francisco Gómez, and Godfried T. Toussaint. Analysis of Emergent Beat-Class Sets in Steve Reich's "Clapping Music" and the Yoruba Bell Timeline. *op. cit.*, pp.111-134.

为我们必须在 V0 的位置 3、6、8 和 11 执行 4 次交换以将 V0 转换为 V1。通过计算每一个变体与原型、其他变体之间最小交换距离，作者将得出的数据用类似于生物学中分子序列构建的物种系统发育图来进行分析（见表 3-2）。表格中的两幅图由 Splits Tree 程序构建，分别展示了《拍手音乐》中节奏的系统发育图和原始的约鲁巴钟声时间线的系统发育图。

《拍手音乐》的系统发育图是一个对称的、三维的模型图。作者发现，该系统发育图具有一个中心节点 A，其在乐曲中似乎起着关键作用。同时，随着变体 V0、V1、……V11 在整个乐曲中的进展，他们体现出相对于节点 A 的从一侧到另一侧的转换。通过计算，作者得出了节点 A 的"祖先节奏"的形态（见谱例 3-5）。该节奏就是一种基本的长短格节奏类型，具有很强的计时性特征。同时，该节奏也是一种常见的非洲古巴鼓模式，在全球不同地区的音乐，包括拉丁美洲的一些音乐、智利的库埃卡、古巴的合唱音乐、阿拉伯音乐以及加拿大北部印第安人鼓舞中都可以找到[35]。

谱例 3-5：《拍手音乐》中的祖先节奏 表 3-3：《拍手音乐》中的集群

Clusters	C1	C2	C3	C4
	V_0	V_1	V_2	V_3
		V_4	V_5	V_6
		V_7	V_8	
	V_9	V_{10}	V_{11}	
	V_{12}			

《拍手音乐》的系统发育图有四个可区分的集群 C1、C2、C3 和 C4。从系统发育图和表 3-3 中可以看到，第一部分中变体 V_1、V_2、V_3 都远离 V_0；在 V_4 到 V_6 的第二部分中，变体仍然远离 V_0；V_7 和 V_8 组成的第三部分代表了一个转折点，随后第四部分的 V_9 趋向于 V_0，V_{10} 和 V_{11} 再次远离。最后，《拍手音乐》以回归到同步演奏的节奏模式 $V_{12}=V_0$ 结束。同时，作者还提到，《拍手音乐》的系统发育图还呈现出有趣的对称性。集群 C1 和 C4 中的所有节奏都在距离中心节点 A 的 6 个单位处；集群 C2 和 C3 中的节奏与 A 的距离均为 2。

约鲁巴钟声时间线的系统发育图是一条链，其链上没有祖先节点。图中的

35 Justin Colannino, Francisco Gómez, and Godfried T. Toussaint. Analysis of Emergent Beat-Class Sets in Steve Reich's "Clapping Music" and the Yoruba Bell Timeline. *op. cit.*, pp.111-134.

变体 V5 可以发挥节点 A 的作用。它位于链的中心，和《拍手音乐》一样，变化在 V5 附近从左到右、从右到左交替变化。总体来讲，这幅图似乎并没有对约鲁巴时间线的结构产生任何特别的见解，没有显著的集群分析需要讨论，也没有表现出特殊的对称性或规律性。因此，当《拍手音乐》的系统发生分析过程应用在约鲁巴时间线上时会得到一个相当尴尬的结果。

最后，作者还对《拍手音乐》和约鲁巴钟声时间线的切分节奏进行了对比分析。研究发现，《拍手音乐》节奏原型 V0 本身具有很高的切分音值，这意味着当它的变体在与它自身进行对位时，将产生更多、更有趣的节奏变化；而约鲁巴钟声时间线的切分音值范围比《拍手音乐》要小得多，这意味着更少的节奏变化和更低的趣味性。

在文章的结论部分中，作者提出对音乐作品的系统发生学分析能够使我们探索乐曲的各种音乐属性，如变奏的分类、演变和转换以及音乐的曲式结构等，特别是当用于分析极简主义音乐，如里奇的《木块音乐》等作品时能够从中受益。

在笔者看来，以上学者的研究角度是非常新颖的。他们选取了仅仅只有一个音符之差的《拍手音乐》节奏型和约鲁巴钟声时间线，并在系统发生学的视阈下对二者的节奏进行了研究，从科学的角度说明了里奇《拍手音乐》节奏设计的优越性。其次，从三位作者的分析中可以看出他们对数学思维的运用。在分析节奏型的原型及其与每一个变体的最小交换次数时，作者采用列表的方式将所有计算数据列出；在对两种节奏型的切分音进行测量时，作者又采用了特定的数学公式以计算不同切分情况下切分音符的持续时间长度。这些分析都离不开对数学思维的运用。第三，比较思维。从表 3-2 中可以看出，整篇文章的核心论点是建立在对《拍手音乐》节奏和约鲁巴钟声时间线节奏的比较之上。在系统发育图中，《拍手音乐》呈现出更为严谨的对称、与原始数据更为完美的拟合、更漂亮的图形和对称的集群等特征。相比之下，约鲁巴钟声时间线的系统发育图则显得更加平淡，没有更多的闪光点。因此，通过将《拍手音乐》与约鲁巴钟声时间线进行比较后可以看到，只改变一个音乐音符的两个不同的节奏模式在系统发生学分析中呈现出显著差异，印证了《拍手音乐》基本节奏型的丰富性、科学性和良好属性。

二、极简主义音乐节奏的节拍集合

在论文《史蒂夫·里奇相位音乐中节拍集合的移位组合》中，理查德·科恩对作曲家里奇以相位技法为特征的《相位模式》和《小提琴相位》这两部作品中的节拍集合及其移位模式进行了分析。科恩是耶鲁大学的音乐理论教授。1994 年，他凭借该文获得了音乐理论学会的杰出出版奖。因此，这篇文章无论是对于科恩个人的学术生涯，还是对于极简主义音乐的研究都具有非常重要的意义。

在科恩看来，节奏是里奇音乐中的重要参数。在里奇的相位作品中，作曲家使用 8 或 12 拍的节拍循环，重复不确定但非常多的次数。这种模式构成了里奇作品中的"材料"或"内容"。科恩利用节拍周期结构与十二音级之间强烈的形式相似性，将分析无调性音乐的音级集合理论用于分析里奇作品中的节奏集合。其具体的操作方式如下：在由 n 个节拍组成的节拍周期中，排成一个 mod-n 系统并将每一拍节奏单位标记为从 0 到 n-1，其中 0 代表标记的强拍。节奏材料由一个或多个节拍集合（beat class set）组成。与音高集合一样，节拍集合具有不变性或循环可生成性，彼此之间存在等价、相似和包含关系[36]。

笔者将主要以科恩对《相位模式》的节拍集合分析为例进行论述。首先，科恩指出，《相位模式》的基本节奏材料含有 8 个节奏元素，可以被分成左右手两组，每组四个（见谱例 3-6）。其中，左手部分的集合为 {0,2,3,5}，右手为 {1,4,6,7}。在 mod-8 的节拍系统中，这两个集合是等价的，都属于原型（0235）的集合。

谱例 3-6：科恩对《相位模式》主要节拍集合的分析[37]

第二，作者对里奇相位作品所采用的形式和过程进行了简要概述。科恩提到，两首相位作品都以单一声音的基本节奏型开始。随后，该声音模式产生了一个复制体，这个复制体开始加速，直到它比原始模式提前一拍。在这个点

---

36 Richard Cohn. Transpositional Combination of Beat-Class Sets in Steve Reich's Phase-Shifting Music. *Perspectives of New Music* 30.2 (Summer, 1992): pp.146-177.

37 Richard Cohn. Transpositional Combination of Beat-Class Sets in Steve Reich's Phase-Shifting Music. *op. cit.*, pp.146-177.

上，复制体以原始速度锁定，两个声部以一拍的差异进入卡农。两首乐曲基本上都由一系列这样的进行（相位的加速度）和延长区域（锁定，在节拍空间中的各种换位处形成卡农）组成。每个延长区域都结合了基本节奏模式的一个或多个移位。例如，《相位模式》以节奏一致的方式开始，逐渐引入相位变化并很快到达延长区域。科恩将这个延长区域的序列表示为{$T_{0,0}$；$T_{0,7}$；$T_{0,6}$；$T_{0,5}$；$T_{0,4}$}（见谱例3-7）。

第三，作者分析了两部作品中由于节拍集合的移位和组合所产生的敲击频率。在作者看来，这两部相位作品由一个主要的节奏模式"贯穿"了相位过程，导致它与自身进入了不同的移位关系。每个"延长区域"都有一个新的节拍集合，它由原始节奏的移位组合产生。通过关注节拍集合在每个度量周期的敲击次数可以探索节奏在整个组合中的形成模式，以及这些模式所导致目的论品质的出现[38]。

在文中，作者以《相位模式》中的五个延长区域的节奏模式为例进行了分析（见谱例3-7）。上面的四行谱表分别呈现原始节奏和移位的复制体。最低的两行谱表是虚拟的，给出了两种声音的综合，这是听者听到的节奏输出。从最低的综合乐谱中可以看出，每个区域的敲击次数都不同，分别呈现为 4、7、6、5 和 8 次敲击。敲击次数从最小到最大转移，最大变化和进展到饱和点的特性很容易被听到。另外，这个转换的序列[4,7,6,5,8]以轴6形成对称。

谱例3-7：科恩对《相位模式》中的五个节拍移位区域的分析[39]

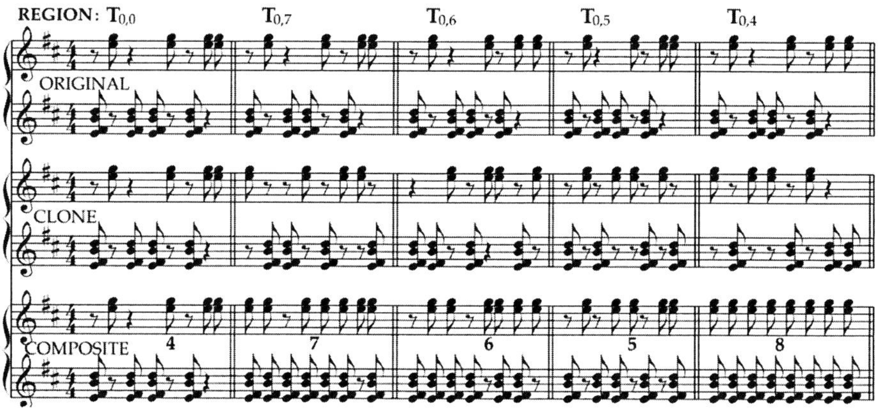

---

38 Richard Cohn. Transpositional Combination of Beat-Class Sets in Steve Reich's Phase-Shifting Music. *op. cit.*, pp.146-177.

39 Richard Cohn. Transpositional Combination of Beat-Class Sets in Steve Reich's Phase-Shifting Music. *op. cit.*, pp.146-177.

　　科恩通过运用函数公式计算出五个区域中的共同敲击点频率为[4,1,2,3,0]（具有对称特征），反映了集合（0235）由向量的对称性转化为敲击点频率的对称性[40]。作者提到，在模为8的节拍集合中，只有（0123）可以提供相同的属性组合，但它会产生[4,5,6,7,8]的总敲击点频率序列，呈现出一种不那么有趣且微妙的"曼海姆渐强"[41]。

　　随着移位的不断发展，在《相位模式》中，虽然敲击的总数增加到最大值，但共同敲击的数量以相同的速度减弱为零。因此，适应了这种关系的听众将有一个不同的目的论体验，他们会发现加倍敲击的变化似乎不如敲击点频率的变化那么明显。通过分析，作者强调，这两部作品都具有特殊属性的敲击点设计，这是作曲家精心设计的结果。频率的多样性显示了作曲家对在相位移动的过程限制内对创造最大差异的关注。同时，频率的排列和发展模式充分展示了这首音乐的动态和目的论成分，暗示了一种微妙的时间概念。

　　第四，作者通过运用音级集合理论中的等价、包含和互补关系对两部作品的节奏进行了分析。通过观察表明，作曲家对超越相位过程的全局材料的水平整合感兴趣。这种整合的效果保证了更高程度的统一性或关联性，进一步塑造了乐曲的形式，确保作品"不仅像地毯一样展开，而且会重新折叠起来，创造出某种形式复杂的轮廓"[42]。

　　最后，作者通过基于节拍集合的分析对里奇的这两部相位作品给出了在风格和美学意义上的评价。首先，科恩认为，里奇对时间的处理方式值得关注。他批判了一些将"过程"和"无时间性"等同起来的观点，并认为里奇的音乐在节奏一致的情况下开始，以系统的方式向其最终饱和状态发展，具有顺序、运动、进展和高潮等特征。第二，对于《相位模式》和《小提琴相位》敲击点的研究表明，音乐过程的运动既不是均匀的节奏，也不可预测。通过间接路线，《相位模式》和《小提琴相位》实现了从最小到最大密度的移动，不是像保龄球一样立即接近目标，而是像波浪一样，呈现出由波峰到波谷的缓和流动。作品在几个不同的结构层次上自我折叠，体现出对时间的经典处理方

40　Richard Cohn. Transpositional Combination of Beat-Class Sets in Steve Reich's Phase-Shifting Music. *op. cit.*, pp.146-177.

41　Richard Cohn. Transpositional Combination of Beat-Class Sets in Steve Reich's Phase-Shifting Music. *op. cit.*, pp.146-177.

42　Richard Cohn. Transpositional Combination of Beat-Class Sets in Steve Reich's Phase-Shifting Music. *op. cit.*, pp.146-177.

式，并将听众的注意力集中在节拍集合的变换上。第三，作者认为，尽管作曲家里奇在他职业生涯的早期努力与序列主义音乐保持距离，但里奇处理材料和过程关系的方法似乎都令人惊讶地与第二维也纳学派[43]联系在一起。因此，用节拍集合视阈来看待里奇作品的节奏组织，正如采用音级集合理论来分析韦伯恩交响曲中的音高集合一样，是具有其科学性的。

综上所述，在笔者看来，科恩采用经典的音级集合理论对里奇相位音乐的节奏模式进行的分析是具有开创性的。首先，科恩的研究展示了将音高思维应用于节奏思维、序列音乐思维应用于极简主义音乐思维，无调性音乐思维应用于调性音乐思维的分析模式，将成熟的理论体系作用于不同的音乐元素以拓展思路，从更理性化的角度对节奏体系进行了分析。第二，科恩的研究让我们看到极简主义音乐与 20 世纪主流的、复杂的序列音乐系统之间的源流关系，并进一步证明了极简主义音乐在历史潮流中的渊源与对音乐风格的革新之处。

另一方面，在笔者看来，科恩的研究属于作曲技术领域中相对复杂的研究模式。科恩的思路很清晰，但在文中运用了大量的定理、函数公式及深奥的集合理论来证明他的观点。对于研究极简主义音乐的大多数通识读者而言，科恩的研究视阈和方法太过专业化。但从学术层面上讲，科恩的研究展示了英美学界研究极简主义音乐技术理论的顶尖学术水平。

科恩的研究对于为数不少的后继学者都具有启发性。罗伯托·安东尼奥·萨尔蒂尼的文章《史蒂夫·里奇相位音乐中的结构层次和节拍集合选择》便在科恩的研究基础上对里奇的《拍手音乐》和《相位模式》两部作品进行了节拍集合视阈下的分析。萨尔蒂尼指出，他不同意大多数学者认为相位音乐无法分析的观点，并认为相位音乐是西方音乐传统的又一典型产物，因此适合采用传统的分析工具和理论进行分析[44]。

在对里奇的《相位模式》进行分析时，萨尔蒂尼对科恩的研究作出了进一步的解释和说明。他以图例的方式呈现出《相位模式》的整体节奏模型，包括移位模块及其并集、交集和独立集的基数（在图例中分别以方括号中的三个数字表示）。

---

43 指十二音体系的代表人物，包括勋伯格和他的学生贝尔格、韦伯恩。

44 Roberto Antonio Saltini. Structural Levels and Choice of Beat-Class Sets in Steve Reich's Phase-Shifting Music. Intégral, Vol.7 (1993): pp.149-178.

图 3-5：萨尔蒂尼对《相位模式》全曲的复合模型分析[45]

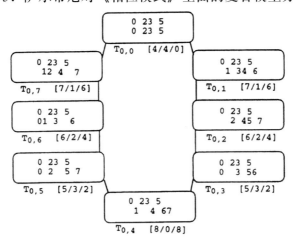

首先，萨尔蒂尼提出，《相位模式》在管风琴左右手基本材料的设定上（见谱例 3-7）遵循了西方原始鼓乐中已知的复合式鼓点的特定分区模式设计：LRLLRLRR，其中 L 和 R 分别代表左手和右手[46]。第二，里奇相位作品的前半部分和后半部分总是回文对称的。例如，作品《相位模式》在 T0,4 处到达全曲的中点（见图 3-5）。第三，萨尔蒂尼认为，在《拍手音乐》和《相位模式》中使用的基本节拍集合都具有唯一性。《拍手音乐》的节拍集合为 [0124579A]，其使用 mod-12 的节拍循环，包括八次敲击和四次休止。萨尔蒂尼解释到，在一个 12 拍的周期内，有 495 种安排八次敲击和四个休止的可能，但并非所有组合都具有同等的音乐趣味。因此，在他看来，里奇对他的基本节奏材料的设计遵循了以下约束条件：（1）必须以敲击而非休止开始；（2）必须有连续的、大小不等的"敲击簇"，且每个"敲击簇"必须比它相邻的"簇"大或小一个节奏单位，并由恒定数量的休止间隔[47]。基于这些条件，仅有节拍集合 [0124579A] 满足这些约束条件，由此成为作品中处于核心地位的节奏材料。

第四，萨尔蒂尼认为，科恩所说的相位延长区域会出现三种不同敲击点密度的节拍集合：联合集、交叉集和独立集。萨尔蒂尼重点关注了交集的设计。

45 Roberto Antonio Saltini. Structural Levels and Choice of Beat-Class Sets in Steve Reich's Phase-Shifting Music. *op. cit.*, pp.149-178.

46 Roberto Antonio Saltini. Structural Levels and Choice of Beat-Class Sets in Steve Reich's Phase-Shifting Music. *op. cit.*, pp.149-178.

47 Roberto Antonio Saltini. Structural Levels and Choice of Beat-Class Sets in Steve Reich's Phase-Shifting Music. *op. cit.*, pp.149-178.

交集通过众所周知的"移位集合的共同音定理"相关联：如果将一个节拍集合以音程 n 进行移位，则原始节拍集合与其移位之间的公共音数等于音程 n 在节拍集合中出现的次数[48]。图 5-5 方括号中间的数字显示了《相位模式》中的交叉集基数。基数范围从最小值到最大值，共有 1 到 3 个共同敲击点（T0,0 和 T0,4 是例外，它们分别位于起始端和假设的中点）。可以看到，整首乐曲后半部分的基数是前半部分的镜像。

同时，对于每个模块而言，其节拍集合的各基数特征可以概括为：并集＝交集＋独立集。在《相位模式》中，共同敲击点的数量从 0 到 4 不等，总敲击点的数量在 4 到 8 之间不等。这种关系使得每个移位模块的共同敲击点数量和总敲击点数量呈反比关系。在笔者看来，这也映证了科恩在他的文中提到的"五个移位区域（4、1、2、3、0）的共同敲击序列与总敲击序列（4、7、6、5、8）具有相同的结构特征"[49]。因此，虽然敲击的总数增加到最大值，但共同敲击的数量以相同的速度减弱为零。

最后，萨尔蒂尼提出，简单明了的基数信息可以为听众提供重要的听觉参考。相位系列作品对敲击点的设计能够使作品获得最大敲击点数量和最小敲击点数量的变化，在相位技术的条件下创造出整体多样化的节奏设计[50]。

除了萨尔蒂尼以外，英美学界还有其他的学者通过节拍集合的视阈对史蒂夫·里奇音乐中的节奏元素进行研究。例如，约翰·罗德的论文《史蒂夫·里奇音乐中的节拍集合转调》便将科恩和其他学者用来分析里奇早期相位作品的节拍集合节奏模型扩大到包含"主音"和"调式"的节拍集合概念，并对里奇的《六台钢琴》《纽约对位》等作品进行了分析。在文中，他也对科恩的研究方法进行了评价。他认为，科恩注意到了"节拍周期结合与十二音级宇宙之间的形式相似性"[51]，并追求"为无调性音级分析开发的大部分技术都可以转移到节奏领域"[52]的这一想法。在罗德看来，科恩分析了乐曲中的节拍密

48 Roberto Antonio Saltini. Structural Levels and Choice of Beat-Class Sets in Steve Reich's Phase-Shifting Music. *op. cit.*, pp.149-178.

49 Richard Cohn. Transpositional Combination of Beat-Class Sets in Steve Reich's Phase-Shifting Music. *op. cit.*, pp.146-177.

50 Roberto Antonio Saltini. Structural Levels and Choice of Beat-Class Sets in Steve Reich's Phase-Shifting Music. *op. cit.*, pp.149-178.

51 Richard Cohn. Transpositional Combination of Beat-Class Sets in Steve Reich's Phase-Shifting Music. *op. cit.*, pp.146-177.

52 Richard Cohn. Transpositional Combination of Beat-Class Sets in Steve Reich's Phase-Shifting Music. *op. cit.*, pp.146-177.

度如何朝着饱和度或远离饱和度的方向发展，或生成"节拍集合聚合"，其中的每个节拍都受到敲击。总体来讲，科恩的论文展示了"理解这些作品的大规模织体设计的方式"[53]。菲利普·杜克在《结果模式、重写本和"指出"听者在里奇〈击鼓〉中的作用》[54]中已经将科恩提出的节拍集合理论作为分析作品《击鼓》中的一种基本的理论方法进行运用，充分证明了该方法在分析极简主义音乐节奏要素时的科学性及发展潜力。在文中，杜克对《击鼓》中的节拍替代休止技术、节拍集合、相位过程、结果模式、敲击点等创作技术进行了分析，并指出《击鼓》旨在鼓励听众通过巧妙的策略积极参与作品的建构。由此，听众感知成为了音乐过程中不可或缺的创造性部分[55]。

　　由此，在笔者看来，科恩率先采用了从音级集合中借用而来的节拍集合理论对作曲家史蒂夫·里奇的音乐进行了分析。在科恩之后，以萨尔蒂尼为代表的后继学者对科恩的研究进行了不断地深入与拓展，从而形成了研究极简主义音乐节奏要素的系统方法论体系。例如，萨尔蒂尼将科恩的"总敲击数量"、"共同敲击频率"等概念提炼为"联合集""交叉集"和"独立集"，使概念的内涵更加直观和清晰；同时，萨尔蒂尼将这些概念以直接的数据进行呈现，避免了科恩研究中所涉及的大量函数公式，在凝练概念的基础上进一步简化了繁琐的数据运算过程。由此可见，在科恩开创性地将音级集合理论运用于对极简主义音乐的节奏分析时，后续学者又在一定程度上对该研究进行了更新与完善。从另一方面讲，科恩采用的节拍集合的研究方法也可以被用来分析除史蒂夫·里奇以及极简主义音乐作曲家以外的音乐作品，如可以将其用于分析中国当代作曲家创作的音乐作品。由此，既可延伸该分析方法的深度与广度，又能以更为科学、理性的方式看待音乐作品中的节奏现象，从而达到对音乐节奏元素的系统认知。

　　综上所述，英美学界对极简主义音乐节奏研究的创新点在于其研究方法。贾斯汀·科兰尼诺、弗朗西斯·戈麦斯和戈弗里德·T·杜桑在《史蒂夫·里奇的"拍手音乐"和约鲁巴钟时间线中的新兴节拍集合分析》中以系统发生

53　John Roeder. Beat-Class Modulation in Steve Reich's Music. *Music Theory Spectrum* 25.2 (Fall 2003): pp.275-304.

54　Philip Duker. Resulting Patterns, Palimpsests, and "Pointing Out" the Role of the Listener in Reich's Drumming. *Perspectives of New Music* 51.2 (Summer 2013): pp.141-191.

55　Philip Duker. Resulting Patterns, Palimpsests, and "Pointing Out" the Role of the Listener in Reich's Drumming. *op. cit.*, pp.141-191.

学和比较研究的方法说明了里奇《拍手音乐》所采用的原始节奏形态的优越性；理查德·科恩、罗伯托·安东尼奥·萨尔蒂尼、约翰·罗德以及菲利普·杜克则采用了节拍集合理论对作曲家里奇作品中的节奏结构进行了解读，体现出科学、理性化的分析模式及开创性的研究方法，从而为后续学者的研究提供了新的理论、路径和思路。

第三节　对结构与过程的研究

就结构而言，极简主义音乐作品以其普遍较长的演奏时间从而具有大型结构规模的特点。这种大型结构规模体现在作品的预作曲设计，和声、调性结构的循环、对称特性以及存在于作品中的具有目标导向的运动[56]。里奇在文章《音乐作为一个渐进的过程》中陈述了他的过程理念："我对可感知的过程感兴趣。我希望听到整个音乐中发生的过程。"[57]基于这样的过程理念，极简主义作曲家在结构设计和过程塑造方面进行了诸多更新。英美学者针对这些更新的结构要素展开了广泛而深入的讨论，并涌现出许多研究成果。其中具有代表性的包括凯瑟琳·佩莱格里诺对约翰·亚当斯音乐中的终止要素的研究、K·罗伯特·施瓦茨对极简主义音乐过程原则的研究、韦斯利·约克对菲利普·格拉斯四种过程技术的研究以及亚历山大·桑切斯·贝哈尔对约翰·亚当斯音乐中的对称结构的研究等。以下，笔者将对这些代表性研究进行梳理与分析，以期全面考察极简主义音乐在结构和过程建构中所使用的创新技术。

一、对极简主义音乐终止要素的研究

终止的概念将音乐的结束与带来稳定、休息的终结感联系在一起。音乐学家阿加乌提出关于音乐终止的几个重要观点，包括（1）终止的性质和类型；（2）对某事"实现"的期望和预期；（3）导致结束的"趋势"；（4）作品中终止出现的位置[58]。由此可见，终止之于音乐的结构、叙事以及方向都发挥着重要作用。凯瑟琳·佩莱格里诺在文章《约翰·亚当斯音乐中的终止方面》中

---

56 Paul Barsom. *Large-Scale Tonal Structure in Selected Orchestral Works of John Adams, 1977-1987. op. cit.*, p.iii.

57 Steve Reich. Music as a Gradual Process. *op. cit.*, p.34.

58 Kofi Agawu. Concepts of Closure and Chopin's Opus 28. *Music Theory Spectrum* 9 (1987): pp.1-17.

提出，约翰·亚当斯的作品给人最直接的印象之一是作品结束时终止感的缺乏和模棱两可。通过分析，作者试图证明这种模糊的终止是亚当斯音乐创作生涯的美学倾向之一，并被认为具有后现代主义特征[59]。

在文中，作者分别讨论了三类有助于构建终止的音乐组织，包括调性组织、曲式组织和修辞元素。首先是调性组织。在调性音乐中，最明确的结束标志是从"外来"调区域离开并返回主调，或者采用 V-I 的和声进行。在亚当斯的音乐中，虽然调性语言并不是明确的，但调性对终止的建构发挥了很大作用。第二，一方面，典型曲式结构的完成向听众发出了作品的结束信号。但另一方面，曲式的完成又依赖于额外的主题或调性元素才能令人信服地展示结束。最后，音乐的修辞元素也可以产生结束的印象。这三类音乐组织相互作用，使亚当斯音乐的终止呈现出迷人的特征[60]。

（一）调性组织

作者以《弗里吉亚门》（1977）和《主席之舞》（1985）两部作品为例讨论了调性组织与终止之间的关系。作品《弗里吉亚门》的调性材料由 A 音开始，形成了 A 利底亚→A 弗里吉亚→E 利底亚→E 弗里吉亚→…→^{b}E 利底亚→$^\#$D 弗里吉亚的一系列上升五度的、呈交替调式的调中心。在作者看来，这种五度循环模式虽然完美，但音乐的调性组织并未定义自己的终点。因此，《弗里吉亚门》的整体调性结构类似于一首诗，在每一节之后都没有特别需要终止的必要性[61]。

在作者看来，第四乐章的回文组织为该乐章的终止提供了强有力的理论基础。回文将其终点定义为镜像对称完成的点。一旦到达中轴并开始反向重复，精明的听众就能够预测回文结尾处的终止性质和位置。该回文结构的前半部分呈现出递减的持续时间，后半部分呈现出递增的持续时间（见图 3-6）。例如，^{b}A 利底亚调式（3 个降号）持续了三十小节，随后转移到 $^\#$G 弗里吉亚调式并持续三十小节。

59 Catherine Pellegrino. Aspects of Closure in the Music of John Adams. *Perspectives of New Music* 40.1 (Winter, 2002): pp.147-175.

60 Catherine Pellegrino. Aspects of Closure in the Music of John Adams. *op. cit.*, pp.147-175.

61 Catherine Pellegrino. Aspects of Closure in the Music of John Adams. *op. cit.*, pp.147-175.

图 3-6：佩莱格里诺对《弗里吉亚门》第四乐章回文结构的分析[62]

| 3♭: | 30 | 15 | 8 | 4 | 3 | 3 | 1.5 | 1.5 | 3/4 | 3/4 | 3/8 | 3/8 |
| 3♯: | 30 | 15 | 8 | 4 | 3 | 3 | 1.5 | 1.5 | 3/4 | 3/4 | 3/8 | 3/8 |

3♭: 3/8 3/8 3/4 3/4 1.5 1.5 3 3

3♯: 3/8 3/4 3/4 1.5 1.5 3 3

2♭: 4 8 15 30

5♯: 4 8 15 30

从图 3-6 中可知，该乐章的后半部分产生了调号的变化，进入了五度循环整体调性布局中的下一个环节。新的调号打破了回文的对称性，但又没有完全破坏它。由此可见，《弗里吉亚门》的整体调性布局是呈开放式的调性进程；第四乐章是回文结构，其产生了令人信服的终止。

在《主席之舞》中，作者借用叙事理论中的"谜题"概念来说明，作品叙事所呈现的谜题提供了一定程度的叙事或主题终止的解决方案[63]。《主席之舞》呈现的第一个谜题是作为动机元素的大二度和小二度之间的冲突。作为该作品的主要动机，大二度 G-F 在作品开始后受到小二度动机 G-#F 的质疑和挑战，并期望在作品结束时最终解决 F 音和#F 音之间的冲突。然而，在作品的最后一部分，F 和#F 还是呈现出交替的模式，并没有达到令人信服的解决方案，这导致作品在这方面缺乏封闭性。作为该作品的第二个"谜题"，《主席之舞》的最后一部分引入了 B 根音三和弦和 D 根音三和弦之间的交替。这两个三和弦具有彼此争夺调中心的优势，且二者的冲突在作品结束时也未能得到解决，从而避免了终止的出现[64]。

（二）曲式结构

在作者看来，虽然调性组织是建构终止的主要类别，但曲式和修辞在建构和破坏对终止的感知方面也起着至关重要的作用。作者提出，曲式的终止常常崩溃为调性的终止。因此，即使使用简单的三部曲式方案，听众也会期望 A 部分的再现与最初的 A 部分呈现出相同的调性。可以看到，这种期望是曲式和

---

62 Catherine Pellegrino. Aspects of Closure in the Music of John Adams. *op. cit.*, pp.147-175.

63 Catherine Pellegrino. Aspects of Closure in the Music of John Adams. *op. cit.*, pp.147-175.

64 Catherine Pellegrino. Aspects of Closure in the Music of John Adams. *op. cit.*, pp.147-175.

调性综合作用的结果。

　　作者认为，作品《弗里吉亚门》中几乎看不到曲式的组织。四个乐章没有表现出通常与音乐曲式相关的任何特征：材料的重复、熟悉的转调模式，甚至任何类型的乐句结构。因此，我们所理解的根据调性、乐句和再现来定义的曲式在《弗里吉亚门》中不起作用。在《主席之舞》中，作者根据管弦乐、速度、织体和力度等因素将该作品的结构划分为三个部分（见表3-4）。

表3-4：佩莱格里诺对《主席之舞》的结构划分[65]

小　节	描　述	宏观结构划分
1-58	开场的狐步舞曲	第一部分（1-159）
59-90	小调式的狐步舞曲	
91-124	开场的狐步舞曲	
125-159	小调式的狐步舞曲	
160-220	小提琴旋律	第二部分（160-286）
221-250	不稳定	
251-266	更慢，紧凑的	
267-286	稍快，小提琴的弓杆击弦	
287-305	返回小调式的狐步舞曲	第三部分（287-474）
306-474	最后部分，钢琴和弦乐的大二度旋律	

　　针对以上结构，作者提出了关于终止的两个问题。首先，简单地再现材料并不能造成结束感，材料本身必须包含调性或结构终止。在小调狐步曲材料的第一次呈示中，主要的调性问题是围绕 F 与 $^\#$F 之间的冲突。该谜题在本节中得到了解决，实现了终止。然而，作品的最后部分通过再次质疑 F 与 $^\#$F 之谜以及未能提供解决方案来破坏终止。第二是曲式的不平衡问题。再现部分的小调式狐步舞曲相对于其在第一部分中的呈示进行了大幅度的缩减，形成了一种缩减的不平衡；同时，从小节306开始的最后一个结构又可进一步细分为近似 A（306 小节）-B（324 小节）-A（401 小节）的三部性结构。A 部分在呈示中为 18 小节，再现为 75 小节，形成了相当不平衡的三部形态。下图展示了作品的整体材料关联模式图。

---

65 Catherine Pellegrino. Aspects of Closure in the Music of John Adams. *op. cit.*, pp.147-175.

图 3-7：佩莱格里诺对《主席之舞》中材料关联模式的图形表示[66]

由此可见，与《弗里吉亚门》不同，曲式原则在理解《主席之舞》这部作品的终止时发挥了积极作用。但同时，结构重量的不平衡、位置尴尬的再现，以及作品最后一段中再次被破坏的调性问题显示出一个并不明确的结束图景[67]。

（三）音乐修辞

音乐修辞就是对作曲通则进行的有选择的变体运用。也就是说，一旦作曲法中的某种原则被赋予了个人化、时代化、地域化的特征，并且被挪用到不同的时空语境中后，即可以转化为一种音乐修辞手段，并获得修辞效果[68]。在文中，佩莱格里诺通过对音乐修辞的感知来判定作品的终止。她认为，"终止式修辞使我们在打开收音机听到贝多芬交响曲的最后三十秒时，知道我们正在听的确实是作品的结尾，尽管我们当时还未听过这部作品的任何内容。"[69]终止的修辞特征通常根据惯例和过度两个方面来定义。典型的终止式惯例包括重复的属音到主音的终止式，在结尾处重复强拍上的主和弦，或 18 世纪晚期协奏曲中通常预示着华彩乐段即将结束的颤音；另一些惯例包括张力、力度和节奏等因素在强度上的降低与淡出。过度的概念是指作品中以某种方式实现的"超越的"结尾，即结尾超出了整个音乐作品使用的力度范围、速度、音域或配器。因此，表现出终止过度的结尾展现出更响亮、更高或更快的特征。

文中讨论的两部作品代表了修辞结束的两种范式。《主席之舞》淡出并消失在虚无之中，音乐修辞的三个组织——力度、持续时间和乐队都加强了终止的封闭性。其中力度呈现出阶梯式的下降模式，和弦的长度开始逐渐增加，有

---

66 Catherine Pellegrino. Aspects of Closure in the Music of John Adams. *op. cit.*, pp.147-175.

67 Catherine Pellegrino. Aspects of Closure in the Music of John Adams. *op. cit.*, pp.147-175.

68 陈鸿铎：《音乐修辞的概念及现象辨析》，《黄钟》（中国.武汉音乐学院学报），2012 年第 3 期。

69 Catherine Pellegrino. Aspects of Closure in the Music of John Adams. *op. cit.*, pp.147-175.

助于缓解紧张并在作品结束时达到休息状态，各组别的乐器也开始渐次退出并减少数量。因此，尽管《主席之舞》结尾的调性和曲式元素是模棱两可的，但结尾的修辞信号是清晰无误的[70]。另一方面，《弗里吉亚门》则以一段响亮、充满活力的"压轴"段落结束，让听众无法预料到结束点。

最后，作者分别对两部作品的终止分别进行了总结。她认为，在《弗里吉亚门》中，虽然最后乐章的回文组织提供了强大的调性终止潜力，但支配整部作品的交替调式和调中心系统不可否认地呈现出开放式的特征。同时，修辞几乎没有为作品结束时的终止感提供额外的支持[71]。在《主席之舞》中，调性构成了尚待解决的谜题。修辞方面，音乐以一种刻板的修辞姿态逐渐消失；最后，在曲式方面，再现结构的不平衡和非预期的位置导致曲式对终止的支撑是微弱的。

综上所述，佩莱格里诺总结到，以上两部作品的终止是相当随意的，这显示出亚当斯对待终止概念的美学立场：

> 他（亚当斯）不赞同艺术作品必须是封闭的、自成一体的传统美学原则，但他也不赞同刻意挑战所有封闭性和自成一体的实验艺术作品方法。终止，在亚当斯的作曲美学中，似乎只是众多选择中的一种，可以选择或不选择，或多或少地参与。在这方面，亚当斯关于终止的美学立场基本上是后现代的。[72]

在笔者看来，作曲家亚当斯在选择终止和对结构的把控上采取了一种折衷的后现代主义态度。这种折衷主义鼓励了不同风格的事物，充分体现出后现代社会的多元化特征与倾向。同时，这也体现出极简主义音乐、后极简主义音乐对西方传统音乐中的终止等结构要素的创新化使用模式和理念。就作者佩莱格里诺的分析而言，笔者认为，其从调性、曲式和修辞三方面探讨了亚当斯《弗里吉亚门》和《主席之舞》中的终止问题，并总结出了作品中对待终止的共性特征。通过将亚当斯处理终止的方式与作曲家的美学立场联系起来，作者将讨论的主题进一步升华。

除去学者佩莱格里诺对亚当斯作品的终止元素的分析外，内森·保罗·伯

---

70 Catherine Pellegrino. Aspects of Closure in the Music of John Adams. *op. cit.*, pp.147-175.

71 Catherine Pellegrino. Aspects of Closure in the Music of John Adams. *op. cit.*, pp.147-175.

72 Catherine Pellegrino. Aspects of Closure in the Music of John Adams. *op. cit.*, pp.147-175.

格拉夫在其博士论文《后现代文化中的音乐与宗教：格拉斯、戈寥夫和里奇作品中的概念整合》中分析了作曲家里奇的歌剧《洞穴》中的终止使用情况。《洞穴》三部曲中的每一部都代表不同的民族：以色列人、巴勒斯坦人和美国人。作品的多种宗教文本，包括《古兰经》和《圣经》，以及录音样本从多个角度展示了这些民族之间的激烈辩论。在文中，作者探讨了终止如何通过音乐元素在解释宗教观点方面发挥作用。首先，伯格拉夫认为，终止的概念在后现代文学、艺术、音乐等多个领域中发挥着作用。后现代对文学传统叙事中认为故事必须要有适当的结局持怀疑态度。同时，音乐终止的必要性也受到质疑，因为最终的解决方案不再是音乐作品合法的先决条件[73]。第二，终止的概念在《洞穴》中占有重要地位。其中，歌剧的第一幕和第二幕结尾处的终止感强烈，作品的对称结构指出以色列人和巴勒斯坦人对族长亚伯拉罕宗教叙述的熟悉程度。相比之下，第三幕缺乏终止感，其基于不对称的设计和远离作品中心音的运动。在作者看来，这表明当代美国人对圣经宗教人物的无知。最后，作者认为，虽然传统上一个故事应该有一个适当的结局，但现实证明，巴以之间的冲突还没有结束，正如里奇并不致力于解决文本和音乐中的冲突所暗示的那样[74]。

笔者认为，以上两位学者都对极简主义音乐作品中的终止进行了分析，展现出终止在不同音乐语境中的含义。其中，佩莱格里诺主要从三个角度来解释亚当斯作品中的终止，并将亚当斯对待终止的态度总结为一种基于后现代立场的美学倾向，但佩莱格里诺并未阐释亚当斯选择终止或不终止的原因。而另一方面，伯格拉夫的分析则通过研究赋予终止在里奇音乐中的象征意义从而将终止与音乐叙事联系起来。因此，两位学者的研究是各有侧重、各有千秋的。就未来研究而言，笔者认为可以将佩莱格里诺、伯格拉夫对终止的分析方法应用于其他极简主义作曲家，并进一步探讨不同作曲家对待音乐终止的异同之处。同时，可结合时代、文化的语境进一步诠释这些异同现象产生的缘由。

二、对极简主义音乐过程原则的研究

极简主义作曲家将对音乐"过程"的运用作为他们创作的特色之处。

---

73 Nathan Paul Burggraff. *Music and Religion in a Postmodern Culture. op. cit.*, p.103.
74 Nathan Paul Burggraff. *Music and Religion in a Postmodern Culture. op. cit.*, p.103.

1968 年，史蒂夫·里奇在题为《音乐作为一个渐进过程》的文章中定义了他音乐的过程美学。在 K·罗伯特·施瓦茨看来，音乐过程并不是里奇独有的。然而，在 20 世纪 60 年代的音乐背景下，从听不见的序列主义结构到偶然音乐的混乱，里奇过程的清晰性确实令人震惊[75]。在施瓦茨看来，里奇的过程体现出对基本材料的系统处理、拒绝偏离过程的展开方式，直接可听的结构以及音乐过程内在的非人格性。在 1968 年后，里奇的审美开始发生变化。他开始逐渐强调直觉而非过程。因此，过程和直觉之间的张力成为里奇音乐的特征。在《史蒂夫·里奇和约翰·亚当斯近期作品中的过程与直觉》一文中，作者施瓦茨通过分析里奇的《沙漠音乐》（1983）、《六重奏》（1984）和《纽约对位》（1985）等作品试图表明，尽管直觉因素在里奇创作中的作用越来越大，但基本音乐过程的完整性得以保留[76]。另一方面，作为第二代极简主义作曲家的约翰·亚当斯，只有早期的《中国门》和《弗里吉亚门》等音乐作品符合里奇对过程音乐的定义。尽管极简主义的遗产继续渗透到亚当斯自 1978 年以来创作的作品中，但亚当斯作品的底层结构要自由得多，且没有试图达到系统过程的纯粹性。

因此，在施瓦茨看来，里奇和亚当斯作品中的过程和直觉的相对权重发生了变化。这种变化反映了从极简主义到后极简主义的转变，以及从现代主义的系统化向后现代主义的折衷主义的转变[77]。

在文中，作者施瓦茨从曲式结构、和声过程和对位过程三个方面来看待作曲家里奇对音乐过程的使用。就曲式结构而言，里奇对对称结构特别感兴趣，并在"它们固有的平衡中找到了与音乐过程的系统性完美的曲式模拟"[78]。通过分析里奇的《纽约对位》《六重奏》和《沙漠音乐》三部作品，作者发现《纽约对位》的整体结构呈现出 ABA 的三部性特征，而《六重奏》和《沙漠音乐》则为拱形结构 ABCBA。三者都呈现出对称的特点。

就和声过程而言，作曲家里奇自 1976 年创作《为十八位音乐家所作的音

75　Schwarz, K. Robert. Process vs. Intuition in the Recent Works of Steve Reich and John Adams. *op. cit.*, pp.245-273.

76　Schwarz, K. Robert. Process vs. Intuition in the Recent Works of Steve Reich and John Adams. *op. cit.*, pp.245-273.

77　Schwarz, K. Robert. Process vs. Intuition in the Recent Works of Steve Reich and John Adams. *op. cit.*, pp.245-273.

78　Schwarz, K. Robert. Process vs. Intuition in the Recent Works of Steve Reich and John Adams. *op. cit.*, pp.245-273.

乐》以来，便开始更多地强调作品的和声结构，并在该作品中呈现了一个由 11 个和弦组成的循环模式；在《沙漠音乐》中，里奇开始探索和声结构的统一性。《沙漠音乐》五个部分的和声结构为恰空循环。在使用时，里奇保留了和声周期的中间音域，但用距离原始和弦根音三全音的音符形成了新的低音。在施瓦茨看来，循环系统的纯度被作曲家灵活的选择所破坏，证明了直觉在曾经不可侵犯的音乐过程领域中发挥了越来越大的作用[79]。

就对位过程而言，作者认为，对位，特别是卡农已经渗透到里奇的整体创作中。卡农技术接近于里奇对音乐过程的定义。其以预先确定的、非个人的方式运行；一旦选择卡农之间的距离，音高内容"被设置并加载"，开始"自行运行"[80]。里奇最早的相位作品与传统卡农的唯一区别是相位之间的非理性节奏转换，其中一个声音逐渐与另一个声音不同步。同时，在随后的创作中，里奇开始逐渐强调创作的直觉方面，并致力于呈现卡农的"结果模式"。结果模式，正如里奇所言，是将"所有五线谱浓缩到一条线上，然后开始写下我看到或听到的各种模式"[81]。例如，在为一支现场单簧管和多支预先录制单簧管而作的《纽约对位》中，作曲家在排练号 35 处采用了两个三声部的近似卡农，两者通过节奏结构建立联系。在这些不断重复的卡农之上，现场的单簧管演奏者演奏从对位网中产生的"结果模式"。

因此，作者总结，对位过程是里奇作曲方法的核心，表现出过程和直觉之间的相互作用。一方面，卡农的严格性使它们成为理想的音乐过程；另一方面，对卡农进入点距离的选择、为和声清晰度所作的略微调整，以及在对非卡农性结果模式的突出中，直觉发挥着越来越重要的作用[82]。

就作曲家约翰·亚当斯而言，作者则采用了历时研究的方式来看待亚当斯创作中从过程到直觉比重的逐渐转移。在他看来，亚当斯音乐中的极简主义听觉遗产已经脱离了音乐过程的概念。他提到：

> 亚当斯所做的是剥夺了极简主义的朴素，因为他直观的、极具表现力的修辞是一系列不拘一格的音乐影响的产物，而不是"纯粹

79 Schwarz, K. Robert. Process vs. Intuition in the Recent Works of Steve Reich and John Adams. *op. cit.*, pp.245-273.

80 Steve Reich. Music as a Gradual Process. *op. cit.*, pp.34-36.

81 Schwarz, K. Robert. Process vs. Intuition in the Recent Works of Steve Reich and John Adams. *op. cit.*, pp.245-273.

82 Schwarz, K. Robert. Process vs. Intuition in the Recent Works of Steve Reich and John Adams. *op. cit.*, pp.245-273.

的单一系统"的结果[83]。

由此可见，亚当斯既继承了由里奇传承下来的早期极简主义过程的明确性，又对这种风格进行了一系列发展，使之呈现为融合了多元因素而非单一因素的后极简主义音乐作品。

遵循创作理念的历时变化，作者首先谈到，亚当斯在《弗里吉亚门》（1978）中坚持了一种类似于里奇作品中的严格、可听、预合成的过程。作品围绕五度音圈（A、E、B、$^\#$F、$^\#$C、$^\flat$A、$^\flat$E）组织成四个乐章，并在作品中采用了菲利普·格拉斯常用的加法、减法过程。在《弗里吉亚门》中，加、减法不仅构建出移动的旋律模式，还构建了由一个音逐渐增加到多个音的簇状和声结构。因此，该过程在纵（和声）、横（旋律）两个维度都有体现。

施瓦茨提到，亚当斯在《弗里吉亚门》之后创作的弦乐七重奏《振动环》（1978）中展现了一种远不如《弗里吉亚门》系统化的作曲方法。在作品中，亚当斯将抒情的旋律叠加在重复模式之上，使这些重复模式退居为伴奏功能[84]。通过分析这些技术，作者认为，随着作品《振动环》的完成，直觉已经取代了整个过程成为创作的主导力量。在亚当斯的作品《风琴》（1981）中，音乐过程的纯粹性受到"感觉"结构而不是让结构"自行发挥作用"的作曲方法的影响[85]。因此，在这部作品中，亚当斯拒绝了音乐过程的僵化，转向了宏大的浪漫主义修辞。施瓦茨提出，在《风琴》中，亚当斯虽然使用了一种准卡农的对位结构，但这种对位并不是严格的、可听的结构，只是局部的色彩效果，是音乐过程的听觉遗产，无法形成压倒一切的系统化结构。同样的情况也发生在作品《大钢琴音乐》（1982）中。该作品使得音乐过程回到前景，但过程仅是色彩化的局部呈现。同时，在该作品中，亚当斯将里奇式的卡农过程与格拉斯的附加、缩减过程相结合进行创作，进一步显示了他非系统作曲方法的证据，即更喜欢技术的直观组合而非单一技术的纯度[86]。

通过分析亚当斯音乐创作中技术和风格的发展，施瓦茨认为，在不到十年

---

83 Schwarz, K. Robert. Process vs. Intuition in the Recent Works of Steve Reich and John Adams. *op. cit*., pp.245-273.

84 Schwarz, K. Robert. Process vs. Intuition in the Recent Works of Steve Reich and John Adams. *op. cit*., pp.245-273.

85 Schwarz, K. Robert. Process vs. Intuition in the Recent Works of Steve Reich and John Adams. *op. cit*., pp.245-273.

86 Schwarz, K. Robert. Process vs. Intuition in the Recent Works of Steve Reich and John Adams. *op. cit*., pp.245-273.

的时间里，亚当斯走上了一条从关注音乐过程到发挥个人直觉的道路。在《弗里吉亚门》和《中国门》等早期作品中，亚当斯采用了详细的预作曲设计，创造了决定整体形式的音乐过程。在作品《振动环》中，过程成为局部事件，并具有从属的伴奏功能。《风琴》采用音乐过程来创造动力的节奏和闪烁的色彩；《大钢琴音乐》虽然将音乐过程归为前景，但以一种非系统的方式综合了格拉斯的加法过程和里奇的卡农过程。

由此可见，亚当斯的音乐发展历程与里奇形成鲜明对比，显示出两代极简主义代表作曲家之间的观念差异。与亚当斯不同，里奇继续将作曲行为视为音乐过程的产物。尽管他扩展了和声、音色、曲式和表现力资源，但里奇的音乐仍然受到预先确定的过程的指导；尽管过程具有灵活性，但其仍是里奇作品的支柱结构。在亚当斯的音乐中，纯粹的教条形式应用在不那么纯粹的语境中，其创作语言更多地反映了 20 世纪 80 年代的折衷主义，而不是 20 世纪 60 年代的理性主义。正如施瓦茨所言：

> 亚当斯更喜欢吸收广泛的音乐影响，在采用了极简主义语言并保留其表面姿态的同时又摆脱了这种学说。没有什么比亚当斯的音乐更能证明从系统的严谨到包罗万象的折衷主义的转变了，这一转变反映了从过程到直觉的转变。[87]

综上所述，在笔者看来，直觉与过程在作曲家里奇和亚当斯音乐中的呈现是不同的。里奇的音乐自始至终都生长、发展于严谨的过程中，只是随着风格的发展越来越多地体现为一种更加灵活的过程模式。正如施瓦茨所说，"如果将现代主义理解为结构的纯粹系统化与对新技术、表达方式的不断探索的结合，那么里奇就是现代主义的孩子。他的理性主义和预作曲计划将他与序列作曲家联系在一起，但他对结构可听性的坚持又使他对音乐手段进行了彻底的简化。"[88]从某种程度上讲，里奇的音乐既是对现代主义的革新，又与现代主义一脉相承。过程的理念显示出现代主义的理性主义，但对音乐材料的简化又具有极简主义风格。然而，亚当斯则采取了后现代主义中的"折衷主义"，既包含了里奇音乐中的严谨过程，又以一种并不"纯粹"的方式来运用这种过程，体现出从过程到直觉的转移，展示了后极简主义对极简主义音乐风格的传

---

87 Schwarz, K. Robert. Process vs. Intuition in the Recent Works of Steve Reich and John Adams. *op. cit.*, pp.245-273.
88 Schwarz, K. Robert. Process vs. Intuition in the Recent Works of Steve Reich and John Adams. *op. cit.*, pp.245-273.

承与创新。

这一观点也可从作者对两位作曲家所采用的不同的分析方法上体现出来。针对作曲家里奇，作者在文中主要从过程的视角出发，简述了里奇音乐中的曲式过程、和声过程和对位过程。而针对作曲家亚当斯，作者则采用了历时性梳理，着重体现亚当斯的音乐创作从过程到直觉的转变。基于此，整篇论文也向读者展示了一幅从极简主义的纯粹、单一、严谨过渡到后极简主义丰富、多元、且颇具后浪漫主义色彩的音乐画卷。

正如作者施瓦茨提到的，过程技术并不为作曲家里奇所独有，施瓦茨向读者展示了过程在作曲家里奇、亚当斯音乐中的运用情况。那么，除去这两位作曲家，其他极简主义作曲家是否也运用了过程的技术和结构理念呢？他们对过程的处理与里奇、亚当斯有何不同之处？在《菲利普·格拉斯〈两页〉中的曲式与过程》中，学者韦斯利·约克针对作曲家菲利普·格拉斯为电子管风琴和钢琴而作的《两页》（1968）及其所运用的音乐过程进行了研究。在文中，作者将该作品的结构理解为两组对立过程的展示和并置，并认为作品曲式关系的出现是通过各种过程本身的相互作用而产生的[89]。

作品《两页》采用了最少数量的音乐材料。整个乐谱在最初的五个音之后没有引入新的音高材料，没有乐器、力度和音区的变化，亦没有声音和沉默的并置。总数为五的音高在均匀且不变的四分音符脉冲中不断地重新塑造。作者将作品所展现的四种过程技术分别提取出来并加以呈现。

表3-5：《两页》中的四种过程[90]

1. 过程 A：减法过程	2. 过程 B：加法过程
3. 过程 α：整体音型重复	4. 过程 β：局部音型重复

89　Wesley York. Form and Process in Two Pages by Philip Glass, in Richard Kostelanetz ed. *Writings on Glass: Essays, Interviews, Criticism*. New York: Schirmer Books, 1997, pp.60-79.

90　Wesley York. Form and Process in Two Pages by Philip Glass. *op. cit*., pp.60-79.

这四种过程展示了作品对基本音高材料的扩展方式，也概括出作曲家菲利普·格拉斯的极简主义技术所采用的主要过程程序。根据对这四种过程的使用，作者约克将作品的整体结构划分为五个部分。

在第一部分（第1-7小节）中，作曲家主要使用了过程A（减法）和过程α（整体重复）。整个第一部分的结构呈现出对称性，其中第 1 小节和第 7 小节、第 2 小节和第 6 小节、第 3 小节和第 5 小节的音乐内容完全相同。而第 4 小节则为整个对称结构的中轴。这种对称性不仅在音高的布置中很明显，而且在时间结构中也呈现出明显的对称性。第1-3 小节的脉冲次数总数为 500 次，第 4 小节为 210 次，第 5-7 小节为 532 次，可以看到两端的三个小节以第 4 小节为中轴实现了持续时间的基本对称。

根据每小节脉冲的次数，作者认为该部分又可进一步细分为三个小的段落（见表3-6）。在时间长度上，段落 1 中的 1-3 小节长度相仿；第 4 小节的持续时间是图形的最高点，第 7 小节则成为了持续时间的最低点。代表第 1 小节的点正好位于第 4 和第 7 小节之间，形成二者之间的中点。

表3-6：《两页》第一部分的结构细分[91]

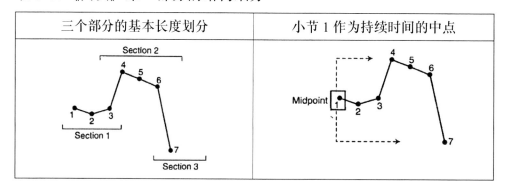

第二部分（第 8-39 小节）呈现出以第 26 小节为中轴的镜像对称特征。就过程而言，作曲家引入了过程 B（加法）和过程 β（局部重复）。在结构上，该部分形成了三个细分结构。段落 1 为第 8-16 小节，主要在过程 B 的基础上采用过程 α 及 α 与 β 的叠加；段落 2 为第 17-35 小节，主要为对过程 β 的应用；段落 3 为第 36-39 小节，呈现出过程 α 与 β 的叠加应用，同时过程 β 逐步删减并最终退出[92]。

---

91 Wesley York. Form and Process in Two Pages by Philip Glass. *op. cit.*, pp.60-79.
92 Wesley York. Form and Process in Two Pages by Philip Glass. *op. cit.*, pp.60-79.

第三部分（第 40-55 小节）结合了前两部分的所有四种过程，成为了整首作品的中心段落。约克以第 43 小节为例展示了四种过程是如何融合到一个小节中的（见谱例 3-8）。其中，小节的前半部分为过程 A（减法），后半部分为过程 B（加法）。前半部分的整个七音符模式重复了三遍，代表了过程 α；后半部分的重复是模式内部的，代表了过程 β。同时，根据对第三部分开头小节的基本内部结构进行分析，作者总结出整个第三部分的发展"公式"（见图 3-8），并将其应用于几个具体小节的分析。

谱例 3-8：　　　　　　　　　　　图 3-8：
第 43 小节的过程组合模式　　　第三部分的公式化发展模式

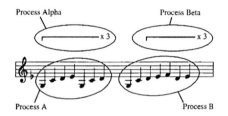

在第四部分（第 56-71 小节）中，作者提出该部分最重要的方面是它主要由过程 β 的逆行组成。具体而言，过程 β 在前面三个部分中只是在模式末尾添加局部的重复过程。在这一部分，局部重复开始发生在模式的开头[93]。第五部仅有三个小节，主要技术为过程 A 的倒影。在之前，过程 A 总是从基本模式的顶部连续减去一个音符。而第五部分的连续减法则是在底部较低的音中进行的。由此可见，在第四和第五部分中，作曲家对过程设置进行了一定程度的变形。

基于以上对音乐过程的分析，作者约克总结了整部作品的结构划分方案。

表 3-7：《两页》中的结构划分[94]

部分	第一部分			第二部分			第三部分		第四部分		第五部分		
细分	段 1	段 2	段 3	段 1	段 2	段 3	段 1	段 2	段 1	段 2	段 1	段 2	段 3
小节	1-3	4-6	7	8-16	17-35	36-39	40-43	44-45	56-59	60-71	72	73	74
过程	过程 A			过程 B 过程 β			过程 A 过程 β		过程 β 的逆行		过程 A 的倒影		

93 Wesley York. Form and Process in Two Pages by Philip Glass. *op. cit.*, pp.60-79.
94 Wesley York. Form and Process in Two Pages by Philip Glass. *op. cit.*, pp.60-79.

作者提到，通过以过程来理解作品的发展脉络，可以看到该作品似乎表达出一种三部性结构，其中第一、二部分为呈示，第三部分为展开，第四、五部分为带有变化的再现。因此，《两页》呈现了一个引人注目的作曲框架。作品关注的不是一个单一的过程，而是几个过程的交互，其为听众提供了丰富的听觉体验[95]。

在笔者看来，约克的论文以"过程"为切入点，展现了过程这一结构元素在作曲家菲利普·格拉斯作品中的精妙运用。由此可见，尽管采用非常精简的材料，但极简主义音乐的发展逻辑是相当严谨的。从宏观到微观，约克展示出该作品中相互交织的四个过程。就约克的分析而言，笔者认为，作者采用了非常系统的音乐分析方法，并以清晰的思路层层推进。同时，通过采用大量的图示、谱例和表格对分析进行辅助说明，约克更加立体化地呈现了作曲家的创作轨迹。最后，笔者认为，约克分析的亮点之处在于他的视角和选题。纵观英美学界的研究，可以看到有为数不少针对极简主义音乐结构中的"过程"技法进行研究的文章，包括盖伦·H·布朗的《极简主义和后极简主义音乐中作为手段和目的的过程》，保罗·爱泼斯坦的《史蒂夫·里奇〈钢琴相位〉中的模式结构和过程》以及K·罗伯特·施瓦茨的《史蒂夫·里奇和约翰·亚当斯近期作品中的过程与直觉》《史蒂夫·里奇：音乐作为一个渐进过程》等。似乎是为了呼应里奇写于1968年的《音乐作为一个渐进过程》，这些文章的研究对象均集中于作曲家史蒂夫·里奇。同时，这些分析也较少地涉猎了作曲家约翰·亚当斯的作品。然而，针对作曲家菲利普·格拉斯音乐中的过程技法的研究还相当罕见。因此，可以说从过程的视阈出发，约克深入分析了作曲家格拉斯具有典型极简主义风格的作品《两页》，呈现出其与作曲家里奇、亚当斯相似而又不同的过程运用方式。

综合以上学者的研究，笔者认为，可以将极简主义作曲家对过程的使用总结如下：极简主义作曲家既将过程作为一种技术手段，又将其作为一种创作理念。其中，将过程作为一种技术强调了过程的局部性、色彩化使用，并主要体现在作曲家约翰·亚当斯的后极简主义作品中；过程在里奇的音乐创作中发挥了重要作用，其作品的和声、结构和对位等要素都充分发挥了由过程驱动的程序化写作。在格拉斯的音乐中，过程既作为一种统率作品的理念，又具体化为创作的技术，通过采用加、减法过程和整体、局部音型重复，格拉斯开发出独

---

95 Wesley York. Form and Process in Two Pages by Philip Glass. *op. cit.*, pp.60-79.

特的极简主义音乐技术语言，并实现了对极简创作材料的无穷变化。

三、对极简主义音乐对称结构的研究

在《约翰·亚当斯音乐中的对称结构》中，作者亚历山大·桑切斯·贝哈尔研究了对称结构在作曲家约翰·亚当斯的《中国门》《弗里吉亚门》《可怕的对称》《世纪前行》等作品中的使用，并从整体音乐结构的对称性以及乐句层面的对称性两个方面来切入该研究视角。

贝哈尔认为，在《中国门》中，对称性的运用贯穿整个作品的多个结构层次。《中国门》的整体设计呈现出一种类似于沙漏形状的几何结构（见图 3-9）。亚当斯将《中国门》描述为一部呼吁关注"黑暗、光明和存在于它们之间的阴影细节"的作品[96]。在贝哈尔绘制的沙漏结构图中，接近大调式的混合利底亚调式、利底亚调式与浅色相关，而接近小调式的爱奥尼亚调式、罗克里亚调式则与深色相关。就总长度而言，计算上下圆锥的四分音符之和得出的值为 600。上椎体各调式部分的长度呈现出递减的 4:3:2:1 比例，并与下锥体的比例顺序相反。

图 3-9：贝哈尔对《中国门》对称结构的分析[97]

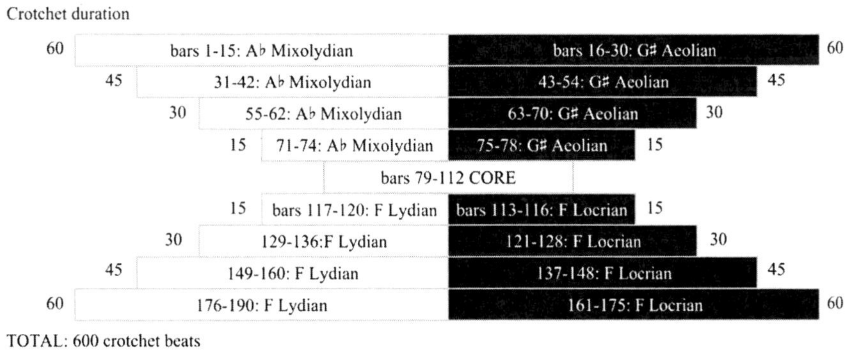

TOTAL: 600 crotchet beats

贝哈尔认为，上图展示了两种形式的对称性。首先是以水平轴形成的对称。在图中，以核心部分第 79-112 小节为轴，可以发现上下两端的音乐内容在长度上形成了对称。第二是以垂直轴形成的对称。以图中黑白部分之间的界限为轴，两端的音阶在结构上也形成了对称。作者比较并展示了基于垂直对称轴的音阶设置（见谱例 3-9）。

---

96 Alexander Sanchez-Behar. Symmetry in the Music of John Adams. *Tempo* 68.268 (April 2014): pp.46-60.

97 Alexander Sanchez-Behar. Symmetry in the Music of John Adams. *op. cit.*, pp.46-60.

谱例 3-9：贝哈尔对《中国门》中基于水平对称的音阶分析[98]

结合图与谱例，上锥体中的 ♭A 混合利底亚调式和 ♯G 爱奥尼亚调式以 ♭A/♯G 音为轴形成对称（音阶上方的数字表示相对应的半音数量）；下锥体中的 F 利底亚调式和 F 罗克里亚调式以 F 音为轴形成对称。总体来讲，《中国门》中的对称性可以在水平、垂直以及宏观曲式结构、微观音阶结构等层次上运作。

接下来，作者指出，亚当斯在 20 世纪 80 年代创作的器乐作品在对称性上的特征体现为结构的周期性重复，并具有最大程度的平移对称性。在作者看来，作品《可怕的对称》的和声结构以"几乎令人发狂"的对称单位展开[99]。在 20 世纪 90 年代创作的《小提琴协奏曲》和《世纪前行》等作品中，亚当斯引用了斯洛尼姆斯基的《音阶和旋律样式词典》中的一些具有显著对称特性的旋律材料。谱例 3-10 展示了亚当斯在钢琴协奏曲《世纪前行》的第三乐章《冰雹》中对斯洛尼姆斯基旋律样式 576 的整合。样式 576 具有复合旋律的效果，其音高以旋律中央的 c^2 音为轴形成垂直对称。

谱例 3-10：《斯洛尼姆斯基音阶和旋律模式词典》
样式 576 在《冰雹》中的使用[100]

98 Alexander Sanchez-Behar. Symmetry in the Music of John Adams. *op. cit.*, pp.46-60.
99 Alexander Sanchez-Behar. Symmetry in the Music of John Adams. *op. cit.*, pp.46-60.
100 Alexander Sanchez-Behar. Symmetry in the Music of John Adams. *op. cit.*, pp.46-60.

在《冰雹》中，亚当斯改编了斯洛尼姆斯基的节奏，但保留了其原始的对称形式，在钢琴声部中将原型和及其逆行放在不同的段落、声部位置和不同的移位中呈现。其中，模式 576 分别可在钢琴的"原型"处，音高形成重叠的音程 C-A、D-B、E-#C、F-#D、#G-#E 等以及钢琴"逆行"的较低声部，音高为 ♭E-#F、♭D-E、♭C-D、♭♭B-C 中辨别出来。由此可见，斯洛尼姆斯基样式在亚当斯钢琴声部的写作中发挥了重要作用并支配了动机的内容[101]。

最后，贝哈尔总结，回顾亚当斯的作曲生涯和他不断发展的对称方法，可以看到他早期专注于严格的对称和渐进的过程，但随后，他转向了一种更为自由的方法并带来了作曲家主体声音的脱颖而出。同时，人们可以感觉到在亚当斯后期作品中的对称和不对称之间的平衡。在这种平衡中，对称性与极简主义的过程相得益彰，并使亚当斯的音乐充满活力[102]。

综上所述，在笔者看来，贝哈尔的研究呈现了作曲家约翰·亚当斯音乐中的对称结构的使用及其发展演变。给笔者留下深刻印象的是贝哈尔采用上下锥形图的方式对作品《中国门》（见图 3-9）和《弗里吉亚门》的整体结构进行了分析。这种几何锥形图具有以下几个优势：1.直观地展现了每个结构部分的时间结构长度以及长度之间的比例；2.通过对黑白区域的区分，展现出作者所说的由不同的调式所带来的明与暗、深与浅的调式色彩，并引导读者从"色彩"的角度理解作曲家对音乐材料的使用；3.展现出对称结构的对应性和镜像性，同时突出显示每个镜像结构的对称中心，充分展现作品立体化的对称结构形态。因此，笔者认为，这种几何式结构图式是一种具有优势性的结构分析图式。第二，作者贝哈尔既对分析对象的宏观对称结构进行了详细解读，也注重对微观对称结构的分析，从宏观到微观勾勒出亚当斯音乐创作中的理性化因素。因此，我们可以看到，虽然诸如里奇等极简主义作曲家声称"我不知道任何你听不到的结构秘密"[103]，音乐学家罗伯特·芬克也认为早期极简主义者"把所有牌都放在了桌面上"[104]，但随着风格的发展，作曲家们至少保留了几张牌"[105]。在由极简主义向后极简主义的过渡中，音乐结构的秘密逐渐开始不

101 Alexander Sanchez-Behar. Symmetry in the Music of John Adams. *op. cit.*, pp.46-60.

102 Alexander Sanchez-Behar. Symmetry in the Music of John Adams. *op. cit.*, pp.46-60.

103 Steve Reich. Music as a Gradual Process. *op. cit.*, pp.34-36.

104 Robert Fink. (Post-)minimalisms 1970-2000: The Search for a New Mainstream, in Nicholas Cook and Anthony Pople ed. *The Cambridge History of Twentieth-Century Music*. Cambridge: Cambridge University Press, 2004, p.542.

105 Robert Fink. (Post-)minimalisms 1970-2000. *op. cit.*, p.542.

直接作用于听众的感知，取而代之的是一种更加系统、理性的结构思维方式与作曲家直觉、创作个性的融合。这种融合绘制了极简主义音乐从起源到发展的多元化路径。

第四节　对多声与复调的研究

多声、对位与复调技术在极简主义音乐中占有重要地位。正如 K·罗伯特·施瓦茨在《史蒂夫·里奇和约翰·亚当斯近期作品中的过程与直觉》中所言，"开始实际的作品意味着建立对位的连锁网络"[106]。通过呈现多声化、复调化的逻辑与织体，极简主义音乐作品在和声、曲式结构等基础骨骼上进一步成型和丰富。英美学者从极简主义音乐的多声与复调技法出发，针对作曲家史蒂夫·里奇及约翰·亚当斯作品中的卡农程序、同音置换等技法展开了研究，并在方法和思路上呈现出各自的特色。在本节中，笔者就肖恩·阿特金森在多媒介阐释模型下的卡农与扩大卡农分析以及亚历山大·桑切斯·贝哈尔针对不同声部数量的同音置换与卡农程序的分析展开研究与探讨。

一、阿特金森对卡农与扩大卡农分析

在《史蒂夫·里奇的两部作品中的卡农、扩大卡农及其意义》一文中，肖恩·阿特金森指出，长期以来在极简主义音乐中一直存在卡农和扩大卡农的使用。这两种技术的共同点在于，作曲家能够采用较少的音乐资源创作出较长的音乐作品。通过研究《特希利姆》（1981）和《三个故事》（2003）两部作品中使用卡农及扩大卡农的独特方式，阿特金森从多媒体的角度阐释了这两种技法对作品意义的建构作用。

在文中，作者首先对"卡农"进行了解释。卡农是一种作曲技术。传统上，卡农的对位法相当严格。当一个声部开始后，另一声部以相隔一定时间、音程距离的条件进入，并对第一个声部形成模仿。同时，只要作曲家的对位技巧允许，就可添加任意数量的额外模仿声部。扩大是用于改变典型卡农的方法之一。在这种情况下，模仿声部拉长了旋律，通常持续时间加倍[107]。在作者看

106 K. Robert Schwarz. Process vs. Intuition in the Recent Works of Steve Reich and John Adams. *op. cit.*, pp.245-273.

107 Sean Atkinson. Canons, Augmentations, and Their Meaning in Two Works by Steve Reich. *Music Theory Online* (Chicago) 17.1 (April 2011).

来，里奇的音乐显示出作曲家对卡农的偏爱。因此，重新审视里奇音乐中的卡农技巧将揭示该技术在他的大部分作品中的一致性特征，以及由技术所产生的关于音乐意义的额外联想。

阿特金森的分析分为两个部分。在第一部分中，他研究了里奇《特希利姆》和《三个故事》中使用卡农及其扩大的具体方式。《特希利姆》是里奇在现场表演中使用人声的首部作品。该作品分为四个部分。阿特金森讨论了第四部分开始的旋律线。旋律线由初听时的独奏很快发展为间隔四分音符的三声部卡农。这个快节奏的卡农持续了几个小节，直到在扩大的旋律之前出现了织体的中断。在谱例 3-11 中，作者展示了该部分最初的卡农旋律、扩大的卡农旋律 1 和扩大的卡农旋律 2 的形态。

谱例 3-11：阿特金森对《特希利姆》第四部分的
卡农旋律及其扩大的分析[108]

谱例中每个五线谱上方的数字表示音阶的旋律轮廓分析。由分析可知，在扩大 1 中，旋律轮廓保持不变，但音高的持续时间值被拉长了；在扩大 2 中，音高内容整体上移纯五度，即使在某些音上添加了额外的音符，旋律的整体轮廓也基本保持不变[109]。

作品《三个故事》继续表现出里奇对卡农的独特使用。《三个故事》（2003）是一部"视频歌剧"，它审视了 20 世纪的三大科技事件：德国飞艇兴登堡号坠毁、美国在比基尼环礁试验原子弹、以及克隆羊多莉。其中，第二个故事

---

108 Sean Atkinson. Canons, Augmentations, and Their Meaning in Two Works by Steve Reich. *op. cit.*

109 Sean Atkinson. Canons, Augmentations, and Their Meaning in Two Works by Steve Reich. *op. cit.*

"比基尼"的第三个场景"比基尼"描述了"五百名摄影师，七百台相机，以及全球一半的胶卷供应"[110]都在聚焦对原子弹试验的拍摄。里奇将该文本的第一次人声呈现设置为单声织体。随后，旋律在一段短暂的器乐插曲后返回，此时的旋律不仅被扩大，而且也出现在严格的卡农中。这种处理方式与《特希利姆》形成对比。在《特希利姆》中，首先听到卡农，然后才是扩大旋律的单声织体。

作者认为，目前所讨论的对卡农及其扩大的使用显示了以下的两种情况之一：旋律最初以卡农呈现，然后以单声织体扩大；或者旋律以单声呈现，然后作为卡农扩大。然而，在《三个故事》的第一个故事"兴登堡"的开场场景"这不可能是技术问题"中，里奇提出了第三种选择：最初的旋律和后来的扩大都以卡农的方式呈现。由此可见，卡农及其扩大在里奇作品中的使用是灵活的：允许在卡农后面跟着单声织体的扩大，单声旋律后面跟着扩大的卡农织体，或在一个卡农后跟着一个扩大的卡农[111]。

在文章的第二部分，阿特金森探讨了这些作品中的卡农和扩大的可能含义，检查它们是如何与《特希利姆》的文本以及《三个故事》的文本、视频相互作用并影响作品的整体意义。

首先，阿特金森借用了格雷琴·霍拉赫在文章《〈特希利姆〉和时间的充实》中对卡农和时间关系的阐释作为分析的基础。霍拉赫认为，在《特希利姆》中，局部的、未扩大的卡农代表人类时间，而扩大的旋律代表了永恒的时间[112]。基于霍拉赫的分析，作者采用概念整合网络来描述扩大、未扩大的音乐元素与永恒、人类的空间元素之间的关系（见图3-10）。

在图3-10中，描述时间和重复概念的通用空间在音乐中通过扩大的旋律和原始的、类似舞蹈的音乐品质来表现。文本提到了永恒、鼓和舞蹈。这些特征在各个领域相互映射并融合在一起，以说明作曲家如何在《特希利姆》中实现对遥不可及的天堂世界的美丽和永恒的叙述[113]。

---

110 Sean Atkinson. Canons, Augmentations, and Their Meaning in Two Works by Steve Reich. *op. cit.*

111 Sean Atkinson. Canons, Augmentations, and Their Meaning in Two Works by Steve Reich. *op. cit.*

112 Sean Atkinson. Canons, Augmentations, and Their Meaning in Two Works by Steve Reich. *op. cit.*

113 Sean Atkinson. Canons, Augmentations, and Their Meaning in Two Works by Steve Reich. *op. cit.*

图 3-10：
阿特金森对《特希利姆》
第四部分的概念集成网络分析[114]

图 3-11：阿特金森对
《三个故事》中"多莉"故事的
音乐多媒体阐释模型[115]

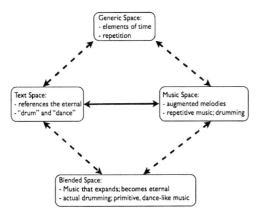

在《三个故事》中，阿特金森采用音乐多媒体解释模型进行分析。这个模型类似于概念集成网络，但包含音乐、视觉和叙事三个输入空间，缺少通用空间。作品的表面细节（例如音乐领域中的扩大卡农）构成了三角形的外边缘，三角形内的椭圆代表了对每个领域中表面细节的阐释。模型中心的三角形混合空间代表了跨领域映射，是对三个领域的统一解释[116]。

根据这个模型，阿特金森展示了扩大的卡农如何有助于对《三个故事》的跨领域阐释（见图 3-11）。从表面上看，"多莉"呈现了扩大卡农与克隆概念之间的共同点。两者都不以目标为导向，克隆带有无限生命的可能性，而扩大的卡农永远不会指向明确的结局。因此，场景将扩大的意义转移为永恒，将克隆描述为获得永生的一种手段。然而，在文本问到"你愿意被克隆吗？"时，视频片段中的科学家都表明了否定的态度。因此，虽然表面细节表明，卡农和

---

114 笔者对该模型中的文字进行了翻译：通用空间:时间元素；重复。文本空间：参考永恒；"鼓"与"舞"。音乐空间：扩大旋律；重复音乐；鼓。混合空间：扩大的音乐；成为永恒；真实的鼓；原始的、舞蹈般的音乐。

115 笔者对该模型中的文字进行了翻译：音乐领域：扩大卡农；音乐领域的输入空间（阐释）：永恒。视觉领域：多莉和胚胎的图像；视觉领域的输入空间：人工生殖周期的开始和结束。叙事领域："277 个乳房细胞，29 个胚胎，生一头活羊"，并附有关于克隆道德和实践问题的采访片段；叙事领域的输入空间：科学背景下对克隆的不同看法。中心意义：克隆可能意味着永生，但文本表明辩论可能永无止境。

116 Sean Atkinson. Canons, Augmentations, and Their Meaning in Two Works by Steve Reich. *op. cit.*

扩大正在强化克隆（即永生）的概念，但里奇试图说明，关于克隆的道德争论才是永恒的[117]。

随后，阿特金森运用音乐多媒体阐释模型对《三个故事》中的"在船上"、"这不可能是技术问题"等场景进行了分析。通过分析，作者总结到，卡农在音乐史上发挥了重要作用，对位技术的可塑性不仅可以在卡农、扩大卡农中找到，还可在各种拼图卡农、螃蟹卡农中找到。在这两部作品中，里奇使用了卡农及其扩大形式，这不仅非常适合极简主义的语境，而且还有助于更深入地洞察作品的意义。

综上所述，在笔者看来，阿特金森以清晰的思路展现了他对里奇的《特希利姆》《三个故事》两部作品中的卡农及其扩大的解读。他的分析具有以下独特之处。首先，文章的第一部分总结了卡农和扩大技术在两部作品中的三种运用方式。通过分析，阿特金森提出了该技术的互文性特征有助于让研究者看到里奇使用卡农及其扩大技术的整体范式和框架。

第二，阿特金森采用概念集成网络和音乐多媒体阐释模型分别对两部作品进行了分析。在笔者看来，概念集成网络侧重于分析音乐和文本在空间方面的互动与融合。其中，通用空间展示出表象元素的特征，而混合空间则展示了音乐与文本融合的进一步意义与内涵。在音乐多媒体阐释模型中，作者展示了音乐、文本和叙事三重领域之间的融合意义，由三角形外缘的表象，到三角形内部椭圆中对表象的进一步阐释，再到最核心的意义显现，该分析模型遵循了层层推进的逻辑思路，实现了多种媒介综合下的对音乐深层次意义的话语阐释。根据该模型，作者又对《三个故事》中的其他两个场景进行了分析，充分展现出该释模型在分析中的核心地位。由此，笔者认为，可以将该模型的分析思路运用到其他极简主义、甚至非极简主义的多媒体音乐作品中，从而达到对新兴研究方法的进一步拓展和实践。

第三，笔者认为，在音乐分析领域中，从卡农角度出发进行分析的思路很常规，但作者将文章立足点放在卡农及其扩大所产生的意义，将单纯的技术与作品的叙事、主题和作曲家的意图联系起来，升华了技术本身所固有的枯燥性与抽象性，呈现了一个具有人文内涵的技术表征。

最后，就该文的获取资源而言，这篇文章是以网页形式发表在《在线音乐

---

117 Sean Atkinson. Canons, Augmentations, and Their Meaning in Two Works by Steve Reich. *op. cit.*

理论》网站上的[118]。在文中，作者几乎为每一个谱例都添加了音频；同时还添加了《三个故事》中"兴登堡""比基尼"和"多莉"三个场景中的音乐视频。在论述相应的问题时，读者可以通过音频、视频更加直观了解里奇的音乐和作者的观点。因此，在笔者看来，这种网络在线发表的音乐研究文献具有新兴的数字化、多媒体化特征，为读者提供了集视、听、图、文为一体的综合呈现方式。

二、贝哈尔对同音置换与卡农程序分析

在博士论文《约翰·亚当斯近期器乐作品中的对位与复调》中，亚历山大·桑切斯·贝哈尔考察了亚当斯从《黄金国》（1990）到《我父亲认识查尔斯·艾夫斯》（2003）等器乐作品中的复调和对位问题。贝哈尔认为，自20世纪90年代初以来，亚当斯的音乐主要呈现出对位化的特征[119]。他采用基于声部数量的研究思路，逐一分析了亚当斯作品中的双声部、多声部对位技术。

就双声部对位而言，贝哈尔分别从多节奏同音置换、突出与对位、卡农程序等几个方面进行分析。多节奏同音置换可以定义为通过采用多声部对位节奏来取代节奏同步，从而实现对单一旋律的对位，并由此形成模糊的对位敲击点和微妙的混响[120]。最常见的多节奏为三分节奏和四分节奏的并置。其他的多节奏比例包括2:3、4:5、5:6、5:7和5:8。例如，亚当斯的管弦乐作品《斯洛尼姆斯基的耳机》以多节奏的同音置换开始，呈现出4:3的节奏对位形态（见谱例3-13）。

由谱例可知，为了创建第二声部的三连音，亚当斯从第一声部的每组四个十六分音符中删除一个音符。谱例下方的数字显示每组三连音中省略的十六分音符音型中的第几个音符。其中强拍总是共享相同的音高，而内部音符则产生了在节奏上稍微偏移的双重节奏结果[121]。

在对突出与对位进行分析时，贝哈尔以亚当斯的作品《洛拉帕卢萨》（1995）为例，探讨了作品中的固定旋律与其不同时间点的对位旋律之间所

---

118 获取链接：https://mtosmt.org/issues/mto.11.17.1/mto.11.17.1.atkinson.html

119 Alexander Sanchez-Behar. *Counterpoint and Polyphony in Recent Instrumental Works of John Adams*. Ph.D. Florida State University, 2008, p.xii.

120 Alexander Sanchez-Behar. *Counterpoint and Polyphony in Recent Instrumental Works of John Adams. op. cit.*, p.38.

121 Alexander Sanchez-Behar. *Counterpoint and Polyphony in Recent Instrumental Works of John Adams. op. cit.*, p.42.

形成的二声部音程关系。谱例 3-13 展示了亚当斯在作品中以八分音符的距离组合《洛拉帕卢萨》低音中的固定音型与高音中重复片段，并产生了六种不同的对位。

谱例 3-12：贝哈尔对《斯洛尼姆斯基的耳塞》中的
多节奏同音置换的分析[122]

谱例 3-13：《洛拉帕卢萨》中的固定音型与对位片段[123]

　　贝哈尔从对位音程的距离、和谐度等方面对这六种对位片段进行了分析（见表 3-8）。分析 1 的最左列展示了每个片段中对位的和声音程，中间一列为将休止符考虑在内的对位音程的扩展，最右列则显示了每个对位片段的复合敲击点，提供了节奏活动的总结。通过总结，可以进行如下观察：音程序列 2 具有唯一的减八度音程，音程序列 6 中的小二度相对不和谐；序列 2 和序列 3 的复合攻击点最少；对位片段和固定音之间的切分音在序列 3 中垂直对齐。

122 Alexander Sanchez-Behar. *Counterpoint and Polyphony in Recent Instrumental Works of John Adams. op. cit.*, p.42.

123 Alexander Sanchez-Behar. *Counterpoint and Polyphony in Recent Instrumental Works of John Adams. op. cit.*, p.51.

表3-8：贝哈尔对《洛拉帕卢萨》对位片段的音程、协和度的分析

分析1：贝哈尔对《洛拉帕卢萨》中的对位音程和扩展音程的分析[124]

Interval series	Expanded Interval series	Composite Attack Points
1. <6,6,m7,d7>	<6,3,6,5,m7,d7,6>	9
2. <4,8,d8,m7,6>	<4,8,8,d8,*d8*,m7,6>	8
3. <6,d4,8,m7,8>	<6,d4,4,m2,8,8,m7,8>	8
4. <4,M2,8,3,5>	<d7,4,M2,8,3,m2,5>	10
5. <m7,4,4,m7,3>	<m7,4,4,3,m7,6,3>	10
6. <m2,8,5,5>	<m2,6,8,m7,5,4,5>	9

分析2：贝哈尔对《洛拉帕卢萨》中对位音程的和谐度和不和谐度的分析[125]

Interval Series	Interval Types	Degree of Cons./Diss.	Adjusted Cons. Value
1. <6,6,m7,d7>	<VC,VC,D,VC>	+2.5	0.625
2. <4,8,d8,m7,6>	<C,VC,VD,D,VC>	+1	0.2
3. <6,d4,8,m7,8>	<VC,VC,VC,D,VC>	+3.5	0.7
4. <4,M9,8,3,5>	<C,D,VC,VC,VC>	+3	0.6
5. <m7,4,4,m7,3>	<D,C,C,D,VC>	+1	0.2
6. <m9,8,5,5>	<VD,VC,VC,VC>	+2	0.5

　　分析 2 展示了每个音程序列的和谐程度。作者将音程分为四个不同的类别：非常和谐（VC，同度、三度、纯五度和六度）、和谐（C：纯四度）、不和谐（D：大二度和小七度）以及非常不和谐（VD：小二度，三全音和大七度）。同时，作者将不和谐转换为负点值，将和谐转换为正点值，以对总和进行比较：非常和谐（VC）=1，和谐（C）=0.5，不和谐（D）=-0.5，非常不和谐（VD）=-1。由最右列可见，音程序列 3 最和谐，其次是序列 1。包含最少和谐音程值的是 2 和 5。通过这种分析方式，作者实现了对对位片段中音程突出特征的分析[126]，并总结出它们之间的相互关系。

　　在对卡农程序的分析中，作者主要分为严格卡农和自由模仿段落两个方面来总结亚当斯音乐中的卡农结构。在作者看来，严格卡农的出现频率低于自由卡农，但它们仍然是亚当斯对位语言的重要组成部分。作者列举了亚当斯的作品《世纪前行》第一乐章的第 110-117 小节的严格卡农来进行分析。另一种卡农程序，即保留卡农设计的自由模仿类型则更为常见。在文中，作者举例谈到亚当斯《室内交响曲》（1992）第一乐章（"混杂的航空公司"）第 113-124小节中短笛和合成器之间自由模仿的使用并进行了详细分析。作者提到，这个

124 Alexander Sanchez-Behar. *Counterpoint and Polyphony in Recent Instrumental Works of John Adams. op. cit.*, p.51.

125 Alexander Sanchez-Behar. *Counterpoint and Polyphony in Recent Instrumental Works of John Adams. op. cit.*, p.55.

126 Alexander Sanchez-Behar. *Counterpoint and Polyphony in Recent Instrumental Works of John Adams. op. cit.*, p.57.

自由模仿中最有趣的方面在于作者对模仿距离的选择。此处相互模仿的两个声部间隔两个小节（八拍）。在选择模仿点时，亚当斯显然力求在声部之间创造更大的节奏活动。那么，这个模仿点是否是最优选择呢？作者假设了另外的两个不同模仿点，分别将两个声部设置为间隔一个小节和三个小节，通过分析每小节的复合敲击次数来计算每种模仿的节奏活动频率。通过分析，作者发现，模仿与起句间隔一个小节（假设模仿点）的节奏活动频率为 0.73；模仿与起句间隔两个小节（亚当斯的实际模仿点）的节奏活动频率为 0.77；模仿与起句间隔三个小节（假设模仿点）的节奏活动频率为 0.76。由此可见，亚当斯选择的模仿点具有最大的活动频率，因此为最优方案。

第二，作者在文中讨论了亚当斯音乐作品中的三声部或多声部对位模式。他将这些模式分为三声部同音置换、三声部卡农、并列双重模仿等形式分别论述。与二声部同音置换类似，三声部同音置换有助于建立更厚、更密集的线性织体。三声部卡农在亚当斯作品中的出现频率较低。在文中，贝哈尔展示了《斯洛尼姆斯基的耳机》中的一个严格的三声部卡农（第 445-449 小节）。

最后，作者分析了亚当斯作品中的双重并列模仿，以及模仿与同音置换的并列。双重并列模仿将两种不同但同时发生的模仿并置。谱例 3-14 展示了在亚当斯钢琴协奏曲《世纪前行》的第一乐章中同时发生的两个严格的卡农模式。其中，中提琴 A、B 形成一组模仿关系；大提琴 A、B 形成一组模仿关系。大提琴的模仿点从同度开始，而中提琴的模仿则从大三度开始。同时，中提琴和大提琴之间的另一个共同特征是起句和模仿声部之间的时间偏移。这种相距 1.5 个四分音符的节拍偏移似乎受到声部之间音程关系的影响：中提琴和大提琴的模仿声部都在它们第一个可能的纵向八度音程处开始。

谱例 3-14：贝哈尔对《世纪前行》第一乐章中的双重并列模仿的分析[127]

---

127 Alexander Sanchez-Behar. *Counterpoint and Polyphony in Recent Instrumental Works of John Adams. op. cit.*, p.75.

从谱例中贝哈尔标记的对位音程中可见，纯音程在整个对位片段的音响中占有主要地位。由此可见，亚当斯对多声部模仿段落的写作建立在追求整体和谐对位音响的基础上。

笔者认为，作者贝哈尔对亚当斯作品中对位与复调结构的分析是较为详细的。他的分析具有以下特色。首先，逻辑清晰。贝哈尔的分析遵循了从单声部旋律到二声部及多声部对位的思路，全面展现了亚当斯作品中的对位与复调技术特征。其次，笔者认为，贝哈尔在论述其观点时所采取的纵深挖掘思路是值得借鉴的。例如，在论述二声部对位结构中的突出与对位时，贝哈尔并不只是简单罗列相隔不同时间点的六个对位片段，而是更深层次地分析由不同的对位时间所产生的对位音程序列，并计算出每个对位片段的整体和谐程度。在节奏方面，贝哈尔也总结出每个旋律片段的复合敲击点，并对六个片段的对位模式进行比较。这种具有纵深维度的分析思路能够让音乐不仅仅停留于表面现象，而是通过作者建构的更科学的分析框架展现出音乐不为听众所直接感知的理性思维。第三，作者在文中还采用了一种假设的分析思维。在论述二声部对位结构中的自由模仿类型时，为了证明作曲家亚当斯采用的最优模仿时间间距，作者分别假设了一个更靠前、一个更靠后的模仿时间点，并从三种模仿时间间距所产生的复合敲击次数来计算每种模仿的节奏活动频率。通过理性计算与结果比对，作者最终证明亚当斯选择的模仿时间间距具有最大的节奏活动频率。由此可见，在对亚当斯音乐作品中的对位与复调进行分析时，作者不仅展现出亚当斯音乐作品中的各种纷繁复杂的对位模式与复调现象，还针对某一问题进行多角度的深度思考，以呈现其纵横交织的分析路径。

综上所述，在笔者看来，英美学界对极简主义音乐创作技法的研究呈现出以下特色之处。首先，采用创新的分析方法。在研究极简主义音乐的创作技法时，英美学者采用了较多自创的、新颖的研究方法。例如，在针对极简主义音乐音高与调性的研究中，琳达·安·嘉顿引入了聆听主体对极简主义音乐作品调性判断的数据，综合了对极简主义音乐的谱面分析和听众的感性经验，从而为阐述极简主义的调性特征提供了令人信服的结果；约翰逊在分析亚当斯的《尼克松在中国》时采用了较为前沿的新黎曼理论来解读作品中的和声序进，又开创了和声分层的方法来分析亚当斯作品《风琴》《弗里吉亚门》中的和声语言；在针对极简主义音乐节奏、节拍的分析中，贾斯汀·科兰尼诺等三位学者运用 Splits Tree 软件和生物学中的系统发育图对里奇《拍手音乐》中的节奏动机及约鲁巴钟声时间线进行了比较分析；理查德·科恩则将用于分析无调性音乐的音级集合理论转移到了节奏分析领域，并形成了科学、系统的节拍集合的分析模式以解读里奇的《相位模式》《小提琴相位》等作品。科恩的研究也在相当大程度上启发了后继学者，并逐渐使对极简主义音乐的节拍集合分析由一种前沿理论变为了基本方法；亚历山大·桑切斯·贝哈尔在研究极简主义音乐的对称结构时开创性地采用了类似于沙漏形状的几何图式，使得图式直观地与音乐的结构、调式色彩等要素相连；肖恩·阿特金森通过采用多媒体分析模型解读了里奇音乐作品中的卡农和扩大卡农在不同语境中的意义。由此可见，英美学者致力于开创各种技术研究的新方法，呈现出精彩纷呈的、可供借鉴的分析方法谱系。

其次，采取多元的研究视角。在针对极简主义音乐创作技法的研究时，英美学者也致力于从不同的角度来切入研究问题。例如，学者们分别从极简主义音乐调性语言的特征、调性模糊、双调性、多调性、恰空循环等方面展开研究，充分体现出对极简主义音乐音高及调性特征的多种研究视角；在针对结构与过程的研究中，英美学者分别从终止、对称结构、以及作曲家里奇、亚当斯及格拉斯作品中的不同音乐过程等角度进行分析，体现出作曲家们在相同创作理念下的不同技术手段和表现方法。由此可见，创新的方法和丰富的视角为英美学界的极简主义音乐研究注入了持续不断的生机与活力。